상실의 풍경

상실의 풍경

조정래 소설

해냄

|작가의 말|

슬픈 역사의 비는 얼마나 오래 내려야 하나

　언제 보아도 20대들의 그 젊음은 눈부시다. 나에게도 그런 시절이 있었으련만 좋은 기억이 별로 없다. 40년 넘은 긴 세월이 흘러서가 아니라 시대의 가난에 부대끼며 살아야 했고, '문학 하는 자의 고뇌'로 머릿속은 언제나 무겁고 복잡했던 탓이다.

　'나는 왜 하필이면 이런 슬프고 척박한 땅에 태어났을까.' '그런데 왜 문학을 하려 하는가.' '그럼 무엇을 써야 할 것인가.' 이런 것들이 내 청춘을 바치며 풀려고 했던 화두였다. 그리고 여기 실린 작품들이 그 열매다.

　「20년을 비가 내리는 땅」을 다시 읽으며 비감해진다. 이 작품을 쓸 때, 20년 후에는 우리 민족의 숙원인 통일이 이루어지게 되리라 기대했던 것이다. 그런데 그 두 곱, 40년이 다 되었는데도 통일은 아무 기별이 없다. 이것이 우리 모두 앞에 놓인 피해 갈 수 없는 비극이다. 그래서 불행한 일이지만, 「20년을 비가 내리는 땅」과 여기 실린 작품들의 생명성은 또 그만큼 연장되는 것인지도 모른다.

  내가 오늘의 현실 속에서 문학을 시작하는 문학청년이라면 어찌할까. 뭐 더 생각할 것 없이 그 옛날처럼 똑같은 고민으로 괴로워하며 밤을 밝히고는 할 것이다. 이 불행한 땅에 슬픈 역사의 비는 변함없이 주룩주룩 내리고 있으니까.

  40년 후에도 이 작품들이 현존성을 갖게 될까 봐 두렵다. 새 옷으로 꾸며 입은 이 책이 새 독자들을 많이 만나는 것이 그 두려움을 빨리 해소시킬 수 있는 길이라는 것을 믿는다.

2011년 2월

조정래

| 차례 |

작가의 말 4

누명 11
선생님 기행 45
20년을 비가 내리는 땅 71
빙판 129
어떤 전설 171
이런 식(式)이더이다 209
청산댁 239
거부 반응 307
상실의 풍경 347
타이거 메이저 403

작가 연보 440

누명

벙크(미 군용 사물함)에 오줌을 깔기고 침대마저 엎어버린 프랭크. 그에게서 피난 시절의 철이 놈이 연상되는 까닭은 무엇일까. 그가 흑인이었기 때문일까. 어쩌면 그랬을지도 모른다.

 철이 어머니는 김 주사네 부엌일을 하고 있었다. 그런데 철이는 김 주사의 아들 갑수보다 더 으스댔다. 김 주사네 정자에서 놀 때도 그랬고 대청마루에서 놀 때도 그랬다. 제까짓 놈이 주인이나 되는 것처럼 아이들을 때리거나 쫓아내기가 일쑤였다. 더욱이 김 주사네 집에 무슨 잔치라도 있으면 철이 자식은 대문 앞에 서서 인절미를 질겅이며 아이들에게 기세를 올렸다. 물론 갑수도 마찬가지였다. 그러나 아이들은 갑수보다 철이를 더 미워하고 아니꼽게 생각했다.

서점동 일병의 성화로 제목도 기억 못 하는 사극영화를 보았다. 막사에 도착하기는 10시 반쯤이었다. 담배 연기가 가득 찬 막사 안은 어느 때나 마찬가지로 시끄럽고 어수선했다.

침실로 들어서던 태준은 엉거주춤 섰다.

침대가 엎어져 있었다. 그 밑에 담요와 시트가 매트리스와 뒤엉켜 어지럽게 널려 있었다.

"……"

침대를 뒤집어서 바로 놓았다. 그리고 매트리스를 집어들었다. 순간 손바닥에 물기가 느껴지자 매트리스를 후닥닥 놓아버렸다. 오줌! 획 스쳐간 생각이었다.

태준은 침실을 뛰어나왔다.

"침대에 오줌 싼 새낀 누구냐! 어떤 놈이냐!"

― 으아하하하…….

저쪽에서 캔 맥주를 마시고 있던 미군 서너 명이 웃어젖혔다.

저 자식들…….

"어떤 새끼야! 당장 나와."

태준은 소리를 지르면서도 막상 장본인이 나타나면 어쩌겠다는 생각 같은 것은 할 겨를이 없었다.

다시 저쪽에서 웃음이 터지고 몸집 큰 녀석이 불쑥 일어섰다. 그리고 여유 있게 이리로 걸어오고 있는 고릴라같이 생긴 녀석, 흑인 프랭크였다. 그는 두 번이나 강등을 당했다고 알려진 사고뭉치였다.

녀석은 태준의 앞에 턱 버티고 섰다.

"왜 떠들어?"

"바로 너지?"

"예스 써어얼(그렇소이다)."

녀석은 허리까지 굽히며 비꼬았다.

"개새끼, 죽고 싶어?"

"예스 써어얼."

주먹이 날아들었다. 태준의 눈에서는 번쩍 불똥이 튀었다. 되는 대로 주먹을 내둘렀다. 제대로 몸을 가눌 틈도, 정신을 가다듬을 여유도 없었다. 나동그라지고 일어났다가 또 쓰러지고 하면서 정신없이 주먹을 휘두르기를 얼마 동안 했는지 모른다. 태준은 가슴이 터질 것 같은 압박감에서 벗어나려고 버둥댔다.

태준이 가까스로 눈을 떴을 때는 카투사들의 얼굴이 침대를 둘러싸고 있었다.

"정신이 드시오? 아픈 디는 읎소?"

긴장된 얼굴의 서점동이었다. 그는 이마에 물수건을 갈아

엎고 있었다.

"금메 이 무신 지각 읎는 짓이다요. 그렇크름 무지막지헌 자석하고 싸우먼 워찌될 것이요. 참았어야제, 분해도 참아야지라우. 누구넌 못나서 참간디."

"수다 그만 떨고 비켜, 임마. 너 같은 병신이나 참지 누구나 다 참어?"

수송부의 김 병장이 서점동의 엉덩이를 차며 침대 가까이 다가왔다.

"좀 어때, 다친 데는 없나?"

"예, 괜찮습니다."

태준은 이렇게 대답은 하면서도 전신에 통증을 느끼고 있었다.

"싸우는 용기는 좋지만 싸우는 법을 먼저 배워야겠더군."

김 병장이 빙긋이 웃고 있었다.

"난 한가락하는 줄 알았더니 영 개판이야. 그게 싸우는 폼인가? 80 영감 국민 보건 체조하는 폼이지."

서무계를 맡고 있는 정 상병의 비위 상하는 말이었다. 그 말에 모두 웃었다.

태준은 눈을 감아버렸다.

"고 베락맞을 주둥아리덜 그만 나불거리씨요. 맞은 것도 원통허고 아픈 것도 기가 찬디 워쩐다고 이래 쌓소덜. 병문

안 온 것이 아니라 정계허자고 왔습디여? 봇씨요, 고 싸가 지읎는 프랭크 자석 볼따구를 씹어분 건 누구랍디여? 이 강 일병이 아니고 잘난 당신들입디여? 워메, 같은 패가 맞을 때넌 꼼지락도 못헌 채신머리덜이 인자 와서 무슨 큰소리여, 큰소리가. 저리덜 비키씨요. 간호를 해야 쓰것응께."

볼을 씰룩이며 서 일병은 사람들을 밀치고 태준의 머리맡으로 다가섰다.

"하, 저 자식 말 한번 잘한다."

"아유, 저걸 그냥······."

이런 말은 아랑곳도 않고 서 일병은 물수건을 갈아 이마에 얹으며 숨을 씩씩거리고 있었다.

"맞어서 삭신이 쑤시는 디는 개똥물이 젤인디."

서점동의 이 말에 둘러섰던 모두가 와아 웃음을 터뜨렸다.

"말똥물은 안 되나?"

"야 서 일병, 숫처녀 그 물은 어때?"

모였던 사람들은 몸조심하라는 말과 웃음을 남기고 침실을 나갔다.

서점동은 담배를 빨다가 생각난 듯이 바싹 다가앉으며 입을 열었다.

"발바닥에 불이 나게 뛰어와 봉께로 뻔드시 뉘있잖것소. 죽어뿐 줄 알고 가슴이 덜컥했지라우. 그 길로 숨이 꼴딱 해부렀으먼, 금메 워찌됐을 것이요."

서점동은 손등으로 눈을 쓱 문질렀다.

태준은 서점동의 마음을 잘 알고 있었다. 발바닥에 불이 나도록 뛰어왔다는 서점동에게 태준은 감사함과 동시에 미안함을 느끼고 있었다.

"놀라게 해서 미안합니다. 실은 싸울 생각은 별로 없었는데 그만……."

"이만허기 다행이지라우. 근디, 삭신이 절리고 쑤시지라우?"

"아니 괜찮습니다."

"워디 봅시다, 주물러줄 팅께."

서 일병은 침대에 걸터앉으며 다리에 손을 댔다.

"가서 자요. 괜찮다니까요."

"와따 가만있으씨요. 매로 잽힌 멍은 주물러서 시나브로 풀어야제 내빌라둬 못씨요. 낼 아칙에는 갱신도 못헐 팅께."

서점동은 장작개비 같은 손으로 주무르기 시작했다. 태준은 아프다는 말도 못하고 입만 딱딱 벌렸다.

처음에는 악 소리를 지르도록 아프던 옆구리가 그의 손이 와닿을 때마다 차츰 덜해갔다. 그의 말마따나 시나브로 풀리는 모양이었다.

그만 가서 자라고 해도 서점동은 막무가내, 와따 가만있으씨요. 싸게 눈이나 붙이씨요, 퉁명스레 대꾸를 하면서 주무르기를 게을리 하지 않았다.

 미군 녀석들은 샤워를 하고는 그걸 버젓이 내놓고 복도를 걸어다니기가 예사였다. 알몸뚱이로 자는 녀석들도 허다했다. 더욱이 복도에 오줌을 깔기는 주정뱅이는 심심찮게 있었다. 얼마 전에도 박 상병의 윗침대에 자는 녀석이 술에 취해 늦게 돌아와서 오줌을 깔겨대는 바람에 박 상병이 녀석의 커다란 그것을 잡아끌고 변소로 가는 소동을 벌이지 않았던가. 오늘 일도 프랭크 녀석의 술주정이었을까. 그러나 녀석은 술에 취해 있지 않았는데. 무슨 감정이 있어서였을까. 이런 생각을 하다가 태준은 잠이 들고 말았다.

 언뜻 눈을 떠보니 서점동이 자신의 다리를 붙든 채 꾸벅꾸벅 졸고 앉아 있었다. 창이 밝아오는 아침이었다.

 아침 점호가 끝나고 태준은 프랭크와 중대장 바큰스테 앞에 서야 했다. 중대장은 카투사와 미군을 각기 두 명씩 증인으로 불러들였다.

 얼굴을 잔뜩 찡그린 채 자초지종을 듣고 난 중대장은 즉석에서 처벌을 내렸다.

 프랭크는 한 달간 외출 금지에 1계급 강등을 당했다. 그리고 태준은 1주일간 외출 금지 처분을 받았다. 태준이 처벌을 받은 이유는 사고 발생을 주번사관에게 보고하지 않고 군대에서 금하고 있는 싸움에 응했다는 것이었다.

다음부터 이런 일이 있을 경우에는 먼저 자기에게 알릴 것이고, 어떠한 경우에도 싸움을 하면 용서할 수 없다고 했다. 이 말을 하면서 중대장은 눈에 살기를 띠고 볼에 경련을 일으켰다. 중대장이 왜 그렇게 흥분을 하는지 태준으로서는 알 수가 없었다.

중대장의 명령으로 먼저 중대 본부를 나온 태준은 걸음을 멈추었다.

"미군의 명예를 손상한 너희 놈들이 사람 새끼야! 미군의 명예에는 그 누구도 도전할 수 없다는 걸 알아 몰라. 대답해 봐!"

책상까지 내리치는 중대장의 성난 목소리였다.

미군의 명예에 대한 도전자. 이 거창한 말을 속으로 뇌어 보며 태준은 피식 웃어버리고 말았다. 그러나 마음은 개운하지 못했다.

사무실에 나갔으나 견딜 수가 없었다. 옆구리가 결리고 머리가 띵하고 전신이 느른했다. 의무장교의 양해를 얻고 막사로 돌아왔다.

점심 시간 무렵이었다. 캔틴 컵을 들고 서점동이 숨을 헐떡이며 들어왔다.

"여기 기셨구만이라. 사무실에 갔다 오는 길인디 절리는

디가 워디요. 싸게 까내봇씨요."

서 일병은 다짜고짜 옷을 벗기려 들었다.

"아니 왜 그래요?"

"금메, 절리는 디는 이것이 질잉께."

"그게 뭔데요."

"아, 싸게싸게 옷이나 벗으씨요."

서 일병은 캔틴 컵에 든 누루스름한 색깔의 끈적끈적한 된죽 같은 것을 손으로 떠서 북 찢은 종이에 바르고 있었다.

"종이보담은 호박잎이 젤인디. 호박잎이 다 시들어뿌러서 구헐 수가 있당가."

캔틴 컵에 든 것은 서리를 맞고 익은 호박에 갱엿과 밀가루를 넣어 과서 만든 약이라 했다. 호박잎에 두툼하게 발라 결리는 곳에 하룻밤만 붙여두면 감쪽같이 낫는다는 것이었다.

"안티플라민을 발랐다니까요."

"워메 사람 환장하겄네웨. 꼬부랑말로 된 약은 코 큰 자석덜헌테나 맞는다니께. 쌀밥에 된장국 묵고 뼈다구 큰 우리덜언 이 약을 발라사 된단 말이요. 고집 피우지 말고 싸게 절리는 디를 까냈씨요."

서점동은 마구 다그쳐댔다. 이렇게 되면 태준으로서도 어쩌는 도리가 없다. 이 약을 만드느라고 오전 내내 부대 밖을

누명 19

쏘다녔을 서점동을 생각하면 끝까지 마다할 수만도 없었다.

"호박잎이 질인디, 잡것이 시들어뿌러서……."

서 일병은 태준의 옆구리에 종이를 붙여 꼭꼭 누르며 혼잣말을 하고 있었다.

"푹 쉬씨요. 개똥은 줏어다 놨는디, 걱정시럽소. 이 자석덜언 개헌테꺼정 살괘기를 믹잉께 똥도 틀리잖컸소. 그래도 안 묵는 것보담은 훨썩 낫을 것잉께."

"제발 그것만은……."

서점동은 태준의 말을 듣지도 않고 침실을 나가버렸다.

태준은 맥이 풀렸다. 서점동은 틀림없이 개똥물을 만들어 올 것이다. 그리고 자기가 보는 앞에서 기어이 마시라고 할 것이다. 개똥은 이미 주워다 놓았다잖은가. 서 일병이 야속스러웠다.

어린 시절의 기억이었다. 전쟁터에서 허리를 다쳤다는 외삼촌은 외할머니의 처방에 따라 구리 동전을 갈아 막걸리에 타서 마셨다. 그러나 외삼촌은 끝내 병원에서 척추 수술을 해야 했고, 재발해서 다시 수술을 받다가 죽었다. 아들이 죽자 밤낮으로 마음을 상하던 외할머니는 차츰 시력을 잃기 시작했다. 외할머니는 병원에 가기를 완강히 거부하며 눈도 안 뜬 쥐새끼를 배춧잎에 싸서 통째로 넘기는 일을 계속했다. 그 때문에 태준도 아이들과 어울려 쥐구멍을 찾아다니기도 했다. 그러다가 외할머니는 아버지의 등에 업혀 병원에를 갔고, 시일이 너무 지나버려 수술도 효과가 없이 빛을 보지 못하고 돌아가셨던 것이다.

두어 시간 낮잠을 자고 난 태준은 담배를 피우고 있었다.

"호랭이가 칵 씹어갈 자석, 오살허고……."

태준은 가슴이 덜컥 내려앉았다. 서점동의 목소리였다. 개똥물을 가지고 오는 것이 아닐까.

"지리산 호랭이는 뭘 묵고 산당가. 그 자석이나 칵 씹어갈 것이제."

서점동이 들어섰다. 태준은 그의 손부터 살폈다. 휴우……, 다행히도 손에는 아무것도 들려 있지 않았다.

"무슨 일이 있었소?"

태준은 그에게 담배를 권했다. 서 일병은 맞은편 침대에 털썩 주저앉았다. 그의 볼은 화를 참느라 씰룩이고 있었다.

"아 금메 요런 빌어묵을 일도 있다요? 그런 문딩이 자석이……."

마른 개똥과 볶은 보리(오전 중에 밖에서 구했다)를 깡통에 넣고 물을 부었다. 그것을 끓일 장소가 마땅치 않았다. 생각다 못해 보급부 뒷벽으로 돌아섰다. 돌을 괴고 깡통을 솥걸이 시켜 불을 지폈다. 물이 끓기 시작하고 김이 퍼져나왔다. 구수한 냄새가 났다. 볶은 보리 때문이었다. 몇 번이고 판자 뚜껑을 열어봤는지 모른다. 한약을 달일 때처럼 조심을 해야 했다. 마른 개똥과 볶은 보리가 끓어서 잘 어우러져야 약효가 나기 때문이었다. 물이 너무 많아도 못쓰고 너무 바싹 졸아붙어도 망친다. 열심히 판자 뚜껑을 열어보고 불을 조절하는데 누가 등뒤에서 고함을 질렀다. 그리고 깡통이 뜨거운 물을 쏟으며 저만치 굴러떨어졌다. 서점동은 벌떡 일어섰다. 누가 덜미를 움켜잡았다. 중대장이었다. 중대장은 독이 오른 얼굴로 고래고래 악을 쓰고 있었다. 서점동은 무슨 말인지를 알아들을 수가 없었다. 중대장이 지켜보는 앞에서 양동이에 물을 떠다가 불에 끼얹고서야 풀려났다.

"근디 파이어가 뭐라요? 그 자석이 파이어라고 악을 쓰던디."

서점동은 중대장의 말을 알아들을 수가 없었지만 이 파이어란 말은 기억하고 있었다. 중대장이 제일 크게 그리고 제일 많이 떠들었던 말이다.

"불이라는 말입니다. 불을 낼까 봐 중대장이 그랬을 겁니다."

태준은 이렇게 대꾸를 하면서 속으로 안도의 숨을 쉬었다. 살아난 기분이었다. 중대장이 아니었더라면 영락없이 개똥물을 마셔야 했을 것이 아닌가. 중대장이 고맙기까지 했다.

"다 낄인 약을 차내불다니. 지리산 호랭이는 뭘 묵고 사는고."

서점동은 못내 아쉬운 듯 이런 말을 되뇌며 풀이 죽어 있었다. 그런 그를 바라보는 태준의 마음에는 미안한 마음과 함께 측은한 생각이 들었다.

중대장은 태준의 근무처인 의무실에 몇 번 들른 일이 있었다. 그때마다 태준을 대하는 그의 눈빛은 싸늘했다. 그 일이 있기 전에 의무실에 들르던 중대장은 태준과 눈이 마주치면 빙긋 웃는 것을 잊지 않았었다. 태준은 마음이 개운치 않으면서도 자신이 그렇게 느끼는 것이려니 생각해 버리곤 했다.

보름이 지났을까.

점심을 먹고 와서 쉬고 있는데 서 일병이 미군에게 업혀 들어왔다. 양말이 벗겨진 서점동의 왼발에선 피가 심하게 흘러내리고 있었다. 짐짝이 떨어져 치였다는 발등은 얼핏 보아도 10센티미터 이상이 찢어져 있었다. 전문 지식이 없는 태준의 눈으로는 뼈까지 으스러져버린 것 같았다.

의무장교를 찾아 식당으로 장교 클럽으로 뛰어다니며 애가 달아 견딜 수가 없었다. 자신이 프랭크 녀석에게 맞던 날 밤에 서점동의 마음도 이랬을까 싶었다.

엑스레이를 찍어본 결과는 다행하게도 뼈는 금이 간 정도라고 했다. 의무장교는 15일간 휴무 진단서를 뗐지만 태준은 사정을 해서 30일로 고쳐받았다.

평소에 서점동은 밥 배불리 먹고, 잠이나 많이 자고, 술 마시고 나면 아무리 힘든 일이라도 할 수 있다고 했다. 그러나 아귀같이 먹던 음식도 멀리했고 그렇게 좋아하던 담배도 몇 모금 빨다가 버렸다. 잠이 들었다가 소스라쳐 놀라는가 하면 헛소리를 자주 했다. 피를 많이 흘린 탓일 것이었다. 태준은 서 일병의 머리맡을 지키고 앉아서 밤을 새웠다.

태준이 신병으로 이 부대에 배속된 것은 4개월 전이었다.

신상 명세서 작성 등 사무적인 일을 마치고 일곱 명은 외출 허가를 받았다. 그들 일곱 명은 집이 서울이라고 했다. 태준은 집이 대전이라는 이유로 외출을 할 수 없었다. 서울이 집이라는 신병들이 받은 외출은 만 24시간 동안이었다. 인사과의 병장은 3개월 동안 고된 훈련에 시달렸기 때문에 그에 대한 위로 외출이라고 했다. 그 외출에 어떠한 복병이 깔려 있었든 간에 외출을 하지 못한 태준은 유쾌할 수가 없었다. 만 하루 동안을 서먹서먹한 미군 영내에서 보내야 한다는 것이 큰 고역이었다.

서울 패거리가 소란을 피우고 나가버린 막사는 쓸쓸할 만큼 조용했다. 태준은 침대에 누워 팔베개를 했다.

"선상님, 담배 한 대 줏씨요."

태준은 눈을 떴다. 거무튀튀한 피부가 서른은 넘었을 촌스럽디촌스런 얼굴. 어딘지 모르게 힘든 일만 해온 듯한 냄새가 짙게 풍기는 사내가 이등병 계급장을 달고 엉거주춤 서 있었다.

태준은 일어나 앉으며 빙긋이 웃었다.

"선생님이라니 무슨 말이오?"

"까막눈인디 이름표를 읽을 수가 있겠소? 그라고 영어 척척 읽게 억수로 많이 배웠을 것잉께 선상님이지라우."

"이상한 말이군요."

"고맙십니다. 서점동이라 합니다."

사내는 담배를 뽑아들며 통성명을 해왔다.

"아, 강태준입니다."

그들은 악수를 나누었다. 사내는 맞은편 침대에 걸터앉았다.

"원 오살허고, 나 겉은 무식이 꼬부랑 글씨를 워찌 알 것이요."

"이런 글은 몰라도 괜찮아요."

"워디요, 알아서 나쁠 것이야 있간디요."

"고향은 어딥니까?"

"전라도라, 해남인디요."

"나이가 많은 것 같은데요?"

"야, 염병허고 나이만 호빡 줏어묵었소. 시물아홉이나 처묵고 봉께로 영 답답허요."

"어쩌다가 군대가 늦었나요?"

"성중 사람들맹키로 기피나 했으면 덜이나 원통허겄소. 호적 나이는 인자 시물둘이다요."

거친 손, 담배꽁초를 우악스럽게 안으로 쥔 마디가 굵은 손가락 끝은 누렇게 담뱃진이 배어 있었다.

"고생이 많았군요."

"무신 말씸이요. 농새일에 비갈라치면 워디 군대 훈련이 고상이겄소? 우리 겉은 무식쟁이 농사꾼헌테 밥 배불리 묵는 것이 질이지라우. 군대밥 묵고 워찌 살겄습디여? 그라고 못된 소가지에 나이만 쎄레묵은 탓인지 아들 겉은 놈덜헌테 맞는 것도 워디 참겠습디여?"

"처자가 있나요?"

"하면이라. 에펜네하고 달뗑이 겉은 자석이 셋인디. 큰자석은 소핵교 2학년이요. 그 자석 편지를 받는 날은 영 환장허겄습디다. 삽자리나 흔들든 무식쟁이 농새꾼 손에 신식 군대 훈련이 쉬울 것이요? 뚜들겨맞고 욕을 묵고 헌 밤이면 자석놈 편지를 읽음시롱 영 잠을 못 잤소."

서점동은 눈을 찡그려가며 꽁초를 맛있게 빨아서는 한숨

처럼 내뿜었다.

태준은 서점동의 거침없는 투박한 사투리에 은근한 친근감을 느끼고 있었다. 그의 다듬어지지 않은 목소리는 묘한 힘을 가지고 태준의 가슴을 파고드는 것이었다.

태준은 다시 담배를 내밀었다.

"이 아까운 골연을 또, 고맙구만이라."

서점동은 한 손을 받쳐 담배를 조심스레 빼서는 필터 타는 냄새가 나는 꽁초로 불을 거푸 붙였다.

"집엘 가보셨어야 될 텐데."

태준은 혼잣말처럼 했다.

"말도 맛씨요. 지금쯤 논농새가 눈코 뜰 새가 없을 것인디, 워짜고들 있는지 애가 타요. 논갈이도 서너 번은 했어야는디, 육실허니 신간 편케 자빠져 있으니 기가 차요. 모내기를 끝냈다는 큰자석 편지는 훈련소서 받았는디, 지까짓 것들이 오직했을 것이요? 가실허고 나먼 즈그덜 삼동 묵을 것이나 거둘지 모르겄소. 시장스럽소."

서점동은 또 담배 연기를 한숨으로 뿜어댔다.

"그 병장에게 사정을 해봤나요?"

"그 자석? 사람 환장헐 놈이요. 쎄가 닳도록 사정을 혔지라우. 그란디, 그 자석 헌다는 소리가 기가 차요. 똥그래미를 울매나 해올 수 있냐고 하잖컸소? 하, 나가 환장을 했을 것이요? 농꾼 밥 낄일 보리쌀도 바닥이 나는 판에 내 신상 편차코 자석 새끼덜 굶길 것이요? 지도 사람인디 싶어 통사정을 헝께로 볼따구를 침스롱 뭐라는지 알겠소? 촌놈에 새끼 빠다나 배 터지게 처묵고 잠이나 뽕빠지게 자란다요. 촌놈이니께 촌놈 소리 듣는 것은 당연지사로 치고라도 워째 사람을 복날 개 패디끼 팰 것이요, 고 대갱이럴 까놀 자석이. 근디 선상님은 워째 집에 안 갔습디여?"

"글쎄요, 집에만 가면 뭘 합니까?"

"아니지라우. 선상님 같은 분이야 뼈다구에 안 익은 심진일을 워찌헐 것이요. 손써서 안 되는 시상일이 워디 있을랍디여. 잘못했지라우."

서점동은 이 세상일이란 손써서 안 되는 일이 없다고 했다.

"괜찮겠죠. 힘이 들면 얼마나 들겠소."

"가당찮은 말씀이요. 근디, 손 안 쓰면 38선께로 간다면서요?"

서점동은 몹시 불안하고 염려스러운 모양이었다.

"염려 말아요. 다 사람이 사는 땅이니까. 아마 나하고 같이 가게 될 것이오."

"워찌 그걸 아시오?"

서점동의 표정은 사뭇 놀라면서도 어떤 기대 같은 것이 어려 있었다.

"생각해 보시오. 손 안 쓰는 사람은 나와 점동 씨뿐이거든요. 그러니 나쁜 곳에도 우리 둘밖에 갈 사람이 없단 말이오."

"참 장하시오, 장해. 배운 사람은 눈치도 빠르단 말이여. 선상님, 함께 가지라우? 선상님하고 함께."

스물아홉 서점동의 어린애같이 좋아하는 모습을 보며 태준은 마음이 스산해졌다.

이틀 후에 받아든 특명은 보나마나였다. 예상했던 대로 태준과 서점동은 이 여단에서 제일 나쁘다는 춘천의 C대대로 명령받고 있었다.

춘천행 기차에서도 서점동은 연신 벙글거리고 있었다.

태준은 C대대에 도착한 날로 의무병 보직을 받았다.

대기병 막사에서 땀을 식히고 있는데 선임하사인 허 중사와 미군 대위가 들어섰다. 미군 대위의 인상은 선교사를 연상시킬 만큼 온화한 얼굴을 지니고 있었다. 그는 태준에게 영어를 할 줄 아느냐고 물었다. 태준은 약간은 할 수 있다고 대답했다. 그러자 악수를 청하며 자신이 의무장교 푸로원트라고 했다. 집이 어디냐, 전공이 무엇이냐, 어디서 일하고 싶으냐, 이것저것 묻고 나서 병원에서 일할 마음이 없느냐고, 어디까지나 겸손한 말씨였다. 태준은 의학에 대해서 아는 것이 없다며 정중하게 거절을 했다. 이유는 단지 그것이냐고 되물었다. 그렇다니까 내일부터 일을 하라는 것이었다. 군대 일은 배우면 된다면서 영어를 아주 잘한다고 어깨를 두드려주고 돌아갔다.

"B중대로 보내. 특명은 내일 일찍 내고."

선임하사는 턱으로 서점동을 가리키며 서무계에게 이르고 나갔다.

"워째 나한테는 말이 없다요?"

여태까지 쥐 죽은 듯 앉아 있던 서점동은 불안한 얼굴로 태준을 바라보았다. 태준은 나가려는 서무계를 붙들어세웠다.

"실례지만 B중대가 어딘가요?"

"왜 그래?"

"어딘지 알고 싶어서 그럽니다."

"신병이 건방지게."

서무계는 확 나가버렸다.

"저런 염병헐 자석이 뭐라요?"

"걱정 말고 두고 봅시다."

침대에 걸터앉아 담배 한 대씩을 빼물었다.

"선상님이 항께 있게 애 잠 써줏씨요. 선상님허고 떨어져뿔면 고적해서 못살겄소. 맥 읎이 성가시게 혀서……."

"어떻게 해봅시다. 그리고 선생님이라 부르지 말아요."

"그라믄 워쩐다요?"

"군대니까 강 이병이라고 불러요."

서점동은 고개만 설레설레 흔들었다. 그런 그의 얼굴은 무안이라도 당한 것처럼 벌겋게 상기되어 있었다.

"저녁밥은 묵어야 쓰겄는디……."

태준은 서 이병의 흘리듯 하는 말에 아차 싶었다.

"기다려요, 알아보고 올 테니까."

두 시간 전에 식사는 이미 끝났다는 것이다. 패스가 없어 밖에 나가 사먹을 수도 없었다.

"군내 생활도 원퉁헌디 밥조차 굶을 것이여. 오실허고, 기집은 굶어도 살제만 밥 굶고 워찌 살란당가. 문딩이 잡것, 해는 질고 워찌 살란 말이여이."

태준은 이런 서점동을 비웃거나 업신여길 수가 없었다.

"음지가 양지 될 날 있으면 기엉코 은혜사 갚을 팅께, 항께 있게 애 잠 써줏씨요."

잠이 들 때까지 네댓 번은 이런 말을 했던 서점동은 코를 골고 있었다.

미군 부대에선 거의 쓸모가 없는 살덩이에 불과한 서점동. 이 대대에는 네 개 중대가 있다. 그곳이 어느 산골 어느 고지인지는 모른다. 미군과는 말이 안 통해서 무시를 당하고, 카투사간에는 돈 없는 촌사람이라 괄시를 받고. 그래서 애아버지 서점동은……. 그는 손을 쓰면 안 될 세상일이 없다고 했다. 태준은 남아 있는 돈을 헤아리다가 잠이 들고 말았다.

 몇 번이나 거절을 당하고, 서점동의 말대로 쌔가 닳도록 사정을 해서 겨우 허락을 받았다.

 보급부. 거기서 무슨 일을 할 것인가 하는 태준의 의문은 다음날로 풀렸다. 말만 보급부였지 서 이병은 본부 중대의 공인된 사역병이고 머슴이었다.

 보급부의 힘든 일은 도맡았고, 잔디를 깎다가 페인트를 칠하다가, 황소처럼 일을 하는 서점동을 볼 때마다 태준은 무슨 큰 죄나 진 것처럼 가슴이 무겁곤 했다.

 일과만 끝나면 태준의 침실로 찾아오는 그에게 항시 같은 말을 물었다.

 "무신 말씸이다요. 농새일에 비할라치면 시장스럽소. 내사 배부릉께 신간 편치만 새끼덜이 워짜고 사는지 원……."

 대답도 언제나 이랬다.

 국민학교를 나왔다는 그는 읽기는 해도 쓰는 것은 영 서툴렀다. 그래서 그동안 편지도 서너 번 써주었다. 그리고 매일 조금씩 가르친 보람이 있었는지 멋대로 하는 발음이었지만 영어도 몇 마디 지껄였다.

 일등병으로 진급을 했을 때였다. 서점동은 계급장을 불쑥 내밀었다(계급장은 자신들이 사달게 돼 있다).

 "이게 웬 거요?"

"시답잖은 것인디 받아두씨요. 괜시리 붙어다님성 그간 폐럴 너무 끼쳤구만이라. 탁주라도 한잔 받아야 헐 것인디."

서점동은 쑥스러운 얼굴이었다.

"술은 내가 사죠."

태준은 모자를 벗어 계급장을 바꿔달기 시작했다.

"인자 우리도 출세혔지라우, 꼬붕이 생길 참이니께. 어허, 꼬붕이 생기면 첫마디를 뭐라고 훈계헌디야? 하여튼 출세는 출센디 누가 뭐랄 것이요, 잡것."

서점동의 감격스러운 얼굴. 그가 쓰고 있는 모자에는 언제 달았는지 일등병 계급장이 반짝이고 있었다.

막사로 점심을 날라다 주고 돌아와서도 태준은 마음이 놓이지 않았다. 의무장교는 1주일 후에 실을 빼면 된다고 했다. 더 이상의 치료는 필요가 없다는 것이었다. 그러나 태준의 마음은 그런 게 아니었다. 머큐로크롬이라도 더 발라주고 붕대라도 새것으로 갈아주면 한결 나을 것 같았다. 그래서 태준은 붕대, 머큐로크롬, 솜, 가위를 챙겨가지고 의무실을 나섰다.

서 일병은 약을 바르고 붕대를 감는 동안 몇 번이고 되풀이했다.

"나 땀새 고생을 너무 허는디, 이 일을 워쩐다요."

"그런 걱정 말고 어서 낫기나 해요."

치료를 마치고 한결 후련해진 마음으로 막사를 나섰다.

누가 불쑥 막아섰다. 주춤하며 고개를 들었다. 중대장 바큰스테테였다. 그는 조소 어린 얼굴로 쏘아보고 있었다. 맞부딪쳤나 싶어 태준이 비켜섰을 때다.

"이거 봐, 병원에서 가지고 나온 게 뭐지?"

의심이 가득 찬 말이었다.

"무슨 말씀인가요?"

"도둑질한 물건이 뭐야?"

"도둑질요?"

"어텐 샤앗(차렷)."

중대장은 구령을 외치며 달려들어 주머니를 뒤지기 시작했다. 태준은 이런 경우에 어떤 행동을 취하고 무슨 말을 해야 될지 도무지 알 수가 없었다.

"갓뎀 스랙기 보이(이런 도둑놈의 새끼)."

중대장은 태준의 주머니에서 뒤져낸 머큐로크롬, 핀셋, 가위를 보며 외쳤다.

"저, 그런 게 아니라……."

"변명은 듣기 싫어."

"변명이 아니라 서 일병을 치료했을 뿐입니다."

"누구의 명령이었지? 의무장교 사인을 내봐."

"……, 없습니다."

"그래도 변명이 아냐? 군인은 명령 없이 행동할 수 없다는 걸 알지? 그리고 서 일병은 더 이상 치료가 필요 없어. 알고 있나?"

"할수록 좋습니다."

"닥쳐! 지난번에 분명히 말했지? 규율을 어기는 때는 용서를 않겠다고."

중대장은 돌아섰다.

태준은 멍하니 서 있었다. 중대장은 서 일병이 치료받을 필요가 없는 것까지 알고 있었다. 어쩌면 중대장은 자신의 행동을 줄곧 감시해 왔을지도 모른다는 생각이 들었다.

의무장교만 있었더라도…….

이튿날 오후에 중대장이 불렀다. 그는 사령부 카투사 인사과 앞으로 된 상신서를 내보이며 틀린 사실이 있는지 읽어보라고 했다. 치료를 하기 위해 가지고 나왔던 물건들을 나열하고는, 그 물건들을 절취하려는 찰나에 적발했다고 기술하고 있었다. 멋들어진 도둑놈 누명이었다.

태준은 상신서를 책상 위에 밀어놓았다.

"이게 사실입니까?"

너무 어이가 없던 나머지 태준은 이렇게 묻고 말았다.

"물론이지."

태준은 중대 본부를 나왔다.

중대장 바큰스테테는 김 주사네 아들 갑수를 닮았다. 갑수는 식모 아들 철이를 보통 때는 거지 취급을 했다. 옷이 더럽고 몸에서 구린내가 난다고 업신여기는 것이었다. 그러나 무슨 놀이를 할 때나 싸움이라도 벌어지면 갑수는 철이와 한 패가 되어 감싸고 돌았다. 철이가 건방을 떨다가 아이들에게 얻어맞는 경우에도 갑수는 철이 편을 들고 나섰다. 그래서 갑수는 철이놈을 때린 아이를 자기 집에 못 오게 하거나 꽈배기를 나눠주지 않았다. 흑인 프랭크와의 사건을 연결시킨 중대장의 처사. 피난 시절과 카투사 생활과, 갑수와 중대장과……. 한솥밥을 먹는 처지라 팔은 안으로 굽는다. 태준은 쓰게 웃었다.

의무장교는 끈덕지게 캐물었다. 왜 중대장이 부르더냐는 것이었다. 같이 일하는 존슨이나 하이저에게 무슨 말을 들었는지도 모른다. 태준은 사실대로 털어놓았다. 의무장교는 버럭 소리를 지르며 사무실을 나갔다.

한 시간이 넘어 돌아온 의무장교는 갓뎀을 외쳤다. 이렇게 화가 난 푸로원트를 보기는 4개월 만에 처음이었다.

얼마 후에 흥분을 가라앉힌 푸로원트는 태준을 위로하려고 애를 썼다. 계급은 같은 대위지만 자신은 지휘관이 아니라서 실권이 없다는 것이었다. 염려 말고 사령부에 가면 뒤

쫓아 자기가 탄원서를 상신하겠다고 했다. 미국인이 중대장처럼 전부 나쁘지는 않으니 섭섭하게 생각하지 말라고도 했다. 서 일병을 도운 일이 얼마나 훌륭한 적십자 정신이냐며, 성실하고 정직한 사람인 것을 자기가 잘 알고 있다는 것이었다.

T시에 주둔한 사령부 인사과의 전통(電通)으로 하달된 호출 명령을 받은 것은 사흘 후였다. 그날로 대대를 떠나야 했다.

징계위원회.

세 명의 장교가 입회한 징계위원회는 간단하고 명료했다. 피고인 태준의 진술은 아예 필요하지가 않았다. 원고인 중대장의 상신서 내용을 절대적으로 믿는 징계위원들은 일등병인 태준의 진술은 한낱 변명으로 간주해 버리는지도 모를 일이었다. 징계위원인 한국군 장교는 미군 장교의 상신서의 내용에 적합한 벌을 한국군 졸병에게 내리는 절차를 아무 거리낌 없이 해냈다.

"군대 경험이 짧은 일등병이라는 사실을 참작한다면 선처할 수도 있겠지만, 범행 사실이 뚜렷하고 양국간의 우호 증진에도 관계되는 문제인 고로 본 징계위원회는 가볍게 국편 조치로 판시한다."

파견대장은 제법 위엄까지 부려가며 미리 작성된 판결문

을 낭독했다.

"판결에 이의는 없는가?"

태준은 말없이 의자에서 일어섰다. 그리고 파견대장실을 나왔다.

국편 조치. 한국군으로 돌아가는 것이다. 이것이 무슨 처벌인가. 한국군이 한국 군대로 돌아가는 것. 너무나 당연한 귀결이 아닌가. 태준은 쓰게 웃고 말았다.

세 명의 징계위원들은 어쩌면 그렇게도 피난지에서의 태준 자신이나 다른 애들의 부모를 닮았을까 싶었다. 김 주사나 그의 마누라는 아들 갑수를 앞세우고 집으로 밀어닥쳤다. 그러고는 큰소리를 치며 따지고 들었다. 당신네 아들 태준이가 우리 갑수를 바위에서 떨어뜨렸다는 것이었다. 그런 때면 어머니나 아버지는 야속하게도 굽실거렸다. 그리고 혼을 내주겠다고 약속까지 하는 것이었다. 이때 태준이 사실대로 말을 하려면 어머니나 아버지는 윽박질러 입을 못 열게 했다. 의기양양하게 갑수네가 가버린 다음에는 야단을 맞는 것이다. 얼마나 분하고 억울한지 몰랐다. 사실은 갑수 제 놈이 발을 헛디뎌 떨어진 것이었다. 그때 태준은 같은 바위에 서 있었던 것뿐이다. 그리고 갑수를 때린 것이 아니라 말타기 놀이를 하다가 아이들이 깔리는 바람에 태준은 갑수 위에 덮쳤을 뿐이다. 다른 아이들도 이런 엉뚱한 죄를 뒤집어쎴고 그들의 부모들도 하나같이 자기 자식들의 말을 믿으려 하지 않았다. 동네의 유지로 불려지던 갑수의 아버지 김주사와 그 동네에서 피난살이를 하던 태준네와, 동네에서 제일가는 부자인 갑수네와 가난한 다른 애들의 부모와.

"강태준, 이것 받아가시지."

고개를 돌렸다. 특명계 조수라는 최 상병이 의자에 앉은 채 몇 장의 종이를 내밀고 있었다.

"이게 뭡니까?"

"특명."

"특명이라뇨?"

"국편 특명이라니까."

"……."

종이를 받아들고 태준은 한참을 그대로 서 있었다.

"뭘 하고 있어? 빨리 출발하잖고."

태준은 얼결에 돌아섰다. 그리고 쫓기듯 사무실 문을 밀었다.

"오늘 오후 4시까지 보충대에 신고야."

뒤에서 들리는 말이었다.

5분 만에 끝난 징계위원회, 파견대장실에서 인사과로, 문 하나를 여닫는 사이에 국편 특명이 마련되었다는 결론이다.

의무장교 푸로원트의 조용한 얼굴이 떠올랐다. 그가 보낸다는 탄원서는 어떻게 되었을까. 그걸 뒤미처 받아들고 인사과에서는 어떤 표정을 지을까. 휴지통에 몇 장의 휴지가 불어난 것으로 끝나고 말 일일 것이다.

퀀세트 건물의 긴 복도를 지나 현관으로 나섰다. 태준은 손에 들고 있던 국편 특명을 접어서 주머니에 넣었다. 그리고 프랭크 녀석을 생각했다. 쓴웃음이 나왔다. 철이놈을 갈겨주고 나서부터 김 주사네 정자나 대청마루에서는 다시 놀 수가 없었다. 프랭크 녀석과 싸우고 나서 샤워와 수세식 변소를 등지는 것이다.

정문 위병소 옆에서 서울행 미군 버스를 탔다. 버스는 곧 출발했다.

태준은 눈을 감았다. 서점동의 얼굴이 선하게 떠올랐다.

사령부 인사과의 호출 명령을 받고 곧 장비를 반납했다. 그리고 서 일병을 막사로 찾아가 숨겨온 이야기를 대충 했다. 서 일병은 벌떡 일어나 앉으며,

"워메, 시상에 이랄 수도 있답디여? 당최 무슨 일인지 모르겠소이. 금메 말이요, 이랄 수도 있답디여?"

펑펑 가슴을 쳤다. 태준은 염려 말라는 말만 되풀이했다.

"가쟁이럴 찢어놀 자석덜이, 금메 이랄 수도 있당가. 영축 읎이 살괘기만 처묵고 사는 자석덜이라 독헌 것 아니겄소, 그렇지라우?"

"글쎄요. 시간이 없으니 이만 가봐야겠소."

"무정허요 무정해. 진작 좀 알릴 것이제 떠남시롱 요것이 무신 일이다요."

"나오지 말아요, 걷기 힘드는데."

"와따 가만있으씨요. 나 땀세 벌받으러 가는 사람인디, 무신 심뽀로 나자빠져 있을 것이요."

의족에 몸을 의지해서 서점동은 정문까지 따라나왔다. 그동안 둘이는 같은 말을 되풀이했다.

"꼭 돌아오지라우?"

"그럼요."

"거짓말 아니지라우?"

"정말입니다."

"나 땀세, 나 땀세……."

서점동은 이렇게 말을 맺었고, 태준은 십중팔구 거짓말이 될 것을 알면서도 이런 대답을 할 수밖에 없었다.

"김 일병에게 식사 부탁을 했으니 며칠간 막사에서 먹도록 해요."

"고맙구만이라. 근디……, 요거 노자에 보탰씨요."

서점동은 꼭꼭 접은 백 원을 내밀었다. 태준은 가슴이 뭉클했다. 굳이 사양을 하자,

"이래 쌓먼 나 팍 죽어뿔라요."

눈물이 글썽해지는 것이었다.

태준은 돈을 받아들고 서점동의 손을 잡았다.

"꼭 돌아오지라우? 나 땀세, 나 땀세……."

눈물이 곧 떨어질 듯 가득 고였다.

"몸조리 잘하시오. 편지도 김 일병이 써줄 것이오."

"고맙구만이라. 근디 나 땀세, 나 땀세……."

태준은 바삐 정문을 나섰다.

"꼭 돌아오씨요이, 기다릴 팅께."

들려오는 목소리는 울고 있는 게 분명했지만 태준은 돌아볼 수가 없었다.

얼마를 걸어오다 돌아다보니 의족에 몸을 의지한 서점동은 그때까지 모자를 흔들고 있었다.

〈1970년〉

선생님 기행

"도대체 뭐냔 말예요?"

설립자의 영애(令愛)이시자 교감인 뚱뚱보는 체구에 걸맞게 고함을 질렀다.

영걸은 깊숙이 고개를 숙였다.

"정말 죄송하게 됐습니다."

"선생을 하겠다는 사람의 양심이 틀려먹었어요. 이력서 위조하는 양심으로 어떻게 2세 교육을 하겠다는 거예요?"

영걸은 또 머리를 조아렸다. 그런 그는 아내를 생각하고 있었다.

"용서하십시오."

"용서요?"

교감은 코웃음을 쳤다. 그리고 서랍에서 초콜릿을 꺼내 야금거리며 책상 위에 펼쳐놓은 책으로 시선을 돌려버렸다.

영걸은 조급해지고 있었다.

"교감 선생님, 사실 그 일이……."

"글쎄, 필요 없다잖아요."

영걸은 그만 일어서고 싶었다. 그러나 아내가 있었다. 애 갖기까지도 뒤로 미루고 살아보겠다고 안간힘 쓰는 아내의 모습을 떼칠 수가 없는 것이다.

"교감 선생님, 저의 경우……."

"아 신경질 나. 왜 치근덕거려요."

치근덕거려? 그러나 영걸은 아내가 어서 애엄마가 되게 해주고 싶었다.

"교감 선생님, 이번 한 번만……."

"사람은 얼마든지 있어요. 이력서 위조하지 않는 양심가들이 얼마든지 있다니까요."

영걸은 더 이상 어쩌는 도리가 없었다. 교감의 책상 앞에서 물러나왔다.

책상으로 돌아와 앉을 때까지 영걸은 등뒤로 많은 시선을 따갑게 느껴야 했다.

영걸은 책상 서랍을 차례로 빼보았다. 별반 정리할 것은 없었다. 그도 그럴 것이 출근 사흘 만에 당하는 파면이 아닌가.

영걸은 담배에 불을 붙였다.

엿새 전, 그러니까 3월 2일 오후에 집을 나설 때는 영걸의 가슴은 자못 설레기까지 했다.

광화문 뒷길에 자리 잡은 학교를 서너 번 물어서 찾아가면서도 영걸은 동문(同門) 민수의 말을 생각하고 있었다.

"2만 4천 원의 월급은 괜찮은 편이야. 그런 종류의 학교로선 어지간한 대우거든. 경험 삼아 한 1년 있다가 딴 데로 옮기도록 해보세."

R상업전수학교. 영걸은 교문을 들어서면서 가슴에 찬 기운이 스치는 걸 느꼈다. 고개를 저었다. 민수가 거짓말을 했을 리가 없었다. 마당에 불과한 운동장, 꼭 남루한 거지 몰골을 한 헐어빠진 건물. 이런 꼴로 어떻게 2만 4천 원의 월급을 지급할 수 있을까 하는 의문이고 실망이었다.

"최영걸 씨라, 막걸리 잘하십니까?"

희극배우 백 아무개를 잘 닮은 교감이라는 뚱뚱보 여자. 들어오세요, 앉으시죠 하는 형식적인 말을 빼놓고 난 교감의 첫마디였다.

"별로 좋아하지 않습니다."

"이름이 막걸리 냄새를 풍기는 것 같아서."

교감은 소리 내어 웃었다. 영걸은 따라 웃지 않았다. 교감은 자신의 농담이 퍽 위트가 있다고 느끼는 모양이었지만 영걸은 풋감을 씹는 맛뿐이었다.

"교단엔 처음이죠?"

"예에."

영걸은 여자 교감의 나이를 서른대여섯쯤으로 헤아리고 있었다.

"사학과라, 각오는 돼 있겠죠?"

"……"

교감은 두어 번 헛기침을 했다.

"본교에는 주·야간이 있습니다. 주간은 월급이 만 5천 원이며, 이건 여자 선생의 경우에 한합니다. 남자 선생은 주·야간을 다 해야 하며 월급은 2만 4천 원입니다. 주·야간을 맡는 데 있어 1주일간의 시간은 총 50시간이며, 오전 7시 반까지 출근해서 오후 9시 반에 퇴근합니다. 물론 담임도 맡아야 됩니다."

싫으면 그만두라는 식의 거만스런 말투에 신경 쓸 여유가 없었다.

1주일에 50시간. 그럼 하루에 평균 8시간. 오전 7시 반까지 출근이면 수유리 집에서 광화문까지 40여 분. 기상은 늦어도 6시. 퇴근해서 집에 돌아오면 밤 10시가 넘는다. 집을 떠나서 되돌아오기까지는 17시간. 2만 4천 원의 월급이면 하루에 천 원 벌이. 거기에서 갑종근로소득세를 제하고 경조비를 빼고 국민저축이니 뭐니를 공제하면······.

"맘에 없으신 모양이죠?"

교감은 대답을 독촉하고 있었다.

─우리도 곧 잘살게 돼요. 함께 벌면 금방예요.

아내는 넥타이를 매주면서 벅차 있었다. 그런 아내의 물기가 젖은 듯싶은 눈은 더 많은 말을 담고 있었다.

영걸은 이것저것 따지지 않기로 했다.

"근무하도록 해주십시오."

영걸은 고개를 약간 숙여 보였다.

"알겠어요. 내일 오후 2시의 직원 회의에 참석하도록 해요."

어쨌든 취직은 된 것이다.

교문을 나오면서 영걸은 마음을 다지고 있었다. 머슴도 좋고, 종이면 또 어떠냐. 아무거나 되자. 군대 3년 동안 아내가 겪어낸 고생을 생각하면 무슨 짓인들 못할까.

다음날 직원 회의는 교무실의 확장 수리 관계로 교실에서 열렸다.

설립자 선생은 기고만장하게 열변을 토하고 있었다.

"본교는 사막의 오아시스가 되어왔습니다. 칠야의 바다를 밝히는 등대였습니다. 내가 이 학교를 정규 중·고등학교로

인가를 못 내는 줄 아십니까? 천만의 말씀입니다. 인가를 안 내는 것입니다. 왜냐? 불우 아동을 키우자는 희생 정신의 발로 때문입니다."

이런 식의 연설은 장장 한 시간 이상 계속되고 있었다.

허수아비 인상이 짙게 풍기는 교장이 또 열을 올렸다. 다음에 여자 교감이 한정 없이 시간을 잡아먹었다. 그러고 나서 연중 계획표의 프린트가 배부되었다. 교감이 총괄적인 설명을 했다.

"교사들의 지도 결과와 학생들의 평소 실력을 테스트하기 위해 금년부터는 어느 과목이나 예고 없이 시험을 치르기로 했습니다. 학생 성적이 수준 이상이면 담당 교사는 표창을 받겠지만 그렇지 못하면 책임 추궁을 당할 것입니다."

저런 1주일에 50시간의 수업, 예고 없는 시험. 먹을 것 없는 제사에 절이 열두 번이라는 속담은 꼭 이런 경우를 가리키는 말이었다.

부서별로 주임들이 침을 튀기고 있었다. 어찌된 영문으로 이 학교에서 감투라는 것을 쓴 사람들은 하나같이 흥분형이었다.

다음 순서가 신임 교사 소개였다. 교감이 호명을 시작했다.

첫 번째 사람은 꾸벅 절을 하고 나서 "아무것도 모릅니다. 잘 부탁 올립니다" 했다. 두 번째 사람은 벌떡 일어서더니

"여러 선생님의 기탄없는 지도 편달을 바랍니다" 하고는 털썩 주저앉았다. 그 사람의 얼굴은 벌겋게 상기되어 있었다. 저 친구도 머잖아 감투 쓸 여건을 충분히 갖추고 있구나, 영걸은 생각했다. 세 번째는 여자였다. 주먹만 한 얼굴을 가진 그 여자는 나부시 절을 하고는 "여러 선생님과 함께 일하게 된 것을 영광으로 생각합니다" 하는 것이었다. 네 번째, 다섯 번째도 여자였다. 영걸은 여섯 번째에 호명을 당했다. 일어서서 고개만 꾸벅 숙이고 앉았나. 마지막으로 불린 사내는 목청을 가다듬어 "설립자 선생님과 교장 선생님과 교감 선생님의 뜻을 받들어 노력 분투하겠습니다. 감사합니다" 하고 장내를 휘 둘러보고는 유유하게 앉았다. 옳다, 넌 내일 당장 감투를 쓰겠구나, 영걸은 괜히 자기가 민망해졌다.

  교무 수첩이 배부되는 동안 영걸은 여섯 신임 교사의 얼굴을 살펴보았다. 모두 만족스런 표정이었다. 더러는 감격스런 표정을 지니고 있기도 했다. 영걸은 거울을 보고 싶었다. 자신의 표정은 저래서는 안 될 일이었다. 그들도 교감과 면담을 했을 것이다. 그런데…….

  마지막 순서로 배지를 나눠주었다. 영걸은 그걸 받아들고 어리둥절해졌다. 배지는 틀림없는 금이었다. 교감의 성화에 배지를 양복 깃에 달면서도 영걸의 마음은 가볍지 못했다.

  회의가 끝났을 때에는 밖에 땅거미가 깔리고 있었다.

식당에 자리를 잡자 대머리의 교무주임이 깜빡 잊었다며 시간표를 뿌리고 다녔다. 불고기가 프로판가스 위에서 지글거리며 타고 정종잔이 오갔다. 영걸은 몹시 시장하던 식욕을 잃고 말았다. 볼펜으로 시간표의 '걸' 자에 동그라미를 쳐나가면서 쓴 입맛을 다시고 있었다. 자신이 맡아야 될 학년이 주·야간 중학교 1학년부터 고등학교 3학년까지였던 것이다. 예고 없는 시험, 표창장, 책임 추궁. 아무래도 잘못 돌아가고 있었다.

 영걸은 서너 번 돌아온 술잔을 멀리했다. 빌어먹을, 간단한 회식이란 거창한 잔치판으로 변해 있었다. 정종 주전자가 잇달아 들어오고, 여선생들은 간드러지게 웃어대며 콜라병을 터뜨리고 있었다.

 다음날 영걸은 비닐 가방에 도시락 두 개를 넣고 출근을 했다. 무질서하고 난잡한 쇼단에 가입한 기분이었다.

 오전 중에는 먼지를 뒤집어쓰며 확장된 교무실의 대청소를 했다. 책상을 옮기다가 그만 바지에 페인트가 묻고 말았다. 파란색 페인트는 짙은 회색 양복에 울화가 치미는 추상화를 그려놓고 있었다. 영걸은 애꿎게도 처음 보는 학생들에게 걸레를 깨끗이 빨라고 꾸짖거나 게으름을 피운다고 쥐어박기도 했다.

 점심을 먹고 이내 직원 회의가 시작되었다. 2시에 있을 시업식에 대비한 것이었다. 교장이 한마디, 교감이 너는 뭐냐는 식으로 한마디. 교무주임, 생활지도주임, 연구주임의 전달 사항. 영걸은 연구부의 구석 자리에 앉아서 바지의 페인트를 박박 문질러대고 있었다.

영걸은 2학년 2반의 담임이 되어 시업식에 참석했다.

부잣집 정원으로도 좁을 운동장에 비좁게 늘어선 주간 학생들. 그들의 헐어서 색이 바랜 교복에는 꾀죄죄하니 때가 설어 있었다. 그리고 얼굴은 거의가 꺼칠하게 메말라 있거나 핏기가 없었다. 그들의 눈이 감겨 있다면 그 초췌한 얼굴들은 살아 있다고 느끼기가 어려울 지경이었다.

"헐벗고 굶주리는 불우한 아동들을 공부시켜 그들이 사회의 일꾼이 되게 하고, 민족과 국가를 위하여 일하는 기둥이 될 수 있게 그들을 키우는 것을 본교의 기본 사명……."

설립자 선생의 거창하신 말씀이 떠올라 영걸은 먼 하늘로 눈길을 보냈다.

추운 날씨도 아닌데 학생들의 대부분은 어깨를 움츠리고 섰거나 떨고 있었다. 내의를 입지 않은 탓일까. 그러나 영걸은 내의를 입지 않았는데도 전혀 추위는 느껴지지 않았다. 대부분 굶주렸기 때문인지도 모른다. 그렇지, 오후의 버스 간에서 보아오던 학생들. 서글픈 목소리로 구성지게 자신의 불우한 처지를 호소하거나, 구구절절이 애처로운 사연을 적은 종이를 나눠주고 연필이나 껌을 팔아달라던 학생들. 그들이 한꺼번에 이 운동장에 몰려든 것이 아니냐.

어젯밤의 회식, 정종과 지글거리며 타던 불고기와 까르르 웃음 소리에 섞여 터지던 콜라병과……. 영걸은 배지가 달린 양복 깃으로 자꾸만 손이 올라가려는 것을 간신히 참고 있었다. 그리고 조금 전 직원 회의 때 등록금 납부자 명단 작성 요령을 구구하게 설명하며 깨끗하고 정확하게 꾸미라고 되풀이하던 교감의 목소리가 귓전을 맴돌고 있었다.

20여 분이 넘었는데도 교장의 훈화는 계속되고 있었다.

4시에 또 직원 회의가 열렸다. 야간 시업식 때문이었다. 다시 똑같은 사람들의 똑같은 말이 되풀이되고 있었다.

"추가로 알립니다. 선생님들께서는 부득이한 경우 결근을 하실 때는 이틀 전에 알려야 합니다. 갑자기 아픈 경우에는 수업 시작 전에 전화로 알리고 이틀 내에 진단서를 첨부한 결근계를 제출해야 합니다. 그외에는 어떠한 결근도 인정하지 않겠습니다."

교감의 말에 영걸은 귀가 번쩍 띄었다. 이틀 전에 알린다? 그럼 이 일을 어쩌나. 내일부터 사흘간은 결근을 해야 한다. 어떤 일이 있어도 거긴 가야 하는 것이다. 그외에는 어떠한 결근도 인정하지 않는다? 그럼 목을 자르겠단 말인가. 영걸은 지난 몇 년 동안 누적되어 온 불만이 폭발할 것 같은 감정을 억눌렀다.

5시경에 두 번째의 도시락을 풀었다. 밥알이 입 속에서 겉돌며 넘어가질 않았다. 눈을 감고 억지로 넘기고 나면 구역질이 치밀었다. 톱밥이나 모래알을 씹으면 이럴까 싶도록 밥은 맛이 없었다. 배가 덜 고픈 탓은 아니었다. 내일부터 사흘간 결근을 해야 될 일이 마음에 그림자를 짓고 있었다.

시업식 날이라 오후 7시에 일찍 퇴근을 했다.

교감에게 결근을 해야 되겠다는 말은 기어코 하지 못하고 말았다.

예비 사단과 제대증. 그건 3년형을 언도받은 죄수가 만기 출옥하는 것이나 다를 바 없었다. 어떤 일이 있어도 예비 사단에는 가야 하는 것이다.

생각하면 웃을 수도 울 수도 없는 일이었다.

제대는 무작정 연기되고 있었다. 공식 발표도 아무런 해명도 없었다. 복무 연장에 관해서는 일언반구도 없는 대신 '북괴 도발'에 관한 기사로만 신문들은 3면을 메우고 있었다. 국회가 안전 보장을 빙자하여 장기 집권을 마련할 정치 도구로 쓰려는 꿍꿍이 수작이다. 아니다, 그 무슨 날벼락 맞을 소리냐. 오로지 북괴의 야만적 도발을 막기 위한 국토 방위의 순수한 목적일 뿐이다.

며칠씩 늦게 들어오는 신문을 읽으며 막연하게 제대를 기다리는 도리밖에 없었다.

영걸의 제대 예정은 9월 중순이었다. 행여나 하던 것이 해를 넘기고 말았다. 영걸은 애가 탔다. 신년 취직 기간을 놓치지 않으려고 바둥거렸다. 1월에 휴가를 나와 설레발을 치고 다녔다. 시험도 치르고 이력서도 몇 통을 썼는지 모른다. 경험이 없다. 현역이 무슨 취직이냐. 거절의 이유도 갖가지였다. 제대 소식은 다시 2월 말로 밀려갔다. 어쩌는 도리가 없었다. 이력서에는 2월 10일 제대라고 해서 몇 군데에 디밀었다. 그런데 2월 말에 가서 받아든 제대 특명은 야속하게도 제대 날짜가 3월 7일이었던 것이다. 그러니까 5일 예비 사단에 신고를 해서 7일 제대증을 받게 되어 있었다.

내일은 5일, 이력서에는 제대일이 2월 10일로 명기되어 있다. 그런데 어떻게 교감에게 제대증을 받으러 가기 때문에 결근을 해야겠다고 말할 수 있을 것인가. 야속한 군대, 고생스런 3년이었다. 그러나 지금으로서는, 제대 특명이 하달되자 이내 귀가의 혜택을 베풀어 이렇게 취직이라도 할 수 있게 해준 부대장에게 감사를 드려야 될 것인가.

만원 버스에 흔들리고 있는 영걸의 마음은 산란하기만 했다.

아내를 시켜 교감에게 전화를 걸도록 했다. 결근 사유로는 몸이 불편하다는 것이 막연한 대로 그럴듯하리라 싶었다.

7일 석양 무렵에야 예비 사단을 나올 수 있었다. 5일부터 7일까지, 사흘 동안 영걸은 분단 조국의 서글픈 젊음을 새삼스럽게 바라보며 허허롭기만 했다. 그 3일 동안의 지루함이란 3년의 군대 생활에 못지않았다.

　아내는 이르는 대로 전화를 걸었노라고 했다. 별말 없더냐니까 알겠다고 하더라는 것이다. 정말이냐고, 통화 내용이 그뿐이냐고 되묻자, 무슨 남자가 그렇게 소심해요 하며 아내는 핀잔을 했다. 영걸은 믿어지지 않았다. 그렇게도 앙칼진 교감이 그리 수월하지만은 않았을 거라는 생각이었다. 모르면 모르거니와 어디가, 어떻게 아프냐고는 물었을 것이고, 그것도 아니라면 언제쯤 출근할 수 있느냐는 말만은 빠뜨리지 않았을 교감이었다. 그만둘까 하다가 영걸은,

　"전화 받은 건 틀림없이 여자였지?"

　"참 당신두, 그 반대였어요. 어서 식사나 하세요."

　"뭐어?"

　"아니 왜 그러세요?"

　"아냐, 아무것도 아냐."

　"당신 참 이상하네요. 결근 사흘 하고 뭘 그리 걱정이세요. 여선생들은 앨 낳으면 한 달씩이나 쉬는데."

　이런 철부지……. 전화를 받은 남자가 누구라더냐 물어보려다가 그만두었다.

저녁을 마치고 아내와 병원으로 갔다. 진단서를 떼기 위해서였다.

 영걸은 다음날 아침 다른 날보다 이르게 집을 나섰다. 교감이 출근하기 전에 학교에 도착하기 위해서였다.

 교무실로 들어서던 영걸은 멈칫했다. 선생 서너 명이 띄엄띄엄 앉아 있을 뿐인 휑한 교무실에 교감이 떡 버티고 앉아 있었던 것이다. 책상에 다다를 때까지 영걸의 뒤통수는 내내 스멀거렸다. 교감의 그 기운 넘치는 고음의 목소리가 곧 터져나올 것만 같았던 것이다.

 책상 위에 가방을 놓은 영걸은 교감을 흘끗 훔쳐보았다. 교감은 천장을 바라보고 있었다. 어쩌면 자신을 부르고 있는 무언의 포즈인지도 모른다고 생각했다.

 영걸은 고개를 약간 수그리고 교감의 책상을 향해 걸어갔다. 손에는 진단서와 출근부에 찍을 도장이 들려 있었다.

 교감의 책상 앞에서 될 수 있는 대로 고개를 깊숙이 숙였다.

 "죄송합니다. 몸이 불편해서 그만……"

 "그래서요?"

 교감의 목소리는 차가웠다. 영걸은 그만 얼떨떨해지고 말았다. '그래서요?'라니, 이런 경우에 무슨 말로 대답을 대신해야 될지……, 영걸의 머리는 멍해져 있었다.

"그래서 어쨌다는 건가요?"

"저어 본의 아니게 결근을 했습니다."

"본의 아니게? 그래서요?"

영걸은 어깨를 한 번 추슬렀다.

"여기 진단서를……."

영걸은 진단서를 책상 위에 조심스레 밀어놓았다.

"많이 아프셨던가요?"

진단서를 손가락 사이에 끼워 집어가면서 교감은 갑자기 누그러진 목소리로 물었다.

"뭐, 그저……."

영걸은 손바닥을 맞비비며 어물거렸다.

그동안 열 명도 넘는 선생님들이 교감 앞에서 무거운 절을 하고는 출근부에 도장을 찍고 돌아갔다.

진단서를 들여다보고 있는 교감의 표정, 특히 입술 언저리에서 피어나고 있는 웃음은 틀림없는 비웃음이었다.

"척추 충격이라. 척추 골절이 아니라 천만다행이군요."

교감의 목소리는 여전히 부드러웠지만 가시가 돋쳐 있었다.

"최 선생은 친척 되는 의사라도 있는 모양이죠?"

"예에?"

영걸은 가슴이 뜨끔했다.

"좋아요. 직원 회의를 시작하겠으니 자리에 앉으시죠."

영걸이 출근부를 펼치려 하자 교감은,

"아, 그건 그대로 두세요."

도장을 찍지 못하게 했다.

영걸에겐 더없이 지루한 직원 회의였다.

회의가 끝나자 교감은 곧 영걸을 불렀다.

"최 선생은 제대가 언제죠?"

영걸은 가슴이 덜컥했다. 허나 태연을 가장할 수밖에 없었다.

"이력서에 기재된 대로 2월 10일입니다."

"설마 내가 허수아비로 뵈진 않겠죠?"

"무슨 말씀이신지……."

영걸은 마른침을 삼켰다.

"무슨 말이냐구요? 병무청에 병적 조회를 했다는 말입니다."

순간 영걸은 정신이 아찔해지며 뭔가가 가슴에서 우르르 무너져내리는 소리를 들었다.

"이 진단서 대신 제대증을 내놓는 게 더 솔직할 텐데요?"

교감은 진단서를 책상 위에 던지며 일어섰다.

"교감 선생님, 잠깐 말씀드릴 게 있습니다."

영걸의 목소리는 약간 떨리는 듯했지만 단호했다. 막바지에 몰리면 누구나 그렇듯이 지금의 영걸도 당돌할 만큼 강해져 있었다.

"무슨 말인데, 하세요."

교감은 의자에 털썩 주저앉았다.

"어떻게 하라는 말씀입니까?"

"다 아시잖아요."

교감은 눈으로 출근부를 가리켰다. 출근부에 도장을 못 찍게 했으니 알아차리라는 뜻일 것이었다.

그럼 파면? 영걸은 순간적으로 솟구치는 분노를 느꼈다. 항의 한마디 못하고 꼼짝없이 치러낸 복무 연장 6개월이었다. 그런데……, 영걸은 격해지려는 감정을 꾹 눌렀다.

"교감 선생님, 저 같은 경우는 정상을 참작해 주셔야 되겠습니다."

"이력서 위조범의 경우에도 정상 참작이 있나요?"

영걸은 교감의 조소 어린 얼굴을 똑바로 쳐다보고 있었다.

"뭐예요?"

안색이 차갑게 변한 교감의 날카로운 음성이었다.

"이력서 위조범이 되고 싶어 된 게 아닙니다."

"그래서요?"

"교감 선생님께서도 무장 공비의 도발을 기억하실 겝니다. 제대는 무작정 연기됐습니다. 저의 제대 예정은 작년 9월 중순이었습니다. 결과적으로 6개월을 더 군대에 붙들려 있어야 했습니다. 먹고 살기는 해야겠고 며칠 늦어진 제대 때문에 취직을 포기할 순 없고, 교감 선생님, 이건 제 잘못이 아니잖습니까."

"글쎄, 그게 나와 무슨 상관이죠?"

"예? 무슨 상관이냐구요?"

영걸은 교감을 넋 없이 바라보았다.

"어쨌든 현역 군인을 채용한 것은 내 불찰이고, 현역을 채용하지 않는다는 것은 우리 학교의 기본 방침이니 어쩔 수 없어요."

교감은 미결함에서 서류를 꺼내 펼쳤다.

영걸은 그만 돌아서버릴까 생각했다. 그러나 이내 고개를 저었다. 아내가 벌어오는 어설픈 돈을 바라고 실업자 생활을 할 수가 없었다.

"교감 선생님, 이제 제대는 했습니다. 그리고 복무 연장은 국가적인 조치 아니었습니까."

교감은 짜증스럽게 서류를 밀치며 말을 받았다.

"그래서 연대 책임이라도 지란 말인가요?"

"저의 경우는 어쩔 수 없잖습니까?"

"하하하하…… 최 선생, 여기가 원호청인 줄 아세요? 난 원호청장이 아니라 교감입니다, 교감. 그리고 최 선생은 6개월 더 복무한 사실이 무슨 영웅적인 일을 했다고 생각하는 모양인데 그건 큰 오해예요. 6개월 더 근무한 사람이 최 선생 하나라면 또 몰라요. 만약 최 선생이 상이 군인이라도 됐더라면 큰일날 뻔했군요. 도대체 뭐예요. 당연한 일을 가지고."

"교감 선생님, 그게 아니고······."

교감은 급기야 책상을 내리치며 뚱뚱한 체구에 어울리는 고함을 질러버렸던 것이다.

"도대체 뭐냔 말예요!"

영걸은 새 담배에 불을 거푸 붙였다. 깊이 빨아들인 담배 연기는 휑 뚫린 듯싶은 가슴에서 스산한 바람이 되어 한숨으로 변해나왔다.

사실 교감은 오래도록 참은 것이다. 기왕 떠나보낼 사람이니 좋은 말로 보내고 싶었던 것인지도 모른다. 직원 회의가 끝나고 곧장 교무실을 나갔든지 아니면 교감이 눈으로 출근부를 가리킬 때 이야기는 끝났어야 했을 것이다.

그렇다면 이다지 가슴이 허황할 리도 없을 것이고, 또 이처럼 초라함을 느끼지 않아도 되었을 것이다. 그러나 이력서 위조범이라는 어이없는 형사 죄명이 붙기 전에 자신의 경우는 누구에게나 이해가 될 줄 알았던 것이다. 그리고 6개

선생님 기행

월 연장 근무를 했다는 사실이 공식적인 사회 제도에 통할 수 있으리라 믿었던 것은 결코 순진해서만은 아니었다.

하긴 교감의 말이 맞다. 6개월 연장 근무한 사람이 하나뿐이 아닌 것은 틀림없는 사실이다. 그런데 혼자만이 정상을 참작해얄 게 아니냐고 따졌다. 이에 교감은 상이 군인이 됐더라면 큰일났겠다고 했고, 여긴 원호청이 아니라고 잘랐다. 미련스럽게 뚱뚱한 체구에 비해 퍽 재치가 있는 응수였다.

영걸은 지금도 기억하고 있다. 국민학교 5학년 때던가. 그러니까 휴전 협정이 이뤄지고 난 후였다. 길거리에도 장터에도 두 다리가 몽땅 잘린 앉은뱅이, 한쪽 소매가 펄럭이는 외팔이나 애꾸눈의 사내들이 드글거렸다. 그들은 모두 전쟁에서 돌아온 상이 군인이라고 했다. 그들은 어린애들에게는 아무런 관심도 두지 않았지만 어른들에게는 언제나 시비를 걸거나 싸움판을 벌였다. 싸움이 벌어지면 그들은 나무다리를 휘두르거나 몽당팔에 달린 번쩍이는 쇠갈쿠리를 휘둘렀다. 그러면 사람들은 무작정 뺑소니를 쳤고, 그들은 하나같이 "우리가 누구 땜에 이꼴이 된 줄 알아? 이 개놈의 새끼들아, 누구 때문인 줄 아느냔 말야" 하며 악을 쓰고 억울해 했던 것이다.

하산역은 사람으로 붐볐다. 영걸은 누나의 손을 잡고 개찰구를 향해 비집고 나갔다.

"이것 사시오."

얼굴에 흉터투성이의 사내가 누나의 면전에 노란물을 들인 닭털을 불쑥 디밀었다.

"돈이 없어요."

"무슨 소리야, 차표는 어떻게 샀어."

"정말 돈이 없어요."

누나의 목소리가 떨렸다.

"쌍, 데데하게 놀지 말라야. 시집도 못 가게 쌍판을 싹 후비기 전에 빨리 사라우."

사내는 쇠갈쿠리를 번쩍 들어 누나의 얼굴에 바싹 갖다 댔다. 영걸은 그만 숨이 막혔다. 상이 군인은 그 사내뿐이 아니었다. 애꾸도 있고, 나무다리를 낀 외다리도 있고, 구렁이가 잠긴 듯한 상처투성이의 아랫배를 까내 놓고 높은 의자에 앉은 앉은뱅이도 있었다. 영걸은 그 사내가 쇠갈쿠리로 누나의 얼굴을 긁어버릴 것만 같아 바들바들 떨었다.

"야, 싹 긁어버려. 고렇게 삼삼하게 생긴 쌍판이 네 차지가 되긴 어차피 틀렸으니까 싹 긁어주고 나서 데리고 살면 안성맞춤이로구나."

아랫배에 구렁이가 잠긴 앉은뱅이가 소리 질렀다. 그러나 다른 사내들은 와아 하고 웃음을 터뜨렸다. 영걸은 무작정 누나의 팔을 흔들어댔다.

"여깄어요."

드디어 누나는 조그만 지갑에서 돈을 꺼냈다.

"진작 그러실 것이지, 괜한 사람 나쁘게 만들어놓구선⋯⋯. 죄송합니다. 안녕히 가십시오."

쇠갈쿠리의 사내는 계면쩍은 얼굴을 하며 목소리도 금방 부드러워졌다. 그리고 꾸벅 절까지 하는 것이었다.

외가엘 간다는 즐거움에 넘치던 영걸의 가슴은 누나의 손에 이끌려 기차에 오르면서도 무서움에 벌떡거리고 있었다.

기차가 움직이기 시작하자 비로소 영걸은 마음이 놓였다. 차창 밖으로 침을 내뱉으며 영걸은 욕을 해댔다.

"순 도둑놈들이야, 깡패 자식들이구."

영걸은 새삼스럽게 그 상이 군인들이 떠올랐고, 그들의 행패와 다름없었던 행동에 뒤늦은 연민을 느꼈다. 전쟁터에서 잃어버린 팔, 다리, 그리고 눈. 외면해 버린 국가의 원호와 싸늘한 사회의 무관심. 번드르르한 상이 용사 훈장을 지키려는 긍지는 굶주림 앞에서 얼마나 꿋꿋할 수 있었을까.

영걸은 자리에서 일어섰다. 우선 교무실을 나가야 했다. 벽에 후줄근히 걸린 오버를 내려가지고 한 팔에 걸치고 돌아섰다.

교감은 이미 자리를 뜨고 없었다.

영걸은 교무실을 나와 복도를 걸어가다가 멈칫했다.

"고구려의 시조 동명성왕은……."

분명히 자신의 담임반에서 흘러나오는 목소리였다. 출근 전에 시간표를 확인했다. 오늘 역사는 주·야간을 합해서 7시간, 첫째 시간이 2학년 2반이 아니던가.

이미 이렇게 됐었구나, 영걸은 배신감과 모멸감을 동시에 느꼈다.

—사람은 얼마든지 있어요. 이력서 위조하지 않는 양심가들이 얼마든지 있다니까요.

교감의 목소리가 복도 가득 공명을 일으켰다.

영걸은 쫓기듯 교문을 나섰다.

골목을 벗어났다. 바람이 없는 3월의 날씨에 오버가 무거웠다. 고개를 들었다. 햇빛에 눈이 부시다. 이마로 손을 가져갔다. 넷째손가락과 새끼손가락 사이에 육교가 걸려 있다. 사람들이 빠른 걸음으로 오가고 있었다. 봄맞이 옷을 입고 경쾌하게 걸어가는 여자들에게 시선이 멎었다. 불현듯 아내 생각이 났다. 아내는 스프링코트가 없다. 스프링코트를 입어야 할 계절에 입는 것이 사치는 아닌 것이다. 그러나 아내는 스프링코트를 입지 못하고 이 봄을 나야 되고 말았다. 불쌍한 것…….

광화문 지하도에 이르렀을 때였다. 책가방을 든 개구쟁이 녀석 서너 명이 노래라기보다는 악다구니를 쓰며 지하도를 나오고 있었다.

"어제의 용사들이 다시 뭉쳤다아 직장마다 피가 끓는 드높은 사기……."

향토예비군 노래? 영걸의 머리에는 예비 사단에서 송별사를 하던 대령이 떠올랐다. 대령은 송별사를 통해 1주일 이내에 제대 신고 겸 향토예비군 신고를 마쳐야 한다고 누누이 강조했었다.

"예에비군 가아는 길에 승리뿐이다아, 짜자자짠짜 짠짠짜아."

개구쟁이 녀석들은 반주까지 넣어가며 신바람 나게 사람들 틈을 빠져나가고 있었다.

"망할 녀석들……."

녀석들의 뒷모습을 바라보며 중얼거리고 서 있는 영걸의 얼굴은 우는지 웃는지 분간할 수가 없었다.

〈1970년〉

20년을 비가 내리는 땅

복역 214일째……, 그는 의식 속의 일력(日曆)을 또 하나 넘겼다. 그는 남들처럼 굳이 무슨 표식을 하지 않아도 정지한 삶의 나날이 쌓여가는 것을 또렷이 기억할 수가 있었다. 그건 머리가 좋아서가 아니었다. 자신이 당한 일의 어이없는 허망함과 끈질긴 기구함이 의식을 그렇게 긴장시키고 있었다. 이젠 돌로 발등을 찍고 싶었던 억울함도, 벽에 머리를 박아 죽어버리고 싶었던 후회도 안개 스러지듯 사라지고 없었다. 담배를 피우고 싶던 간절함을 이기게 되면서부터 다스리고 삭인 감정들이었다. 돌이 안 된 아들 녀석과 아내가 처음에는 견디기 어려운 고통이었다가 결국은 자신을 일으켜세운 양쪽의 지팡이가 되어주었다.

"간첩단 사건에서 3년짜리 징역도 봤어? 제까닥제까닥 사형이고, 재수 좋아야 무기, 천운을 타고나는 경우 15년이야. 3년은 무죄라는 소리야, 무죄. 신문에 났으니까 죄 안 줄 수 없었던 거지. 수양한다 셈치고 그저 죽치라구."

장기수들의 이런 말이 다소 위로도 되고 좀더 빠르게 체념을 익히게 했는지도 몰랐다.

"이중현!"

철그럭, 쇳소리와 함께 문이 열렸다.

"빨리 나와, 면회."

중현은 다리가 헛디뎌지는 것을 느끼며 복도로 나섰다. 운동이나 영양이 부족해서가 아니라 아내가 의식을 흔드는 탓이었다. 아니, 그것은 정확한 말이 아니었다. 아내를 의식하는 순간 자신의 의식은 경련을 일으키고 휘돌이를 하며 어지럼증을 일으키는 것이다. 그건 아내에 대해 사무치는 미안함이고 안쓰러움이었다.

면회실 문이 열리기 전에 중현은 숨을 깊이 들이마셨다. 문을 열고 등을 미는 간수의 힘이 너무 억세게 느껴졌다. 저쪽 철창 밖에 금이 간 아내의 얼굴. 그 얼굴은 웃고 있었다. 그런데 얼굴 전체에 번지고 있는 것은 울음이었다. 면회 올 때마다 아내의 얼굴은 그 두 가지 표정을 동시에 품고 있었다. 웃는 얼굴은 이성이었고 우는 얼굴은 감정인 것을 그는 느끼고 있었다.

중현은 그 얼굴 앞에서 또 말을 잃어버렸다.

"……."

"……."

그는 아까운 시간에 쫓기며 겨우 입을 열었다.

"철이는……?"

힘있게 말하려는 의지와는 다르게 목소리는 갈라지고 낮게 나왔다. 울음 덩이인지 서러움 덩이인지 모를 것이 목을 꽉 막고 있었던 것이다.

"예에……."

너무 가느다란 아내의 목소리와 함께 고개가 보일 듯 말 듯 끄덕여졌다. 아내의 눈에는 곧 쏟아질 것처럼 눈물이 가득 찼다.

"친구들은……?"

아내의 얼굴이 좌우로 약간 움직였다. 중현은 죄스러움과 함께 그것을 다시 물은 것을 쓰라리게 후회했다. 지금까지도 찾아준 친구들이 없다면 그들은 완전히 발길을 끊어버린 것이다. 한 가닥 그들에게 기대했던 것은 자신이 혈연이라고는 없었고, 아내는 내 것을 남에게 줄 수는 있어도 남에게 얻어먹을 수 없는 성품으로 아무런 생활 능력이 없었던 것이다. 꽤나 긴 세월 속에서 술자리를 많이 하며 돈독했다고 믿었던 그 우정은 술이 깨면서 사라지는 술기운 같은 것이었을까. 친정 도움도 전혀 바랄 수 없는 아내는 앞으로 남은 세월을……

중현은 또 어떻게 사느냐고 묻고 싶었다. 진작 그 말은 꼭 물었어야 했다. 그런데도 말이 목을 넘어오지 않았다. 아내가 그 말 듣기를 바랄 것 같지 않았다. 너무 천하고 험한 일로 끼니를 이어가는 것을 아내는 밝히고 싶지 않아할 것 같았다.

"당신, 내가 원망스럽지 않아? 아직 너무나 많이 남았는데……"

그러나, 중현이 하고 싶은 말은 이것이 아니었다. 여보, 더 늦기 전에 철이는 고아원에 보내고 당신은……. 그건 진심이었지만 아내가 받아들일 리가 없었다. 그러면 그 말은 아내에 대한 모독일 뿐이었다. 그렇지만 자신은 출감한다 해도 더는 가망이 없는 인생이었다. 그 죄명의 전과를 가지고…….

"여보, 제발 약해지지 마세요. 당신은 죄가 없잖아요, 가난한 것밖엔. 친구분들이 집에 안 오는 것에도 마음 쓰실 필요가 없어요. 당연한 거잖아요. 허고, 친구분들 아니라도 저 혼자 힘으로 해나갈 수 있어요. 당신은 제발 건강하기나 하세요."

 아내의 목소리는 강했고 표정은 어느새 단호해져 있었다. 그 강함이 오히려 슬픔이 되어 중현의 가슴벽을 눈물로 적시고 있었다.

 "시간 다 됐습니다."
 "철이를……."
 중현은 말을 끝내지도 못하고 등을 밀려 돌아섰다.

 그때서야 철창 밖에 선 그의 아내의 얼굴에 주르륵 눈물이 흘러내렸다.

 모든 신문의 톱기사가 된 지하 간첩단 검거 사건. 거기에 B월간잡지사 전직 기자인 이중현의 이름이 끼여 있는 데 놀라고 어리둥절한 것은 그를 알고 있는 모든 사람들이 마찬가지였다.

 "이거 중현이 아냐?"
 "글쎄, 그렇다니까."
 "아니 이럴 수가 있나, 중현이가……."
 "사람 속 모른다더니."
 "아니야, 그 사람 철저한 반공주의였는데 어찌된 거야."
 "그 친구 어딘가 음침하다 했더니, 똥구멍으로 호박씨 깠구먼."
 "호박씨 아니라 수박씨를 까도 그렇지, 그 사람은 정치니

사상이니 하는 건 아주 싫어했어. 어디 한두 해 겪어봤나."

"글쎄, 수박 겉만 보고 속이 빨간 줄 알 사람 누가 있나?"

"그렇지만 그 사람 언행도 그렇고, 기질도 그럴 사람이 아니라니까."

"바로 그게 문제 아냐. 철저한 위장술이지."

"그렇다면 왜 그렇게 가난했지?"

"그것도 위장술의 하나였겠지."

"이 사람아, 위장될 게 따로 있지."

"왜들 이리 말들이 많아. 그리 할말들이 많으면 수사 기관에 가서 하고, 어서 일들이나 해."

간부의 퉁을 맞고 사원들은 일시에 조용해졌다.

한스러운 넋의 환생인 양 선명한 핏빛으로 피어나는 동백꽃으로 뒤덮이는 오동도를 바라보고 있는 남해안의 항구 도시 여수. 여름이면 물 맑고 모래밭이 좋은 만성리 해수욕장을 찾는 피서객, 설한풍을 헤치고 오동도 동백을 구경 오는 사람들, 부처님 영험이 높다는 해남 대흥사를 찾아가는 불신도 겸 관광객, 그리고 목포와 제주와 부산을 왕래하는 선편을 이용하는 상인 또는 여행자, 이런 사람들이 머물고 떠나는 여수는 그래도 안개 속에 뱃고동 소리가 울리고 바다로 쏟아지는 밤 빗줄기 속에 등대 불빛이 아련하게 깜빡거리는 평화롭고 정취 어린 항구였다.

그런 여수에 갑자기 총성이 울리고, 반란을 일으켰다는 군인들과 그 뒤를 따르는 민간인들의 함성이 경찰서를 불태우는 불길로 화하면서 시가지에는 시체들이 나뒹굴기 시작했다. 삽시간에 여수를 휩쓴 군인들의 기세는 다시 인접한 순천으로 번져갔다.

중현은 고함소리에 놀라 퍼뜩 잠이 깼다.

"여보, 이래서는 못쓰요. 요 험한 시국에 워째 나스고 그요. 저 새끼덜, 저 어린 새끼덜얼 생각허씨요."

어머니는 아버지에게 매달려 몸부림을 치고 있었다.

"아, 때가 왔당께, 때가. 여그 놔!"

아버지는 어머니를 떼치려고 어머니의 몸을 아무데나 내리치며 악을 썼다. 그런 아버지의 손에는 총이 들려 있었다.

"금메, 험한 시국에넌 꼼지락 않고 있는 것이 상수란 말이요. 일이 잘못되면 저 새끼덜언 어쩌라고 이러요."

"아, 얼렁 안 놀 것이여? 에라 잡것!"

"아이고메!"

어머니는 뒤로 나자빠졌다. 아버지가 무릎으로 얼굴을 걷어차 버린 것이었다.

아버지가 급하게 뛰쳐나간 다음에야 중현은 어머니를 부둥켜안았다. 어머니의 눈은 희멀겋게 뒤집혀 있었다. 중현은 무서움으로 가슴이 벌떡거렸다. 정신을 잃은 어머니의 모습도 무서웠고, 총을 들고 정신없이 집을 나간 아버지의 모습은 더욱 무서웠다.

아버지는 총이 어디서 난 것일까. 아버지는 왜 총을 들었을까. 아버지는 총을 들고 어디로 간 것일까. 총은 군인이나 경찰만 드는 것이 아닌가. 아버지는 그냥 민간인이 아닌가…….

찬물을 떠다 어머니에게 먹이고, 팔다리를 주무르고 하면서도 중현은 그런 종잡을 수 없는 의문들로 머리가 어지럽기만 했다.

"인자 존 시상 다 끝났는갑다. 시상을 꾀지게 살어야 허는디, 워째 넘 먼첨 설레발 치고 나서. 느그덜 신세가 워찌될랑가 앞이 캄캄허다. 요 불쌍헌 새끼들아."

희붐하게 먼동이 터오는데 어머니는 중현과 상현을 감싸 안고 오래도록 느껴 울었다.

어머니는 앓는 소리를 하며 몸을 일으키지 못했다. 중현은 동생에게 찬밥을 먹이고는 책가방을 들고 나섰다.

"이 북새통에 핵교는 무신 핵교여. 선상님들도 안 나왔을 것인디 그만두라니께로."

어머니는 우는 얼굴로 타들어가는 소리를 질렀다.

중현은 아무 대꾸도 하지 않고 돌아섰다. 공부를 하려고 학교에 가는 것이 아니었다. 무슨 일이 벌어졌는지, 아버지가 왜 그렇게 변했는지 알아야 했다. 그런 것을 다 알 사람은 선생님뿐이었다.

"성, 나도 함께 갈라네."

동생 상현이 따라나섰다.

"찍소리 말고 자빠져 있어."

중현은 눈을 부릅뜨고 나서 돌아섰다.

시가지에는 별로 사람들이 보이지 않았다. 학교 가는 학생들도 거의 보이지 않았다. 총을 든 군인들만 길목 길목을 지키고 있었다. 중현은 그 군인들이 무서워 땅만 보고 걸었다. 저 군인들은 왜 어제 시내를 발칵 뒤집었을까. 새벽에 집을 나간 아버지는 저 군인들과 무슨 상관이 있을까. 중현은 줄곧 이런 생각을 하고 있었다.

이북과 내통하고 있던 빨갱이 군인들이 반란을 일으켰다는 것이며, 그 반란군이 여수를 휩쓸고 다시 순천을 손아귀에 넣기 위해 새벽에 기차 편으로 떠났다는 것을 알았다. 선생님은 가만가만 이 말을 하며 주위를 살피고는 했다. 그렇게 겁나 하는 선생님을 보기는 처음이었다.

"그라면 민간인도 빨갱이가 있는 게라?"

아버지를 생각하며 중현도 속삭이듯 물었다.

"그럼, 있고말고. 민간인도 있고 고등학생들까지 있다. 그 사람들은 평소에는 표를 안 내고 있다가 이번에 군인들이 반란을 일으키자 합세를 했단다."

"글먼 민간인 빨갱이도 순천으로 항께 떠났는 게라?"

"응, 그런 사람들도 있을 것이다."

"그 사람덜언 언제 온다요?"

"글쎄, 잘 모르겠다. 어쩌면 못 올지도 모르지."

중현은 그만 가슴이 철렁했다.

"고것이 무신 소리다요?"

"응, 전에 공산당 빨갱이는 뭐라고 배웠지?"

"예, 우리의 적이라고요."

중현은 자신 있게 대답했다.

"그래, 똑똑하다. 우리의 적인 반란군은 꼭 망하고 만다. 왜 그런고 하면 우리 편 군대는 엄청나게 많고 반란군은 얼마 안 되니까 말이야. 그러니 결국 반란군 빨갱이들은 다 잡혀 죽게 된단 말이다."

중현은 앞이 캄캄해졌다. 선생님은 이렇게 훤히 다 아는데 아버지는 어째서 이런 것을 모르고 반란군을 편들고 나섰을까. 그건 유식한 선생님과 잡화상회 주인인 아버지의 차이였다. 중현은 아버지가 총을 들고 집을 나갔다는 것을 감추었다.

"너 선생님하고 한 말 아무한테도 해서는 안 된다. 알겠지?"

"예."

"너 친구들하고도 말을 잘못하면 네 어머니 아버지가 반란군한테 잡혀가 죽는다. 알아듣겠어?"

"예, 무신 일이 있어도 입 딱 봉허고 있겠구만요."

선생님의 그런 다짐이 아니었더라도 중현은 아버지가 반란군과 합세한 빨갱이인 것이 무섭고 싫어서 아무에게도 입을 열지 않을 작정이었던 것이다.

"그래, 어서 가거라. 등교하라고 할 때까지 집에서 자습하고."

집으로 돌아오는 중현의 마음은 학교로 갈 때보다 더 겁나고 무서움에 차 있었다. 새벽에 집을 나간 아버지는 반란군들과 함께 기차를 탄 것이 틀림없다. 반란군은 우리의 적이라고 한다. 그럼 아버지는 우리의 적이 아닌가. 경찰은 우리 편이다. 그런데 반란군이 경찰을 죽였다. 우리 편인 경찰을 죽인 반란군은 틀림없이 우리의 적이다. 선생님 말씀이 맞다. 선생님 말씀대로 반란군이 망하면 반란군은 누구에게 죽을까? 반란군은 우리의 적이니까 우리 편인 경찰이 죽일 것이다. 그럼 아버지도……. 그렇지만 아버지는 경찰 아저씨들과 친했는데. 술도 같이 마시고 아주 친했는데…….

6학년인 중현에게는 알 듯 말 듯한 문제들이 너무 많았다.

자꾸 생각할수록 머릿속이 뒤죽박죽되어 어지럽기만 했다. 사나흘이 지난 아침 순천 쪽에서 나타난 비행기는 천장이 흔들리는 폭음을 내며 낮게 날아다녔다. 그리고 바다에는 큰 군함들이 나타났다.

"아이고, 요런 등신 팔푼아, 나가 멋이라고 허드냐. 있는 재산 지킴서 헛바람 들지 않았음사 한평상 편케 살았을 것인디, 아이고 문딩아, 어찌 한 치 앞도 못 내려다본다냐. 인자 요 자석 새끼덜 신세럴 어째야 쓸끄나."

비행기가 폭음을 내고 지나갈 때마다 어머니는 흔들리는 천장을 바라보며 정신나간 사람처럼 이런 말을 쏟아놓고 있었다.

비행기가 사라지자 뒤를 이어 총소리를 앞세운 군인들이 시가지로 밀어닥쳤다. 그들은 반란군을 뒤쫓는 토벌군이라고 했다.

반란군은 순천도 여수처럼 쉽게 손안에 넣기는 했지만 며칠 숨 돌릴 겨를도 없이 토벌군들에게 쫓기기 시작했다는 것이다. 토벌군들이 워낙 수가 많아 반란군들은 변변히 싸우지도 못하고 광양 백운산을 거쳐 지리산으로 쫓겨 들어갔다고들 했다.

동네 아주머니들의 이런 말을 들으며 중현은 돌아올 수 없게 된 아버지를 생각했다. 반란은 왜 일으키는 것인지, 아버지는 왜 반란에 합세한 것인지 점점 의문이 커가는 한편으로 잡화상이 걱정되었다. 아버지가 없으면 잡화상 일은 누가 하고, 우리 집안은 어떻게 될 것인가. 어머니는 물건만 팔았을 뿐 큰일은 다 아버지가 했던 것이다.

그러나 중현의 그런 걱정도 잠시뿐이었다. 어머니가 총을 들이댄 토벌군들에게 팔을 묶여 끌려간 것이었다. 중현은 동생과 함께 군인들의 다리를 붙들고 몸부림치며 울었다.

"아저씨들은 우리 편이람서요? 근디 워째 우리 엄니를 잡아가요. 살려주씨요, 살려주씨요."

"이 반란군 새끼들아, 저리 비켜."

"어린것들이 무신 죄가 있다고 그렇크름 때리요, 때리길. 죄진 것은 어른이니께 다뤄도 어른을 다루씨요."

어머니는 군인들을 무서워하지 않고 대들었다.

"요런 빨갱이, 말이 많아. 빨리 끌어가."

어머니는 총부리로 등을 떠밀려 대문을 나서면서 소리치고 있었다.

"중현아, 걱정 말고 동생 밥이나 잘해 믹여라이."

이틀 만에 돌아온 어머니는 산 사람이 아니었다. 말도 제대로 못하는 어머니의 몸은 상처투성이였다. 그런 어머니를 붙들고 동생과 목놓아 울던 중현은 울음을 그쳤다. 어머니를 이대로 두었다가는 죽을지도 모른다는 생각이 퍼뜩 떠올랐던 것이다.

중현은 병원으로 뛰었다.

바쁘다는 의사에게 매달리며 중현은 애타게 사정을 했다.

"아저씨, 아저씨, 지발 좀 가주씨씨요. 돈이야 얼매든지 디릴 팅게 얼렁 좀 가주시랑께요. 엄니가, 엄니가……."

중현은 상점에 가득 쌓인 물건들을 생각하고 있었다.

"허어, 그놈 참 효자로군. 그래, 어디 가보자."

중현은 고마워 손등으로 눈물을 훔치고는 가방을 받아들고 앞장섰다.

"얘, 가만있거라. 네 아버지 이름이 이석호냐?"

대문을 들어서던 중현은 고개를 돌렸다. 의사는 아버지의 이름이 적힌 문패를 쳐다보고 있었다.

"예, 워째서요?"

"네가 중앙상회 아들이 틀림없지?"

"예에."

"그 가방 이리 내라."

의사는 왕진 가방을 빼앗아가지고 돌아섰다. 중현은 다급하게 의사를 막아섰다.

"아저씨, 왜 이러신 게라. 다 왔는디 워째 이러시냥께요."

"비켜라 이놈아. 빨갱이 치료하고 앉았을 세상이 아니다."

의사는 험상궂은 얼굴로 중현을 내쳤다.

멀어지는 의사를 바라보고 서 있는 중현의 눈에서는 눈물이 주르륵 흘러내렸다. 한동안 막막하게 서 있던 중현은 어머니가 자주 다니던 한약방을 생각해 냈다. 그 마음씨 좋게 생긴 할아버지는 틀림없이 와줄 거라는 생각이 들었다. 그 할아버지는 침을 용하게 잘 놓는다고 소문나 있었다. 중현은 다시 뛰기 시작했다.

그러나 그 할아버지도 "가봤으면 좋기넌 허겄는디" 하는 말만 되풀이하며 약을 지어서 손에 들려줄 뿐이었다.

약봉지를 들고 한약방을 나오는 중현의 얼굴에는 또 눈물이 흘러내리고 있었다. 맥만 짚어보고도 무슨 병인지를 다 안다는 그 할아버지에게 어머니는 침을 맞을 수 없게 된 것이었다.

약 달일 것을 걱정하며 부산하게 걷던 중현은 새터댁을 생각해 냈다. 새터댁은 집에서 잔치를 벌이거나 무슨 일이 있을 때마다 부엌일을 도맡아 해주는 아주머니였다. 새터댁만은 틀림없이 집에 와서 어머니의 병간호를 해주리라 믿으며 중현은 새터댁의 집으로 달음박질쳤다.

"얼랴, 못 간다니께 웨째 이리 사람을 잡지고 이래 싼다냐 와."

"엄니가 다 죽어간단 말이요."

"아 금메, 나보고 워쩌란 것이여?"

"약 대래주고 엄니 수발 좀 혀주라고 안 그러요."

"아, 시국이 시국이란 말이여. 니허고 답답혀서 말 못허겄응께 싸게 가그라, 싸게. 다 시국이 원수니께."

새터댁의 집을 나오는 중현은 더 울지 않았다.

빨갱이라는 것이 이렇게 무서운 것인가……, 중현은 새롭게 끼쳐오는 무섬증으로 몸이 움츠러들고 기가 꺾였다. 아버지 때문에 끌려가 반죽음을 당하고 치료도 받을 수 없게 된 어머니가 너무나 딱하고 안쓰러웠다. 그리고, 아버지는 모든 사람들이 그리도 무서워하고 꺼리는 짓을 왜 하는 것인지 원망스럽고 이해할 수가 없었다.

어머니는 중현이 달이는 약을 마시고, 설 끓인 죽을 먹고 해서 며칠 후에는 겨우 일어나 앉게 되었다. 그동안 이런저런 흉흉한 소문이 떠돌아다녔다. 만성리 해수욕장 뒷산 골짜기에서 총살당한 시체들이 그득하다고 했고, 국민학교 운동장에서 토벌대장이 어떤 빨갱이를 일본도로 목을 쳐 죽였다고 하는가 하면, 밤이면 몸에 돌을 매달아 바다에 빠뜨려 죽인다고 했고, 빨갱이 가족은 끝내 씨를 남기지 않고 죽일 거라고도 했다.

그런 어느 날 중현은 오동도가 맞바라보이는 해변의 바위에 나란히 놓인 어머니의 고무신을 발견하게 되었다. 그리고 논산에 사는 이모가 집에 도착한 것은 어머니가 자살한 이틀 뒤였다. 어머니는 바닷물에 몸을 던지기 전에 동생에게 두 아들을 부탁하는 편지를 보낸 것이었다.

바닷가를 헤맸지만 어머니의 시체는 찾을 수가 없었다. 중현은 동생의 손목을 잡고 이모를 따라 기차를 타야 했다. 반란 사건이 일어난 지도 20여 일이 지나 있었다.

이모네 집에서 눈칫밥을 먹다가 6·25를 당했다. 7월의 무더위를 헤치며 피난길에 올랐다. 중학생인 중현은 몸보다 큰 짐을 지고 국민학교 5학년인 동생 상현의 손을 꼭 잡고 걸었다.

"성, 우리는 집으로 가야 되지 않을랑가?"

동생 상현이 낮게 속삭였다.

"무신 소리여?"

중현은 가슴이 섬뜩해졌다.

"아부지가 우리 찾으러 왔을지도 모르는디."

"아니여, 아니여, 니 그런 소리 허면 큰일나. 그런 생각 꿈에도 허덜 말어. 니허고 나허고 다 죽웅께. 무신 말인지 알겄냐?"

당황한 중현은 동생을 노려보며 사납게 말했다.

"잉, 알어……."

동생은 풀 죽으며 고개를 떨구었다. 씰룩이는 입가에 울음이 번지고 있었다.

중현은 가슴이 심하게 뛰는 걸 느끼며 동생을 다시 생각하고 있었다. 동생은 어려서 아무것도 모르는 것이 아니었다. 다 알면서 그동안 입을 열지 않은 것뿐이었다.

은진미륵을 지나고 또 걷고 걸어서 어둑어둑해질 무렵에 도착한 곳이 북소라는 조그만 마을이었다. 이모부네 친척집을 찾아들었다.

그러나 7월 하순으로 접어들면서 피난은 하나마나가 되어버렸다. 거기까지 온통 인민군의 세상이 되어버렸던 것이다. 인민위원회며 부녀회며 청년회 같은 것들이 만들어져 활동하기 시작했다. 중현은 두려움과 불안 속에서 나날을 보내면서 늘 마음이 조마조마했다. 동생이 또 아버지를 찾아 집으로 돌아가자고 할까 봐서였다. 아버지가 지금까지 살아 있을지 어떨지도 모를 일이었고, 만약 살아서 되돌아왔다 하더라도 아버지는 우리 편이 아니었다. 그리고 또 아버지네가 싸움에서 져 도망가게 된다면 자신과 동생은 어찌 될 것인가. 그런 것까지 다 생각했는지 어쩐지 동생은 더는 집을 찾아가자는 말은 꺼내지 않았다.

밤만 되면 부녀회에서는 여자들을 정미소 마당으로 불러냈다. 이에 맞서 청년회에서는 국민학생들까지 뒷산 풀밭에 모이게 했다. 그들이 열을 내서 가르치는 것들이 중현의 귀에는 들어오지 않았다. 달빛이 소나기처럼 쏟아지는 밤이었다. 청년위원장이 호명을 해가며 그동안 가르친 것들을 묻고 있었다.

중현도 호명을 당했다. 중현은 느리게 몸을 일으켰다. 청년위원장은 장백산 어쩌고로 시작하는 노래를 불러보라고 했다. 중현은 의당 그러리라고 짐작하고 있었던 것이다. 그 노래를 배울 때 딴전을 피우다가 몇 번이나 주의를 받은 일이 있었기 때문이다.

"모르겠소."

중현의 퉁명스러운 대답이었다.

"모르는 거야, 못 부르겠다는 거야!"

빨간 글씨의 완장을 추켜올리며 청년위원장의 얼굴이 사납게 변했다.

"서엉……."

동생이 장딴지를 꼬집으며 걱정스럽게 부르고 있었다.

"둘 다요."

중현은 눈을 질끈 감으며 내쏘았다.

"뭐야? 이리 나와!"

피할 겨를도 없이 몽둥이가 달빛을 가르며 중현의 옆구리를 후려쳤다.

"요런 반동 새끼는 인민의 이름으로 처단해야 돼."

청년위원장의 이런 외침과 왁자지껄한 소리와 동생의 자

지러지는 울음 소리를 들으며 중현은 일어서려고 애쓰다가 정신을 잃고 말았다.

쑥을 태워 찜질을 하고, 업혀다니며 침을 맞고, 중현은 7월 말 8월 초순의 무더위를 토굴 같은 방에서 견뎌야 했다. 깡보리밥도 제대로 먹기 어려운 피난지에서 변소길도 못 가게 얻어맞고 몸져누운 채 식성을 잃어버린 중현이 먹을 것이라고는 아무것도 없었다. 그런데 동생 상현은 어디서 났는지 풋감을 옷 속에 감춰오기도 했고, 살도 채 오르지 않은 생고구마를 슬며시 내미는가 하면, 어느 날 밤엔 계란을 디밀기도 했다.

"니 요거 워디서 났냐? 돌랐지야, 그렇제?"

중현이 따지고 들면 상현은,

"워디가 이뻐서 누가 요런 걸 주겠는가. 아무것이나 묵고 성이 얼렁 낫아야제. 이러다가 죽어뿔면······."

눈물이 글썽해서 목이 메는 것이었다.

더위에 지쳐 시름시름 잠이 들다가 바깥에서 야단치는 소리에 중현은 눈을 떴다.

"요게 멋이당가? 개구락지 아닌가벼. 아, 요런 징상스런 것을 어쩔라고 솥에다 끓이냐니께. 호랭이가 칵 씹어갈 놈 같으니, 밥얼 축내면 허는 짓거리나 밉상부리지 안 해얄 것 아니여. 워째 이리 내 애간장얼 썩이냐, 썩이길."

이모의 앙칼진 외침이었다. 그리고 무엇인가 쏟아버리는 소리가 들렸다.

"왜 그걸 내뿌요, 왜. 약을 안 써주면 가만이나 있제 워째 훼방까지 놓고 그러요."

울음 섞인 동생의 목소리였다.

중현은 가까스로 기어서 문틈에 눈을 댔다. 마당에는 손바닥만큼씩 큰 왕개구리들이 흩어져 있고, 상현은 두 주먹을 불끈 쥔 채 이모를 노려보고 있는데, 눈에서는 눈물이 흐르고 있었다.

"하이고, 에미 애비 읎는 새끼덜 끌고 댕김서 피난까지 시켜논께 인자 정계꺼정 허느만? 그랴, 이 오살헐 놈아, 요런 징헌 개구락지가 약은 무신 약이냐."

"모르면 말얼 마씨요. 약방 할아부지가 그러는디, 한 솥만 푹 과묵으면 성님 병은 싹 낫는답디다. 엄니가 살았으면 성님 병은 폴새 다 낫았을 것인디."

상현은 울면서 흩어진 개구리들을 다시 주워모으기 시작했다. 그런 동생을 보며 중현은 손등으로 눈을 훔쳤.

8월 중순이 되어서야 중현은 겨우 일어날 수 있었다. 동생의 부축을 받아 뒷동산에 올라 바람을 쐬면 몸이 한결 가벼워지는 것 같았다. 눈 아래 내려다보이는 파란 저수지를 바라보는 것은 좋았지만, 그 저수지는 어머니 생각이 나게 하는 슬픔을 지녀서 마음 아팠다. 그러나 쌕쌕이 비행기는 그와는 반대로 마음을 상쾌하고 든든하게 해주었다. 언제나 지나가고 나서 요란한 소리를 내는 그 하얀 비행기는 어떤 때는 햇빛을 받아 눈이 부시게 번쩍이며 날아갔다. 누구나 호주비행기라 부르는 그 비행기는 뒷산 쪽에서 갑자기 나타나 삽시간에 저 멀리 어렴풋하게 보이는 논산 시내를 향하여 날아갔다. 그러고는 네 대가 번갈아 쏜살같이 아래로 내닫으며 갖가지 색깔의 불을 내뿜고는 땅에 곧 닿을 듯하다가 아슬아슬하게 하늘로 치솟아오르고 나면 힘차게 터져오르는 검은 연기 하얀 연기, 그리고 한참 후에 들려오는 콰광, 쾅 소리. 그런 조마조마한 비행기들의 폭격을 보고 있으면 고향 여수의 해변가에 자리 잡던 곡마단 생각이 떠오르는 것이다. 그 까마득히 높은 공중에서 그네를 타며 간 졸이게 재주를 부리던 코가 오똑한 가시내. 그 예쁜 가시내는 이쪽 그네에서 재주를 부리다가 새처럼 휘익 날아서 저쪽 그네로 옮아가고……. 그때마다 중현은 얼마나 애가 탔는지 모른다. 저렇게 예쁜 가시내가 떨어져 죽으면 어떡하나. 그러나 가시내는 용케도 재주를 다 부리고 나서는 그네에 나부시 앉아 할랑할랑 손을 흔드는 것이다. 그때서야 중현은 안도의 숨을 내쉬며 손바닥에 불이 나도록 손뼉을 쳐댔다. 다음날도 그 다음날도, 곡마단의 구슬픈 나팔 소리가 파도 소리에 흩어지며 여수를 떠날 때까지 가시내는 무사했던 것이다. 비행기가 폭격을 마치고 마을 뒷산을 향해 날아오면 중현은 손뼉을 치진 않았지만 안도의 숨을 쉬었고, 비행기가 넘어가버리면 곡마단의 낡은 자동차가 사라져버린 다음처럼 다시 왔으면 하는 아쉬움이 남는 것이었다.

비행기 폭격은 날이 갈수록 심해졌고, 중현의 몸도 차츰 나아갔다. 그리고 사람들의 수군거림처럼 인민위원회 기세가 시들기 시작했다.

감이 붉게 익어가는 10월 초순, 국군과 유엔군이 논산 가까이 왔다는 풍문과 함께 북소마을에도 대소동이 벌어졌다. 하룻밤 사이에 네 명이 자살을 한 것이었다. 모두가 붉은 글씨의 완장을 차고 다니던 인민위원회 간부들이었다. 부녀회의 두 여자는 한 우물에 빠져 죽었고, 인민위원장은 저수지에 둥둥 떠 있었고, 청년위원장은 당산나무에 목을 매단 것이었다.

"성, 얼렁 가세. 웬수 갚으로 얼렁 가세."

상현이 흥분한 얼굴로 형 중현의 손을 잡아끌었다.

"무신 웬수……?"

"아, 청년위원장놈이 당산나무 아래 뻐드러져 있단 말이시. 성이 맞은 만큼 그놈을 패얄 것 아닌가."

상현은 숨을 씩씩거렸다.

"아니여, 죽은 것으로 지 죄 갚음 지가 헌 것이여. 죽은 놈 건디리면 귀신 붙은께 다 잊어부러."

중현은 동생의 말막음을 하느라고 일부러 귀신 이야기를 했다. 중현은 마음 한구석에 이제라도 앙갚음하고 싶은 생각이 없는 것도 아니었다. 그런데 문득 아버지 생각이 떠올랐던 것이다. 만약 아버지가 그렇게 죽었는데 원수진 사람들이 시체를 두들기며 앙갚음하면 어찌할 것인가. 중현은 또다시 아버지가 야속하고 원망스럽고 이해가 되지 않았다.

기차의 화물칸까지 폭격을 당해 벌겋게 불타버린 폐허의 도시에는 당장 먹을 것이 없어도 사람들은 피난에서 돌아오고 있었다. 전쟁의 소식이 이북 쪽으로 멀어지고, 곧 이겨 전쟁이 끝나리라는 소문 속에 도시는 겨울을 맞고 있었다. 그런데 형편이 뒤바뀌어 다시 밀려 내려온다는 소문으로 도시는 뒤숭숭해지기 시작했다.

중현의 이모부만 시골 친척 집으로 피신을 했다. 밀려도 논산까지 밀리지 않겠지만 만일을 위해서라고 했다.

중현은 동생과 함께 망태기를 걸고 탄피를 주으러 다녔다. 으레 점심은 굶는 것이라서 그들은 탄피나 파편을 줍는 것보다는 말라비틀어진 배추고갱이를 찾아 허기를 달래는 일이 더 급했다. 중현은 애써 찾은 배추고갱이를 씹다가도 방천둑에 군인 트럭이 나타나면 입에 군침이 싹 가시는 것이었다. 군인 트럭은 길고 긴 방천둑을 끝에서 끝까지 가득 메우는 행렬이었다. 고향 여수와 같은 방향인 남쪽으로 달리는 그 행렬을 바라볼 때마다 우리 편이 졌구나 하는 낙망에 빠지고는 했다. 한밤중이나 새벽에만 방천둑을 지나가는 탱크 소리에 중현은 꼭 잠을 깼다. 어둠 속에서 들려오는 수십 대의 탱크가 굴러가는 소리, 불그스름하고 희미한 불빛들의 움직임, 중현은 더 큰 낙담으로 잠을 자지 못했다. 남들은 다시 피난을 떠나고, 낮에는 트럭이, 밤에는 어둠을 타고 탱크들까지 도망을 가는데 어찌된 영문인지 이모는 태연하기만 했다.

"엊저녁에도 탱크가 스무 대나 후퇴를 하던디……."

중현이 걱정스럽게 한마디하면,

"쥐새끼만헌 게 걱정도 팔짜여. 느그덜언 아무 걱정 말고 탄피나 싸게싸게 줏으면 되야."

이모는 묘하게 웃을 뿐이었다.

이모는 동네 아이들까지 모아 탄피나 파편을 모아들였다. 가끔 동생의 망태기를 채워주다 보면 중현은 그날 저녁에는 죽을 반 그릇밖에 얻어먹지 못했다.

햇살이 좀 두터워지기 시작하자 트럭과 탱크들은 다시 방천둑을 타고 찬바람이 불어오는 북쪽으로 달리기 시작했다. 탱크도 이젠 밤에만 지나가는 것이 아니었다.

보리가 알을 안을 즈음 이모부가 돌아왔다. 이모부가 오고부터는 탄피와 파편 모으는 일에 아낙네들까지 합세하여 열을 올렸다. 또 멀리서 탄피를 가지고 오는 사람들에게 사들이기도 했다.

중현으로서는 이모 내외의 속셈을 알 수가 없었다. 더욱이 이모네가 그렇게 부자였던가 하는 것은 풀리지 않는 의문이었다. 아낙네들이 주워온 것을 근으로 달아 품삯을 치르는 돈도 적잖았고, 사들이는 돈까지 합하면 상당한 액수였다. 그 일을 매일 되풀이해서 해를 넘긴 것이다. 그래서 앞뒤 마당에는 차곡차곡 쌓여 올라간 가마니들로 큰 동산을 이루게 되었다. 중현이 알고 있는 전쟁 전 이모부의 직업은 어떤 공장의 월급쟁이일 뿐이었다.

운동장의 부서진 탱크나 찌그러진 자동차를 치우지도 않고 학교는 문을 열었다. 폭격으로 불타버린 잿더미 위에서 역시 장이 섰다.

이모부가 철제소를 차린 것은 그 무렵이었다. 중현은 비로소 이모부가 탄피 모으기에 열성이었던 이유를 알았다.

이모의 표나는 차별은 동생 상현의 마음까지 상하게 만들었다.

"성, 이모가 갈수록 독살시럽게 변해가제?"

"그려, 그냥 모른 칙기 혀."

중현은 동생의 어깨를 감싸안았다.

"이모가 죽고 읎다면 우리 엄니는 경수헌테 그렇크름 야박허게는 안 헐 것인디."

"긍께 공부를 열심히 혀. 우리가 믿을 것은 그것밖에 읎응께. 알었지야?"

사실 이모는 나이가 같은 아들 경수와 조카 상현을 대하는 데 야속하리만큼 표나게 했다.

지난날 여수의 집을 찾아오던 이모는 언제나 정겹게 웃는 얼굴이었다. 절을 하면 으레 공책 열 권을 사고도 남을 돈을 손에 쥐어주고는 했다. 그러나 그런 것은 동생 상현이나 정신없이 신바람 날 일이었다. 중현으로서는 그 용돈이 그다지 달갑지 않았다. 이모는 또 어머니에게 돈을 얻으러 온 것이 뻔했기 때문이다. 중현은 이모가 얻어가는 돈이 얼마인지 알 수 없었지만 어머니는 언제나 싫은 기색 하지 않고 이모에게 돈을 주는 눈치였다.

여수에서 제일가던 중앙상회. 어른과 아이들의 봄옷부터 여름옷까지, 여자들의 화장품과 여러 가지 빗들, 크고 작은 수틀과 온갖 색깔의 수실들, 유치원생 가방부터 가지각색 여행 가방 등 없는 게 없던 상점. 장날이면 미처 간추리지 못해 포대에 마구 넣었던 돈을 차근차근 세서 다발로 묶느라고 아버지와 어머니는 밤늦도록 잠을 자지 못하지 않았던

가. 그 큰 상점과 그 많은 재산은……?

중현의 의문은 갈수록 커져가기만 했다. 그 의문은 풀 길이 없는 채 이모네의 철제소는 날로 번창해 갔다. 전쟁이 멀어지고, 휴전이 될 거라는 풍문이 자꾸 퍼지면서 사람들은 살림살이 장만에 바빴던 것이다.

중현은 학교에서 돌아오기 바쁘게 공장으로 나가고는 했다. 공장에서 일을 안 하고는 학교는 말할 것도 없고 밥 먹을 생각도 말라고 이모부는 호령이었다. 날마다 잔심부름에 쫓기다가 밤 10시쯤 돌아와 저녁을 먹고 나면 몸은 흐물흐물 풀리고 잠이 쏟아지는 속에서 눈꺼풀에는 무슨 끈끈한 풀이라도 붙어 있는 것처럼 눈을 뜰 수가 없었다. 숙제는커녕 책을 바꿔넣고 갈 짬도 없이 허둥지둥 등교를 해야 하는 나날이었다.

"성, 이러다가 성 죽어불겄네."

동생 상현은 학교로 가면서야 이렇게 입을 열며 울먹이고는 했다.

"아니여, 나는 암시랑 안 혀. 나 걱정 말고 니나 이 성이 못허는 공부꺼정 곱쟁이로 허능겨. 알겄어?"

"이모부 순 악질이야."

"그런 맘 묵지 말어. 자다가 그런 말 나오면 어쩔 것이냐."

동생은 움찔하며 고개를 떨구었다.

언제인지 모르게 시내에서는 전쟁으로 파괴된 흔적들이 사라지고 새 건물이며 새 집들이 지어지고 있었다. 그러면서 어느 날은 폭탄을 가지고 놀던 아이들 서너 명이 한꺼번에 죽었다는 소문이 퍼지기도 했다.

날마다 지치고 잠이 모자라 허덕이면서 중현은 그래도 중학교를 졸업했다. 경수와 같은 학년이면서도 경수와 달리 사친회비를 못 내고 쫓겨다니던 상현도 국민학교를 졸업했다. 어머니 없는 졸업식이었다고, 상현이 우등 졸업을 했다고 서러움이나 기쁨 같은 것을 느낄 겨를이 없었다. 이모부가 중현이나 상현에게 더 이상 학교에 다닐 것 없이 공장에서 기술을 배우라고 윽박지르고 있었기 때문이다.

동생의 원서 마감을 며칠 앞두고서였다.

"부모 없는 사람은 자수성가하는 길밖에 없단 말이다. 자수성가하는 길은 내 기술 있어야지, 많이 배운다고 되는 게 아니다. 너희들 신상 생각해서 하는 말이니까 공장에서 밥벌이할 기술을 익히는 게 상수야."

중현은 입술이 타도록 사정을 했지만 이모부는 같은 말만 되풀이했다.

"글먼 저는 그만두고 상현이는 중학교만이라도 보내줏씨요. 남들은 다 배우는디……."

"그따위 얼빠진 소리 그만 하라니까!"

이모부는 눈을 부라리며 고함을 질렀다.

경수 새끼 원서는 벌써 제출해 놓고는! 그 순간 또 떠오르는 의문이 있었다. 그 큰 상점과 그 많은 재산은……? 중현은 더 이상 사정을 해서 될 일이 아니라고 생각하며 이를 앙다물었다.

"에미 애비 읎는 새끼덜이 자수성가는 해서 멋허겄소. 그렇크름 꼴보기 싫으면 눈앞에서 칵 죽고 말겄소."

중현은 동생의 손을 낚아잡고 방을 뛰쳐나갔다.

"저, 저, 싸가지 없는 새끼들, 어허 참……."

밤늦도록 이모 내외가 다투는 소리를 들으며 중현은 잠자리에서 뒤척거렸다.

다음날 아침 이모부는 둘의 진학을 승낙했다. 그러나 중현은 공업학교라는 제한을 받았다.

중현의 방과후의 공장 일은 계속되었다. 전쟁으로 파괴된 시설 부족한 공업학교 학생인 중현으로서는 실습의 도움을 받았는지도 모른다.

중현은 졸업 시험을 마치자 며칠간 고향을 다녀오게 해달라고 이모부에게 부탁했다. 남들처럼 성묘는 못 가도 어머니가 마지막 밟았던 바위에 한번쯤 술이라도 부어야 할 게 아니냐고, 졸업을 하고 나면 이모부를 위해 본격적으로 일을 해야 하는데 미리 다녀오는 게 좋지 않겠느냐고 구실을 붙였다. 이모부는 가볍게 승낙을 했다. 이모부가 그리 선선해지기까지는 중현이 지난 3년 동안 군소리 한마디 없이 시키는 일을 꼬박꼬박 해낸 덕이었다. 요즘에 이르러선 이모부는 경리 직원을 잘 살피라는 귀띔을 하는가 하면 은행 출입까지 시키기도 했다.

이모부는 동생도 데리고 가라고 인심을 썼지만 괜한 돈을 낭비할 필요가 없다며 중현은 사양했다.

12월 말 중현은 7년 만에 여수로 가는 기차를 탔다.

간판만이 바뀐 옛날 그대로의 상점 문패와 대문이 변한 옛집. 회한이 가득 찬 가슴을 중현은 깊은 한숨으로 어루만졌다.

머리가 하얗게 변한 한약방 할아버지를, 전쟁 통에 과부가 되어 여전히 찌그러져가는 초가집에 사는 새터댁을 만나 보았다. 어머니의 유서대로 한약방 할아버지는 이모에게 재산 정리를 빨리 하도록 도와주었다고 했다.

"모친 유서에는 두 자식 장래를 위해 재산을 써달라고 했드만 그랴. 하도 그 뜻이 절절해서 내 힘이 닿는 대로 일을 도울라고 애를 썼네만, 이렇크름 장성헌 자네럴 대면하고 봉께 자네 모친이 변을 당했다고 헐 적에 가보지도 않고 자네헌테 약봉지만 들려보낸 것이……, 면목이 읎네. 그것이 내 속맘은 아니었응께……."

한약방 할아버지는 한숨을 내쉬며 물기 번진 눈을 내려감 았다.

재산 처리에 대해 새터댁의 말도 할아버지의 말이나 같았 다. 그리고 새터댁도 눈물을 훔쳐가며 어머니의 간호를 거 절했던 옛일을 몇 번이고 사과하는 것이었다.

중현의 기억 속에는 어머니의 시체를 찾으려고 며칠을 울 며 바닷가를 쏘다녔던 일이 너무나 생생하게 남아 있었다. 자신이 그렇게 넋을 놓고 바닷가를 헤매는 동안 이모는 재 산 처분에 여념이 없었다는 결론이었다.

예정보다 사흘을 앞당겨 이틀 만에 여수를 등졌다. 남은 돈으로는 김과 미역을 사들고서였다. 놀라는 이모부에게 공 장 일이 바쁜데 오래 있으면 뭘 하겠느냐고 얼버무렸다. 이 모부는 중현의 어깨를 두드렸고, 이모도 김과 미역을 보고 는 더없이 환하게 웃었다.

중현은 ㅅ고등학교 교무주임이 대학 원서를 사러 상경하 는 편에 자기의 것도 부탁했다. 그리고 상현의 원서는 우편 을 이용해서 담임선생 주소로 받았다.

공장에서 중현이 하는 일을 보다 못해 이모부는 쉬어가며 하라고 할 정도였다. 그러나 중현은 막무가내 몸을 돌보지 않고 일을 해나갔다. 그런 중현을 바라보며 이모부는 만족 스러운 웃음을 머금고는 했다.

그러던 어느 날 중현은 엄청난 특진을 하게 되었다. 직원들을 모아놓고 이모부가 유식한 척 문자를 써가며 일장 연설을 한 다음에 중현을 업무부장에 임명한 것이었다. 그 자리는 공장 안에서는 이모부의 대리역이었고 외부 거래가 있을 때는 비서역이었다.

조바심나게 기다리던 훈련소와의 납품 계약이 이루어진 것은 원서 마감이 며칠 남지 않은 1월 말쯤이었다.

"오늘 저녁 8시."

중현은 방을 나서기 전에 동생에게 다시 다짐했다.

납품 계약에 따라 일부 금액을 오후 2시에 받았다. 은행에서 수표를 바꾸고, 두 군데 요정을 예약하고 오는 길에 중현은 역에까지 들렀다.

중현은 서너 개의 봉투에 돈을 넣으며 자꾸 손이 떨리는 것을 느꼈다. 우 36, 좌 78, 우 50. 중현은 금고 번호를 또 외었다. 10여 일 전 정신을 못 차리게 만취한 이모부를 끌고 오며 지갑 깊숙이에서 찾아낸 것이었다. 중현은 돈 봉투들을 이모부에게 건넸다.

"빨리 금고 잠그고."

중현은 나머지 돈을 금고에 집어넣고 문을 닫았다. 그리고 보기 좋게 다이얼을 이쪽 저쪽으로 마구 돌렸다.

"여기 열쇠."

중현은 열쇠를 받아 돌아서며 이모부를 살폈다. 이모부는 만족스러운 듯 또 계약서를 들여다보고 있었다.

중현은 금고에 열쇠를 꽂아 왼쪽으로 돌렸다가 재빨리 오른쪽으로 되돌렸다.

이모부에게 열쇠를 건네고 함께 사무실을 나왔다. 밖에는 어둠이 깔려 있었다. 이모가 기다릴 요정으로 갔다. 납품 계약에 힘을 쓴 사람들에게 한턱을 내는 밤이었다. 이모도 역시 부인들을 상대로 판을 벌이는 것이었다. 이모에게 돈 봉투를 전하고 요정을 나왔다.

시계를 보았다. 6시 50분.

중현은 공장을 향해 뛰기 시작했다.

우 36, 좌 78, 우 50……, 금고문이 묵직하게 열렸다. 돈 뭉치를 꺼내고 그 자리에 봉투 하나를 놓았다.

―우리 재산을 다 가지셨더군요.

그 봉투에 든 편지 내용이었다. 중현은 여러 가지로 생각하다가 그렇게만 쓰기로 했다. 그동안 유감스러웠던 것을 다 쓰자니 너무 길었고, 그렇다고 아무것도 남기지 않아 자신이 도둑놈 누명을 쓸 수는 없었다. 자신이 도둑놈도 안 되고 이모부도 꼼짝 못하게 하는 방법으로 그 말은 아주 마땅했던 것이다.

마지막 버스를 타고 북쪽으로 논산 다음 역에 도착한 것은 8시 5분. 중현과 상현은 8시 30분에 서울행 호남선 야간 열차에 몸을 실었다.

중현은 ㅂ대학 법대를 실패하고 ㄷ대학 영문과를 택했다. 중현은 동생의 일류 고등학교 진학으로 자신의 실패를 위안받았다.

그들에게 타향인 서울은 살벌하고도 고통스러운 도시였다. 고학으로 다음 학기 등록금을 마련하고 생계를 이어나가고……, 그건 망상에 지나지 않았다. 먹고 살면서 학업을 계속하려면 둘 다 장학금을 타지 않으면 안 된다는 결론뿐이었다.

6개월 동안 시내 버스 탄 횟수를 헤아리는 데는 다섯 손가락이 다 필요하지 않았다. 커피 맛이 곧 인생 맛이라는 그 맛이 어떤지를 몰랐다. 당구의 스리쿠션이 어떻고, 화투 나 이롱뽕의 씌우기가 어떻고 떠들어대는 동급생들의 말이 생소하기만 했다

서울에서 맞은 첫 겨울, 야속하리만큼 춥고 견디기 어렵게 배가 고팠다. 추위를 막아야 하는 데 따로 돈이 드는 겨울은 지긋지긋하게 길기만 했다.

가까스로 겨울을 넘긴 3월에 동생이 졸도를 했다. 그날도 신문 배달을 하려고 일찍 일어난 상현은 문지방을 넘다가 나무 등치처럼 쓰러져버린 것이었다.

의사는 극도의 영양 실조라고 했다. 동생은 정신이 들자 잠시 어리둥절하다가 벌떡 일어났다. 그러나 머리를 감싼 채 픽 쓰러지며 또 까무러치고 말았다.

"상현아, 상현아……."

중현은 핏기 없이 여윈 동생의 손을 모아잡고 부들부들 떨었다.

한참 만에 동생은 다시 정신을 차렸다. 힘없이 풀려버린 눈으로 형을 바라보며 상현은 중얼거렸다.

"신문을 돌려야지, 신문……."

"걱정 말어, 상현아. 하루쯤 어떨라구."

"아냐, 요샌 지원자가 많아 하루만 안 나가도 자리를 뺏겨."

중현의 목에서는 커다란 멍울이 치받쳐올랐다. 중현은 뼈가 맞잡히는 동생의 손을 움켜쥔 채 창 밖의 먼 산을 바라보며 애써 울음 덩이를 삼키고 있었다.

중현은 며칠 후에 휴학계를 냈다. 의사의 지시대로 동생을 입원시키진 못했지만 앞으로도 계속 고학을 하게 내버려 둘 수는 없었다. 이번 기회에 대학을 들어갈 때까지 뒷바라지를 해주려는 것이었다. 교수의 알선으로 중·고등학생을 상대로 한 영어 문제집을 발간하는 주간 신문사에 교정원 자리를 얻었다.

중현은 퇴근을 하는 길에 꼭 시장의 생선 가게를 거쳐 집으로 돌아왔다. 헐값의 꽁치를 사기 위해서였다. 의사는 동생의 건강 회복을 위해 중요한 몇 가지 식품들을 적어주었다. 그중에서 값비싼 쇠고기 같은 것은 엄두를 낼 수가 없고, 등 푸른 생선의 하나로 생각해 낸 것이 제일 값싼 꽁치였던 것이다. 생선이 거의 그렇듯 오후의 꽁치는 더욱 헐값이었다. 꽁치 한 마리를 달랑 사는 것은 괜히 생선 장수의 눈치가 보이기도 했지만, 더 말썽인 것은 그것을 동생이 혼자 먹지 않으려는 것이었다.

"성이 안 먹으면 나도 안 먹어."

사투리를 다 고쳤으면서도 형만은 꼭 성으로 발음하는 상현은 이렇게 말하며 고집을 꺾지 않았다. 그래서 꽁치를 반 토막낼 수밖에 없었다. 그래도 상현은 젓가락을 대지 않고 고개를 저었다. 자기 것이 너무 크다는 것이었다. 상현이 제안한 것은 가운데 등뼈를 중심으로 반으로 갈라야 똑같아진다는 것이었다. 동생을 먹이려면 그렇게 할 수밖에 없었다.

의사가 적어준 목록에는 콩나물도 있었다. 영양가와 비타민을 동시에 함유하고 있는 최고 식품이라는 콩나물은 반찬거리로는 가장 싼 편이었다. 그러나 매번 사먹는 것은 장사들에게 그만큼의 이문을 뜯기는 것이었다. 그래서 길러먹기로 했다. 콩나물 기르는 것은 어렸을 때 많이 보아서 자신이 있었다. 누가 쓰레기통 위에 내다 버린 귀 떨어진 시루를 주위다가 콩나물을 길렀다. 둘이서 번갈아 가며 물만 주면 콩나물은 고맙게도 잘도 자랐다.

상현은 ㅅ대학 공대에 무난히 합격했다. 그리고 대학의 이름 덕인지 대우가 꽤 괜찮은 가정교사 자리도 쉽게 구했다.

중현은 2년 만에 복학을 했다. 4월에 학교 신문사의 기자가 되어 다른 아르바이트 자리를 구할 필요가 없게 되었다.

해가 바뀌면서 중현과 상현은 의논 끝에 함께 입대를 하기로 했다. 언젠가 한 번은 거쳐야 할 군대, 중현이 졸업을 하고 나면 장교가 아닌 사병으로는 나이가 너무 많았다. 그리고 상현도 입대할 나이가 넘은 바에야 굳이 졸업 후로 미룰 여유가 없었다.

전셋돈을 빼서 은행에 정기 예금을 했다. 정부는 대학 졸업 예정자나 재학생들에게 복무 연한 1년 6개월의 특별 조치를 취하고 있었다. 그건 대학 졸업자들을 사회에 빨리 진출시켜 인재 활용을 하기 위한 방안이었다. 전후 복구를 위한 인력 확충이었던 것이다.

중현과 상현은 같은 날 논산행 특별 야간 열차에 몸을 실었다. 2월의 추위가 살을 파고드는 새벽 4시쯤 기차는 논산에 도착했다. 그런데 기차가 정거한 역은 논산역이 아니라 훈련소 가까이에 설치한 간이역이라는 것을 알고 중현은 자신도 모르게 안도의 숨을 내쉬었다.

싸늘한 어둠 속에 자취 희미한 황산벌, 논산 특유의 땅 내음을 맡으며 중현은 서글픔도 반가움도 아닌 묘한 감회에 젖어 있었다.

속보의 대열 속에서 바삐 걸으며 상현이 입을 열었다.

"성, 경수 그놈도 대학을 다닐까?"

중현은 동생에게 눈길을 주며 엷게 웃어 보였다. 동생도 지난날에 젖어 있는 것이다. 어찌 그렇지 않으랴……, 중현은 콧등이 시큰해졌다.

"글쎄, 다니겠지."

"그놈을 훈련소에서 만나면 어떡하지?"

공부 잘하는 공대생에게 어울리지 않는 물음이었다. 어렸을 때의 감정으로 돌아가 있는 동생의 심정을 중현은 충분히 헤아리고 있었다.

"그럴 리야 없겠지만, 네 맘 내키는 대로 해. 감정나는 대로."

상현은 더 말하지 않았다. 논산을 떠나고 여태껏 한 번도 꺼내본 적이 없는 이모네 이야기였다.

수용 연대에서 신체 검사를 마치고 군번을 받아 중현과 상현은 나흘 만에 헤어져야 했다.

"무조건 잘못했다고만 해."

"……"

"군대는 주먹이 법이야."
"……."
"소오대 차려엇, 앞으로이 갓!"
"셩!"

고개만 숙이고 있던 상현은 발을 떼어놓으며 중현을 불렀다. 그 음성은 그대로 울음이었다.

대열의 맨 끝에 따라가면서 자꾸만 뒤를 돌아보는 동생의 얼굴이 차츰 작아지면서 흐려지고 있었다. 중현은 눈을 슴벅거리고 또 슴벅거리며 언제까지나 손을 흔들고 있었다. 살이 오르지도 않은 생고구마를 웃옷에서 내밀고, 울면서 왕개구리들을 주워모으던 동생을 생각하며.

행여나 행여나 했지만 인접한 훈련장에서도, 어느 길목에서도 동생은 만나볼 수가 없었다. 연대가 다르고 훈련 시작이 빠른 상현은 모든 훈련장을 중현보다 이틀 먼저 지나가고 있었다. 왼팔이 떨어져나가는 것 같은 사격 연습장에서, 팔꿈치와 무릎이 벗겨지는 각개 전투 훈련장에서, 총알이 빗발치는 사격장에서 중현은 동생 걱정에 훈련이 고된 것을 느낄 수가 없었다.

배출대에서 혹시나 했지만 그것도 허사였다. 이젠 중현으로서는 동생이 아무데서나 무사히 있다가 제대하기만을 바랄 수밖에 없었다.

기록 카드에 잉크도 마르기 전에 나가는 새끼들이라고 구박을 받고, 배웠으면 얼마나 배웠느냐고 트집을 잡는 고역을 치러가며 중현도 다른 학보병들과 마찬가지로 최전방만을 골라서 전전했다.

다음해 8월 말, 제대복을 입고 예비 사단에서 만난 동생은 턱에 수염 자리가 제대로 잡힌 어른이 되어 있었다. 그러나 몸은 여전히 실해 보이지 않았다.

9월 중순에 들어 상현은 집을 하나 짓자고 서둘렀다. 고등학교 동창이고 같은 대학에 다니는 친구가 백운대 입구 우이동에 땅을 주기로 했다는 것이었다. 30평을 얻기로 했으니 20평에 온돌방 두 개, 그리고 마루방과 부엌을 들이자고 했다. 재료는 개천에 숱하게 굴러다니는 돌들을 쓰면 된다는 것이었다. 그러면 재목값이 안 들고 집은 벽돌집보다 튼튼한 동시에 자연석의 아름다움은 바로 예술품이라고 열을 올렸다. 자신이 가진 공대생의 실력으로 모든 것을 주관하면 최소의 돈으로 한 달이면 집은 완성이라고 했다. 건축비는 전세를 사글세로 바꿔 이용하자는 것이었다.

"성도 곧 결혼을 해야 테니까 어차피 집은 필요하거든."

상현은 손수 그린 설계도를 펼쳐 보였다.

"짜식, 결혼은 무슨."

"이 집은 성 결혼 선물이야. 성이 결혼하면 난 이 방을 쓸 테니까 괄세나 말라구."

"아니, 괄세할랜다."

중현은 집을 짓기로 했다. 학기를 맞추기 위해 신학기를 기다리며 가정교사로만 소일하는 이 시기는 집을 짓기에 안성맞춤이기도 했던 것이다.

며칠 후부터 중현과 상현은 가마니에다 대나무를 지른 들것으로 돌을 나르기 시작했다. 민가라고는 거의 없는 그곳에서 콧노래에 맞추어 흥겹게 돌을 나르고 있는 그들의 모습을 가끔씩 지나다니는 등산객들이 무심히 볼 뿐이었다. 돌은 상현이 미리 그어놓은 도면의 선을 따라 네 군데에다 분산시켰다. 벽면을 쌓아올릴 때 다시 옮기는 수고를 덜기 위한 대비였다. 1주일 정도로 돌 나르기를 끝내고 기초 공사를 위해 땅파기를 시작했다. 동생 상현은 50센티미터 정도만 파면 된다고 했지만 중현은 한 삽이라도 더 깊이 파려고 했다. 드디어 집을 짓는다는 실감이 오면서, 서울특별시라는 도시에서 내 집을 갖게 되었다는 감격이 좀더 든든한 기초 공사를 하고 싶은 욕심을 발동시키는 것이었다.

상현이 미장이를 데려오면서부터 돌벽은 하루가 다르게 쌓여져 올라가기 시작했다. 중현과 상현은 미장이가 잠시 쉴 수가 없을 정도로 서로 다투어 그의 조수 역할을 해냈다. 미장이에게 돌을 들어주고, 시멘트를 버무리고, 물을 길어오고, 시멘트를 떠주고, 그들의 부지런에 미장이의 손 놀림이 딸릴 지경이었다.

"나 이리 숨쉴 짬도 없이 일하기는 생전 첨이오. 하여튼 형제간 우애가 이리 좋으니 나도 일이 힘든 줄 모르겠고, 기분도 아주 좋소."

미장이가 담배를 피우며 흐뭇한 얼굴로 한 말이었다.

"아저씨, 너무 힘들게 해서 미안해요. 이 집 다 되면 크게 한턱낼게요."

상현이 재치 있게 미장이의 비위를 맞추고 들었다.

"그럽시다. 그 술맛 유별날 것 같소."

미장이는 껄껄 웃으며 맞장구를 쳤다.

보름이 지나자 사방 돌벽은 팔을 뻗쳐올려야 닿을 만큼 높아졌고, 돌을 들어올리려면 사다리를 써야 했다. 상현은 일을 마치고 돌아갈 때면 아직도 돌담에 불과한 거기에 한참씩 볼을 비비거나 어루만지거나 했다.

돌벽이 높아갈수록 일은 느려졌다. 돌을 들어올리는 데도 두 사람이 필요했다. 한 사람이 사다리를 오르내리는 것보다는 둘이서 전달식으로 하는 게 빨랐다. 서로 번갈아 가며 물을 길어오고 돌을 들어올리던 때의 능률을 기대할 수가 없었다. 더욱이 돌이 모자랄 것 같아 수시로 개천에서 돌을 날라와야 하는 일까지 겹쳐졌다.

중현은 사다리를 오르내리며 몇 번이나 개천 쪽으로 눈길을 돌렸다. 돌을 주으러 간 상현이 너무 늦기 때문이었다. 대변이라도 보나……, 낯이라도 씻고 쉬는 게지……, 쉬다가 잠이 든 건가……, 아니다! 중현은 급히 사다리를 내려왔다. 일을 하다가 잠이 들 상현이 아니었다. 중현은 개천으로 뛰기 시작했다.

"어……?"

중현은 개천으로 뛰어내렸다. 동생이 시체처럼 돌 위에 엎어져 있었다.

"상현아, 야 상현아, 정신 차려."

중현은 동생을 바르게 눕혀 상체를 껴안고 흔들었다. 동생은 아무런 반응 없이 무겁게 흔들릴 뿐이었다. 쓰러지면서 돌에 부딪혔는지 이마에서 난 피는 얼굴로 흘러내리다가 굳어 있었다. 중현은 옷을 헤집고 동생의 가슴에다 귀를 댔다.

"살았구나!"

울음을 터뜨리는 것 같은 중현의 외침이었다.

"보호자는 밖에 나가 계시지요."

중현은 허둥지둥 복도로 나왔다. 응급 치료실 빨간 글씨가 눈앞으로 확 다가왔다가 멀어지고, 왼쪽으로 마구 돌다가 오른쪽으로 돌고, 그러다가 글자들이 서로 뒤엉켜 돌아가고……, 중현은 거칠게 눈을 비비고 또 비볐다.

중현은 부들부들 떨며 어머니, 어머니를 불렀다. 그는 몸을 비비틀며 신음 소리를 냈다. 그 신음 소리에 어머니, 어머니……, 상현아, 상현아…… 하는 소리가 섞이고 있었다. 한동안이 지나 응급실 문이 열렸다. 중현은 벌떡 일어섰다. 흰 가운이 그에게 다가왔다.

"어, 어떻게……."

"……운명했습니다."

중현은 문을 박차고 들어갔다. 구석에 놓인 침대는 흰 광목을 뒤집어쓰고 있었다. 중현은 비틀거리며 광목을 걷었다.

"……"

얼굴에 피가 말라붙은 채 동생은 마치 잠이 들어 있는 것 같았다.

다음날, 초가을의 사양을 등뒤로 받고 무악재를 휘청거리며 넘어오고 있는 중현의 손에는 조그만 상자 하나가 들려 있었다.

"임마, 누가 너더러 결혼 선물을 달래드냐, 누가……, 누가……."

중현은 똑같은 말을 되풀이하고 있었다. 동생의 건강을 생각하지도 않고 집 갖는 욕심에 휘말려버렸던 자신의 어리석음이 가슴에 사무치고 또 사무치고 있었다.

중현은 동생의 유골을 책상 위에 안치했다. 도저히 아무데나 뿌려버릴 수가 없었고, 도무지 동생의 죽음을 믿을 수가 없어서 그렇게라도 함께 있고 싶었던 것이다.

며칠 동안 침식을 잊고 있던 중현은 마음을 다잡고 일어섰다. 집짓기를 계속하려는 것이었다. 돌벽에 볼을 비비고 어루만지고 했던 동생의 애착과 집념을 헛되게 할 수는 없었다.

10월 말에 집을 완성했다. 좁은 마당이었지만 양지를 골라 동생의 유골을 묻었다. 그리고 잘생긴 돌을 들어다가 비석을 대신했다. 제대로 된 비석을 세울 때까지의 임시 변통이었다.

동생이 쓰겠다던 방에는 전세로 사람을 들였다. 도둑이 들어서 오히려 저고리라도 벗어두고 갈 만큼 아무것도 없는 집이었지만 낮에 늘 빈집으로 둘 수는 없었던 것이다.

대학 졸업장을 받던 날 중현은 홀로 서서 먼 산만 바라보았다. 대학에 입학한 지 8년 만에 졸업하는 의미가 무엇인지 중현의 가슴에는 공허한 바람만 휘돌고 있었다.

연거푸 2년이나 치른 신문기자 시험은 무슨 영문인지 면접 시험에서 떨어지곤 했다. 그렇다고 신문사에서 그 이유를 밝히지도 않았고, 알아볼 만한 어떤 줄도 없었다. 중현은 기자가 되기를 포기하고 다른 직장을 구하기 시작했다. 가정교사 같은 것을 하기도 곤란하게 된 서른을 넘긴 나이에 안정된 직장이 급했던 것이다.

출판사로, 대중 잡지사로 불안하게 떠돌았다. 그 사업들이 영세해서 월급도 낮은 데다가 걸핏하면 망해서 문을 닫았다. 튼튼한 출판사가 몇 군데 없는 것도 아니었지만 그런 곳에 자리를 얻기란 그야말로 하늘의 별 따기였다.

중현은 서른한 살 가을에 결혼을 했다. 양순하기만 한 희숙을 아내로 맞아놓고 3개월이 못 되어 중현은 아차 싶었다. 결혼 생활은 동생과 둘이 아무렇게나 살았던 생활이 아니었다. 최소한의 격식을 차리고 체면을 유지해야 하는 것이 결혼 생활이었다. 그런 것은 다 돈을 잡아먹어야 해결되는 것이었다. 집이 있다는 것을 큰 밑천으로 삼고 결혼을 했던 것이 착오였다. 다시 말하면 중현의 수입이라는 것이 그만큼 부실했던 것이다.

중현은 저축이라고는 할 수 없는 생활에 쫓기며 문득문득 사는 것에 회의하고는 했다. 그럴 때면 전세나 사글셋방을 전전하는 주위 사람들을 생각하며 자신을 추스르고는 했다.

중현의 그런 불안감은 아내의 임신과 직결되어 있기도 했다. 아내의 배가 차츰 표가 나는 만큼 알맞은 준비가 되어가야 하는데 아무리 안간힘을 써도 매일 그 타령이었던 것이다.

다달이 중현을 위압하면서 불러오르던 아내의 배는 7월로 접어들면서 절정에 이르렀다. 중현은 뱃속의 놈이 언제 나

올지 모르는 초조감에 쫓기기 시작했다. 그놈이 나오기 전에 돈을 장만해 둬야 하는데 그 일은 마음 같지가 않았다. 회사에서는 가불은커녕 불경기로 월급 지급도 어려운 형편이라고 했고, 다른 직장의 몇 친구에게 연락을 해보았지만 다 궁해빠진 소리들이었다.

중현은 땀이 흐르는 얼굴로 헉헉거리며 다방으로 들어섰다. 두 번 세 번 훑어보아도 박 기자는 보이지 않았다. 시계를 보니 약속 시간에서 10분이 지나 있었다. 벌써 가버렸나? 중현은 황급히 메모판으로 다가갔다. 두 번 확인을 했지만 박 기자의 메모는 없었다.

"망할 자식……."

마음이 급한 김에 중현은 자기도 모르게 욕을 뱉었다. 중현은 숨을 깊이 들이켜며 마음을 가라앉히려고 했다. 급한 것은 자신이지 박 기자가 아니었고, 그도 돈을 구해가지고 나오느라고 얼마든지 늦을 수 있는 일이었다.

아내가 진통에 시달리는 것을 보고 병원을 나왔던 것이다. 두 군데를 들렀지만 돈은 구해지지 않았다. 그래서 선배 체면 같은 것은 딱 접고 후배인 박 기자한테까지 사정을 하게 되었던 것이다. 박 기자는 대학 다닐 때부터 씀씀이가 표가 날 만큼 가정 형편이 넉넉하다고 했었다.

10분이 지났지만 박 기자는 나타나지 않았다. 전부 20분이 지난 건데……, 안 오려는 것인가? 중현은 불길한 생각으로 이마의 땀을 쓱 문질렀다. 선풍기가 돌고는 있었지만 다방 안은 무덥기 그지없었다.

차는 시키지 않고 냉수만 두 컵째 달라고 하자 레지는 째지라고 중현에게 눈을 흘기며 지나갔다.

또 10분이 지나갔다.

"이 새끼가 도대체 이거……."

중현은 욕을 더 심하게 내뱉으며 엉덩이를 들었다가 놓았다. 틀렸다는 생각이 확실해졌지만 중현은 10분만 더 기다리자고 스스로를 타일렀다. 자리를 뜨기에는 기대가 너무 컸고, 또 막상 다른 사람 누군가를 찾아나서기도 막막했던 것이다.

"이거 이형 아니쇼?"

누가 중현의 어깨를 쳤다. 예감대로 박 기자가 아니라 그 전 잡지사에 있을 때 거래하던 인쇄업자 한 사장이었다. 중현의 얼굴이 그만 일그러졌다.

"요즘 재미가 어떠쇼, 이형."

"뭐 그저……."

중현은 허튼 말대꾸 하기에 짜증이 나 이마의 땀을 신경질적으로 문질렀다.

"지금도 거길 나가시지?"

"글쎄요……."

"아니 글쎄요라니, 관뒀소?"

한 사장은 중현의 앞자리에 털썩 주저앉았다. 이 자식은 왜 이리 항상 수다스러워, 중현은 더 짜증이 심해졌다.

"그럼 요즘 근무하는 데는 좋소?"

"잘 아시잖아요. 3류 잡지사들꼴."

중현은 퉁명스럽게 쏘아붙였다.

"아니, 꼭 그렇지도 않소. 경제 개발이다 뭐다 해서 시절이 좋아지고 있는데 사장들이 괜히 죽는 소리 해대며 우리 이형 같은 능력자들 속이고 푸대접하는 거지. 근데, 누굴 기다리시오?"

"예……."

중현은 막 들어서는 사람에게 눈길을 보냈지만 박 기자가 아니었다.

"누군데요?"

이건 정말 쉬파리 같은 놈이네, 이거. 중현은 역정이 솟았지만 다시 억누르며 건성으로 대꾸했다.

"ㅈ잡지사 박 기잔데……."

"눈치가 무슨 급한 일인가 보군요?"

"예……."

중현의 눈길은 문 쪽에만 박혀 있었다.

"대체 무슨 일이오?"

중현은 그만 치미는 울화를 터뜨리듯 내뱉었다.

"돈 때문이오, 돈!"

"아, 돈 때문에 그러시는구먼. 난 또 무슨 큰일인가 했지. 거액이오?"

한 사장은 중현에게 얼굴을 디밀며 나긋한 목소리로 물었다. 이런 태평스런 사람 봤나. 급한 돈보다 더 큰일이 어디 또 있다고. 그러면서 중현은 순간적으로 혹시 이 사람에게…… 하는 엉뚱한 생각을 했다.

"한 2만 원 정도 빌리자고 한 건데……."

"2만 원이라, 어디에 쓰시려고?"

"거 뭐……."

"그거 내가 빌려드리지."

"예에……?"

중현은 그 말을 믿을 수가 없어 한 사장을 멍하니 바라보았다.

"다 아는 처지에 뭐 그리 놀랄 것 없소. 우리 아직 목도 안 축였는데 뭐 시원한 걸로 한잔씩 합시다."

한 사장은 중현의 말을 듣지도 않고 칼피스를 시켰다. 그리고 속주머니에서 돈을 꺼내 세기 시작했다.

"어서 드시오. 에, 이게 3만 원인데, 빌려드리긴 하지만 그 대신에, 에⋯⋯."

"물론 이자야 드리지요."

"아아, 그런 게 아니고, 내가 이번에 잡지를 하나 시작하는데 이형께서 편집장 일을 맡아달라는 조건이오."

"그럼⋯⋯."

"그러니까 이 돈은 월급으로 미리 드리는 거니까 이형은 노동으로 갚으라 그거요. 어떻소?"

"예, 감사합니다, 감사합니다."

"허허허⋯⋯ 감사하긴요. 이형을 모시게 되어 내가 오히려 영광이오. 일이 잘 풀리려고 이형을 이렇게 만나다니⋯⋯."

중현은 흥분 상태로 다방을 나왔다. 돈을 구하고 대우 좋은 자리까지 생겼다. 3만 원 월급이면 30퍼센트 인상이 아닌가. 딸이든 아들이든 어쨌든 복덩어리가 태어났다. 이놈이 태어나면서 운수가 대통하는구나.

중현은 어떻게 해서 병원까지 왔는지 기억이 없었다. 아내는 아들을 낳아놓고 잠들어 있었다.

사흘 만에 퇴원하는 택시에서 중현의 말을 듣고 난 아내는 평소의 그녀답지 않게 기쁨의 소리를 지르며 아기 안은 중현의 목을 끌어안았다. 중현은 한 사장의 연락을 기다리다 못해 그 다방에 네댓 번 나갔지만 한 사장은 만날 수가 없었다. 그가 경영하는 인쇄소로 가보았다.

한 사장은 이미 서너 달 전에 인쇄소를 처분했다는 것이었다. 중현은 허망한 기분으로 쩝쩝 입맛을 다셨다. 또 일이 잘못된 게지……, 잡지사를 하려다가 숱하게 실패하는 꼴을 보아온 중현은 한 사장도 그런 식이었겠지 생각하고 말았다.

몇 개월이 지난 어느 날 새벽 중현은 체포되었다. 중현의 앞에 내던져진 서너 권의 책은 자신이 보지도 듣지도 못했던 것이었다. 그런데 책 뒤의 판권 표시란에는 편집장 이중현이란 이름이 선명하게 인쇄되어 있었다.

불온 잡지 편집장 이중현 ─ 수사 과정에서 직접 편집에 참여했느냐 아니냐 하는 문제와 똑같은 비중으로 불쑥 나타난 것이 아버지의 문제였다. 그 아버지도 그랬으니 그 아들도 그렇다는 올가미인지 함정인지 조작인지 강압인지 모를 막다른 골목에 몰리며 중현은 차라리 죽고 싶다는 절망에 수없이 부딪혔다. 자신은 옛날 그 사건이 터지면서부터 아버지를 원망하고 미워했고 언제부터인가 철저히 잊으려고 노력하며 살았고, 동생과도 아버지의 이야기를 의식적으로 피하며 살아왔던 것이다. 수사를 받다 보니까 지난 세월 동안 자신이 너무 치사하고 비겁할 정도로 아버지를 두려워하고 회피하려 했다는 것을 새삼스럽게 느꼈던 것이다. 그러나 수사 기관에서는 자신의 말을 전혀 믿지 않았을 뿐만 아니라 오히려 그 반대였다고 생각했다. 아버지를 영웅시하여 동경하고 흠모하다가 마침내 지하 고정 간첩들과 합세해 공산 혁명 실현을 이어받으려 했다는 것이었다. 그 누명 앞에서 비로소 자신의 의식 속에는 아버지가 왜 공산 혁명을 꿈꾸었을까 하는 의문 아닌 진지한 관심이 생겨나게 되었다.

중현은 처음에 한 사장이 증오스러웠지만 결국은 고마움을 느꼈다. 한 사장이 끝까지 자신을 속여 이름을 도용했을 뿐이라고 진술했던 것이다.

수사 과정에서 전혀 떠오르지 않았지만 중현은 박 기자에게 여전히 의혹을 떼치지 못하고 있었다. 한 사장이 그 다방에 나타났던 것은 과연 우연이었을까. 그는 선배와의 약속을 그렇게 외면해 버릴 수 있는 인간성을 가졌던 것인가. 그러나 이제 와서 그런 생각을 하는 건 다 부질없는 것이었다.

―여보, 제발 약해지지 마세요. 당신은 죄가 없잖아요, 가난한 것밖엔. 친구분들이 집에 안 오는 것에도 마음 쓰실 필요가 없어요. 당연한 거잖아요…….

중현은 아내의 말을 생각하다 고개를 떨구었.

친구들이 안 온다고? 그래, 당신 말대로 당연한 일인지도 모른다. 한약방 할아버지도 새터댁도 안 왔고, 그들은 나중에 사과를 했다. 친구들도 다음에 날 만나면 사과를 하겠지. 그때 난 뭐라고 대꾸를 하나. 20년을 비가 내리는 땅, 앞으로도 얼마나 더 오래 비가 내릴지 모르는 땅에서 너와 나는 모두 불행한 사람들이라고 말하나? 너무나 긴 대꾸다. 그저 웃고 말지……

인기척과 함께 식구통이 열렸다.

"야, 밥 받어."

중현은 생각에서 깨어났다.

"동작 좀 빨리 못 취해?"

밥을 받아가지고 돌아서다가 중현은 그 자리에 멍하니 섰다. 조그만 창, 조각난 파란 하늘에 흰구름 끝이 지나가고 있었다.

〈1971년〉

빙판

서툰 글씨에 맞춤법도 틀리는 어머니의 편지는 전보 내용만큼이나 다급했다. 누나네가 기어코 이민을 갈 작정이니어서 외출을 나오라는 것이었다. 어머니는 자신에게 또 매형을 설득하라는 임무를 부여하고 있었다. 병욱은 편지를 접어 봉투에 넣으며 떫은 입맛을 다셨다.
 어머니도 딱하고 매형도 딱할 뿐이었다. 어머니는 한사코 누나네의 이민을 막으려 했고 매형은 결단코 이민을 떠나려 하고 있었던 것이다. 어머니는 딸이 시집을 가면서 호적을 파가는 것으로 권씨네한테서 뿌리까지 파갔다는 것을 인정하지 않고 딸을 옆에 끼고 있으려는 욕심을 부리고 있었다.

병욱은 누나가 시집가고 나서 호적등본을 뗀 일이 있었다. 그런데 누나의 이름에 붉은 줄의 가위표가 그어져 있는 것이 아닌가. 병욱은 그만 소스라치게 놀랐다. 그 붉은 줄은 세상을 떠난 아버지 이름에나 그어지는 것이 아니었던가. 호적등본을 떼야 할 일이 있을 때마다 아버지 이름을 무참하게 지우고 있는 그 붉은 줄은 얼마나 섬뜩하고도 깊은 고적감을 자극하곤 했던가. 그러나 누나는 엄연히 살아 있는 사람인데 그 끔찍한 붉은 줄을 긋는 것인가.

"혼인 신고로 호적을 파갔잖아요. 법적으로 권씨와는 아무 상관이 없게 됐다 그겁니다."

귀찮아하는 구청 직원의 대꾸였다. 그의 입가를 스치는 찬 웃음은, 대학생이 그런 것도 모르느냐는 경멸을 담고 있었다.

병욱은 그때서야 '호적을 파간다'는 말뜻을 퍼뜩 깨달았다. 그리고 그 말을 곰곰이 생각한 끝에 여자가 시집을 간다는 것은 친정에서 뿌리를 완전히 뽑아간다는 의미인 것을 뒤늦게 알게 되었다. 그러면서 시집가는 것을 죽은 사람과 똑같이 취급해 버리는 법적 조처에 서늘함을 느껴야 했다.

어머니는 그런 법적 관계를 인정하지 않고 딸을 둘밖에 없는 자식 중의 하나라고 굳게 생각하고 있었다. 남편 없이 혼자서 두 자식을 키워낸 어머니로서는 당연한 일인지도 몰랐다.

  어머니의 자식에 대한 애착만큼 매형의 미국에 대한 선망은 열렬했다. 미국 회사의 근로자로 베트남을 다녀와서 매형의 그 열도는 걷잡을 수 없이 심해진 것이었다. 그리고 친구들이 하나 둘 이민을 떠나면서 매형을 더욱 자극해대고 있었다.

  그런데 문제는 어머니와 매형 사이에 서 있는 누나의 태도였다.

  "박 서방이 저렇게 야단이니 어째야 좋을지 모르겠어 정말."

  모호하기 이를 데 없는 누나의 대꾸였다. 누나의 태도가 그럴수록 어머니는 더욱 애달아 했다.

  "너도 정작은 가고 싶은 게지?"

  어머니는 의심쩍어하는 기색을 감추지 않고 다그치고 들었다.

  "아니라니까. 엄마한테 자식이 셋이우 넷이우. 남매는 단 둘인데 나라고 엄마나 병욱이 옆을 떠나고 싶겠수."

  "암, 암, 그래야지. 헌데 말이다, 베갯머리송사란 말 있잖더냐. 그까짓 남자 맘 하나 돌리기는 여자가 할 나름인데, 넌 어째 박 서방 맘 하날 확 휘어잡지 못하고 그러냐."

  어머니는 안도하면서도 안타까운 얼굴로 말했다.

"글쎄, 그놈의 고집통이 에지간히 세야 말이지. 좀 기다려 봐요, 어찌되겠지."

누나의 반응은 여전히 안개에 싸인 것처럼 모호할 뿐이었다.

병욱은 어머니와는 달리 누나의 그 모호함에 어떠한 기대도 걸지 않았다. 누나는 어머니 때문에 고심하는 척, 난처한 척할 뿐이지 이미 매형과 한 배를 탄 것이라고 보아야 했다. 누나는 미제 물건이라면 화장품에서부터 브래지어며 스타킹에 이르기까지 사족을 못쓰는 흔한 여자들 중의 하나일 뿐이었고, 그런 좋은 물건들을 마음대로 쓸 수 있는 미국 여자들을 부러워하는 만큼 미국에 대해 선망을 품고 있을 것은 뻔했던 것이다.

병욱은 편지를 바지 뒷주머니에 넣으면서 무슨 요일인지 보려고 옆벽으로 눈길을 돌렸다. 그런데 달력보다 먼저 눈에 들어온 것은 두 개의 제대 날짜 표시판이었다. 하나는 동료 심슨 상병의 것이었고 또 하나는 자신의 것이었다. 얼마 전까지만 해도 세 개가 붙어 있었는데 흑인 상병 리드가 직업 군인으로 소위가 되어 떠나면서 두 개로 줄어든 것이다. 그 제도용의 두꺼운 합지에는 수없이 많은 칸들에 숫자들이 적혀 있었고, 앞에서부터 빨간색의 X자 표시가 되어나오고 있었다. 그건 군인이라면 누가 보거나 제대 날짜를 향하여 하루씩을 지워나가는 것임을 한눈에 알 수 있었다. 그 도표 아닌 도표를 제일 먼저 만들어 붙인 것은 병욱이었다. 군대에서는 옷을 몸에 맞추는 식으로, 그림 그리는 것이 취미라는 이유 하나로 제도실에 배속이 되었다. 돈을 쓰지 않고는 사령부에 절대 떨어질 수 없다는 신병들 사이의 파다한 소문에도 불구하고 어째서 자신이 제도실에 밀려 들어가게 되었는지를 알게 되기까지는 별로 긴 시간이 필요하지 않았다. 제도실은 다른 부서들과는 달리 땡전 한 닢 생기지 않는 맹물이고 한데 부서였던 것이다. 사령부에서 돈 안 쓰고 떨어질 수 있는 부서가 또 한 군데 있었다. 무식한 흑인들의 모자리판으로 알려진 수송부 정비과였다. 자동차 밑구멍으로 기어서 들고 나며 온몸에 기름때를 묻혀야 하는 그 부서에는 한국군 카투사들도 가장 돈 없고 학력 낮은 사람들만 쓰레기 청소당하는 곳으로 소문나 있었다. 날마다 손은 말할 것도 없고 얼굴에까지 검고 끈적끈적한 기름을 묻히고 다녀 동료들에게 '기름 걸레들'이라고 놀림을 당하고, 청소하고 세탁하는 하우스보이들한테마저 괄시를 당하는 그들이었지만 사는 재미는 쏠쏠하다는 것이었다. 자동차 부속품들을 슬쩍해다가 팔아먹으면 술값이며 몸푸는 돈은 걱정이 없다는 거였다. 그런데 제도실은 그야말로 일만 꽤 까다롭고 신경이 쓰일 뿐 눈먼 돈을 만질 수 없기로는 맹물을 지나쳐 증류수였다.

  두 미군 상병과 함께 근무하는 한국군 일등병은 당연히 그들의 보조자에 불과했다. 계급이 낮아서가 아니었다. 병욱과 닷새를 함께 근무하고 '고향 앞으로'를 한 김 병장도 그들의 보조자였다. 그건 계급과 상관없는 카투사란 괴상한 이름의 군대가 가진 특성이면서 한계였다. 6·25 당시 전투 효과를 올리기 위해 맥아더가 창설한, '미군에 소속된 한국군'이란 뜻의 줄임말인 카투사는 어디까지나 보조 역할만 하도록 제한되어 있었다. 리로이라는 글씨 쓰는 제도기를 익히는 데 병욱은 사흘밖에 걸리지 않았다. 알파벳의 대문자, 소문자 글자판을 따라 리로이로 한 자씩 그려나가며 단어와 문장을 엮어내는 일이란 그야말로 누워서 떡 먹기였다. 그냥 펜이나 붓으로 글씨의 균형을 똑 고르게 맞춰 써나가는 것에 비하면 그 기계화 작업은 일이라고 할 것도 없었다.

  "야, 너 천재로구나."

  사흘 만에 모조지 전지 크기의 합지에 브리핑 내용을 오자 없이 완성시키자 김 병장이 놀라며 터뜨린 말이었다.

  "예에······?"

  "너, 리로이 첨 손댄다는 것 거짓말 아냐? 행정학과가 맞긴 맞아?"

김 병장은 도무지 믿을 수 없다는 표정이었다.

"이거 단순한 기계적인 작업 아녜요."

"아니, 그래도 그렇지. 난 이거 익숙해지는 데 두 달 이상 걸렸다구. 그래도 저치들에 비하면 열 배 이상 빠른 거지만 말야. 저것들은 2년제 제도 전문학교를 나왔다는데도 내 수준밖에 안 되니까. 근데 넌 사흘 만에 이렇게 마스터를 해버리니 천재가 아니고 뭐냐. 너 혹시 특별한 손재주가 있는 것 아니냐?"

"예, 고등학교 때 그림 그리기를 좋아하긴 했어요. 훈련소에서 사단 검열을 받느라고 중대 본부하고 우리 내무반 환경 정리도 했구요."

"그럼 그렇지. 넌 아주 제대루 꽂혔구나. 이 맹물에서 카투사 생활 쫄쫄이 배곯으며 해야 하는 건 네 팔자다. 나야 돈 없고 빽 없어 이 맹물통에 처박혀 1년 반을 허송세월 해버렸지만 말야."

미군들은 분명 카투사로 발음하는데 한국군이나 부대 주변의 사람들은 카츄샤라고 부르는 군대는 확실히 특수 군대였다. 미군과 똑같이 군사 행동을 하는 체제가 그랬고, 의식주를 미군과 함께하는 것도 그랬다. 그러나 무엇보다도 특수한 것은 좋은 보직에서 눈치껏 하면 한밑천 잡을 수 있다는 것이었다. 그런데 김 병장은 그 기회를 잡지 못하고 제대를 하게 된 것이 못내 아쉽고 분하기까지 한 모양이었다.

한국군에서는 카투사로 뽑혀가는 것을 '빠다 특과'니 '딸라 특과'니 했다. 훈련소 보충대에서 마지막으로 2백여 명이 남겨졌다.

"이 새끼들, 느네들이 왈 돈 많고 빽 좋은 놈들이라 이거지. 쭈왔어, 딸라 특과에 가서 빠다 기름이 뱃대지에 쩔기 전에 훈련소 된장땀이나 쭉 뽑고 간다. 지금부터 오리걸음 속보로 연병장을 돌며 〈진짜 사나이〉를 힘차게 합창한다. 노랫소리가 김일성 간 떨어지게 크면 한바퀴로 끝나지만 그렇지 못하면 열 바퀴를 돌린다. 자아, 오리걸음 출발 준비! 출발과 동시 〈진짜 사나이〉, 하나, 둘, 셋, 넷!"

2백여 명은 빠른 오리걸음을 하면서 노랫소리도 더없이 크고 우렁차게 뽑아댔다. 그건 열 바퀴를 돌지 않기 위해서가 아니라 특과에 뽑혔다는 기쁨에 넘치는 소리들이었다.

전혀 말을 나누지 않았는데도 그 기쁨이 일체감을 이루며 분수처럼 솟고 있는 속에서 병욱도 목청껏 노래를 뽑아대며 도무지 영문을 알 수 없는 의문에 사로잡히고 있었다. 내가 카츄샤로 뽑히다니……, 누가 손을 쓴 것일까? 어머니가? 그럴 리가 없다. 그럴 만한 돈도 없고, 군대 쪽에 아는 사람이라곤 더구나 없다. 어머니가 혹시 누나한테 말해서 누나가 매형을 움직인 것일까? 글쎄, 매형이? 돈이 좀 있긴 하지만 남쪽에 혼자뿐인 이북 출신의 매형이 군대에 무슨 줄이 있을까…….

밤 기차를 타고 서울로 오면서 그 의문은 차츰 풀렸다. 2백여 명 중에서 50여 명은 전혀 돈도 빽도 쓰지 않고 뽑힌 것이었다. 충원 요청이 예상보다 많아 손을 쓰지 않은 나머지 50여 명은 군번순으로 잘라 덧붙여진 셈이었다. 기차 안에 퍼진 그런 말을 입증이라도 하듯이 영어를 한마디도 할 줄 모르는 것을 걱정하는 중졸 출신의 시골 사람도 섞여 있었다.

베트남으로 파병되는 병사들이 요식 행위로 작성되는 지원서에 막도장을 누르며 공산주의를 쳐부수러 가는 것이 아니라 한탕 돈벌이를 꿈꾸는 것에 비하여 죽을 염려가 전혀 없는 상태에서 끼니마다 고깃덩이를 먹으며 한밑천을 장만할 수 있는 카투사는 특과 중의 특과인 것은 분명했다. 인사과의 파견대장과 선임하사는 신병들에게 보직을 팔아먹고, 보급부의 카투사는 군수품을 팔아먹고, 수송부의 운전병 카투사는 휘발유를 팔아먹고, 식당의 카투사는 커피며 고깃덩이를 팔아먹고, 그러면서도 그들 사이에는 죄의식 같은 것은 거의 없었다. 흥청망청 살아가는 부자놈들의 부스러기 좀 긁어먹는 게 뭐 그리 나쁠 것 있으며, 눈치껏 요령껏 못해 먹는 놈이 등신이라는 분위기였다. 그런데 그 행위들에 미군들도 한통속으로 얼크러져 돌아가니 꼭 카투사들만 죄 될 것도 없긴 했다. 그런 판국에 맨손 털고 제대를 해야 하는 김 병장이 분할 만도 했다.

자신의 솜씨에 김 병장보다도 더욱 놀란 것은 심슨과 리이드였다.

"너, 프리핸딩도 할 수 있느냐?"

제도실의 열쇠를 가지고 있는 실장 격인 심슨이 불쑥 물었다. 그런데 그의 표정은, 그건 못하겠지 하는 투였다.

병욱은 그냥 못 들은 척해 버렸다. 할 수 있다고 하면, 어디 한번 그려보라고 할 것이고, 그렇게 되면 괜히 심사받는 꼴이 되고, 비위 상하고 번거로워질 뿐이었다.

"제도기가 아니고 손으로 그릴 수 있느냐고 묻는 거야."

병욱이 알아듣지 못한 줄 알고 김 병장이 한 말이었다.

"알아들었어요. 내버려둬요."

"아니 왜 그래. 그릴 줄 알면 한 가지 멋지게 그려서 초장에 저놈 콧대를 꽉 꺾어버리라구. 저게 꼴에 백인이라고 우리 노란둥이 알기를 우습게 안다구. 새끼, 덩치만 커가지고 솜씨는 좆도 없는 게 말야."

"지금 하면 괜히 심사받는 꼴 되잖습니까. 담에 차차 하죠 뭐."

"하긴 그것도 그렇네."

김 병장은 아쉬워하면서도 고개를 끄덕였다. 김 병장이 떠나고 나니 그나마 적적해졌다. 어느 날 무료한 시간을 달래느라고 그리게 된 것이 제대 날짜 표시판이었다. 자신이 그것을 그려 붙이자 심슨과 리드도 굿 아이디어라고 해가며 다투어 그려 붙였다. 그리고 셋이는 매일 아침 제도실로 들어서자마자 빨간 볼펜으로 한 칸씩 X표를 지르며 군대 생활 하루를 죽이는 총소리를 내기도 했고 갓뎀을 외치기도 했다.

 병욱은 달력에서 오늘이 목요일인 것을 확인했다. 이번 주말은 자신의 외출 순번이 아니었다. 병장들은 매주 주말마다 외출해서 일요일 밤 10시까지 귀대하는 자유가 있었지만 상병과 일등병들은 중대본부에서 야간 보초를 서야 하기 때문에 주말 외출은 격주로 제한되고 있었다. 그러나 어머니의 다급한 편지는 이번 주말 외출을 독촉하고 있는 것이다. 천상 누구와 외출을 바꿔야 하는데, 그러자면 목요일은 시간이 너무 촉박했다. 격주로 오는 주말 외출을 즐기려고 상병과 일등병들은 귀대하면서 벌써 다음 외출 계획을 세우게 마련이었던 것이다.

 일과가 끝나자마자 병욱은 막사에도 들르지 않고 식당으로 달려갔다. 집이 시골인 같은 계급이 교섭 대상이었다. 서울이 집이면서 주말 외출을 거르는 사람은 하나도 없었던 것이다. 식당에서 두 사람에게 부탁을 했지만 여의치 않았다. 다시 막사로 돌아와 네 사람째 만나서야 일이 풀렸다.

"그거 맨입으로는 안 되는디유."

병욱보다 3개월이 늦은 서 일병이 씨익 웃으며 말했다. 충청도의 느린 말투로 곧잘 농담을 잘하는 그의 별명은 '왕이유'였다.

"알았어, 오늘 당장 술을 사지."

병욱은 서 일병의 팔을 잡아끌며 몸을 일으켰다. 밤 10시까지 귀대하는 당일 외출은 언제나 허용되어 있었고, 정문 밖 기지촌에는 온갖 종류의 술집들이 넘쳐나고 있었던 것이다.

"아녀유, 심심해서 그냥 혀본 말이지유. 우리 같은 촌놈은 집에 자주 오는 것도 싫어허느만유. 없는 살림에 돈만 축내니께유."

어차피 주말 외출을 안 할 것이었으니까 부담 갖지 말라는 뜻이었다.

"그게 어디 그런가. 나 때문에 야간 보초도 서야 하는데. 어서 가자구."

"보초야 권 일병님도 나 대신 안 스남유. 품앗이야 공평해야 되는디, 나 간 떨리게 맹글지 말어유."

자기는 다음에 술 살 돈이 없다는 서 일병의 그 뚱한 말에 병욱은 그만 푹 웃음을 터뜨리고 말았다.

"간 떨리지 않아도 괜찮아. 군대 의리라는 게 있지, 그냥 넘어갈 수 있나. 빨리 일어나."

병욱은 서 일병의 팔을 다시 잡아끌었다.

"하 이거, 속도 없이 목구멍이 술내 먼저 맡고 요동치는디. 요것이 사람 의리 없이 맹그는만유."

멋쩍은 듯 몸을 일으키는 서 일병의 말을 들으며 병욱은 또 웃고 있었다.

중학교를 겨우 나왔다는 서 일병의 근무 부서는 당연한 것처럼 수송부 정비과였다. 그가 3개월쯤 근무한 어느 날 막사 1층 휴게실에서 카투사 전체 모임이 열렸다. 2층으로 된 긴 막사에 수용된 사병들은 150여 명이었고, 그중에 카투사는 30여 명이었다. 선임하사의 긴급 지시 사항이 있거나 신병 신고식 같은 때 여단 사령부 카투사 30여 명은 휴게실에 모이고는 했다.

"서 일병, 영어는 좀 늘었나?"

지시 사항을 마친 선임하사가 부하들을 둘러보다가 불쑥 한 말이었다.

"옛!"

서 일병은 군인다운 박력으로 벌떡 일어나더니,

"저어……, 우리는 영어가 쓸 데가 없구만유."

빙판 141

늘어지는 대답을 했다.

"뭐라구? 그게 무슨 소리야!"

선임하사가 어리둥절한 채 목소리는 팽팽해졌고, 다른 사병들도 어리둥절하기는 마찬가지였다. 그런데 서너 명이 웃음을 참으며 쿡쿡거렸는데, 그게 서 일병의 말투가 우습다는 것인지 아니면 그 말뜻을 안다는 것인지 종잡기 어려웠다.

"야아, 그러니께 말이주, 씨름판에서는 기운 센 놈이 젤이고, 술판에서는 술배 큰 놈이 젤 아닌감유. 그런 이치로 기술과에서는 기술 존 놈이 젤이지유. 우리 정비과에서는 우리 카츄샤들 기술이 젤이라 흰둥이고 껌둥이고 싸진이고 우리헌테 꼼짝을 못허고 우리가 시키는 대로 말을 착착 듣는구먼유. 이 넓디나 넓은 비행장 안에서 우리 한국말로 흰둥이고 껌둥이고 부리는 디는 우리 정비과뿐일 거여유. 그러니께 정비과에서는 우리가 왕이유."

그러니 영어가 늘지 않는다는 말이었다.

모든 카투사들은 와아 웃음을 터뜨렸고, 선임하사도 허허 웃을 수밖에 없었다.

그 다음부터 서 일병의 별명은 '왕이유'가 되어버렸다. 그런데 그의 말은 하나도 과장되지 않은 사실 그대로였다. 수송부 정비과에 배속되는 카투사들은 하나같이 2~3개월이

지나면 자동차 엔진의 분해 결합을 거뜬하게 숙달시켜 버렸다. 그런데 백인이나 흑인은 같은 기간 동안 일을 하고서도 둔하고 더듬거리는 것이었다. 그러니 서 일병의 말마따나 기술판에서는 기술 좋은 놈이 큰소리칠 수밖에 없었다.

"야 이 존슨 씨발놈아, 몽키 스빠나 가져와!"

"야 톰 이 새끼야, 도라이버 어딨어!"

이런 외침이 터지는 것은 그래도 괜찮은 편이었다.

"야 이 조지 좆 같은 새끼야, 망치 가져와, 망치!"

이런 외침에,

"요기, 요기."

백인이고 흑인이고 망치를 들고 뛰는 진풍경이 벌어지는 곳이 수송부 정비과였다.

병욱은 서 일병과 함께 막사 건너편의 정류장에서 영내 버스를 기다리고 있었다. 미공군이 주인 행세를 하고 있는 이 기지는 지름이 20리에 달하는 원형이라고 했다. 그 넓이가 얼마인지 정확하게 아는 사람이 없는 채 최신예 팬텀기들은 쇳덩어리가 맞갈리는 끔찍스러운 폭음을 일으키며 밤낮없이 뜨고 내렸다. 그런데 비상시에는 팬텀기가 동시에 두 대씩 이착륙을 할 수 있도록 활주로가 길다고 했다. 그러나 그뿐이 아니었다. 장교들만 이용할 수 있는 드넓은 골프장이 펼쳐져 있는가 하면, 할리우드와 동시 상영을 하는 대형 극장, 농구 시합이며 역도 같은 것을 할 수 있는 천장 드높은 체육관, 여러 개의 테니스 코트장, 우리나라 대학병원 시설을 비웃는다는 병원, 수만 권의 장서를 갖춘 도서관, 술값이 싼 사병 클럽, 쇼도 공연한다는 장교 클럽, 거기다가 공군 사령부의 수많은 사무용 콘센트, 셀 수 없이 많은 2층짜리 사병들의 막사, 시설 좋은 장교 숙소들, 서너 군데로 분산되어 있는 대형 식당들. 이 기지의 규모는 어마어마했고, 상주 인구를 먹여살리기 위해서 식료품을 실은 냉동 화차들이 사흘거리로 전용 열차를 타고 기지 안으로 들어오는 것은 당연한지도 몰랐다. 이 기지에 처음 배속되는 카투사들에게 팬텀기와 함께 냉동 화차들은 신기한 구경거리였다. 하얗게 서리를 뒤집어쓴 냉동 화차들은 처음 보는 사람들의 눈을 휘둥그렇게 했는데, 그건 안에 든 식료품들을 상하지 않게 한 것으로, 화차 자체가 대형 냉장고였던 것이다. 그 사실을 알고 난 사람들은 누구나 그 희한한 기술에 감탄했고, 그리고 미국이라는 나라의 힘에 주눅이 들었다. 그런데 그 속에 든 식료품들이 거의가 일본에서 생산된 것이라는 걸 알게 되면 욕을 내뱉게 마련이었다. 미군들은 그 어떤 식료품도 한국 것은 먹지 않았다. 거름으로 똥을 쓰기 때문에 모든 채소는 먹을 수 없고, 사람이 뱉은 가래를 닭이 찍어먹기 때문에 달걀도 먹어서는 안 된다는 식이었다. 그래서 미국 본토에서보다는 수송비가 싸게 먹히는 일본에서 식료품을 사들인다는 것이다. 그러니까 일본은 6·25 때만 떼돈을 벌어들인 것이 아니라 그 뒤로도 줄기차게 한국을 이용해 돈벌이를 해온 것이었다.

"권 일병, 외출 나가? 그거 번역 다 했는데 말야, 이젠 본격적으로 건의서 작성할 일이 남았어. 권 일병이 이번 주말에 멋지게 좀 작성해 줘."

박 상병이 길을 건너오며 약간 들뜬 감정으로 말하고 있었다.

"저어, 주말에 좀 곤란하겠는데요. 집안에 급한 일이 생겼다고 어머니한테서 편지가 와서……."

병욱은 오해를 사지 않으려고 뒷주머니에서 편지를 내보였다. 박 상병은 그 일을 추진하면서 곧잘 동료들을 의심하거나 오해했던 것이다. 그도 그럴 것이 박 상병이 추진하는 일에 거의가 소극적이었다. 특히 그 일에 앞장서야 할 병장들의 무관심에 박 상병은 잔뜩 화가 나 있었다. 자기 계급 이하는 계급의 힘으로 눌러 따라오게 할 수 있지만 병장들은 어찌할 방법이 없었던 것이다. 그리고 그가 부닥친 또 한 가지 애로 사항은 영어 실력 부족이었다. 그러나 그가 전문적인 법조문에 걸려서 그런 것이지 그의 영어 실력은 일반 대학생들이 갖춘 평균 수준이었다.

"씨팔, 그 흔한 영문과 국문과 출신들은 다 어디로 갔냐. 그런 놈들 하나씩만 있으면 좀 좋으냐. 한 놈이 번역하고 영작하고, 또 한 놈이 건의서 작성하고, 그러면 일이 제까닥제까닥 풀리는 건데. 좇도, 영어 공부 열심히 안 한 게 원수다, 원수."

박 상병은 편지 봉투 앞뒤를 살펴보고 병욱에게 되돌려주며 마지못해 고개를 끄덕였다. 봉투의 서툰 글씨체를 보고 어머니가 보낸 편지라는 것을 알았다는 기색이었다.

"제가 건의서 내용을 열심히 생각해 보고, 적극 협조하겠습니다. 이건 우리 모두를 위한 일이니까요."

병욱은 미안함 때문에 전에 없이 힘주어 말했다.

"그래 너만큼만 의리가 있어도 살겠다. 엄연히 법조문에는 카츄샤도 미군과 똑같은 자격으로 부대 내의 모든 시설을 이용할 수 있다고 명시되어 있단 말야. 미군에는 육군 공군 해군이 포함되는 것이고, 그리고 공군과 합동 근무를 할 때 공군 시설을 사용할 수 없다는 예외 조항이 없다 그거야."

박 상병은 또 열이 오르고 있었다.

"우리 막사 양코 애들은 다 사용하고 있잖아요."

병욱이 거들었다.

"바로 그거야. 이건 완전히 인간 차별이고 한국군 모독이라구. 건의서 작성에 그 점을 잘 생각하라니까."

"예, 알겠어요."

그때 한국 운수 회사의 마크가 붙은 영내 버스가 와서 멎었다. 위생에 상관없고 인건비가 싸니까 버스는 한국 회사를 이용하는 것이었다.

병욱은 토요일 오후 4시쯤에 미8군 버스 정류장에 내렸다. 각지에서 도착하고 있는 여러 버스에서는 서울 나들이를 나온 미군들이 꾸역꾸역 밀려나오고 있었다. 미군과 동행인 카투사들도 더러 눈에 띄었다. 병욱도 1년 가까운 동안 서너 차례 서울 안내를 부탁받았지만 완곡하게 거절하곤 했다. 남들은 회화 실력을 높인다고 일부러 그런 기회를 만들려고 들었지만 병욱은 그들과 생활을 해갈수록 감정의 갈등이 커져갔던 것이다.

"니 누나 가지곤 안 되겠다. 니가 나서서 세게 가로막아야 한다. 매형도 남자인 네 말은 그래도 무서워할 게다."

어머니는 자신이 구두 끈도 다 풀기 전에 말을 쏟아놓았다. 병욱은 어머니의 다급한 심정을 잘 알면서도 문득 짜증이 일었다. 그 짜증은 어머니에 대해서가 아니라 자신의 무능을 인식해서 생기는 것인지도 몰랐다. 자신의 능력으로는 어머니를 설득할 수도, 매형을 설득할 수도 없을 것 같은 예감이 드는 것이었다. 그 예감이 맞다면 일방적으로 패배하고 상처를 입어야 하는 건 어머니였다.

"어머니가 매형한테 직접 말씀해 보셨어요?"

병욱은 모자를 벗고 낡은 방석에 주저앉으며 물었다.

"했지만 쇠귀에 경 읽기다."

"누나는 뭐래요?"

"매냥 그 소리지. 매형이 고집불통이라고."

"그 말을 믿으세요?"

"무슨 소리냐?"

"누나도 가고 싶어한다고 생각 안 하세요?"

"설마 이 에밀 버리고!"

병욱은 어머니의 얼굴을 보고 있지 않았지만 격해진 목소리만으로도 어떤 표정이 되었을지 짐작이 갔다. 모든 모정은 폭포수처럼 일방적으로 쏟아져내린다. 그러나 자식들은 자기의 필요에 따라 그 모정을 간단하게 외면해 버린다. 폭포수가 끝내 바위에 부딪혀 산산이 부서지듯 자식에게 외면당한 모정도 산산조각이 나는 상처를 입고 나서야 체념에 이른다. 그래서 모든 모정은 애달프고 슬픈 것이다. 병욱은 어떤 수필을 생각하고 있었다.

"어머니, 어머니는 옛날에 어떤 중요한 일을 결정할 때 아버지 말씀을 들었어요, 외할머니 말씀을 들었어요?"

"아니, 무슨 말을 하려는 게냐?"

어머니의 눈치 빠른 반응이었다.

"어머니, 어머니 맘 잘 알아요. 그렇지만 누나는 옛말로 출가외인이란 걸 잊지 마세요. 어머니도 누나 시집가고 나서 호적등본 보셨지만, 누나는 우리 집안에서 뿌리를 파갔어요. 제가 최선을 다하겠지만 그래도 매형이 마음을 돌리지 않으면 누나는 미국으로 떠나야 해요. 어머니는 그것까지 생각해 두시라는 겁니다."

병욱은 우선 어머니의 상처를 줄이는 데에 마음을 쓰고 있었다.

"안 된다, 그건 안 된다. 즈덜 먹을 것 있겠다, 이 땅에서 살면 얼마든지 편케 살 텐데 뭐하러 낯설고 물선 타국으로 가서 고생을 사서 한단 말이냐. 너 이러고 앉았지 말고 어여 일어나거라."

어머니는 손등으로 눈물을 훔치며 먼저 일어났다.

어머니와 매형의 생각은 합치점을 이룰 수 없는 불행의 시작이었다. 어머니는 미국 이민을 사서 고생하는 거라고 생각하고 있었고, 매형은 미국행을 지상 낙원으로 가는 길이라고 생각하고 있을 터였다. 미국을 선망하는 사람들은 하나같이 그 환상에 사로잡혀 있었던 것이다.

"어때, 그 사람들하고 한 1년 살아보니까. 역시 그 사람들 세상은 천국이지? 살도 찌고 얼굴도 아주 좋아졌는데 그래."

매형은 병욱이 찾아온 의도를 미리 막기라도 하려는 듯이 이렇게 너스레를 떨었다. 병욱은 담배를 빼물며 매형의 심중에 그런 생각이 전혀 없지도 않을 거라고 생각했다. 그리고, 자신의 말이 부질없는 입놀림에 불과한 것 같은 벽을 느꼈다. 첫마디에 '천국'을 내세우는 환상에 사로잡힌 사람의 생각을 무슨 말재주로 설득시킬 것인가. 그러나 어머니의 눈물 젖은 목소리는 어서 말을 하라고 독촉하고 있었다.

"글쎄요, 전 살아볼수록 그 사람들 세상이 지옥이던데요."
"아니, 그게 무슨 소리야?"

매형은 성냥을 거칠게 그어댔다. 성냥개비 끝에서 매형의 불쾌함이 확 불붙고 있었다.

"그러니까, 백인종들한테는 천국이고 낙원인지 몰라도 황인종들에겐 지옥이에요. 황인종들을 사람 취급하지 않으니까요. 막사에서 도난 사건이 생기면 무조건 하우스보이나 카츄샤들을 도둑놈 취급이고, 신문에 안 나서 그렇지 기지촌 사람들 얻어맞고 채이고 하며 개 취급당하는 꼴 차마 눈 뜨고 볼 수 없어요."

"그야 사실 아닌가? 월남에서도 보니까 한국놈들 걸핏하면 도둑질이야. 엽전 근성들이 틀려먹었다구. 우리가 정직하게 잘하면 그 사람들이 왜 그러겠어. 그 사람들은 소문난 국제 신사고 평등주의자들이라구."

어디서 많이 들었던 말이었다. 매형의 말은 미국에 미쳐 있는 사람들이 거침없이 하는 말 그대로였다. 병욱은 비위가 상하며 더 이상 아무 말도 하고 싶지가 않았다. 그러면서도 마음 한구석에서는 매형의 속을 뒤집어놓고 싶은 오기 같은 것이 치밀고 있었다.

"예, 좋습니다. 백인들이 흑인과 황인종 중에서 누굴 더 사람 취급하는 것 같은가요?"

"그야 당연히 황인종이지."

"그게 바로 황인종들의 오해고, 흑인에 대한 우월감입니다. 미안하게도, 백인 여자들은 흑인 하인 앞에서는 속옷을 갈아입지 않아도 황인종 앞에서는 속옷을 갈아입어요. 스피츠 앞에서 아무 거리낌 없이 옷을 갈아입듯이 말입니다. 왜 그런지 압니까? 영혼이 없는 개 앞에서 아무 수치를 느낄 필요가 없는 것처럼 황인종도 영혼이 없다고 취급하는 거죠."

"뭐야! 자네가 그런 걸 어찌 알아."

매형이 말을 자르며 언성을 높였다. 병욱은 쓰게 웃으며 담배를 깊이 빨아들였다.

"어느 백인이 쓴 글을 읽었지요. 그리고 말입니다. 미국 백인들도 흑인을 먼저 칩니다. 저희들과 같은 국민이기 때문이기도 하고, 흑인들은 미국 건설에 공이 있다고 인정하는 겁니다. 그런데 황인종들은 이도 저도 아닌 겁니다."

"이 사람 이거 아주 곤란한 사람이네. 미국 덕으로 미군 부대에서 아주 잘 먹고 편히 지내면서 감사하기는커녕 반미주의자가 됐잖아. 자네, 사상이 의심스러워. 꼭 김일성 괴뢰 도당 같은 소릴 지껄이구 말야."

"아니, 당신 그 무슨 끔찍한 소리예요?"

누나가 마루로 뛰쳐나오며 소리쳤다. 그런 누나의 양쪽 손에는 반쯤 깎이다 만 사과와 과도가 들려 있었다. 매형의 열받친 목소리는 부엌까지 들린 것이었다.

"아니, 뭐, 이 사람이 좀 이상한 소릴 해서……."

매형은 우물쭈물하며 담배를 잉끄려 끄고 있었다. 그 손 끝에 화가 묻어나고 있었다.

"아무리 그래도 그렇지요. 그런 끔찍한 말을 하면 어떡해요."

"알았어, 어서 커피나 가져와."

"알았어요."

병욱은 고개를 떨구고 앉아서 더 말할 필요가 없음을 느끼고 있었다. 이북에서 넘어온 매형이 김일성이라면 치를 떠는 것은 그렇다 치더라도 미국 비판=반미=용공=간첩이 되는 이 사회의 등식을 자신에게 적용하려 드는 판이니 대화는 이미 막힌 것이었다.

"년 무슨 말을 해서 매형을 그렇게 화나게 하니 그래."

누나가 병욱 앞으로 커피잔을 밀어놓으며 나긋하게 말했다.

"아니, 뭐……."

병욱은 자리를 고쳐앉으며 멋쩍게 씩 웃었다. 중간에서 누나의 입장이 옹색해질 수도 있었던 것이다.

"얘, 엄마가 가보라고 하던?"

누나는 고개를 갸웃하게 낮춰 굳이 병욱을 올려다보며 물었다. 누나는 매형보다 훨씬 솔직하고 직선적이었다.

"글쎄, 뭐……."

병욱은 누나의 눈길을 피하며 어물거렸다.

"얘, 그러지 말고 우리 다 함께 떠나자. 우리 식구가 먼저 떠나고, 넌 제대하고 어머니 모시고 뒤따라오는 거야. 그래서 함께 모여살면 얼마나 좋겠니. 서로 외롭지 않고 말야."

병욱은 너무 어이가 없어 누나를 멍청하니 바라보았다. 그건 전혀 예상하지 못했던 역공이었다. 그런데 그 역공은 두루 효과를 발휘하는 것이었다. 기필코 이민을 떠나겠다는 누나 자신의 태도를 분명히 표명한 것이었고, 어머니의 만류가 더 계속되지 못하게 차단하는 것이었고, 혹시라도 친정 식구를 데려갈 수 있을지도 모른다는 요행수까지 노리고 있었다.

병욱은 천천히 커피를 넘기며 또 호적등본을 생각하고 있었다. 누나는 그 옛날 다투다 헤헤거리고 살 비비며 살았던 시절의 누나가 아니었다. 시집가던 날 자신을 그렇게도 눈물 흘리게 했던 누나도 아니었다. 친정에서 뿌리를 뽑아간 누나는 한 남자와 무촌(無寸) 관계를 이루고 있는 법적 타인이었다.

"왜들 이민을 가는지 원……."

병욱은 커피잔을 놓으며 혼잣말을 한숨처럼 흘렸다.

"얘, 너 그거 몰라서 그런 말을 하니? 우리나라 이게 무슨 나라니. 국산품이라고 뭐 제대루 쓸 만한 물건 하나도 없고, 지지리 궁상으로 가난하면 세상이 맘이나 놓고 살 수 있어얄 것 아니야. 그런데 뭐니, 한 달이 멀다 하고 간첩들 잡은 소식은 신문에 뻔질나게 나오지, 언제 전쟁이 또 터질지 조마조마한 판에 대통령을 죽이겠다고 무장 간첩들이 청와대 코밑까지 쳐들어오니 이게 어디 나라니? 이런 데서 어떻게 제 명대로 살겠니? 하루를 살아도 전쟁 없고 물자 흔한 나라에서 사람답게 평화롭게 살아야지. 그리고 애들 공부나 장래도 그래. 세계 일류 국가에서 일류로 교육시켜야 세계 일류로 살 거 아니니. 이 쬐그만 나라에서 지지고 볶고 해봐야 3등 인생밖에 더 돼? 내 말 알아듣겠어?"

병욱은 담배에 불을 붙였다. 누나는 매형의 대변인 노릇을 톡톡히 하고 있었다. 아니, 누나의 그 거침없는 말은 그

동안 이민 가는 이유를 그 나름으로 얼마나 잘 정리해 두었는지 보여주는 것이었다. 병욱은 할말은 많았지만 더할 필요를 느끼지 않았다.

"알았어, 어머니한테 말 잘할게."

병욱은 담배를 끄고 일어섰다.

"애, 저녁 먹고 가."

"아니야, 어머니가 기다리셔."

누나는 다른 때와 달리 대문 밖까지 따라나왔다.

"너 정말 전혀 갈 맘이 없는 거니?"

"……."

"너 참 이상하다, 남들은 모두 기회를 못 잡아 안달인데. 한 번 더 잘 생각해 봐."

병욱은 말없이 돌아섰다. 도망을 가는구나. 살 만한 재산 몰아가지고 도망을 가는구나. 도대체 누나네 재산이 얼마나 될까. 누나네 같은 보통 집이 3~4백 만이라는데, 그 다섯 배? 아마 못 돼도 세 배는 될 것이다. 그런 재산을 몽땅 가지고 이민을 가면 부자 나라 미국은 어떻게 되나. 그게 어디 누나네뿐인가. 이민 바람과 함께 가난한 사람은 이민도 못 간다는 소문이 파다하지 않은가.

병욱은 큰길에 이르러 걸음을 멈추었다. 어디 가서 술이나 흠뻑 마시고 싶었고, 이대로 부대로 돌아가 버리고 싶기도 했다. 그러나 어머니의 애달픈 모습이 버스를 타게 했다.

병욱은 버스에 흔들리며 박 상병을 생각하고 있었다. 카투사의 권익 찾기에 몰두해 있는 그를 카투사들 대부분은 돈키호테 취급을 했다. 되지도 않을 일을 가지고 괜히 날뛴다는 것이었다. 제대가 얼마 남지 않은 병장들은 그런 골치 아픈 일을 외면했고, 상병 이하는 상대가 미공군이라서 지레 겁을 먹고 꼬리를 사렸다. 그런 분위기 속에서 미국병이 심하게 걸려 있는 대여섯 명은 박 상병에게 노골적인 적대감을 드러냈다. 꽁지가 빨간 노스웨스트 승객이 되어 태평양 건너가는 소원을 품고 밤낮으로 영어 공부에 미쳐 있는 그들은 박 상병이 미국의 권위에 도전한다고 생각하고 있었다. 영어를 제일 잘하는 축인 그들이 그 모양이니 박 상병이 추진하는 일은 초장부터 어렵지 않을 수가 없었다.

박 상병은 복무 기간 절반을 한국군에서 마치고 카투사로 온 경우였다. 신병 시절부터 카투사로 복무한 사병들은 후반기는 한국군으로 돌아가 복무하도록 되어 있었다. 그런데 박 상병은 사령부 근무 한 달이 조금 넘은 어느 날 밤에 급성 맹장에 걸리고 말았다. 한밤중에 막사 전체에 불이 켜지는 소란이 벌어지고 박 상병은 앰뷸런스에 실려갔다. 그런데 다음날 알고 보니 박 상병은 부대 밖의 한국 개인병원에서 수술을 받은 것이었다. 이곳은 공군 기지이기 때문에 이

육군에 배속된 한국군은 공군 병원을 이용할 수 없기 때문이라고 했다. 이 말을 이상하게 들은 카투사는 아무도 없었다. 왜냐하면 그동안 병원은 고사하고 그 어떤 공군의 오락 시설 하나 이용할 수 없었던 카투사들로서는 오히려 그 이유를 당연한 것으로 받아들였던 것이다.

박 상병은 1주일 만에 퇴원을 했다. 치료비를 박 상병 부모가 문 것은 물론이었다. 그런데 박 상병은 그런 조치의 부당성을 문제 삼기 시작했다. 부평에서 카투사 교육을 받을 때 카투사도 미군과 똑같이 모든 부대 시설을 이용할 수 있고, 병이 나도 미군 병원에서 치료 혜택을 받을 수 있다고 했지 않느냐는 것이었다. 그 말에 대한 동료들의 대꾸는, 여기는 공군 기지 아니냐는 것이었다. 그런 맥 빠지는 반응에 박 상병은 주저앉은 것이 아니라 오히려 더 강하게 분노를 노출시켰다. 그리고 그는 카투사 규정을 찾아나서기 시작했다. 동료들의 무관심과 냉소 속에 그는 이미 미8군 사령부까지 가서 그것을 구해왔다. 그리고 자기보다 계급이 아래인 몇몇을 윽박질러 그 번역을 끝낸 것이었다.

박 상병의 건의가 받아들여질지 어떨지는 전혀 예측할 수가 없었다. 그러나 실패한다 해도 그가 시도한 일이 퍽 의미가 있다는 것을 병욱은 새삼스럽게 느끼고 있었다. 안 될 때 안 되더라도 건의문 작성에 최선을 다해야 한다고 병욱은 마음먹었다. 그 순간 머리를 스치는 생각이 있었다. 건의서를 공군 사령관한테만 보낼 것이 아니라 미8군 사령관 앞으로도 동시에 보내자는 것이었다. 공군 사령관은 어디까지나 8군 사령관의 휘하였고, 공군 사령관이 건의서를 묵살해 버리는 것도 방지할 수 있는 방법이었다.

"어찌되었냐?"

어머니는 대문을 따주며 급히 물었다.

"어머니도 이젠 다 잊어버리세요."

병욱은 길게 이야기하고 싶지 않았고, 어머니를 빨리 단념시키고 싶었다.

"뭐래는데? 기어이 가겠대니?"

어머니는 앞서 걷는 병욱의 팔을 붙들었다.

"우리도 함께 떠나재요."

"뭐야? 매형이 그래?"

"누나가요."

"아니, 아니, 숙이가……. 그게, 그게, 말이라고 해. 못된 것, 기어이 이 에밀 버리고……."

병욱의 팔을 놓은 어머니는 마당에 비칠비칠 주저앉고 있었다.

병욱은 밤늦게까지 백지를 펼쳐놓고 앉아 있었다. 생각은 많은데 도무지 글이 쓰여지지 않았다. 건의서를 써보지 않아서만은 아니었다.

　그 공군 기지는 미8군 사령부 영내와 마찬가지로 한국 속의 미군이었다. 절대 다수의 사람들이 그렇고, 건물 모양이나 간판들이 그렇고, 최신식 내부 시설들이 그렇고, 말이나 음식이 그랬다. 그 속에서 황인종은 김치 냄새, 마늘 냄새를 풍기는 이방인일 뿐이었다. 카투사 교육대에서 누누이 강조하는 것이 수세식 변기에 올라앉지 말라는 것이었다. 수세식 변기를 써보지 않은 사람들이 갑자기 변기에 걸터앉으니 똥이 나올 리가 없고, 그래서 변기 위에 쪼그리고 앉는 일이 숱하게 벌어졌던 것이다. 그 다음에 강조하는 것이 김치나 마늘을 먹으면 곧바로 양치질을 하고, 그럴 형편이 못 되면 껌이라도 씹으라는 것이었다. 미국 사람들이 제일 싫어하는 것이 김치 냄새, 마늘 냄새라는 것이었다. 백인이든 흑인이든 평소에는 용케 숨겨오던 황인종에 대한 경멸감이나 업신여김을 김치 냄새와 마늘 냄새 앞에서는 갓뎀을 외치며 노골적으로 드러냈다. 그런 미국이 병욱은 갈수록 싫어지기만 했다. 그들의 몸에서 풍기는 느끼한 노린내와 함께.

　그러고 보면 수송부 운전병인 강 상병은 당당한 황인종이었고 배짱 좋은 한국인이었다. 작달막한 키에 몸이 다부지게 생긴 그는 한국군에서 장군의 차를 몰았다는 경력을 입증하듯 운전 솜씨가 귀신 같았다. 그런데 그는 양식이 맞지 않아 애를 먹었다. 그래서 저녁 한 끼는 꼭 밖에 나가 한식을 사먹었는데, 그 돈은 휘발유를 빼팔아 충당한다고 내놓고 말하는 것이었다. 그런데 문제는 그가 저녁마다 풍겨대는 김치 냄새와 마늘 냄새였다.

"야, 이 씨팔놈들아, 느네 놈들한테는 고기 노린내, 빠다 노린내가 안 나는 줄 알아. 쌔끼들, 좆 털고 자빠졌네."

그는 빨리 양치질할 생각은 하지도 않고 코를 싸쥐고 질색을 하는 미군들을 향해 이렇게 욕을 퍼대는 것이었다.

처음에 그와 같은 침실을 쓰는 세 미군이 그의 행위에 대해 보고를 해버렸다. 그는 중대 본부에 불려갔고, 중대장은 양치질을 잘하라는 조처를 내릴 수밖에 없었다. 그런데 그날 밤 그는 막걸리까지 마시고 들어와 끄윽끄윽 트림을 해댔고, 미군들의 코앞에다 대고 훅훅 입김을 토하기도 했다. 중대장은 결국 그 침실의 미군 세 명을 카투사로 교체시켜야 했다.

"야, 이 미국놈 좆이나 빨다가 뒈질 놈들아, 이 형님이 승리하는 걸 똑똑히 보라구."

강 상병이 영어 공부에 미쳐 있는 부류들을 향해 내던진 말이었다.

미군들에게 몸을 파는 기지촌 여자들 대부분이 가진 꿈은 어떻게 재수 좋게 하나 물어 태평양을 건너가는 것이었다.

매형네 같은 사람들에 비하면 그녀들의 꿈은 그래도 가녔고 슬픈 데라도 있었다. 병욱은 누나네 일을 마음에서 지우려고 애썼다.

병욱은 다음날 하루 종일 매달려 건의서 초안을 마무리지었다. 그것을 잘 접어 주머니에 넣고 집을 나서는데도 마음에는 먹구름이 가득했다.

"어머니, 너무 상심하지 마세요. 제가 있잖아요."

병욱은 대문을 나서며 말했다.

"그래, 그래. 출가외인은 출가외인인가 부다."

고개를 끄덕이는 어머니의 얼굴은 쓸쓸하고도 스산했다.

병욱은 서너 명과 함께 사흘 동안 건의서를 손질했고, 박 상병은 카투사들을 상대로 연서명을 할 분위기 조성에 열을 올리고 다녔다.

며칠이 지나 병욱과 박 상병은 인사과 특명계 정 병장의 방으로 불려갔다. 인사과 사병들 중에서 가장 권한이 막강한 특명계답게 정 병장은 독방을 차지하고 있었다.

"니기미, 초 치려는 거 아냐?"

박 상병이 잔뜩 얼굴을 구겼다. 사병들은 누구나 정 병장을 두려워하고 꺼렸다. 그는 언제나 파견대장 편이고 선임하사의 수족이었던 것이다.

"글쎄요, 이건 인사과에서 나서서 할 일 아닌가요?"

병욱도 약간 신경이 거슬리면서도 이렇게 대꾸했다.

"그래, 만약 초 치고 들면 그렇게 밀어붙이자구."

박 상병이 주먹을 치켜들었다.

"시설물 이용을 요구하는 건의서를 작성하고 있다면서?"

바로 샤워를 한 다음인지 러닝 셔츠와 팬티 바람인 정 병장이 담배를 빨며 물었다.

"예, 소파에는 엄연히 그렇게 나와 있으니까요. 공공 시설이라고 안 된다는 규정이 없다 그겁니다."

박 상병이 전문가처럼 말했다. 소파란 카투사에 대한 제반 규정집의 명칭이었다.

"제법인데. 나도 도와줄 테니까 되는 대로 가지고 와봐."

"저, 정말입니까?"

박 상병이 말을 더듬었고,

"난 뭐 카츄샤 아닌가? 어차피 파견대장 서명도 받아야 하니까."

정 병장이 빙긋 웃었다.

"아이고 고맙습니다, 고맙습니다. 당장 나가서 맥주 한잔 하시죠."

박 상병은 곧 정 병장의 손을 붙들 것처럼 좋아하며 술을 사겠다고 나섰다.

"아니, 아니, 일이 잘 끝난 다음에."

정 병장이 그만 가보라는 손짓을 했다.

"햐아, 이거 귀신이 곡을 할 노릇 아니냐?"

박 상병은 도무지 믿어지지 않는다는 표정이었다. 병욱으로서도 뜻밖이긴 했다.

"어차피 추진될 일, 인사과에서 낯내자는 것 아니겠어요."

"그게 그리되나? 어쨌든 일만 잘 풀리면 되는 것 아냐? 나가자, 한잔 안 빨 수 있어."

1주일이 지나 영어로 번역된 건의서 뒤에 본부 중대 카투사들이 연서명을 했다. 그리고 파견대장의 서명을 끝으로 건의서는 발송되었다.

군대의 일상이 무료하게 지나가고 있는 어느 날 카투사들이 술렁거리기 시작했다. 이 병장이 탈영을 했다는 것이었다. 토요일에 주말 외출을 나간 그는 일요일 밤에 귀대하지 않았고, 월요일 하루를 쉬쉬하며 기다렸지만 아무 소식이 없는 채 화요일 오후까지 넘기게 되자 인사과에서는 사건을 표면화시킨 것이었다. 그런데 카투사들은 하나같이 그의 탈영을 믿지 못하고 있었다. 그가 군대 생활을 다 마친 것이나 다름없는 병장이기 때문만은 아니었다. 그는 누구보다도 영어 공부에 미치면서 미국 갈 꿈에 부풀어 있었던 것이다. 그는 회화에 방해가 된다고 카투사들과는 거의 말을 하지 않고 그저 미군들하고만 입을 놀려댔다. 그리고 주말마다 미군들을 달고 외출하기에 바빴다. 누군가를 하나 잘 꼬셔 미국 갈 길을 트려 한다는 것이었다. 그런 그가 탈영을 했다니 카투사들은 그저 어리벙벙할 뿐이었다. 이틀이 지나 이 병장 소식이 퍼졌다. 그는 죽으려고 약을 먹었는데 발각되어 병원에 입원 중이라는 것이었다. 그 사연인즉, 그의 미군 친구 화이트와 바이올린을 하는 그의 애인이 눈이 맞아 미국으로 날라버린 것을 뒤늦게 알았다는 것이었다. 이 짧은 말로 카투사들은 모두 희한한 사건이 그동안 어떻게 전개된 것인지 환히 알아차렸다.

"병신 쪼다 같은 새끼, 평생 빠다 처먹고 살래다가 좆 됐구나. 어, 고소하다."

"거 애인이란 년도 드런 년이네."

"드럽긴. 이 병장처럼 미국에 환장한 년이었겠지. 급한데 무슨 짓을 못해."

"근데 그 화이트란 새낀 어떤 새끼야?"

"거 왜 에스원(S1)에 근무하던 키 껀정하고 거만하던 놈. 일류 대학 출신에 부잣집 아들이라던 노랑머리."

"아아, 그 '숫자 하나' 말이지?"

"맞아, 그놈."

"옳아, 그놈 같으면 그년이 밑구멍 내주고 변심할 만하다."

"아서라 말아라, 화이트 그놈이 변심해서 그년이 평생 감자 껍데기나 벗기며 살 팔자가 될지 누가 아냐. 시장스럽다."

'숫자 하나'는 화이트의 별명이었다. 그는 한국말을 배운다고 PX에서 사전을 구입했다. 그는 NUMBER ONE이란 한국말이 궁금했던 모양이었다. NUMBER를 찾으니 숫자라는 한글 인쇄 옆에 영어로 발음 표기가 되어 있었다. ONE을 찾으니 마찬가지로 하나라는 인쇄 다음에 같은 식의 표기가 있었다. 연결시킨 발음은 '숫자 하나'가 되었다. 그래서 그는 '넘버 원'을 쓸 찰나에 '숫자 하나!'를 외친 것이다. 어느 카투사가 어이없어하며 '최고다'로 정정을 해주었다. 그는 한사코 '죄고다'로 발음 연습을 하더니 '숫자 하나'를 택하고 말았다. 사전이 옳지 그 카투사가 옳지 않다는 것이었다.

닷새 만에 핼쑥하고 풀 죽어 귀대한 이 병장은 제대할 때까지 4개월 동안 중대 본부와 막사의 페인트칠, 그리고 잔디 깎기의 처벌을 받았다. 일체의 외출 외박이 금지된 것은 더 말할 것이 없었다. 한국군 헌병대로 넘기지 않고 그 정도에서 끝난 것은 중대장이 특별히 정상 참작을 한 것이라 했다.

"웃기네, 정상 참작. 벼룩도 낯짝은 있었던 모양이지?"

"맞아, 얼리고 좆 먹이는 거지."

"아니야, 헌병대로 넘겼어 봐. 그대로 남한산성 행에 비하면 덕본 거지."

"고런 새끼, 남한산성에서 뺑뺑이 쳐 대가리가 홀랑 까져야 제정신이 드는 건데."

"호호호……, 미국에 언제 갈 거냐고 물어볼까?"

"아예 죽여라."

"무슨 소리야, 미국은 더욱 가야지. 복수전을 펼쳐야 할 거 아냐."

"그 정도의 사나이라면 약을 먹었겠냐. 치사하고 약아빠진 쪼다 새끼지."

이 병장은 날마다 혼자서 페인트칠을 했다. 아무도 그를 눈여겨보지 않았다. 처음 며칠 동안은 그에게 눈길이 머물렀지만 열흘이 지나고 보름이 지나고 하면서 그는 관심에서 사라졌다.

어느 날 점심 시간에 병욱은 식당에서 특명계 정 병장과 마주쳤다.

"아 권 일병, 잘 만났어. 그 건의서 건 말야, 잘될 것 같애. 반응이 아주 호의적이야."

"아 예, 감사합니다."

"감사하긴. 박 상병한테도 알려줘. 그리고 참, 자네 진급 특명 났어."

"아이구, 감사합니다."

병욱은 자신도 모르게 고개까지 꾸뻑했다. 이번에는 정말

고마웠던 것이다.

"잘해 봐."

정 병장이 어깨를 툭 치며 걸음을 옮겨놓았다.

일등병에서 상병으로. 그 차이라는 게 무엇인가. 따지고 보면 하잘것없었다. 그런데 순간적으로 반짝 일어난 기쁨. 그 간사하고도 얄팍한 마음. 도리 없이 미약하고 초라한 육군 졸병으로 변해 있는 자신을 바라보며 병욱은 쓰디쓰게 웃음짓고 있었다.

며칠이 지나 어머니한테서 편지가 왔다. 열사흘 후에 누나가 떠나게 되었으니 꼭 공항에 나갈 수 있도록 해야 한다는 것이었다. 병욱은 달력을 보며 날짜를 세나갔다. 그날은 화요일이었다. 무슨 이유를 대고 화요일 일과 중에 김포공항까지 나갈 수 있을 것인가. 그 번거로움과 함께 어머니의 질긴 모성이 슬프고도 징그럽게 느껴져 병욱은 부르르 몸서리를 쳤다.

〈1971년〉

어떤 전설

12월 하오의 엷은 햇살 아래 나무 그림자가 길게 누운 ㄷ대학 캠퍼스에는 낙엽과 종이쪽이 섞여 날리고 있었다.
준표는 운동장을 가로질러 본관 건물로 향했다.
―급한 용건이니 학교로 나오라. 단장 중령 김병만.
단장실 문을 노크했다.
"예에. 들어오십시오."
문을 열자 더운 기운이 얼굴을 감쌌다.
"문준표 후보생 단장님께 용무 있어 왔습니다."
"오랜만이군."
낮은 단장의 목소리, 준표는 그만 멋쩍어졌다. 단장실이

쩡 울리도록 신고를 한 자신의 목소리가 너무 컸던 것이다.

단장은 평소의 김 중령답지 않게 일어서더니 악수를 청했다.

"자, 여기 앉게."

"아니 괜찮습니다."

단장은 난롯가에 의자를 손수 갖다 놓고, 사양하는 담배까지 피워 물게 했다. 단장이 그럴수록 준표는 어색하면서도 이상한 느낌이 들었다.

준표뿐만이 아니라 후보생 모두에게 김 중령은 야수 같은 폭군이었다. 군대 이외에는 필요가 없는 사람. 군대라는 것이 있었기에 절대 효용치를 발휘하는 위인으로 통하고 있는 터였다.

"요즘은 뭘 하고 지내나?"

"뭐, 낮잠이나 자는 것이……"

"낮잠? 그거 좋지. 겨울잠은 사흘이고 나흘이고 계속 자는 거야. 밥 먹고 변소 갈 때나 일어나는 곰잠을 자는 거지. 불 꺼지겠는데 어서 빨게나."

"예에……"

준표는 담배를 손바닥 안으로 감추고 두 번을 거푸 빨아 연기를 내뿜었다.

"괜찮아, 공과 사는 다르니까 맘 놓고 피우게."

준표는 옹색하게 웃으며 자신도 모르게 엉덩이를 약간 들었다가 놓았다.

"술은 많이 마시나?"

"뭐 별로 좋아하지 않습니다."

"폭주도 젊어서 한때야. 남자는 술을 할 줄 알아야지. 주정뱅이가 되면 천댈 받지만 두어 잔 하는 술이면 마누라한테 대환영이란 말씀이야."

콧등이 가렵다가, 옆구리가 근질거리다가, 단장의 태평스럽고 느긋한 목소리와는 반대로 준표는 좀이 쑤셔서 견딜 수가 없는 것이었다.

급한 용건이란? 고작 이런 허튼소리를 하려는 것이었을까. 그럴 리가 없다. 후보생들 임관도 얼마 남지 않았는데 이렇게 한가할 단장이 아니다. 더구나 한가하다 해도 자신을 불러다가 농담 상대자를 삼을 만큼 친교가 두터운 사이도 아니다. 그럼, 무슨 부탁이 있어선가. 그러나 사회적 배경이나 경제적 능력 등, 단장의 부탁을 받을 만한 여건은 아예 갖추지 못하고 있지 않은가. 설령 부탁이 있다 해도 단장은 이렇게 서두를 늘어놓고 나서 본심을 털어놓을 만큼 복선적이지 않다. 더욱이 대인 관계에 이런 식으로 세련되지 못한 인물이 아닌가.

그렇다면 소위 임관에 난점이……. 그럴 리 없는 일이다.

시험도 잘 치렀고 미리 엑스레이까지 찍어보고 임한 신체검사가 아니었던가.

이런 생각에 몰두하고 있는 준표는 단장의 말에 흥미도 관심도 생기지 않았다.

"술은 자네 같은 내성적이고 얌전한 사람에게 더욱 필요하지. 그건 그렇고, 에에, 자네 가족이 몇이지?"

"예? 예에, 세 식굽니다."

"음……, 부친께서는?"

"납치당했습니다."

"납치라, 언제지?"

"납치라면 6·25 때가 아니겠습니까."

"그렇겠지. 뭘 하셨던가?"

"의사였습니다."

"의사라, 그럴 수도 있었겠군."

단장은 눈을 내려감고 고개를 주억거렸다.

조금 전과는 완전히 달라진 단장의 안색, 그 굳어진 얼굴이 아니었어도 자신의 신변에 무슨 일이 일어나고 있다는 것을 직감했다.

단장은 쩝쩝 입맛을 다시며 자리를 고쳐앉고 나서 입을 열었다.

"모르고 있는 모양인데……, 부친은 납치를 당한 게……"

단장은 담배에 불을 붙였다. 그리고 소리가 나게 푸푸 연기를 내뿜었다. 그런 그의 미간은 잔뜩 찌푸려져 있었다. 단장은 다시 자리를 고쳐앉았다.

"그러니까 말야, 납치당한 게 아니라 월북을 했더군."

단장은 한달음에 말을 마쳤다.

준표는 담배꽁초를 놓쳤다. 그 충격은 그의 의식을 까맣게 먹칠해 버렸다.

준표는 가까스로 눈을 떴다.

"무, 무슨 말이죠?"

목소리는 떨리며 잦아들었다.

"부친은 자진 월북을 했어."

"자진 월북이라뇨?"

"그러니까 솔선해서 38선을 넘은 거지."

단장의 말이 먼 메아리로 들리고 있었다.

"그럼 아버지가 빨······."

준표는 소스라치며 입을 다물었다.

"그렇지, 빨갱이지."

단장의 목소리는 무슨 몽둥이처럼 준표의 머리를 후려쳤다.

준표는 또 눈을 감았다가 한참 만에 떴다.

"단장님, 아버진 납칠 당했습니다. 틀림없이 끌려갔어요."

준표는 '틀림없이'에 힘을 주며 뿌옇게 흐려진 눈을 세게 훔쳤다.

"그랬음 좋겠지만, 이번 신원 조사에서 월북으로 밝혀졌으니 어떡하나."

준표는 고개를 번쩍 들었다.

"왜 이제야 밝혀졌죠?"

준표는 목소리에 힘을 놓으려고 했다.

"그동안 신원 조사의 미스였지."

"이번 조사가 잘못됐을 테죠."

"그런 염려는 말게."

창백한 준표의 얼굴, 입술이 파르르 떨리고 있었다.

"염려 말라뇨. 빨갱이 누명을 씌우고는……."

"글쎄, 자네 모친만은 모든 걸 알고 계실걸세."

어머니가? 그럴 수가 없는 일이다. 이런 비밀을 간직했을 어머니가 아니다. 허나 만일 그렇다면…….

"아닙니다, 어느 놈의 모략입니다."

"진정하게, 어쨌든 자네 부친은 자진 월북한 빨갱이야."

단장은 담배를 거푸 빨다가 입을 열었다.

"……?"

"소위 임관이 안 되겠네."

"……!"

"내가 하는 일이 아니고 국가의 시책이니 어쩔 도리가 없구먼."

"허, 참 재밌군요."

준표의 입에서 헛웃음처럼 터져나온 말이었다.

임관 자격 박탈, 그건 며칠 굶은 사람이 막 먹으려는 밥그릇을 낚아채는 격이었다. 아니 손아귀에 움켜잡은 밥그릇을 걷어버리고, 흙이 뒤범벅된 밥덩이를 집으려 하자 그것마저 발로 짓이겨버리는 거나 한가지였다. 종이쪽에 불과한 졸업장보다는 준표에게 다이아몬드 소위 계급장이 더 귀중했다. 당장 돈이 생긴다는, 어머니와 동생 상준의 생계를 해결할 수 있다는 중대한 문제가 뒤따르고 있었다. 마흔여덟의 나이가 쉰여덟이 넘어 보이도록 늙어버린 어머니의 고생을, 영양 실조에 허덕이며 책가방을 끼고 신문 배달을 하는 동생 상준의 고생을 덜 수 있는 절대적 능력을 가진 다이아몬드. 그 다이아몬드 달 자격을 박탈당해 버린다는 것이다.

준표는 히물거리는 웃음을 흘리고 있었다.

"제가 빨갱이로 뵈나요?"

"이 사람아, 무슨 말인가."

"그럼 왜……."

단장은 말을 가로막았다.

"여보게, 내 말을 듣게. 이건 자네나 나 개인의 문제가 아니잖은가. 지금의 자네에겐 무린지도 모르지만 제발 냉정하게 생각해 보게나."

단장의 목소리는 착 가라앉아 있었다.

"단장님, 전 국민학교 1학년 때 6·25를 당했습니다. 그때 전 배고프고 추운 것밖에는 몰랐습니다. 이젠 아버지 얼굴도 기억에 없습니다. 그런데……."

"누가 그걸 모르나, 다 안다니까. 그게 바로 우리 모두의 비극 아닌가. 오늘의 이 슬픔을 만든 장본인이 누군지 알아야 할 게 아닌가."

단장은 부하를 다루는 군인 기질을 드러내지 않으려고 애쓰고 있었다.

"자수한 간첩에겐 직장을 주고 자립금까지 주잖습니까. 나 같은 사람에겐 왜 그리 몰인정합니까."

"옳아, 자네 그 말 잘했네. 자수 간첩에게 그런 혜택을 주는 거나 자네더러 임관을 보류하라는 거나 마찬가지야. 간단히 말해서, 자넬 보호하자는 안전 대책이지. 모난 돌은 채이기가 쉬워. 장교가 되고 나서 수습할 수 없는 불행한 일이 닥치지 않는다고 누가 장담하겠나. 원래 큰 뜻을 실행하는 데는 오해가 있게 마련이지만, 무작정 몰인정하다고 생각지 말고 좀더 신중하게 생각해 보게. 이건 훈계가 아니니까."

말을 마친 단장은 몸을 부리며 휴우 긴 한숨을 내뿜었다.

보호하자는 안전 대책? 모난 돌은 차이기가 쉽다? 준표는 거대한 바위 밑에 깔린 자신을 보고 있었다.

준표는 말없이 몸을 일으켰다.

"여보게, 잠깐 앉게. 다 안 끝났으니."

단장이 다급하게 준표의 팔을 붙들었다.

"더 무슨……?"

준표의 핏기 없는 얼굴에는 쓴웃음이 엷게 서려 있었고, 눈에는 물기가 번진 듯했다.

"구차하게 위로의 말은 그만두기로 하네. 에, 임관은 안 되더라도 하사로 근무할 순 있는데, 어떤가?"

"그건 또 뭡니까?"

"2년간 훈련을 받은……."

준표의 얼굴은 일그러졌다.

"그건 무딘 돌인가요? 사양하겠습니다."

"사양하다니, 이 사람아……."

"그것도 규정입니까?"

"내 말 들어보게."

"알았습니다. 죄송하지만 그 규정만은 복종할 수가 없군요."

준표는 두어 걸음 떼어놓다가 돌아섰다.

"내가 자식을 갖게 되면 그놈도 마찬가지 취급이겠죠?"

"허어, 별소릴 다 하는군. 설마 그때야 통일이 되겠지."

"……?"

준표의 의식 속에서는 까맣게 잊어버리고 있었던 6·25 때의 폭음이 진동하고 있었다.

"너무 상심 말게나."

뒤에서 들리는 단장의 목소리였다.

찬바람이 낙엽을 이 구석 저 구석으로 몰아대는 캠퍼스에는 어스름이 깔리고 있었다.

준표는 담배에 불을 붙였다. 찬바람과 함께 가슴 깊이 파고든 담배 연기로 정신이 몽롱해졌다. 걷다가 멈추고 다시 걷다가 멈춰서고, 무엇을 망설이는 것이 아니었다. 제대로 걸을 수가 없는 것이다. 그 느닷없이 나타난 함정, 아니, 그건 어마어마한 크기의 괴물이었다. 그 괴물의 딱 벌린 아가리는 피할 수도 건너뛸 수도 없었다. 그 아가리 앞에서 자신은 매 앞의 병아리보다도 더 미약할 뿐이었다.

어디든 가야 된다고 생각하면서 준표는 벤치에 주저앉았다.

여름이면 플라타너스 녹음이 운동장 가를 빙 돌아가며 푸른 그늘을 내리던 국민학교. 6학년 때 같은 반이었던 경수의 얼굴이 학교의 전경과 함께 떠올랐다. 5월이었던가 보다. 경수의 아버지가 고개 너머 새터마을에서 소를 훔쳐서 팔다가 붙잡혔다. 이 소문은 삽시간에 마을에서 읍내로 다시 학교에까지 퍼졌다. 아이들은 서너 명씩 모여서 수군거리고 그를 손가락질하며 킥킥대곤 했다. 그리고 약속이라도 된 것처럼 그를 '소도둑놈의 새끼'라고 부르기 시작했다. '8자가이생'이나 '말타기' 놀이에도 붙여주지 않았고, 계집애들까지도 그의 옆을 지나치며 삐죽거리거나 코방귀를 뀌었다. 그는 하루아침에 외톨이가 되어 푹 기가 죽고 말았다. 그는 시간이 시작되고부터 줄곧 땅에다 낙서만 하고 있었다. 이윽고 그는 한 아이에게로 다가갔다. 잠시 머뭇거리다가,

"이 크레용 좀 빌려줄래?"

그의 목소리는 들릴 듯 말 듯했다. 그러자 그 아이가 몸을 도사리며,

"비켜, 소도둑놈의 새끼야. 얘들아, 이 새끼가 내 크레용 훔쳐간다."

마구 소리를 질렀다. 가까이에 있던 아이들이 몰려들고, 경수는 아이들에게 에워싸여 소리 지른 아이를 뚫어지게 쏘아보고 있었다. 그런 그의 앙다물린 아랫입술은 파르르 떨리고 있었다.

"이 새끼가 말야, 내 크레용을 훔치려는데……."

말을 끝내지도 못하고 그 아이는 비명을 지르며 거꾸러졌

다. 경수는 쓰러진 아이의 배에 올라타서 얼굴이고 머리고 사정없이 갈기는 것이었다. 둘러섰던 아이들은 겁이 나서 물러섰다. 두어 명은 선생님을 부르러 쫓아갔다. 그런데, 그는 돌을 집어들어 밑에 깔린 아이의 얼굴과 머리를 내리치고 말았다. 잠시 후 선생님이 뛰어왔을 때는 밑에 깔린 아이의 얼굴과 머리는 피투성이가 되어 있었다. 공부가 끝나고 반 아이들이 보는 앞에서 그는 종아리를 스무 대나 얻어맞았다. 그러나 그는 아프다는 소리 한 번 지르지 않았다. 다만 볼에는 눈물이 줄지어 흘러내리고 있었다. 이 일이 있고부터 아이들은 그를 먼발치에서 보기만 해도 슬슬 피했다. 그는 더욱 외톨이가 되고 만 것이다. 며칠 후 네 아이의 사친회비가 없어졌다. 이 일로 경수는 학교를 못 다니게 되었다. 여름 방학 중인 어느 날 준표는 학교엘 갔다. 플라타너스잎이 푸르른 운동장에는 햇볕만 가득했다. 교문을 들어서다 보니 저쪽 그늘 밑에 누가 쪼그리고 앉아 있었다. 자세히 보니 경수였다. 준표는 반가워 가까이 갔지만 그는 교실 쪽만 바라보며 멍하니 앉아 있었다.

"경수야."

그는 깜짝 놀라며 돌아보았다. 그러고는 이내 눈을 내려 깔아 버렸다.

"너 요새 뭘 하니?"

경수는 찢어진 고무신 뒤꿈치로 땅바닥만 후비고 있었다. 준표는 망설이다가,

"애 경수야, 너 정말 사친회빌 훔쳤니?"

나직하게 물었다.

경수는 고개를 번쩍 들어 준표를 빤히 쳐다보다가,

"네 생각엔?"

이렇게 말하는 것이었다.

"믿을 수가 없어."

준표의 빠른 대꾸에 경수는 약간 웃는 듯하더니,

"훔쳤어, 내가."

이러고는 눈길을 돌려버렸다.

"왜 그런 짓을 했니, 응?"

준표가 다그쳐 묻자,

"난 도둑놈이 아냐. 우리 아버지가 노름 밑천 장만하려고 소도둑질을 했지. 난 도둑질한 일이 없어. 근데 애새끼들은 날 도둑놈으로 따돌리고 선생님까지 그랬단 말야. 도둑질도 안 하고 도둑놈 말 듣는 것보다는 도둑질을 하고 도둑놈 말 듣는 것이 분하지도 않고 억울하지도 않단 말야. 내 맘을 몰라."

경수는 벌떡 일어서더니 마구 달리기 시작했다. 경수는 햇볕이 가득 깔린 운동장을 가로질러 교문을 빠져나갔다.

꼴딱 숨이 잠기는 것처럼 극성스레 울어대는 매미 소리를 들으며 준표는 플라타너스 푸른 그늘 밑에 오래도록 멍하니 서 있었다.

준표는 벤치에서 일어섰다.
무작정 교문을 나섰다.
땅거미가 덮여오는 거리에 차는 질주하고, 추위에 움츠린 사람들은 바삐 걸어가고, 변한 것이라곤 없는 거리에 준표는 갈 곳이 없었다.

유경이……, 준표는 고개를 저었다. 아내가 아닌, 애인이라는 명칭의 여자에게 이런 어두운 이야기를 가지고 갈 필요가 없었다. 연애 기간 중의 모든 여자가 그렇듯 유경이도 즐겁고 유쾌한 일에는 어울렸지만 어둡고 무거운 일은 격에 맞지 않았다. 더욱이 유경이는 〈애수〉에서 로버트 테일러가 입은 군복의 멋을 자신에게 비교해 가며 임관식에 다이아몬드를 손수 달아줄 기대에 부풀어 있지 않았던가. 준표는 발길 닿는 대로 걷고 있었다.

집 외에는 갈 만한 곳이 없다. 찾아갈 만한 친구는 더욱이 없었다. 친구, 그들이 뭘 어떻게 할 수 있을까. 모두 철없는 국민학교 1~2학년의 코흘리개 시절에 치른 6·25. 지금의 나나 그들이나 젊은 혈기가 넘치는, 매끈한 조형미를 자랑하는 철두철미한 반공주의자들이 아닌가. 그들이 이런 일을 상상이라도 할 수 있을까. 몇 시간 전까지만 해도 나도 이런 일에는 아무런 상관이 없는 사람이었고, 꿈에도 상상해 보지 못한 일이었다. 그들의 상상력이 이런 일을 수긍할 수 있다면, 그들은 고작 "그따위 수작이 어딨어." "도대체 그런 법이 어디서 나왔어." 이런 식으로 일단 열을 올리리라. 그들은 내 친구고 또 젊으니까. 그러고 나서 심각하게 또는 골똘히 생각에 잠기는 체하다가, "야 치사하다. 생각하지 말어. 술이나 한잔하고 잊어버려. 자, 가자." 이렇게 어른스런 여유를 부릴 것이다. 결과는 텁텁한 막걸리 몇 잔의 동정을 받은 것밖에 되지 않는다. 이게 어디 치사 문제로 끝나며, 막걸리 몇 잔으로 잊어버릴 수 있는 일인가. 그렇지만 나는 또 무엇을 어떻게 할 수 있다는 말인가.

준표는 가끔 친구들과 어울려다니던 술집으로 들어섰다. 너무나 상식적인 자신을 준표는 비웃고 있었다. 그러나 이 술집 말고는 정말 갈 곳이 없었다. 준표는 난로 가까운 곳에 쭈그리고 앉아 술을 들이부었다. 그러면서 이 집은 외상술을 마실 수가 있다, 될 수 있는 대로 많이많이 마시고 엄동의 길거리에 꺼꾸러져 칵 죽어버릴 수도 있다. 이런 막다른 생각에 휘감기고 있었다.

정신이 나른해지고 맞은편 벽에 붙은 '똥그랑땡', '동태찌

개', '빈대떡' 등의 글자가 흔들리기 시작했다.

준표는 자꾸만 눈을 쓸었다. 갖가지 어머니의 모습이 흔들리고 있었던 것이다. 누렇게 바래버린 구겨진 얼굴이 울고 있는가 하면 애원을 하고, 다시 근심이 가득 찬 처량한 표정으로 바뀌곤 했다.

이 세상 사람이면 누구나 갖고 있는 어머니란 이름. 전체적으로 너무 평범하며 개인적으론 너무 소중할 수밖에 없는 그 명사가 준표에겐 애달프고 슬프기만 한 이름이었다. 그래서 더 소중하고 안타까운 것인지도 모른다.

헐어빠진 ㅂ고교 모자를 이마 위로 올려쓴 준표는 석간신문을 한아름 끼고 번잡한 시장의 사람들 틈을 잽싸게 빠져나가고 있었다. 가게 앞에서 "석간이오" 소리와 함께 준표의 손을 떠난 신문은 종이 비행기처럼 휘익 날아 주인 앞에 꼭꼭 떨어졌다. 신문 서너 장을 들고 시장을 벗어날 때는 준표의 얼굴은 땀으로 흠뻑 젖어 있었다. 휴우 숨을 돌이키며 이마의 땀을 손등으로 문지르던 준표는 깜짝 놀랐다. 저만큼 앞에 굴러가는 참외를 부리나케 쫓아가는 여인. 집어든 참외를 치마폭에 쓱쓱 문지르며 바삐 되돌아와 순경에게 허리를 굽실거리는 건 분명히 어머니였다. 순경은 팔을 내저으며 소리를 지르더니 참외가 든 광주리를 곧 걷어찰 듯이 발을 쳐들었다. 그 순간 어머니는 암탉이 병아리를 품듯 광주리를 감싸안았다. 그러면서도 어머니는 순경을 올려다보며 애걸하고 있었다. 어머니의 그 두려움과 호소가 범벅된 얼굴. 준표는 당장 쫓아가서 순경의 멱살을 움켜잡고 들이받아버리고 싶은 충동이 솟구쳤다. 그러나 어머니는 이런 당신의 모습을 자식에게 보이는 것을 한사코 싫어했다. 어머니는 밤 10시가 지나서야 돌아왔다. 광주리에는 껍질이 상하고 모래가 박힌 참외 두어 개가 덩그러니 들어 있었다.

운동회 전날 밤 어머니는 동생 상준이에게 물었다.

"엄마가 내일 학교에서 장살 하면 상준이는 창피하겠니?"

상준이는 씨익 웃더니,

"뭐 어때."

국민학교 2학년이던 상준이는 이미 철이 들어버렸던 것이다.

다음날, 어머니는 플라타너스 밑에 홍시며 고구마며 삶은 밤을 차린 목판을 벌였다. 점심 시간에 상준이는 저희 반 애들을 몰아와선 사먹게 했다. 그때 어머니의 얼굴에 머물러 있던 그 서러움. 뜀뛰기에서 공책 세 권을 탄 상준이가 좋아서 깡충깡충 뛰는 것을 바라보며 "잘했다, 잘했다"를 몇 번이고 되뇌면서도 얼굴은 어쩌면 그리도 쓸쓸했을까.

이제 새삼스럽게 생각난 일이지만 어머니는 그렇게 많은 창피를 당하고 그다지 모진 고생을 하면서도 아버지를 입에 올리는 일이 없었다는 것이다. 어린 시절에 자신이나 상준이가 묻게 되면 "납치를 당했다" 했을 뿐이고 "납치가 뭐야, 엄마" 하면 "빨갱이들에게 이북으로 끌려간 거야" 하고는 일어서 버리곤 했던 것이다.

 준표는 그런 어머니의 모습을 떼치기라도 하듯 벌컥벌컥 술을 들이켰다.

 "손님, 술 천천히 드세요."

 유치한 화장을 한 여자가 서 있었다.

 "쏘아보지 마시고, 내가 술 따라드릴까?"

 "필요 없어."

 "똥 싫어하는 개 있나?"

 여자는 준표 옆에 털썩 주저앉았다.

 "똥이면 다 똥이냐? 야아, 네 아버진 뭘 하니?"

 "그건 왜 물어요."

 "대답이나 해."

 "주정뱅이였는데 죽었어요."

 "행복한 친구로군. 6·25 땐?"

 "제 버릇 개 주나?"

 "알았어. 가봐, 꺼져버려."

 준표가 팔을 내젓는 바람에 여자 코가 다쳤다. 여자는 발끈 화를 내며 일어섰다.

"씨팔 뭐 이래. 다 같은 막걸리 인생에 김새게 가라 마라야."

"그렇지, 막걸리 인생도 인생은 인생이지. <u>호호호호</u>……."

술이 취한 준표의 고개는 웃음 소리에 따라 느리게 수그러들고 있었다. 그 음산한 웃음 소리는 웃음이 아니라 울음 소리처럼 흩어지고 있었다.

단장 김 중령을, 하기 훈련을, 유경이를, 그리고 어머니를, 모습도 불분명한 아버지란 사람을 생각하고, 그러면서 술을 들이켜고, 또 더 많은 생각에 시달리다가 준표는 술집을 떠밀려나왔다.

골목이고 큰길이고 아무데로나 걸었다. 비틀거리고 휘청이며 준표는 자꾸만 허허대고 있었다.

"허허허허…… 막혔구먼, 길이 막혔어. 목적지는 없어도 길은 있어야 할 게 아닌가. 이 무정한 사람들아, 아무려면 그렇게 야박할 수가 있겠나. 허, 쇼펜하우어, 당신의 행복론은 맞는 말이다. 태어나지 않는 것이었다. 그렇지 않으면 빨리 죽는 것이다. 그러나 죽지도 살지도 못하는 햄릿, 자네의 심정을 내가 이해하네. 자네처럼 나도 어떻게 해야 좋을지 모르겠구먼."

큰길로 나섰다. 어디쯤인지 분간할 수가 없다. 시간이 늦었나 보다. 차들은 속력을 내어 달리고 길에는 행인이 드물었다.

　버스 정류장에서 걸음을 멈췄다. 40대의 몸집 좋은 여인이 오버 깃에 목을 웅크리며 박고 서 있었다.
　"헤헤헤, 아주머니 부친께서는 뭘 하는 사람이오?"
　"아니……?"
　여인은 몸을 도사리며 물러섰다.
　"당신 아버지 직업이 뭐냐고 묻잖소."
　"왜 이래요. 가까이 오지 말아욧."
　"오옳아, 빨갱이군, 빨갱이."
　"저리 비켜, 미친 자식 같으니."
　"그렇소이다. 이놈의 세상은 미치지 않고는 살 수 없는 세상 아뇨. 호호호……."
　버스가 와서 멎었다. 여인은 몸집에 비해 잽싸게 버스에 오르며 내뱉었다.
　"미친 자식."
　"허어……."
　준표는 비틀거리며 푯말을 올려다보았다.
　돈화문.
　어디를 어떻게 걸어서 여기까지 왔는지 기억이 없다. 집이 있는 마포와는 반대 방향. 버스가 떠나버린 창경원 쪽으로 걷기 시작했다. 종묘와 창경원을 잇는 육교 밑을 지날 무렵 소변이 급했다. 걸음을 멈춰서 그것을 꺼내고 오줌이 나오자 다시 걷기 시작했다.

형용할 수 없는 배설의 시원함과, 시멘트 바닥에 오줌 줄기가 줄기차게 부딪히는 소리와, 탄탄 대로를 활보하며 오줌을 깔겨대는 기분과, 준표는 목이 터져라 외치고 싶었다. 준표는 소리소리 지르며 겨울 밤과 걷고 있었다.

"짱구 엄마 짱구, 짱구 아빠 짱구, 토끼 아빠 토끼, 토끼 엄마 토끼, 빨갱이 아들 빨갱이, 빨갱이 마누라 빨갱이, 흐흐흐…… 멘델, 이 유전법은 어떤가? 납득이 안 가? 그게 무슨 병신 같은 소린가. 뭐 과학적인 근거가 없다구? 요런 쑥맥 같은 신부님아, 글쎄 이게 20세기 법칙이라니까, 법칙. 그래 그래, 단장 김병만 중령의 말이 맞을지도 모르지. 보호, 보호, 보호를 하겠다잖니. 그 얼마나 고맙고 고맙고 또 고마운 일이냐. 암 보호를 받아야 하구말구. 자유 대한의 이 큰 은혜에 감읍하고 또 감읍할 뿐이로다. 대한민국 만만세다, 흐흐흐흐……"

준표는 쓰러질 듯 비틀거리며 원남동 로터리에 있는 막걸리집으로 들어섰다.

눈을 떠보니 날은 훤히 밝아 있었고, 어찌된 영문인지 준표는 동대문 경찰서에 있었다.

준표는 이틀을 앓아누웠다. 미음을 끓이고 탕약을 달이고 해서 어머니는 근심스러운 얼굴로 드나들었지만 준표는 어머니의 눈길을 피해가며 아무 일도 없는 것처럼 꾸몄다. 일의 순서로 보아서는 그 사실을 알리고 아버지에 대해서 자세히 듣는 것이었다. 그러나 그건 어머니를 이중 삼중의 충격과 고통으로 몰아넣는 어리석음일 뿐이었다. 소위가 될 수 없다는 사실 앞에서 어머니가 받을 충격은 자신이 받은 충격보다 더 클지도 몰랐다. 자신으로서는 병역 의무를 끝내는 동시에 경제 문제를 해결하는 방편일 뿐이었지만 어머니에게는 거기에다가 '명예'와 '출세'가 덧붙여져 있었던 것이다. 평생을 가난 속에서 남들의 눈치 보며 짓눌려 살아온 어머니는 아들이 장교가 되는 것을 더없이 바라고 자랑스러워했던 것이다. 2년에 걸친 하기 훈련 때마다 면회를 온 어머니는 장교들을 바라보며 마치 해를 맞바라보는 것처럼 눈부셔했던 것이다. 그런 어머니를 절망에 빠뜨릴 수는 없었고, 더구나 어머니 입으로 감추어온 과거를 들추어내게 할 수는 없었다. 그건 겨우 아문 상처를 덧나게 하는 것이었고, 어머니의 가슴에 쌓였을 상처들을 헤집어 소금을 뿌리는 일이었다. 그런 어리석은 일을 한다고 해결될 일은 아무것도 없었다. 그동안 온갖 고생을 무릅쓰며 살아온 어머니는 더할 수 없는 시대의 피해자였다. 이제 그 피해로부터 어머니를 보호하는 것은 자신의 임무이기도 했다.

그러나 이번 사건을 언제까지나 감추어둘 수는 없는 일이었다. 어머니는 두 달 뒤에 있을 졸업식장에서 아들의 어깨에 장교 계급장을 손수 달아줄 꿈에 가슴 설레고 있었던 것이다. 준표는 장교가 될 수 없는 결격 사유를 자신이 떠맡기로 마음을 굳혀가고 있었다. 자신의 체면이 손상되지 않으면서 어머니가 애석해 하면서도 수긍하지 않을 수 없는 사유는 앞으로 차츰 찾아내면 될 것이었다.

이렇게 마음을 정리해 나가면서 준표는 새롭게 부딪힌 생각에 집착하고 있었다. 그는 아버지에 대해 생각하고 또 생각하고 있었던 것이다. 형체 없이 흐릿하기만 한 얼굴을 또렷하게 재생시키려는 것이 아니었다. 무슨 사연 어떠한 까닭으로 그 사상을 갖게 되었고, 얼마나 적극적이었으면 처자식들을 버려두고 북쪽으로 간 것일까. 그건 망각 저편에 있던 아버지의 환생이면서 막연하기만 했던 분단 비극이라는 것이 현실감을 가지고 살아 생동하기 시작한 것이었다.

그러나 아버지의 의사라는 직업과 공산주의와는 실감 있게 연결되지가 않았다. 아버지는 직업과는 다르게 정치 성향이 강했던 것일까. 아니면 가난하고 약한 사람들에 대한 관심이 남달리 컸던 것일까. 그것도 아니라면 그 시대 조류에 휩쓸렸던 것일까. 어쨌든 처자식들을 버려두고 자진 월북을 했다면 아버지는 사회주의에 목숨을 건 것이나 마찬가지였다. 그럴 만큼 사회주의는 의미 있었던 것일까. 지금까지 학교에서 줄기차게 배워온 사회주의는 천하에 몹쓸 것이었고 공산주의자들은 전쟁에 광분하는 살인마들이었다. 그들 중에 한 사람이 바로 아버지인 것이다. 사회주의, 그 진정한 의미는 무엇일까. 반공주의가 말하는 것처럼 그렇게 나쁜 것이었다면 의사인 아버지가 택했을 것인가.

그러나 의문만 커질 뿐 그 의문을 해결해 줄 사람은 없었다. 준표는 그 시대에 사회주의를 택했던 지식인들에 대해 알아보고 싶은 강한 욕구에 이끌리고 있었다. 그건 일차적으로 일어났던 아버지에 대한 원망과는 또다른 감정이었다.

나흘째 되는 날 단장 김 중령한테서 엽서가 또 왔다. 몇 가지 처리할 문제가 있으니 곧 학교로 나와달라는 내용이었다. 또 하사 근무를 권하려는 것이려니 싶어 갈 마음이 없었다. 그러나 가만히 생각해 보니 그에게 알아볼 일이 한 가지 있었다. 준표는 집에서 벗어나고 싶은 마음도 있고 해서 곧 집을 나섰다. 단장은 돈을 내주었다. 앨범대며 기념품대 등을 반환하는 것이었다.

"이 사람아, 다 잊어버리게. 이런 일 당하는 게 어디 한둘인가. 안될 일은 빨리 잊어버리는 게 상수야. 젊은 사람 몰골이 이게 뭔가."

단장은 준표의 어깻죽지를 쳤다.

단장의 무심한 말에 준표는 문득 긴장했다. 단장의 말은 바로 자신이 알아보고 싶었던 그 말이었던 것이다.

"저어, 이런 일 당하는 사람들이 많습니까?"

"글쎄, 우리 대학에서야 몇 명 안 되지만 전국적으로 따지면 꽤 많을걸. 하여튼 안 된 일이야."

단장은 혀를 끌끌 찼다.

"혹시 우리 학교에서 당한 사람들이 누군지 알 수 있을까요?"

"글쎄, 이번에는 자네 혼자고, 그전 졸업생들 중에 몇 명 있기는 한데. 왜, 피해자들끼리 모여서 남쪽 공산당 결성해 보려고?"

단장은 농이라는 걸 강조하려는지 껄껄대고 웃었다.

"그럴 능력이라도 있으면 좋게요. 하도 막막하고 답답해서 그런 사람들은 어떻게 이 고비를 넘겼는지 좀 알아보고, 무슨 도움이 되지 않을까 싶어서요."

"아, 그거 좋은 생각이군. 선배들을 만나보면 확실히 도움이 되겠지. 가만있어 보게. 2기생들 중에 그런 사람이 하사 근무를 택했을 경우 현재 근무 중일 테니까 만나기가 번거로울 게고, 1기생들 중에서 찾아보는 게 좋겠군. 1기생은 하사 근무를 했어도 이미 제대해서 사회 생활을 할 테니까 말야."

ROTC 1기생들 중에서 신원 조회에 걸려 임관을 하지 못한 사람은 둘이었다. 하나는 서울 사람이었고 또 하나는 전라도 사람이었다.

"어떻게 하사 입대는 작정이 됐겠지?"

단장은 두 사람의 인적 사항을 적은 종이를 내밀며 물었다.

"그만두겠습니다."

"말이 되나, 감정으로 생각하지 말고 여태까지 고생한 최소한의 보상은 받아얄 게 아닌가."

"추잡해지고 싶지 않습니다. 그만 가보겠습니다."

"이런 고집 봤나, 그럼 어떻게 하려나?"

"1월에 지원 입댈 하겠습니다."

"아니, 졸업식은?"

"임관식이 있기 전에 서울을 떠나고 싶습니다."

"어지간하이, 자네도. 하여튼 더 생각해 보게. 임관식이 있기 전까지는 하사 입대가 유효하니까."

단장은 전에 없이 문 밖까지 따라나오며 말했다. 준표는 단장의 그런 마음씀에 가슴 한구석이 풀리는 것을 느꼈다.

준표는 본관을 나서며 서울 사람의 주소에 눈길을 보냈다. 그 선배의 집은 신설동이었다. 당장 찾아가 보고 싶으면서도 한편으로는 망설여졌다. 그를 만나본들 달라질 게 무엇인가 싶었고, 그가 달가워하지 않을 것 같은 생각도 들었다. 그러나 무엇보다도 전신이 처져내리는 것이 몸을 가누

기가 어렵게 피곤했다.

그 피로감은 되돌려받은 앨범대와 기념품대가 발휘하는 마력인지도 몰랐다. 그 돈을 되돌려받는 것으로 학생도 아니고 군인도 아니었던 2년 동안의 고달픈 생활은 깨끗이 무위로 끝나고 말았다. ROTC 학군단 학생들은 '반학반군'의 얼치기들로 일반 학생들의 웃음거리고 조롱거리기도 했다. 특히 대학의 낭만을 앞세우는 문과 대학생들의 야유는 노골적이었다. 대학을 군대화하는 데 앞장서는 얼빠진 이기주의자들이라는 것이었다. 그러면 학군단 학생들은, 너희들 졸업하고 사병 입대하고 나서 보자고 엄포를 놓고는 했다. 준표는 입에 쓴웃음을 물고 교문을 나섰다.

준표는 큰길로 나서면서 선배의 주소를 주머니에 넣었다. 오늘은 찾아가고 싶지 않았다. 아니, 그 선배를 만나봐야 할지 어떨지를 더 생각해야 했다. 아무튼 그런 선배들의 존재를 확인하게 되면서 첫날 받았던 충격이나 암담함이 약간쯤 해소되는 것 같은 느낌은 분명했다. 혼자만 당하는 피해가 아니라는 사실의 확인에서 얻어지는 약간의 위안과 함께 체념이 빨라진 것인지도 몰랐다.

준표는 건널목에서 사방을 두리번거리고 있었다. 사람들은 바삐 걸어가고 차들은 거침없이 달리고, 번잡함과 분주함 속에서 세상은 태연한 채 달라진 것은 아무것도 없었다.

어떤 전설 197

그 태연함은 세상의 외피였다. 그 외피 속에서 사람들은 얼마나 많이 상처받고 신음하고 외로워하고 있는 것이랴. 그동안 자신과 같은 피해를 받고 홀로 고통스러워하다가 끝내는 체념해야 했던 젊은이들이 전국적으로 얼마나 될까. 그런데 그런 아픔은 전혀 표면화되지 않은 채 세상은 무사태평하게 잘도 돌아간다. 국가라는 위력 앞에서 피해 당사자들은 잔뜩 주눅이 들어 힘을 모아 항의할 엄두도 못 내고, 세상 사람들은 남의 일에 관심이 없는 것이다.

준표는 전차에 흔들리면서 또 아버지를 생각하고 있었다. 아버지는 당신 때문에 아들이 이런 일을 당하고 있는 것을 알기나 할까. 북쪽에서는 사람들을 여러 계층으로 분류하고 있는데, 고급 당원들의 자식이 최고 우대를 받고 월남자의 가족들이 가장 천대를 당한다고 정훈 교육 시간에 배웠다. 이쪽에서 저쪽을 아는데 저쪽이라고 이쪽을 모를 리가 없을 것이다. 아버지가 이쪽 사정을 이미 알고 있었다면 어떤 심정이었을까. 어쨌거나 양쪽에서 그따위 짓들을 하는 건 망할 놈의 짓들이다. 도대체 자식들이 무슨 죄가 있다는 것인가. 그러면서도 민족 통일이라고? 어림도 없다. 양쪽 다 틀려먹었다.

의사는 재차 나이를 물었다. 그리고 또 이유를 물었다. 또다시 후회하지 않겠느냐고 물었다. 그 확인을 끝내고 나서도 고개를 갸우뚱거리며 수술대에 누우라고 했다. 수술은 미처 10분도 안 되어 끝났다. 그런데 병원문을 박차고 두 여자가 뛰어들며 소리를 질러댔다. 그 여자들은 어머니와 애인 유경이었다.

"물어내, 물어내, 물어내!"

어머니와 유경이는 의사의 멱살을 붙들고 발악하듯이 소리치고 있었다.

준표는 소스라쳐 일어났다. 꿈이었다. 자신이 정관 수술을 한 것이었다. 그 엉뚱한 꿈을 되짚으며 준표는 담배에 불을 붙였다. 그러나 담배를 빨며 곰곰이 생각해 보니 그건 꼭 엉뚱한 꿈만은 아니었다. 통일이 아무 기약이 없는데 자신의 아들이 그 죄의 굴레를 벗어나리라는 아무런 보장도 없었던 것이다. 준표는 자신의 앞날을 생각하며 또 뜬눈으로 새우다시피 했다. 날이 밝으면서 준표는 그 선배를 찾아가 보기로 했다. 그런 엉뚱한 꿈을 꾸는 극단적인 생각을 의식에서 몰아내기 위해서도 이미 경험을 가진 선배를 만나볼 필요가 있었던 것이다. 그러나 큰 기대는 하지 말라고 스스로를 미리 다스렸다.

그 선배가 하는 서울상회를 찾는 데 한나절이 다 걸렸다. 집은 쉽게 찾았는데 중부시장의 그 복잡한 골목골목을 헤매느라고 애를 먹을 대로 먹었던 것이다.

준표는 중부시장을 헤매면서 벌써 선배의 기구한 삶을 실감할 수 있었다. 그 선배는 이런 시장 바닥에서 장사를 하려고 대학에 다닌 것이 아닐 것이고, 이곳 장사꾼들 속에 대학 졸업자가 몇이나 있을 것인가. 숨이 가쁠 지경으로 촘촘하게 박힌 규모 작은 상점들은 대학 학력이란 아무 쓸모가 없다는 것을 말해 주는 듯했다.

준표는 서울상회를 건너다보았다. 노끈이며 종이 상자 등속을 파는 작은 상점에는 한 남자와 열댓 살 먹어 보이는 여자아이 둘뿐이었다. 마른 체구에 허름한 작업복을 걸친 남자는 의자에 지친 듯 앉아 있었다. 준표는 길을 건너갔다.

"저어, 실례합니다. 혹시 김승우 선배님 아니십니까?"

"예? 누구, 누구시오?"

남자는 소스라치듯 벌떡 일어나더니 준표를 빠르게 훑으며 얼굴이 일그러졌다. 자기를 알아보는 것을 싫어하는 기색이 역연하게 드러났다.

"저는 금년 졸업반인 후배 문준표라고 합니다. 저도 선배님 같은 일을 당해서 찾아왔습니다."

준표는 말을 줄이려고 한달음에 쏟아놓았다.

"그래요? 근데 왜 그놈의 마크는 붙이고 다니쇼?"

그 남자는 날카로운 눈빛으로 턱짓했다.

"예, 이거……."

준표는 반사적으로 고개를 왼쪽으로 돌렸다. 물이 바랜 교복의 왼쪽 소매 윗부분에 학군단 마크가 붙어 있었다.

"갑시다, 다방으로."

남자는 목장갑을 벗으며 앞장섰다.

"날 어떻게 알았소?"

남자가 의자에 주저앉으며 물었다.

"예, 제가 물어서 단장님이 가르쳐주었습니다."

"그 친구 인심 좋군."

남자는 쓰게 웃으며 담배를 빼물었다.

"저어, 갑자기 일을 당해서 어찌해야 좋을지 몰라 선배님을 찾아 뵙고 좀……."

"자아, 담배 태워요. 뭐 인생이란 그렇고 그런 것 아니겠소?"

준표의 말을 자른 그 남자는 이렇게 말하고는 픽 쓴웃음을 날렸다. 그러더니 불쑥 물었다.

"문형이랬나? 문형 죄목은 뭐요?"

"아버지가 자진 월북이랩니다."

"그렇다면 그건 왕벌이오."

"예……?"

"난 총살당했는데도 용서가 없었는데 문형 부친은 저쪽에 살아 계실 테니 더 가차없다 그런 말이오."

준표는 김승우 선배를 멍하니 바라보았다. 그는 자신보다 더 가혹하게 당한 셈이었다.

"문형, 뭐 심각하게 생각할 거 없소. 다 운명이려니 하면 됩니다. 헌데, 이번 일이 끝이 아니라 시작이라는 것이나 명심해 두시오."

김승우는 커피를 단숨에 마셔버렸다.

"......?"

"뭐 어려울 것 없는 말이오. 군대를 거쳐 앞으로 사회에 나와서 공무원이 되거나 법관이 되거나, 또는 신원 조회가 필요한 그 어떤 직장에도 취직할 생각은 아예 하지 말란 말이오."

준표는 숨이 컥 막히는 걸 느꼈다. 그런 것은 미처 생각하지 못했던 문제였다.

"이거 말이오, 유전병치고도 아주 고약한 유전병이오."

김승우는 또 쓰게 웃으며 담배를 깊이 빨았다. 준표는 유전병이라는 생각의 일치에 놀라움과 반가움을 동시에 느끼고 있었다.

"문형, 무슨 과요?"

"예, 상댑니다."

"거 아주 잘됐소. 난 법댈 나와서도 이 짓인데, 이것도 보기가 좀 흉해서 그렇지 벌이 쏠쏠하고 신간 편한 게 할 만하오. 인생살이 목적이란 게 한마디로 줄이면 명예 권력 돈 아니겠소. 이 세 가지를 다 갖는 인간이 몇이나 되겠소. 난 눈 딱 감고 돈이나 많이 갖기로 작정했소. 결국 큰돈은 권력도 명예도 사는 게 자본주의니까."

준표는 담배 연기를 거칠게 내뿜는 김승우의 말이 진담인지 야유인지 알 수가 없었다.

"혹시 다른 분들의 경우를 아십니까?"

"글쎄, 뭐 중이 된 친구도 있고, 자살한 친구도 있고 그렇소. 다 자기 멋대로지만, 난 오기로래도 통일되는 걸 보고 죽기로 했소. 그게 그따위 유치한 장난에 대한 보복일 테니까."

"그게 언제……."

"아니, 희망을 가지시오. 문형은 부친을 만나게 될 테니까 나보다 더 희망적이지 않소?"

준표는 문득 선배를 응시했다. 선배는 역시 많이 고민한 사람답게 생존 방법, 생존 이유, 그리고 세 번째로 생존 의미까지 깨우쳐준 것이었다.

"언제 차분히 시간 내서 술이나 한잔합시다. 오늘 물건 나갈 게 있으니까, 또 한 번 연락주시오."

김승우는 먼저 몸을 일으켰다. 무언가 미진했지만 준표는 따라 일어나지 않을 수가 없었다. 그러나 되짚어보면 더 이상 할말이 있는 것도 아니었다.

"참, 하사 근무는 어쩌기로 했소?"

다방을 나서다가 김승우가 물었다.

"거절했습니다. 사병 입대하려고."

"흥, 그랬을 줄 알았소. 그건 유치한 감정이오. 하사는 사병에 비해 근무 기한이 절반밖에 안 되오. 왜 손핼 보려는 거요. 이 나라를 위해 충성하려고?"

"아니, 기한이 그런 줄 몰랐습니다."

놀라는 준표를 바라보며 김승우는 엷게 웃음지었다. 그건 쓴웃음이 아니라 따스한 온기가 서려 있었다.

"헌데, 하사로 입대시키는 걸 그나마 온정을 베푸는 거라고 오해하진 마시오. 그동안 장교 교육시킨 걸 철저하게 이용하고 빼먹자는 수단이니까."

"……"

준표는 단장을 떠올렸다. 그는 정말 온정을 베푸는 것처럼 말하지 않았던가.

"혹시 남동생이 있소?"

김승우는 악수를 청하면서 물었다.

"예, 대학 1학년입니다."

"그 사람은 예비 조처를 하면 되겠군."

준표는 김 선배가 참 자상한 사람인 것을 느꼈다.

"예, 말씀 참 고마웠습니다."

"고맙긴, 입대 전에 꼭 한 번 연락주시오. 추운 사람끼리 울타리가 되면서 사는 법도 있소."

김승우는 정말 춥고 쓸쓸한 웃음을 지었다.

"예, 곧 연락드리겠습니다."

준표는 선배의 손을 꼭 잡았다.

한결 가벼워진 기분으로 준표는 전차에 오르며 곧 동생과 술 한잔을 해야 되겠다고 생각했다. 어머니 모르게 단둘이 해야 할 이야기였다.

전차가 광화문을 지나가고 있었다. 무심히 밖을 내다보고 있던 준표는 소스라치게 놀랐다. 간첩 자수 기간을 알리는 커다란 입간판을 보는 순간, 아버지가 넘어오면 어쩌나! 하는 생각이 불현듯 떠올랐던 것이다. 준표는 눈을 질끈 감으며 두 손으로 머리를 감싸안았다.

갑자기 어딘가 심하게 아픈 것 같은 젊은이를 옆 사람들이 힐끔거리며 조금씩 비켜서고 있었다.

〈1971년〉

이런 식(式)이더이다

"얘, 바른 대로 말하라니까. 왜 거짓말을 하니."
 목소리만으로는 화가 났는지 꾸중을 하는지 분간을 할 수 없을 지경인 항시 안으로만 접어드는 아내의 조용한 음성이었고,
"난 모르는 일인디유."
 언제나 태평스럽다 못해 능청맞다 싶은 식모의 대꾸였다.
 그가 반쯤 열린 대문을 밀치고 들어섰을 때 아내는 식모 아이를 꾸짖고 있는 중이었다.
"뭘 또 잘못했소?"
"별것 아녜요. 돈이 좀 없어져서……."

"뭐 돈?"

얼결에 튀어나온 그의 목소리는 지나치게 컸다.

"당신은 신경 쓰지 마세요. 대단찮아요."

"많든 적든 돈에 손을 대는 버르장머리는 안 돼. 어디다 둔 거요, 얼마요?"

"피곤하신데 옷이나 벗으세요. 돼지 저금통 게 없어졌을 뿐예요."

"돼지 저금통?"

그의 머리에 언뜻 스치는 얼굴이 있었다.

"그래 쟤는 뭐라는 거요?"

"전 손도 안 댔고 모르는 일이래요."

"아마 그럴 거요."

"당신, 무슨 말씀이세요?"

아내는 얄궂다는 눈을 뜨고 있었다.

"돼지 저금통이 어떻게 돼 있습디까?"

"배가 찢어져 있었어요."

"돈은?"

"한푼도 안 남아 있었구요."

"근데 당신은 어떻게 그걸 알았소?"

"손님이 가게에 없는 옷감을 찾잖아요. 그래 옷감을 가지고 급히 나가다 저금통을 걷어찼잖았겠어요. 그 자리에 그대로 있어야 저금통이 저만치 굴러떨어졌거든요. 속이 텅 빈 거예요. 어젯밤에도 당신이 밀쳐놓으며, 티끌 모아 태산은 바로 이거로군 하셨잖아요."

그러니 돈이 없어진 건 오늘이고, 집에 남은 사람이라곤 다섯 살짜리 막내와 식모아이뿐이었잖느냐는 아내의 빈틈없는 추리였고, 그래서 아내의 얼굴에는 의아스러운 표정이 진을 치고 있음은 당연한 일이었는지도 모른다. 더구나 그 저금통은 10원짜리로 가득 채우면 만 5천 원이 된다는 것이었고, 이미 반은 차 있었던 것이다.

"모르면 몰라도 돼지 저금통 갱은 경식이놈일 거요."

그의 말에 아내는 너무나 크게 놀랐다.

"여보, 그게 무슨 당찮은 말씀예요. 경식이는 절대 그런 애가 아닌 건 당신이 더 잘 알잖아요."

아내의 음성은 역시 조용했지만 떨리고 있는 게 분명했다. 그가 면구스러울 지경으로 아내는 얼굴까지 빨갛게 상기되어 있었다. 그건 장남 경식에 대한 아내의 사랑의 깊이를 증명하는 것이었고, 자식을 지나치리만큼 끔찍하게 여기는 천상 여자일 수밖에 없는 아내의 모성의 순수를 뜻하는 것이기도 했다. 그를 건너다보는 아내의 눈길은 원망스러움까지 지니고 있었다.

"여보, 그렇게 섭섭해 할 건 없잖소. 자, 내 얘길 들어보구려."

그는 담배에 불을 붙여 연기를 뿜어내면서 거기에 어른거리는 경식이놈의 얼굴을 보고 있었다.

"아참, 얘기가 좀 길어지겠는데, 가게는 어떡하겠소?"

"기다리다 가겠죠 뭐. 어서 말씀해 보세요."

"허, 당신 대단하구려."

아내는 경식의 누명을 벗기고야 말겠다는 완강한 태도였다. 옷감을 기다리는 손님도 아랑곳없이 아내는 주저앉은 것이다. 하기야 큰길 가에 조그만 양장점을 차린 것도 순전히 세 아이들의 공부에 다소라도 보탬이 되었으면 하는 뜻에서였다. 그의 월급쟁이 노릇으로 아내의 계획을 실천에 옮기기란 아예 꿈이었다. 그래서 매사에 명주올만큼 세심한 아내는 몇 달을 별러 양장점을 차리기에 이른 것이고, 첫 달부터 수입은 그의 월급을 비웃기 시작했던 것이다.

일요일인 어제 아침 아내가 양장점으로 나가고 그는 곧 자리에 들었다. 며칠 전부터 일던 몸살기가 급기야 터지고만 것이다. 쌍화탕을 마시고 한참을 한기에 떨다가 잠이 들었다. 얼마나 잤을까, 아이들 떠드는 소리에 잠이 깼다. 날씨도 좋은데 왜 집 안에 몰려 저 법석일까 싶어 밖에 나가 놀라고 소리를 지르려다가 그는 멈칫했다.

"애들아, 조용히 좀 해. 이렇게 떠들기만 하면 내일 선거에 어떻게 이기니? 이번에 지면 우린 아주 골로 가는 거야. 빨리 계획을 짜야 되잖니."

큰놈 경식의 말이었고 뒤따라 떠드는 소리가 멎었다.

"야 준호야, 확실한 우리 편은 몇이나 되니?"

"응, 25명 정도야."

"그럼……, 여태 과반수가 못 되잖아?"

뭐 과반수? 허 저놈 봐라. 그의 얼굴은 넘치게 웃고 있었다. 그런 그의 기분은 과반수가 못 되어 애가 타는 아들의 심정은 알 바 아니었다.

"아직 염려 없어. 경식이 넌 너무 걱정 말고 소견 발표 준비나 해."

"그래, 소견 발표가 멋들어져야 해. 부동표는 그때 다 잡을 수 있거든."

부동표라고? 저건 또 뉘 집 아들이야.

"애들아, 내 말 들어봐. 경식이가 걱정하는 것은 다 우리 잘못이야. 그동안 우리가 활동을 잘못해서 25명 정도밖에 안 된 거거든, 그렇잖니?"

"얘 준호야, 한 명 더 있다. 아까 여기 오는 길에 경희를 만났는데 경식이를 찍어준다고 약속했어."

"민철이 넌 참, 한 명 불어난 것도 좋지만 내 얘기부터 들으란 말야."

"민철이 저런 쪼다. 야 임마, 경희 그 기집앨 어떻게 믿니?"

"왜 못 믿어."

"요런 병신아, 어저께 용범이 쪽에서 찍어달래니까 그러겠다고 약속을 했는데두?"

"그걸 네가 어떻게 알아?"

"오줌싸면서 엿들었다, 어떡할래."

"햐, 고 기집애 삿꾸라구나, 삿꾸라."

저런, 저런……. 그는 담배에 불을 붙였다.

"민철이하고 성길이는 싸우려고 여기 왔니?"

"그래, 우리가 이러는 동안에 용범이 쪽에선 운동을 할 거 아니니. 조용히 하고 준호 말부터 듣자."

"다 아는 일이지만 경식이가 이번에 반장이 안 되면 어린이 회장에 출마도 못하는 거야. 경식이가 회장에 출마하면 당선은 문제없는 건 너희들도 알잖니. 그런데 문제는 용범이야. 용범이를 물리치고 반장이 돼야 하는데 지금으로선 어렵거든. 그러나 실망할 건 없어. 너희들이 여태까지 고생은 했지만 내일까지 마지막 힘을 합치자."

당돌한 녀석들, 참모 회의 소집이구먼. 아니 저건 또 무슨 말이야.

"경식이가 어린이 회장이 되는 날엔 너희들은 모두 부장이 되는 거야. 그러니까 경식일 위해서가 아니라 우리들이 부장이 되기 위해 마지막 기운을 내자는 말이다. 내 말이 어떠니?"

"그래, 준호 말이 맞았어."

"경식아, 염려 말어. 우리가 뭉치면 문제없어."

저 저 말재주 좀 보게나. 미리 감투 배정까지 해놓고, 허끔쩍한 녀석들. 허긴 공짜가 어디 있을라고. 준호라는 녀석. 뉘 집 아들인지는 몰라도 똑똑하다. 말하는 품이 어쩌면 경식이놈보다 나은지도 몰라. 하여튼 세상이 달라졌어. 국민학교 5학년짜리들이 저 정도니, 무식한 어른들이야 허수아비지 뭔가. 어쩌면 저게 살아 있는 민주 교육인지도 모르지. 그런데, 저것들이 꾸며가는 세상이 오면 어떤 꼴일까. 하나같이 저리 똑똑하고 영리하다 못해 영악스럽게 되어가니. 경식이놈, 우습다. 부반장 노릇에 싫증이 났나. 아니지, 남자라고 자꾸 올라가고 싶은 게지. 대견한 녀석이다. 필경 저놈이 날 닮은 게 아니라 지 에밀 닮았지 아마. 녀석이 생각했던 것보다 훨씬 나아. 지 에미 정성도 어지간하긴 하지만. 사립 국민학교를 보내고 있는 것도 아내의 바람이고 힘이 아닌가.

다섯 살 때던가 텔레비전 연속극을 보고 앉았던 녀석은,

저것들 둘이 사랑하는구나, 엉뚱한 소리를 했다. 그는 하도 어이가 없고 뭐 저런 녀석이 있나 싶어 멀뚱히 바라보고만 있는데 아내는 입을 가리고 연신 킥킥대고 웃었다. 야 이 녀석아, 사랑하는 게 뭔지나 알아? 그가 퉁명스레 내질러도 녀석은 텔레비전에서 눈을 떼지도 않은 채, 치 누가 그깐 걸 모를 줄 알구, 태연한 대꾸였다. 저런 녀석, 그래 사랑이 뭐니? 아 아빤, 뭐긴 뭐야. 남자 여자 둘이서 키스하구 좋아하는 거지. 허……, 그럼 키스는 또 뭐니. 아 자꾸 묻지 마, 곤란하게. 아내는 그저 간드러지고 있었고, 그는 방망이로 뒷머리라도 맞은 듯한 멍멍한 기분으로 쩝쩝 입맛만 다셨던 것이다. 잠자리에서 아내 말을 들어봐도 그 연속극에서 두 주인공이 사랑한다는 말은 전혀 없었고, 앞으로 사랑하게 될 줄거리라는 것이었다.

하긴 녀석은 말을 하기 시작하고 얼마 안 되어서 그를 놀라게 한 일이 있었다. 외가엘 데리고 갔다가 밤늦게 택시로 돌아오는 길이었다. 택시가 고갯마루를 올라서자 갖가지 네온 사인이 반짝이는 시내가 한눈에 들어왔다. 녀석은 갑자기 불빛을 가리키며 삐아노, 삐아노 외쳤다. 아내는 어리둥절하여 피아노는 무슨 피아노? 했고, 그는 녀석을 으스러져라 꼭 껴안아주었다. 녀석은 켜지고 꺼지는 무수한 불빛의 감각을 피아노 음률로 받아들이고 있었던 것이다.

"태환이 넌 어떻게 됐니?"

"나? 아무렇지도 않아. 염려 마, 경식아."

"아직 들통이 안 났단 말이지?"

"그럼, 요만큼도 눈칠 못 챘어. 용범이 자식, 날 틀림없이 믿는 거야. 즈 엄마도 나만 가면 맛있는 걸 자꾸 주며 용범일 잘 도와주라고 따리를 붙이는 거야."

"너 맘 변해놓고 괜히 공갈하는 것 아니니?"

"저 새끼가 정말……."

"민철이 넌 왜 괜히 태환이 약을 올리니?"

"맘 변할까 봐 미리 주의 주는 거야."

"저 새끼가 누굴 어린애로 아나, 기분 잡치게……."

"넌 용범이 엄마한테 뭐랬니?"

"눈치챌까 봐 주는 건 다 받아먹었지. 그리고 도와주겠다고 했어. 용범이네 엄마 말은, 용범이 아빠와 우리 아빠 사이를 봐서라도 꼭 도와줘야 한다는 거야. 난 그 말이 더 아니꼬와. 우리 아빠가 즈네 남편 회사에 다니니까 나더러도 용범이 꼬붕 노릇 하라는 거 아니니?"

저 저 말하는 것 좀 보게나. 고얀 녀석들이 스파이전까지…….

"야 용범이네 엄마 정말 치사하다, 치사해."

"태환아, 뭐 변한 거 없데?"

"있어. 용범이 엄마가 있잖니, 애들을 초대할 거래."

"그거 무슨 말이니?"

"용범이 생일 파티를 한대잖니."

"야 그건 공갈이다. 용범이 자식 생일은 5월달에 지나갔어."

"그렇지, 준호야?"

"그럼, 내가 생일 잔치에 가서 바이올린을 켰는데두?"

"공갈 생일이구나."

허, 철저한 원호 사격이군. 공갈 생일이라, 그렇군 그래.

"애들아, 잠깐 기다려. 야아 언니야, 야아 어딨니?"

경식이놈이 다급하게 소리를 질렀다. 식모아이를 찾는 것이었다.

"아 왜 그려어. 이리 시끄럽게 허다가 아빠한테 야단맞으면 어쩔라고 그러는 거여."

"잔소리 말고 너 빨리 가게에 가서 콜라 여섯 병하고 빵 여섯 개 사와."

"돈이 있어얄 것 아녀."

"저 병신, 외상으로 사오란 말야."

"얼라, 야단은 누가 맞는디 그려."

"잔소리 말고 빨랑 갔다 와. 내가 엄마한테 말하면 될 거 아냐."

"알겄어. 가긴 가는디 나는 모르겄어."

저 녀석 좀 보게나. 기죽을 수 없다는 겐가. 하여튼 배짱이 좋다. 그는 벌렁 누워버렸다.

"근데 있잖니, 강석이하고 미라하고 이런 말을 하는 거야."

"무슨 말인데?"

"용범이 아빤 사장이구 부잔데 말야, 저어……."

"우리 아빤?"

경식이놈의 거센 목소리에 그도 벌떡 일어나 앉았다.

"우리 아빤 겨우 과장이고 가난하고 자가용도 없단 말이지? 그래, 그것이 어쨌다는 거야. 그래서 넌 뭐랬니?"

"……."

그의 가슴은 심하게 벌떡이고 있었다. 어린것들 앞에서 벌거숭이가 되어버린 것 같은, 감당할 수 없는 치욕과 울화가 순간적으로 전신의 피를 머리로 뿜어올리고 있었다.

"야 이 병신아, 용범이 즈네 아빠가 사장이면 사장이지 용범이도 사장이니? 우리 아빠가 과장이라고 나도 과장이냔 말야. 나도 우리 아빠처럼 과장이라면 부반장이 아니라 분단장이나 했어야 되잖니. 왜 근데 난 부반장이니. 우리 아빠가 부사장이 아닌데 왜 난 부반장이냔 말야. 일 대 일이야. 실력 대 실력이란 말야. 그 멧돼지 같은 용범이 새끼……."

바로 그거다 이 녀석아, 바로 그거야. 넌 다섯 살 때 벌써 글을 깨치고 사랑이 뭔지 알았거든. 그는 휴우 한숨을 내쉬며 담배에 불을 붙였다. 연기를 깊게 빨아들이며 그는 목이 꽉 메어 있는 것을 느꼈다.

"경식이 말이 맞아. 강석이 그 새끼가 용범이 찍어준다고 즈네 아빠 취직시켜 줄 줄 아는 모양이지? 미라 그 기집애도 용범이 찍어주라고 해. 그리고 용범이네 아빠 회사 수위로 취직하면 땡땠지 뭐냐. 아침마다 용범이 아빠더러 요렇게 경례를 붙이면서 어서 옵쇼, 안녕히 갑쇼, 와 꼴 멋있겠다."

"야 준호가 호무랑 깠다."

"야 후라이 보이 저리 가라구나."

잠시 웃음바다가 되었다.

"워머 무거워라. 학생들이 공부는 안 허고 떠들믄서 콜라만 마시면 어쩌는 거여."

"넌 잔소리 말어. 이것도 공부야, 공부."

"무신 놈에 공부가 이려. 옳지, 먹고 마시는 공부는 될 끼여."

"잔소리 말고 병따개나 빨랑 가져와. 애들아, 이거 먹자."

학령에 맞추어 들어갔던 소학교. 나이 많은 애들이 더 많아 학령에 맞던 그와 몇몇 아이들이 오히려 비정상으로 보였던 시절, 큰 아이들에게 줄곧 밀리며 꺾이며 보내고 말았던 소학교 시절. 5학년 때 그는 무엇을 생각했고 어떤 일을 스스로 꾸밀 수 있었던가. 훈육주임이 휘두르는 죽창이 무서워 신사 참배에 꼬박꼬박 머리를 숙이는 것밖에 또 한 일이 무엇이었던가. 굳이 찾는다면 맨 앞줄에 앉아 산수 문제를 잘 푸는 소년이었다는 것일까. 어설프다.

"경식아, 동명이 있잖아?"

"응, 동명이가?"

"네 욕을 마구 하고 다니는 거야."

"그 자식, 뭐라는 거니?"

"구두쇠고 거짓뿌렁이고 공갈쟁이고 잘난 체하고, 나쁜 건 전부 다야."

"그 거지 같은 새끼가……."

"동명인 너와 친했잖니?"

"고 기집애 같은 새끼, 토라졌어."

"왜 그랬는데?"

"그 새끼……, 방학 숙제로 만든 공작품을 절 달래잖아. 다른 숙제는 다 베끼게 했지만 공작품을 어떻게 주니? 생각해 봐, 난 어떡하구. 그랬더니 그 새끼가 토라졌어."

"고런 얌체 같은 새끼."

서너 명이 동시에 내뱉은 말이었다.

"근데 동명이 그 자식이 용범이에게 붙었거든."

"상관없어. 고런 병신은 가도 그만야."

"그게 아냐. 용범이 쪽에서 뭐라는지 아니? 경식이 너와 친했던 애까지 널 욕하는 걸 보면 넌 진짜 나쁜 놈이라고 선전하고 있는 거야."

"그걸 누가 믿는대?"

"준호 너 웃기지 말어. 째째한 기집애들은 다 넘어가는데두?"

"정말?"

"그 새낄 그냥……."

"그럼 어떡하면 좋지?"

"가만있자, 얘 경식아 이리 가까이 와봐."

갑자기 조용해졌다. 무슨 쑥덕공론일까. 침묵은 좀더 이어졌다.

"야, 타이거 마스크!"

"나 말이니?"

"그래, 우리 반 타이거 마스크가 택철이 너 말고 또 있니?"

"왜 그래?"

"저어 동명이 그 새낄 말야, 조져버리는 거야. 그 새끼 다시는 아가리를 못 놀리게 네 태권도로 까뭉개버려. 자신 있니?"

"주먹은 내게 맡겨. 문제없어."

"애들아, 그래도 괜찮을까? 그건 신사적인 방법이 아니잖아."

"경식이 넌 그게 글렀어. 신사적이 아닌 건 용범이 쪽이 먼저야. 괜한 사람 그따위로 공갈시키는 건 신사적이니?"

저 저 흉측한 녀석들이 벌써……. 그는 벌떡 일어섰다. 그리고 아들 경식이를 소리쳐 부르려다가 그는 주춤했다. 지금 알은체할 일이 아니었다. 꾸중을 하거나 타일러도 이 따 저녁때 할 일이라 싶었다.

"니네들 오늘 있은 일은 절대 비밀이지만 이 일은 더욱 비밀을 지켜야 된다. 알겠니?"

"준호 넌 우리가 코흘리갠 줄 아니?"

일제히 합창을 하듯 했다.

그렇지요, 훌륭한 성인들이시군요. 내일의 주인들이여, 너무 가혹하오이다. 텅 빈 듯한 가슴에다 그는 담배 연기만 애꿎게 가득가득 채우고 있었다.

"경식아, 너 소견 발표 준비는 다 됐니?"

"응, 거의 다 됐어."

"그럼 지금 들어보자. 우리가 들어보고 또 고칠 데가 있으면 고치자."

"그래 그게 좋겠다. 다들 들어보겠니?"

"그래, 그래."

"자 그럼 시작한다아."

이런 식(式)이더이다

짝짝짝 손뼉 치는 소리가 났다. 아마 인사라도 하는 모양이었다.

"제가 이번 반장에 출마한 이경식입니다. 저와 1학기를 지내는 동안 저에 대해서는 여러분이 더 잘 아시리라 믿기 때문에 저를 소개하는 것으로 잠시나마 여러분을 지루하게 해드리고 싶지 않습니다. 이렇게 조그마한 것에까지 신경을 쓰는 것도 오로지 여러분의 참된 심부름꾼이 되려고 이 자리에 선 이경식의 순수한 뜻에서 나온 것임을 현명하신 여러분께서 알아주신다면 더욱 감사하겠습니다. 여러분, 저는 지난 1학기 동안 우리 모란반의 부반장 자리에서 좀더 많은 일을 해놓지 못한 것을 우선 깊이 사과드리며 죄송스럽게 생각합니다. 그러나 여러분, 저는 우리 모란반을 위해서 일을 하고 싶었습니다. 어떤 사람보다도 큰 열성과 성의가 있었습니다. 그러나 저는 그 열성과 성의를 제대로 발휘할 수가 없었습니다. 그럴수록 저의 열성과 성의는 불타올랐습니다. 그러나, 그러나 여러분, 저는 우리 모란반을 이 학교에서 가장 빛나고 가장 훌륭한 반으로 만들고 싶었던 불타는 열성과 성의를 실현하지 못해 괴롭고 괴롭고 괴롭다가 그 괴로움에 견디다 못해 쓰러져버린 무능한 부반장이 되고 말았습니다. 그럼, 여러분! 저를 그런 무능한 부반장, 바보 이경식으로 만들어버린 사람이 도대체 누구였단 말입니까. 바로 저기 앉은 반장 천용범, 바로 저 사람이었습니다."

"옳소."

"그렇습니다."

녀석들은 제각기 이런 소리를 터뜨리며 손뼉을 쳐댔다.

"여러분, 자기를 내세우기 위해 남을 짓밟는 것은 얼마나 비굴한 행동이며 자기만 최고라는 생각으로 전체를 무시해 버리는 것 또한 얼마나 어리석은 일입니까. 여러분, 우리가 없는 모란반이 있을 수 있으며, 모란반 없는 반장이 무슨 필요가 있겠습니까. 반장은 오직 모란반을 위해서 일해야 하고 그 반장은 우리들 한 사람 한 사람의 의견으로 만들어진 것입니다. 그러므로 반장은 우리들보다 높은 것도 아니며 잘난 것도 아닙니다. 우리와 평등한 입장에서 우리의 일을 함께 의논하고 함께 결정해야 하는 것입니다. 이게 사회 시간에 배운 민주주의입니다. 그런데 천용범이는 지난 1학기 동안 이와 정반대로 우리의 의견을 무시했고 반 회의 결정을 따르지 않았고 반을 위해 일한 게 아니라 자기를 뽐내고 자기를 내세우고 자기가 최고라는 기분으로 행동했습니다. 여러분, 여러분은 1학기 동안 여러분의 심부름꾼이라고 여러분의 손으로 뽑은 천용범이가 심부름꾼이 아니라 황야의 무법자로 둔갑해서 여러분이 속고 무시당한 일이 분하고 원통하고 억울하지 않단 말입니까."

"이경식 최고다."

"옳소, 천용범인 독재야."

"맞아, 천용범인 반장 자격이 없어."

다시 와자지껄 떠들며 손뼉을 쳤다.

"애들아, 내일은 책상을 두들겨도 좋다. 소리가 클수록 좋잖니."

"그렇지만 소란해지면 어떡하니?"

"이런 쪼다, 그러니까 적당히 해야지. 경식아, 계속해."

"여러분, 천용범이도 1학기 동안 반장을 하느라고 수고 많이 했습니다. 저는 이 자리에서 천용범이를 헐뜯고 싶지 않습니다. 그러나 여러분, 잘한 일은 칭찬을 받아야 하고 잘못한 일은 벌을 받는 것이 가장 정당한 일이라고 우리는 배우지 않았습니까. 조금 전에 말씀드렸지만 천용범이는 1학기 동안 정말 황야의 무법자였습니다. 어떻게 무법자 노릇을 했는지 여러분 들어보십시오. 4월 15일에 있었던 교내 체육 대회 때 우리 모란반은 남학생 축구 시합에서 우승을 했었습니다. 그때 상품으로 노트를 받은 것은 여러분이 더 잘 아실 것입니다. 그 노트를 여학생까지 합해서 한 사람 앞에 두 권씩 받은 것도 여러분은 기억하실 것입니다. 그런데 여러분, 그때 노트가 11권 남았었습니다. 그 노트는 어디로 갔겠습니까. 바로 천용범이가 모두 가로채고 말았습니다.

이런 일이 있을 수 있습니까. 그 노트 전부를 천용범이가 가질 권리가 어디 있단 말입니까. 그 노트는 우리 반 전체의 것이기 때문에 반 회의록으로 썼든가 그렇지 않으면 다시 학교에 반환했어야 정당한 일입니다. 그것뿐이 아닙니다. 5월 말에 학교에서 도서 기증을 받은 일이 있었을 것입니다. 그때 우리 모란반에서는 176권의 책이 모아졌습니다. 그런데 학교 도서관에는 150권밖에 기증이 안 됐습니다. 그럼 나머지 26권은 어디로 갔을까요. 날개가 달려 날아갔나요, 발이 달려 도망을 갔을까요. 아닙니다, 바로 천용범이가 헌책방에 모두 팔아먹었습니다. 그런데 여러분, 놀라지 마십시오. 그 26권 중에는 『안델센 동화집』이며 『이솝 이야기』 등 재미있고 좋은 책이 거의 전부였습니다. 왜 그런지 아십니까? 그래야 팔아먹을 때 책값을 많이 받을 것 아닙니까. 이것뿐인 줄 아십니까. 6월 25일에 일선 장병 아저씨들에게 책 보내기 운동을 했었지요. 그때도 천용범이는 《주부생활》 등 19권의 책을 만화 가게에서 7권의 만화와 바꿨습니다. 여러분, 생각해 보십시오. 나라를 지키느라고 밤이나 낮이나 추우나 더우나 애쓰시는 군인 아저씨들에게 보낼 책까지 빼돌린 천용범이를 여러분은 용서할 수 있단 말입니까. 물론 천용범이의 양심은 이런 모든 것을 거짓말이라고 잡아뗄 것이 분명합니다. 그러나 저는 분명한 증거를 가지고 있고 증인도 내세울 수 있습니다. 여러분, 저는 끝으로 여러분 앞에 맹서합니다. 제가 만일 여러분의 뜻에 의해서 반장이 된다면 뛰어나게 반장 노릇을 못하는 한이 있더라도 최소한 천용범이가 한 그런 더러운 짓만은 절대로 안 할 것을 맹서합니다. 여러분의 현명하신 심판을 기다리며 이 단상을 물러갑니다."

"야 좋았어, 좋았어."

"고칠 데는 없니?"

"최고야, 아주 근사해."

"당선은 문제없어. 부동표는 모두 우리 거야."

"용범이 새끼 진나발이 될 거 아냐. 야 콧쌤이다."

"이 소견 발표 내용도 절대 비밀이다, 니네들."

저런 망측한 녀석들, 저것들이 글쎄…….

"소견 발표 그거 누가 써준 거랬니?"

"으응, 우리 외삼촌."

뭐, 필호가 썼단 말이지? 한심하구나, 필호 녀석. 오만상을 찌푸린 그는 고개를 설레설레 젓고 있었다. 언제나 야심에 불타고 정력이 넘치는 처남 필호의 모습이 쑥 다가들어선 사라지질 않는 것이다. 법대 출신으로 단 한 번의 고등고시 시험을 치르고 실패하더니 그만 팽개쳐버리고 지금은 제 고향 출신 국회의원의 비서로 꺼떡대고 다니는 녀석은 언제나 정치 바람을 온몸에서 일으키는 것이었다. 대학 재학 중에 총학생회장인가 뭔가에 출마해서 그에게 적잖은 선거 자금 조달 원조를 청해 온 일이 있었다. 당선되면 곱으로 갚겠다는 조건이었다. 그가, 떨어지면 어떻게 하겠느냐고 물었더니 녀석은 기가 차다는 듯 웃더니, 이 인간 필호에겐 불가능이란 없습니다. 너무 당당했던 것이다. 녀석이 나폴레옹처럼 키만 작았더라도 그는 돈을 줬을지도 모른다. 아내에겐 미안한 일이었지만 그는 학생 신분에 왜 금전이 오가는 타락 선거를 해야 하느냐고 거절을 해버렸다. 녀석은 못마땅한 표정으로 어디 당선되고 보자는 식의 말을 남긴 채 밥때가 되었는데도 저녁도 안 먹고 가버렸다. 녀석은 여지없이 참패를 당했고 쇳가루를 뿌리지 않아서 그렇다고 분해했던 것이다. 그런 필호 녀석이 경식의 고문 노릇을 하다니. 그는 쩝쩝 입맛을 다시며 역시 경식이놈은 외가 쪽 피를 많이 닮은 거라는 쓸쓸한 생각에 빠졌다.

"애들아 내일 개표할 때 있잖니, 1학기 때처럼 선생님 혼자 부르지 못하게 하는 걸 잊어선 안 돼."

"경식아, 그렇지만 선생님이 나서면 어떻게 하니?"

"그럼 1학기 때처럼 지는 것밖에 더 있니? 여태까지 우리가 애쓴 것도 도로아미타불이다."

"사실 반장 선출은 우리 자치회 일이니까 선생님이 간섭

하는 건 위법이야."

"글쎄 1학기 때도 모두 선생님이 꾸며댄 게 틀림없어. 세 표 차이가 뭐니, 세 표. 그것도 내가 한 표 리드했는데 어떻게 해서 마지막 네 표가 모두 용범이 그 자식이니?"

"그래, 나도 그게 수상했어. 그리고 다 부르고 나서 표를 확인도 안 하고 선생님은 쓰레기통에 넣어버렸거든. 그런 법이 어딨니."

"그뿐인 줄 알아? 개표를 다 마치고 선생님은 복도 쪽을 보고 웃잖겠니."

"그래서?"

"창가에 용범이 새끼 엄마가 서 있었어."

"경식이 너 그게 사실이니?"

"내가 언제 거짓뿌렁하던? 거짓말이면 내 혀를 잘라라."

"근데 왜 가만있었니, 바보야."

"그러니까 이번엔 선생님한테만 맡기면 안 된다는 것 아니니. 1학기 때처럼 선생님이 간섭해도 좋아, 양쪽에서 두 명씩 참관인만 뽑으면 돼. 느네들 참관인이 뭔지 아니?"

"참관인?"

"그러니까……, 부정 선거 막는 거지 뭐."

"웃기지 마, 개표할 때 지키는 사람이야."

"공갈 마, 방금 생각났는데 투표할 때 지키는 사람이다.

지나간 선거 때 우리 형이 그걸 했잖니."

"됐어 됐어. 느네들 말을 전부 합친 일을 보는 사람이야. 우리 편에선 내일 준호하고 택철이가 참관인으로 나서라."

"그렇지만 선생님이 안 된다면 어떡하니?"

"그건 염려 없어. 내가 정식으로 의견을 제출할 거야."

"그래도 우리 선생님은 무섭잖니?"

"웃기지마, 정 그렇다면 교장 선생님한테 고발하고 말 테야. 이번에야 내가 참을 줄 아니?"

이 무슨 꼴이람. 저것들이 선생을……. 허긴 2학년인 둘째 놈 말이 걸작이 아니던가. 우리 선생님은 순 엉터리야. 돈만 좋아해. 과외비 받고 나면 통 공부를 안 가르쳐. 그러면서 둘째 놈은 과외에 안 가겠다고 했고 아내는 굳이 달래가며 과외에 보내고 있었다. 그는 통히 모르는 체하고 있는 일이었지만 글쎄 국민학교 2학년짜리가 무슨 깊은 학문 한답시고 과외 공부까지 해야 하는지 그로선 알쏭달쏭하기 그지없었다. 어찌됐건 바람이 불어야 나무는 흔들리고 북은 쳐야 소리가 난다지 않던가.

"뭐 또다른 얘기는 없니?"

"없으면 우리도 행동 개시하자."

"아, 있어 있어. 하마터면 깜빡 잊어먹을 뻔했다."

"뭐니, 빨리 얘기해."

"다른 게 아니라 말야, 용범이 쪽에서 애들에게 뭘 사주는 거야."

"뭘 사준다는 거니?"

"거 있잖니, 빵이고 하드고 사탕 같은 걸 사주면서 운동을 해."

"뭐라고?"

"아까 말한, 동명이가 널 욕하는 걸 애들이 믿는 것도 있잖니, 그런 걸 사주면서 꼬시니까 다 넘어가는 거야."

"용범이 그 개애새끼, 그 돼지 같은 새끼 돈 좀 있다고 그렇게 악질적으로 놀기야? 아이구 그 새낄 그냥……."

독이 오른 경식이놈의 이런 말을 들으며 감당할 수 없이 열이 오르는 몸을 그는 마구 뒤채고 있었다.

"그럼 우린 어떡하면 좋지?"

"애들이 많이 따라가는 것 같던?"

"공짜로 얻어먹는데 누가 싫어하니?"

"얻어먹기만 하고 그만이겠지 뭐."

"그걸 어떻게 믿니? 한 표만 적어도 떨어지는 것 아니니."

"용범이 그 새낄 내가 왕창 조져버릴까?"

"그건 안 돼. 넌 동명이만 맡아."

"애들아 조용히 해. 나도 사겠어."

여태껏 말이 없이 앉았던 경식의 외침이었다.

"제까짓 자식이 부자면 얼마나 부자고 돈이 많으면 얼마나 많아. 나도 남자야. 누가 이기나 끝까지 해보자. 느네들도 용기를 잃지 말어. 나도 남자란 말야."

"됐어, 승리는 틀림없이 우리 거야. 우리도 모자랄 게 없으니 경식이를 위해 다 같이 힘을 합치자."

"좋아, 좋아."

"더 할말은 없니?"

"이젠 다 됐어."

"그럼 오늘 일은 내일 오후까지 꼭 비밀로 하고, 지금부터 출동이다."

"나가자아!"

녀석들이 소리를 지르며 우르르 몰려나갔다. 무언가가 무수히 무너져내리는 착각 속에 소란에 쫓겨갔던 고요가 다시 마루방에 자리 잡은 것을 생경하게 느끼며 그는 열에 들뜬 몸을 뒤척이다가 시름시름 잠에 빠져 들어가고 있었다.

"그 돈은 경식이놈 선거 자금으로 지금쯤 다 없어졌을 거요."

그는 쓰게 웃으며 말을 맺었다.

"당신은 그런 걸 알고 계시면서 왜 저에겐 말씀 안 하셨어요."

"일요일날 집에서 대기하라고 토요일에 예고는 있었지만,

이런 식(式)이더이다

어제 오후 갑자기 간부 사원 긴급 회의가 소집된 건 당신도 알잖소. 몸은 아픈 데다 어젯밤 통금이 다 되어 들어왔고, 더구나 회사가 흔들리는 판국에 그 일에 신경 쓸 여유가 어디 있었겠소. 당신보다 내가 더 철저히 막으려던 일이었소."

"당신 심정을 알겠어요. 허지만 상대방이 그 짓을 하니……."

"이쪽에서도 안 할 수 없단 말이오? 대갱이에 피도 안 마른 녀석들이."

"여보, 당신 그 무슨 상스런 말씀이세요."

"시끄럽소. 나 좀 누워야겠소."

"얘는 왜 아직도 안 올까, 올 때가 넘었는데. 기왕 써버린 돈, 당선이나 됐어야 할 텐데……."

이부자리를 깔고 방을 나서며 흘리듯 하는 아내의 말이었다.

이때였다.

"엄마, 엄마 빨랑 문 열어."

철대문이 곧 부서져나가는 소리가 났다.

"누구니, 누구?"

"나야, 나. 엄마, 난 반장 됐어, 반장."

"어머! 기다려, 나간다, 나가."

그는 다후다이불을 머리까지 뒤집어썼다.

"엄마, 자그마치 열두 표 차이로 이긴 거야, 열두 표!"

"잘했다, 잘했어. 근데, 경식이 너 저금통 손댔지?"

"엄마 미안 쏘리. 그 대신 반장 됐잖아."

"그렇지만 아빠가 화나셨다."

"치이, 아빤 괜히 그래. 외삼촌 말대로 아빤 스케일이 좁은가 봐. 그치 엄마? 그러니까 과장밖에 못하지."

"이 녀석이 까불어, 아빠한테 혼나고 싶어서."

그는 괴상한 신음을 토하며 옆으로 돌아누웠다.

"헤헤헤…… 엄마 미안해, 남편 흉을 봐서."

"요게 정말 까불어."

"아야야……, 엄마 내 일을 봐준 애들한테 한턱내야겠는데, 차려줄 거야 안 차려줄 거야."

"물론 차려야지, 차리고말고."

"우리 엄마 최고!"

그는 몸을 부들부들 떨며 이빨까지 뿌득뿌득 갈고 있었다. 그건 몸살로 인한 오한 때문인지 그렇지 않은 다른 일 때문인지 그 자신 외에는 아무도 알 사람이 없었다.

〈1972년〉

이런 식(式)이더이다 235

청산댁

비구름을 가득 안은 하늘이 낮게 드리웠다. 스산한 바람결이 흙먼지를 일구며 땅바닥을 핥고 지나가고 있었다.

"한 줄금 퍼부슬랑갑다. 싸게 가자."

청산댁(靑山宅)은 하늘을 힐끔 올려다보고 몸을 으스스 떨었다.

"아이고, 내 새끼 꼬치 얼겄네웨."

삼베 치맛자락을 걷어올려 아래는 발가숭이인 손자를 감쌌다. 그리고 바짝 추슬러 업고는 잰 걸음을 쳤다.

윗마을 입구의 당산나무에 이르렀다. 청산댁은 빠르게 저고리 섶을 여미었다. 승천하기 전날 밤 몸을 정히 가누지 못한 용이 벼락을 맞아 떨어진 자리에 솟아났다는 당산나무. 이 앞을 지나칠 때면 청산댁은 으레 몸매무새를 바로잡곤 했다. 그리고 가다듬어진 마음으로 간곡하게 기구를 빌어올리는 것이다.

"비나이다 비나이다 당신님 전 비나이다. 우리 만득이 전장터에 나갔습네다. 당신님이 굽어살피사 총알이 우리 만득이 피해가게, 총알이 우리 만득이 피해가게 당신님 전 비나이다. 딴 집 자석 다 몰라도 우리 자석 만득이만 살아서 돌아오게 당신님 굽어살펴 줍시사."

빌기를 마치고 눈을 뜬 청산댁은 그만 까무러치게 놀랐다.

당산나무 가지에 몸을 친친 감아 대가리를 늘어뜨린 구렁이가 빨간 혀를 낼름거리고 있지 않은가. 실히 팔뚝 굵기는 될 구렁이의 몸에서는 푸른 빛이 돋아나고 있었다.

청산댁은 입을 딱 벌린 채 움직일 줄을 몰랐다. 등에 업힌 손자가 머리칼을 잡아늘이는 바람에 흠칫 정신을 바로잡았다. 청산댁은 획 돌아서며 퉤퉤 침을 세 번 뱉었다. 그러고는 쫓기듯 걸음을 빨리 했다.

"얄궂어라, 워쩐 놈에 구랭이가 금메⋯⋯ 얄궂어라."

청산댁은 고개를 설레설레 저었다. 어쩌면 하필 당산나무에 그리 징상스런 구렁이가 몸을 사렸을까 싶어서였다. 그런 생각을 떼치기라도 하듯 손자를 업은 팔에 힘을 더 주고 걸음을 서둘렀다.

그리고 치마 말기 속에 접어넣은 아들의 편지를 생각했다. 금세 눈앞에 만득이의 대장부다운 모습이 어른거렸다. 그리고 곧 흐려졌다. 눈물이 솟은 것이다. 아들 생각만 하면 솟는 눈물이었다.

"늙은 것이 요망하게……."

청산댁은 손등으로 얼른 눈 언저리를 훔치며 콧물을 들이마셨다.

우물을 지나는데 후드득 빗발이 듣기 시작했다.

"기엉코 퍼붓는구만. 선상님이 기실지 모르겄네."

청산댁은 뛰다시피 했다.

아들의 편지를 읽어달라고 가는 길이었다. 월남이라든가 베트남이라든가 하는, 사시장철 복더위보다 더한 여름뿐이라는 나라에 베트콩들과 싸우러 간 아들 만득이한테서는 한 달에 한 번쯤 편지가 왔다. 에미 애간장 썩어 내려앉는 줄도 모르고 자주 편지 안 하는 것이 야속하고 원망스러웠지만 무소식이 희소식이거니 생각하며 기다리고, 그럴수록 새벽마다 정화수를 떠올리고 비는 일을 게을리 하지 않았다. 읍내 중학교를 나온 며느리를 시켜 아들의 편지 내용을 들을 수 있었지만 고 방정맞고 버르장머리 없는 것이 편지만 들었다 하면 홀짝거리고 짜는 꼴이란. 객지에 나가 돈을 잘 벌고 있는 낭군 소식이라도 그래서는 못쓰는디. 싸움터에서 시시각각 운수를 하늘에 맡긴 낭군의 소식을 상면하고 계집이 눈물을 찔끔거리다니. 그런 싸가지 없고 보배운 데 없는 요망한 것 같으니라고. 그리고 며느리에게 대필을 시켜도 될 일이었다. 허나 계집이 배웠으면 뭘 얼마나 배웠고 네까짓 게 알면 오죽 어줍잖을라고. 도시 시답잖고 미덥지가 않아 편지만 오면 그 길로 윗마을 선생님을 찾아가야 마음이 든든한 것이다. 국민학교 때 만득이를 가르쳤던 박 선생이 그 굵은 목소리로 또박또박 읽어야 아들 모습이 선히 떠오르고, 그분이 받아써 주어야 속이 후련해지는 것이다.

"선상님 기신 기라우?"

"누구다요?"

"만득이 에미요."

"비가 요리 퍼붓는디 워쩐 일이요?"

"만득이 편지를 갖고 왔는디…… 선상님은 안 기시요?"

"여기 있습니다. 어서 들어오십시오."

굵은 남자의 목소리. 비에 흠뻑 젖은 청산댁의 얼굴이 환하게 밝아졌다.

손자를 내려놓고 앉자마자 청산댁은 앞가슴을 더듬어 편지를 내밀었다.

"낯이나 좀 훔치씨요."

선생 부인이 건네주는 수건을 받아들어 무릎에 앉힌 손자의 머리와 얼굴을 아무렇게나 두어 번 문지르고는 자신의 얼굴은 한 번 닦는 시늉만 하고 수건을 옆으로 밀쳐놓았다. 그러는 동안에도 청산댁의 눈길은 편지 봉투를 뜯는 선생의 손에 박혀 있었다.

봉투 속에서 편지가 나오자 청산댁은 앉은걸음으로 앞으로 다가들었다.

선생은 편지지의 끝과 끝을 양 손가락으로 잡아서는 호기 있게 쫙 펼쳤다. 그 순간 청산댁은 침을 꿀꺽 삼켰다. 그런데 방바닥에 톡 소리를 내며 떨어지는 것이 있었다.

"요게 뭐라여?"

그걸 선생보다 먼저 집어든 건 청산댁이었다.

"아이고메 이 일얼 워째야 쓸꼬."

청산댁은 그만 울음 섞인 소리를 질렀다.

"뭔데요? 어디 봅시다."

선생이 손을 내밀자 청산댁은 얼른 피하면서,

"시상에 이럴 수도 있답디여? 이 늙은 것이 환장을 했잖음사 이랄수가 있당가? 늙으면 죽어서 싸. 요렇크름 귀헌 것을 금메……."

청산댁이 한참을 손바닥으로 쓸다가 내민 것은 반으로 꺾인 아들의 사진이었다. 편지를 접어 옷 속에 넣는 바람에 사진이 반으로 꺾여져버린 것이다.

열대의 무성한 숲을 배경으로 정글 전투의 완전 무장을 갖추고 선 사내. 얼룩무늬가 덮인 철모를 쓰고 방탄조끼를 입었다. 한 팔에는 총구가 하늘로 치솟게 M16을 곤두세워 들고 다른 팔은 허리에 꺾어올렸다. 그런 맨살로 드러난 윤기 흐르는 팔은 질기고 굳센 힘이 묻어나고 있었다. 두 다리를 떡 버티고 서서 하늘을 우러러보고 있는 검게 탄 얼굴. 그 얼굴에는 웃음기라곤 없다. 양쪽 입 꼬리가 아래로 처질 정도로 굳게 다물린 입, 치뜬 두 눈이 사뭇 위압적이고 엄숙했다. 작달막한 키에 다부진 몸집의 사내. 그가 만득이었다.

벌써 이렇게 어른이 다 됐군. 선생은 만득이의 얼굴을 들여다보며 빙그레 웃고 있었다.

"실성헌 사람맹키로 왜 그리 웃어쌓소. 이리 좀 줏씨요, 나도 좀 보게."

아내가 옆구리를 쿡 찔러서야 선생은 사진을 건네며 그 생각에서 깨어났다.

국민학교 4학년 때였던가. 녀석은 여선생이 변소로 들어가는 것을 보고 고무신에 물을 담아다가 뒷창문으로 끼얹었다. 동시에 변소 안에서는 여자의 비명 소리가 터지고, 신이 나서 깡충거리며 돌아서던 녀석은 지나가던 선생에게 덜미를 잡히고 말았다. 또 한 번은 계집아이들이 땅뺏기 놀이를 하는 뒤에다 대고 오줌을 깔겨대서 직원실에 끌려온 일이 있었다. 어느 선생이 면도칼을 들고 그걸 잘라버린다고 으르자 녀석은 얼굴이 파랗게 질려가지고 뒷걸음질을 치면서 "워메 선생님 안 된다니께요. 오줌은 워디로 누라고 그러요." 직원실은 웃음바다가 되어버리고 녀석은 엉덩이를 차이고 뺑소니를 쳤던 것이다. 이 일은 녀석이 사모 관대를 입고 장가를 가던 날 선생의 머리에 떠올랐고, 그때도 지금처럼 선생은 빙그레 웃었던 것이다.

"와따메 영 몰라보겄소이? 서양물을 묵어붕께 그렁가 하이칼라 냄새를 풍기네웨."

"월남이 서양은 무슨 서양."

선생의 말에 부인은 아랑곳없이,

"근디 얼굴이 워째 요리 시커멀께라우? 영축 읎이 깜둥이구만이라."

"금메 사시장철 삼복 여름이라 안 그럽디여."

청산댁의 예사스런 응답이었다.

"그런 디서 워찌 사는고. 오랴, 그래서 요렇크름 팔뚝을 까내 놓고 사느만 그랴. 근디 이 총은 예비군이 쓰는 것이랑은 영 달븐디?"

"하먼이라. 베트꽁을 잡아야는디 같아서 될랍디여."

두말해서 뭘 하겠느냐는 식의 청산댁의 대꾸였다.

"얼굴은 영축 읎이 애빌 빼박아서 훤헌 게 미남이여."

"금메 말이요. 한번 죽어분 게 무신 소양이 있소."

청산댁의 얼굴은 금세 서러워지고 눈에는 물기가 배었다.

"그려도 청산댁이사 고상헌 보람 있지라우. 자석이 요롷크름 장성혔겄다, 명난 효자겄다, 그라고 아들 손자 얻었겄다. 기룬 것이 멋이요. 아 갈산댁 좀 봇씨요. 말년에 영감이란 것이 느자구 읎이 술이다 지집이다, 속을 에지간히 썩이요? 고런 잡것은 영감이 아니라 철천지웬수요, 웬수."

선생은 대강 훑어본 편지를 방바닥에 놓고는 담배에 불을 붙였다.

"웨메 내 정신 좀 보소. 뭐라고 썼는지 싸게 좀 읽어줏씨요."

청산댁은 무릎 위의 손자를 바로 앉히고 몸을 사렸다.

"예, 읽어봅시다. 에헴, 잘 들으십시오."

선생은 담배 연기를 푸우 내뿜고는 목청을 다듬었다. 청산댁은 침을 꿀꺽 삼켰다.

"모친 전 상서. 지독스런 더위에 고생이 얼매나 많습니까. 그동안 옥체 만강하여 건강하시고 밥은 잘 잡수시고 기십니까. 지난번 편지는 받았습니다. 수복이가 배탈 설사가 났다니 큰일입니다. 이질배가 안 되게 의원 선생한테 얼렁 가십시오. 꼬치장도 받았는디 꼬약꼬약 넘어서 야단 난리입니다. 그라고 어떻게나 매운지 똥눌 때 똥구멍이 매와서 며칠은 죽을 욕을 봤습니다. (청산댁은 연이어 혀를 챘다.) 아마도 비푸스텍끼니 함바그스텍끼 같은 싱거운, 서양 코쟁이 음식을 먹고, 싸울 때도 씨레이숑 깡통이나 까먹는 버릇이 들어서 그런 모양입니다."

"선상님 무신 말인지 통 모르겄소. 꼬부랑말이 나오제라우?"

"예, 비푸스텍은 쇠고기로 된 음식이고 햄버그란 돼지고기로 만든 서양 사람들 음식이거든요. 그런데 그게 모두 싱거워서 그것만 먹던 속에 갑자기 고추장을 먹었더니 대변 볼 때 맵더라는 겁니다."

"낫 놓고 기역자도 몰르는 에미헌테 핀지를 씀시롱 워쩨 꼬부랑말을 쓰는지 몰라. 선상님 심이 곱으로 드는 질 모르고. 담은 뭐라고 썼지라우?"

청산댁은 말은 이렇게 하면서도 결코 기분이 나쁘질 않았다. 꼬부랑말을 거침없이 쓰는 아들. 그저 대견스럽기만 했다. 그리고 중학교까지만이라도 가르친 게 십분 잘했다 싶었다.

"이번 여름에 우리나라 전부에 폭우비가 쏟아져 피해가 많다는디 우리 농사는 워쩐지 애가 탑니다. 이역 만리 월남 땅에서 싸우는 소자는 엄니의 염려 덕분으로 건강하고 편하게 있습니다. 빳다 방맹이로 궁뎅이 볼기짝을 쌔가 빠지도록 맞던 시절은 추억의 한 페이지를 장식했습니다. 인자 소자는 병장이 되었으니께 쌔가 빠지도록 쫄병들만 조지면 됩니다. 이번 편지에는 엄니가 놀라 기절초풍할 소식을 전합니다. 귀신 잡기 작전에서 소자가 베트꽁 둘을 태권도 완 빤찌로 격파하여 생포했습니다. 그때 표창장과 훈장을 받았고 상품으로 일제 쏘니 트란지스타도 받았습니다. 그 트란지스타는 엄니 심심할 때 들으라고 선물로 푸레센트할려 합니다."

"선상님, 기절초풍헐 소식 담부턴 무신 소리다요?"

"예, 그러니까……"

선생의 설명을 듣고 난 청산댁은 감격해 마지않는 눈물을 감추지 못했다.

"그 라지요 말이지라우, 라지요? 참말로, 참말로…… 요망스럽게 눈물은 자꼬……"

"을매나 효자요, 금메, 에밀 그렇크름 끔찍허니 위허는 자석이 요셋 시상에 쉽간디. 청산댁만 같음사 자석 수발도 헐 만허고말고."

선생 부인이 맞장구를 쳤다.

"에헴, 그럼 다음부터 또 읽습니다. 타관 생활을 하다 보니까 하늘보다 높고 바다보다 깊은 엄니 사랑이 절절합니다. 제대하면 군대서 숙달한 달구지 모는 기술로 (웨메 군대에서 구루마 끄는 것도 가르친답디여? 청산댁의 이 말에, 자동차 운전 기술이라고 선생은 설명을 붙였다.) 도시에 나가 떼돈을 벌어 엄니를 호강시킬랍니다. 지금 고생을 쪼끔만 더 견디십시오. 무더위에 몸조리 잘하십시오. 소자 염려 걱정은 하지 않아도 됩니다. 인자 소자도 외상 없는 어른이고 애 아부지가 아닙니까. 수복이 아프지 않게 하십시오. 오늘은 이만 아듀. 남십자성 별빛 아래서 불효자 만득 상서."

"끝막음은 항시 남십자성 별빛 아래구먼 그랴."

"그라믄, 월남이니께."

치마 끝으로 눈물을 찍어내고 있던 청산댁이 콧물을 들이마시며 선생 부인의 말에 당연하지 않느냐는 듯 대꾸를 했다.

"펜촉하고 종이 내와요."

선생은 부인에게 일렀다.

청산댁은 매번 폐를 끼쳐 미안하다는 말을 여느 때나 다름없이 서너 번은 되풀이했고, 선생은 담배 한 대를 태우고 나서 방바닥에 엎드렸다.

"자, 어서 부르십시오."

선생은 청산댁이 부르는 대로 받아쓰기 시작했다. 사투리로 그대로 써야 했다. 처음 대필을 했을 때 멋모르고 청산댁의 말을 모두 표준어로 바꾸어 썼다. 그런데 대필을 마치고 다시 읽을 때 말썽이 생겼다. 내가 어디 그렇게 불렀느냐고 청산댁은 불만이었다. 표준말에 익숙하지 못한 청산댁은, 자기가 부른 것과는 엉뚱하게 다르며, 그래서는 아들 만득이가 알아듣지를 못한다고 우김질이었다. 선생은 어쩌는 도리가 없었다. 그래서 사투리로 고쳐 다시 편지를 써야 했다.

"내 자석 만득이 보거라. 사시사철 삼복 더우가 뻗대는 땅덩어리서 금메 을매나 신간이 편찮고 사지가 늘어지겄냐. 만득이 니는 여름이먼 땀깨나 흘려쌓고 소싯적에넌 땀빼기 어시가 나서 고상깨나 했니라. 은제나 짬을 타서 미역을 감아사 쓴다. 니 한 몸 성해서 만사태평 만사형통이니께. 사루마다 갈아입을 적마동 부적 갈아붙이는 거 잊어뿔지 말아라. 항시 허는 말이다만 그 부적은 천 사람 정성이 깃들인 것이랑께. 만득이 니는 워쨌든 칠성님 자석이여. 무식헌 에미 말이라고 섣뿔리 허먼 칠성님이 노허시니께 명심해야써. 이 에미 걱정은 안 혀도 돼야. 그라고 수복이 배탈도 말끔허니 나았응께 걱정은 그만 혀. 꼬치장이 매와서 똥구멍할랑 맵다니께 워쨰야 쓸지 모르겄다. 다 땀을 많이 빼서 양기가 허한 징조다. 여름 보신은 닭허고 개장국이 젤인디 워쨰야 쓴다냐 와. 농새는 그닥잖으니께 상심허지 말어라. 만득이 니가 공을 세와 상장도 타고 라지오도 받았다니께 장허고 장헌 일이다. 허나 공을 세우는 것도 중허지만 위선 전장터에서는 몸을 사릴 줄 알아야 쓴다. 내 한목숨이 곧 천지니께. 그라고 도야지가 새끼를 쳤다. 일곱 마리다. 그걸 돈 사서 수복이 돌잔치 장만을 해야 쓰겄다. 수복이 돌도 인자 한 달 남짓 남었다. 수복이 돌에 애비인 니가 있음사 오지기나 좋겄냐 와. 다 시국 탓이고 운수 소관이니께 너무 섭해 생각은 말거라이. 니가 이 못난 에미를 그렇크름 알뜰살뜰허게 위해쌓니께 이 에미는 헐말이 읎다. 얼렁얼렁 세월이 가 니 뜻대로 풀림사 오지기나 좋겄냐. 우리도 얼렁 옛말 이르고 살 때가 와야 텐디. 이번 편지에 넌 워쩐 일로 박 선상님 안부를 안 여쭸드라냐. 그래사 못쓴다. 박 선상님이 나 땜씨 을매나 애를 쓰시는지 아냐. 애비 읎이 큰 자석이란 말을 넘한테 들어사 되겄냐. 집일 걱정 말고 몸 편히 근강해라. 헐말은 태산 같지만 오늘은 이만 허겄다."

선생이 다시 읽는 동안 청산댁은 눈을 감고 있었다.

"선상님 욕보셨구만이라. 우리 만득이 오먼 은혜사 톡톡허니 갚을랑마요."

청산댁은 손자를 들쳐업고 일어섰다. 올벼 쌀이라도 한 됫박 갖다드려야지 생각하고 있었다. 편지를 써줄 때마다 인사는 빠뜨리지 않은 청산댁이었다. 인사를 하는 둥 마는 둥 서둘러 사립문을 나섰다. 비가 멎은 사이에 읍내 우체국에 나갈 생각만이 머리에 차 있는 것이다.

남들이 아들 만득이를 칭찬하거나 자기를 복인이라고 부를 때처럼 청산댁에게 만족스럽고 뿌듯한 때는 없었다. 그러나 그때마다 선하게 떠올랐다가 사라지는 얼굴이 있었다. 남편이었다. 늙어갈수록 자주 꿈자리를 어지럽히고 마음에 허전한 구석을 만들어놓는 남편이었다. '실헌 자석 만득이가 있으니께' 하면서도 왠지 빈 곳이 생기는 마음은 청산댁으로서도 도시 알 수가 없는 일이었다.

허 주사 댁 머슴살이를 하던 남편에게 시집을 온 것이 열아홉 살 나던 해 겨울이었다. 남편은 열 살이나 손위였다. 신방이래야 전에 남편이 거처하던 행랑채에 붙은 조그만 방이었다. 벽지만 새로 바르고 세간이란 허 주사 댁에서 지어준 이불 한 채와 시집올 때 가져온 고리짝 한 채뿐이었다. 그 고리짝에는 무명 옷가지가 서너 벌 들어 있었다. 다른 세간살이는 굳이 필요가 없었다. 남편이 허 주사 댁에 그대로 머물러 머슴살이를 했고 그래서 그네도 부엌일을 도맡아야 했다.

쇠여물을 끓이는 방은 언제나 따뜻했다. 저녁 설거지를 마치고 방으로 돌아오면 남편은 담배를 피우며 기다리고 있곤 했다.

"워째 인자서 와. 싸게싸게 혀뿔고 얼렁 올 것이제."

퉁명스레 한마디하고는 담뱃불을 끄고 그네의 손을 거머잡는 것이다.

"손이 얼음장이네. 일로 앉소. 일로."

이불을 걷고 아랫목에 앉히기가 무섭게 그 억센 팔로 허리를 감아 눕히고는 어미 닭이 병아리를 품듯 해버렸다. 그러고는 치마 말기를 마구 쥐어뜯는 것이다. 요 대신 치마를 깔긴 했지만 남편의 거친 숨소리를 세찬 바람 소리처럼 들으며 그녀는 엉덩이가 뜨거워 못 견디겠다는 말을 끝내 못하고 몸을 비틀어대기만 했다.

이마에 땀방울이 맺힌 남편은 배를 깔고 엎드려 담배를 피웠다.

"새경 모아논 것이 세 가마닌께 인자 고상도 다헌 심이여. 쪼끔만 참으면 되야. 초년 고상은 사서라도 헌다는 말 있잖은가벼. 우리도 아들딸 낳고 여렇타게 살아볼 날이 낼모레여. 자네도 몸 돌바감시롱 일혀. 쌔 빠지게 혀도 다 넘 존 일이니께."

그네는 쑥스러워 남편을 외면하고 누워, 가난한 이모 집에서 겨울에도 냉방에서 새우잠을 자던 일을 생각하고, 뼈가 휘도록 일을 해도 항상 배가 고팠던 일도 생각하고, 그러면서 백번 생각해도 시집은 잘 왔다는 생각을 하다가 남편의 이런 말에 취해 흥건히 잠에 빠지는 것이었다. 그네는 첫닭이 울고 이내 잠자리에서 일어나야 했다. 닭이 홰를 치고 그네가 이불을 벗어나면 남편은 잠 덜 깬 소리로 역정을 냈다.

"저런 달구새끼 좀 보소. 모가지럴 쳐죽이든지 대갱이럴 잉끄레 뿌러야 내 속이 풀리겠네. 쪼끔 이따 나가소. 다 넘 존 일 시키는 것이니께."

한사코 치맛자락을 붙들고 늘어져서는 방바닥에 눕히고 마는 것이었다.

나무도 지피기 좋은 삭정이만을 해왔고, 불을 쉽게 붙이라고 관솔을 잘게 쪼개다가 살강 밑에 쌓아두기도 했다. 어떤 때 밥을 하다 말고 나무가 모자라 뒤란에서 그네가 손수 가져오다 맞부딪치면 남편은 불호령을 내렸다. 왜 남자 하는 일까지 고생을 사서 하느냐는 것이었다. 장가들기 전에 남편은 나무를 해와도 생솔가지만 쳐왔다는 것이다. 그네는 관솔은 고사하고 부엌에 나무를 들여다 준 일은 한 번도 없었다고 했다. 이런 말을 다른 여자들로부터 전해 들으며 그네는 귀 밑이 달아올랐다.

남편은 쇠여물을 끓인 불 밑에 고구마를 넣었다가 그네가 일을 마치고 돌아오면 꺼내주기도 했다. 김이 무럭무럭 오르는 군고구마를 먹으며 그네는 괜히 가슴이 설레고 그래서 시집을 잘 왔다는 생각을 또 하고 그러다가 남편 몰래 귓불이 붉어지기도 했다.

일이 고된 나날이었다. 그러나 빨리 가는 세월이었다. 신혼이라서 그런지도 몰랐다.

2월이 다 가는 무렵 입덧이 일기 시작했다. 남편은 밤마다 먹고 싶은 것이 뭐냐고 지치지도 않고 물었다. 사실 밥맛은 싹 가시고 헛구역질만 솟으며 엉뚱한 것이 먹고 싶은 때가 많았다. 참외가 먹고 싶은가 하면, 시디신 것이 못 견디게 먹고 싶고, 메뚜기 볶은 것이 생각나는가 하면, 떫은 감을 으석으석 씹었으면 싶기도 했다. 그러나 그네는 말을 할 수가 없었다. 애기를 뱄다는 것이 창피하기도 했고 어쩐 일로 먹고 싶은 것이 이 한겨울에는 구경조차 못할 것들뿐이었다. 괜히 말을 했다가 남편 애만 태울까 봐 먹고 싶은 게 없다고만 했다.

그런데 남편은 어디서 구했는지 석류를 가져왔고 생전 처음 보는 오꼬시라는 과자도 손에 쥐어주었다. 그네는 그저 눈시울이 뜨거울 뿐이었다.

"많이 묵어라. 고라고 아들 하나만 쑥 빼라. 아들만 남사오지기 좋겠냐."

남편은 입버릇처럼 이런 말을 했다. 그리고 이부자리 속에서도 그전처럼 우악스레 다루는 일이 없었다.

봄이 짙어지고 배가 불러지기 시작하면서 남편의 정성은

더 지극했다. 시집오기 전에는 보리가 날 때까지 나물죽이나 호박죽으로 근근이 살아온 그네였다. 그러나 시집오고 처음 맞는 봄에는 보릿고개라는 걸 모르고 지냈다. 꿈만 같은 일이었다. 허 주사네가 잘살기도 해서였지만 남편이 어찌나 걷어다 먹이는지 시장기를 느낄 여유가 없었다.

9월 초순에 몸을 풀었다. 아들이었다.

"웨메 내 사람아 고상혔네, 고상혔어. 요런 달뎅이 같은 아들을, 와 장허네, 장허고말고. 내 큰절 한번 받아보소."

벌렁벌렁 춤을 추던 남편은 넙죽 큰절을 하는 것이 아닌가.

"남정네가 무신 일이다요."

그네는 남편을 나무라면서도 연신 벙글거리고 있는 남편의 눈 꼬리에 잡힌 잔주름에 눈길을 주고 있었다. 가시내를 낳았다면 얼마나 서운해 했을까 하는 생각을 하면서.

남편은 전보다 더 억척스레 일을 했다. 가난하고 못 배운 한을 자식한테서 풀어보겠다는 것이었다. 그리고 허 주사네 집에서 나가겠다고 했다. 남의 집 살아봤자 평생 그 꼴이고 결국 남 좋은 일 시키는 것이라 했다. 남편의 말을 전해 들은 허 주사는 노발대발하다가 끝내는 달래기 시작했다. 그래서 새경을 배로 받기로 하고 머물러앉게 되었다. 그날 밤 술이 얼근하게 취해 돌아온 남편은 이런 말을 했다.

"우리도 인자 눈 깜짝헐 새에 잘살게 될 것잉게 두고 봐.

사내대장부가 요대로 죽을 수야 있간디."

그네의 눈에는 얼마나 믿음직스러운 남편인지 몰랐다.

봉구도 무병하게 자랐다. 봉황이 서린 상이라 해서 허 주사가 지어준 아들의 이름이었다.

2년이 지났다. 한 번도 다투어본 일이 없이 지나간 세월이었다. 그동안에 장리를 놓고 새경을 받아 모은 쌀이 일곱 가마니가 되었다. 그네는 정신이 하나도 없었다. 남들은 왜놈들 등쌀에 더 못살겠다고 잔뼈가 굵은 고향을 등지는 판이었다. 더구나 아랫마을 김 서방네가 죽 끓일 것도 없어 사흘을 굶었다는 소문이 퍼지는가 하면, 어떤 여자는 애를 낳고 묽은 죽만 넘기다 보니 젖이 안 나와 애를 죽이고 말았다는 말이 전해지기도 했다. 이런 판국에 쌀이 일곱 가마니라니. 그네는 이 소문이 퍼질까 봐 쉬쉬했고 남편에게도 함구할 것을 몇 번씩이나 다짐했다. 그리고 주인집 일을 더 부지런히 했다. 뭐니뭐니 해도 다 허 주사 양반이 베풀어준 은덕이 아니고서야 감히 엄두도 못 낼 일이라 믿었기 때문이다. 더구나 왜놈 순사들까지도 굽실거릴 만큼 허 주사는 지체가 높고 세도가 큰 분이 아닌가.

봉구가 세 살 되던 해 봄이었다.

남편은 잠자리에서 며칠 후에 징용을 나가게 되었다는 말을 했다. 그 말을 듣는 순간 그네의 가슴은 덜컥 내려앉다. 그러고는 소리 없이 울기 시작했다. 왠지 모르게 서럽고 주체할 수 없이 흐르는 눈물이었다.

"울지 말랑게. 2~3년 훗딱 댕겨오기만 허면 저수지 밑 웃때기 닷 마지기는 내 것잉께. 쌀 일곱 가마니 그런 것은 시답잖은 것이여."

남편은 그네를 껴안고 이런 알아들을 수 없는 말을 했다. 저수지 수문 양옆에 있는 논은 허 주사네 많은 논 중에서도 특히 손꼽히는 것이었다. 아무리 보잘것없는 모를 심어도 수확이 걸게 된다는 논이었다. 그만큼 물길이 좋고 기름진 논이었다. 그런 논 다섯 마지기가 징용만 갔다 오면 우리 것이 된다고 하니 그네로서는 무슨 영문인지 알 수가 없었다.

남편은 이틀 후에 젊은 사람들과 읍내 역에서 기차를 타고 떠났다.

"일은 꾀지게 눈치껏 혀. 다 넘 존 일 시키는 것이니께. 그라고 봉구 뒷수발도 잘허고."

그네는 연신 눈물만 훔치고 있었다. 그저 서럽고 기가 막힐 뿐이었다.

기적이 울리고 기차가 움직이기 시작했다.

"밤이면 문단속 잘허고 자야 혀. 알겄어?"

남편은 지난밤부터 열 번도 더한 말을 또 하고 있었다. 그네는 고개를 끄덕이며,

"몸 성히 댕겨오씨요이."

겨우 이 말을 해놓고는 그만 울음을 터뜨려버렸다.

기차가 산굽이를 돌아갈 때까지 그네는 아랫배에 손을 얹고 그대로 서 있었다. 몇 번을 망설이다가 기어이 태기가 있다는 말을 못했고 남편은 그걸 모르고 떠나버린 것이다.

며칠을 계속해서 울었다. 밥을 하면서도 울고 빨래를 하면서도 울었다. 일손이 잡히지 않았다. 밥이 타는가 하면 그릇을 놓쳐 깨기가 일쑤였다. 눈자위가 헐어 진물이 나고 앞이 침침하여 안 보였다.

그네는 마음을 다져먹고 밤이 늦으면 장독대에 정화수를 떠놓고 남편의 무사를 빌기 시작했다.

곧 입덧이 시작되었다. 더욱 그리워지는 남편이었다. 부엌문을 붙들고 헛구역질을 하다가 간신히 숨을 돌린 그네는 먼 하늘을 바라보며 "봉구 아부지, 은제나 오실라요" 헛소리처럼 중얼거리는 것이다. 그런 그네의 눈에는 눈물이 그렁 괴어 있었다.

그네의 얼굴은 날로 파리해 갔다. 눈밑 광대뼈 부분에 기미가 두껍게 앉고 입술은 언제나 바짝 타 있었다. 몸살이 나도록 길게 느껴지는 입덧이었다.

입덧이 걷히면서 봄도 가고 여름이 왔다. 농사는 바빠지는데 그전처럼 일손에 신명이 붙지 않았다. 몸이 무거워지기 때문만은 아니었다.

자는 봉구에게 부채질을 해주며 은하수를 바라보고 누웠다가 깜빡 잠이 들었다. 꿈결에 아래가 뻐근하고 무거웠다. 가슴까지 답답했다. 번쩍 눈을 떴다. 꿈결이 아니었다. 벌떡 일어났다. 그러나 마음뿐이었다. 소리를 질렀다. 소용없었다. 큰 손이 입을 틀어막고 있었다.

"새댁, 가만있거라. 나다 나."

귀에 익은 목소리. 어둠 속에서도 알아볼 수 있는 허 주사의 얼굴이었다.

그네는 고개를 돌리며 흑 울음을 터뜨렸다.

―밤이면 문단속 잘허고 자야 혀. 알겄어?

그네는 속입술을 깨물며 남편의 역력한 목소리를 듣고 있었다.

"새댁, 없던 일로 해둬라."

주섬주섬 옷을 입고 방문을 나서는 허 주사의 말이었다.

그네는 곧 감나무에 목을 맬 작정을 했다.

벌떡 일어났다. 엎드려 자고 있는 아들이 눈에 들어왔다. 그만 그네는 아들을 감싸안고 섧게 울기 시작했다.

추석이 지나고 서리가 내려도 남편 소식은 알 길이 없었다. 더디 바뀌는 계절이었다.

12월에 해산을 했다. 계집아이였다. 어느 때 없이 남편이 그리워지는 날이기도 했다. 그러나 그네는 남편 생각이 떠오를 때마다 섬뜩섬뜩 놀랐다. 허 주사의 그날 밤 일이 찰거머리처럼 붙어다니기 때문이었다. 그 일을 잊어버리려고 무진 애도 써보았다. 허사였다. 어떤 때는 남편이 시퍼런 도끼를 들고 쫓아오는 꿈도 꾸고, 목을 졸리는 꿈에 시달리기도 한두 번이 아니었다. 남편이 당장이라도 돌아오면 어떻게 대하나 하는 생각에 빠지기 시작하면 그네는 곧 미쳐버릴 것만 같았다.

 딸아이 이름은 눈 오는 겨울에 낳았다고 하여 설자라 했다. 허 주사가 지어준 이름이라 싫었지만 막상 그네로선 다른 이름으로 고칠 수도 없었다.

 다음해 여름, 마을에 홍역이 퍼졌다. 그네의 두 아이도 홍역을 앓기 시작했다. 아들은 눈을 딱 감고 아무것도 먹지 않았다. 몸이 불덩이같이 펄펄 끓었다. 눈에는 눈곱이 쇠똥처럼 덮였다. 물수건으로 닦아 떼어내도 눈을 뜨지 못했고 눈곱은 다시 끼었다. 딸도 젖을 물리기만 하면 토해냈다. 그리고 숨이 자지러지도록 울기만 했다. 몸은 역시 불덩어리였다. 산토끼 다리를 과서 먹여도 소용이 없었다. 석류를 달여서 먹여도 더하기만 했다. 그네는 약을 구하러 쏘다녔다. 한약방에도 가보았다. "홍역은 죽어서도 한 번은 앓는 것잉께 그리 상심 마씨요." 이런 태평스런 말뿐 속이 확 틔는 약은 구할 수가 없었다. 곧 울음이 터질 것 같은 얼굴을 한 그네는 "봉구 아부지, 자석덜이 다 죽어가는디 금메 얼렁 좀 오씨요." 이런 말을 중얼거리며 질정 없이 이리저리 쏘다녔다.

나흘째 되던 날 밤, 딸이 있는 힘을 다해 울더니 팔다리를 쭉 뻗치며 그 길로 숨이 넘어가버렸다. 그네는 미친 사람이었다. 애기를 들쳐업고 한약방으로 양의에게로 내달았다. 헛일이었다.

다음날 점심때쯤에는 아들이 몸을 비비 꼬면서 괴상한 소리를 질렀다. 입이 비틀려 돌아가고 팔다리가 걷잡을 수 없이 떨렸다. 그네는 아들을 안고 병원으로 줄달음질을 쳤다. 그네의 낭자 머리는 헤풀어지고 한쪽은 맨발이었다.

풍기라 했다. 허 주사가 돈을 대서 입원을 시킬 수 있었다. 한 달이 가까워 퇴원을 했다. 예전의 아들이 아니었다. 왼쪽 팔다리가 표나게 굳어져 제대로 걷지를 못했다. 입도 왼쪽으로 돌아갔다. 그 입에서는 침이 질질 흐르고 있었다. 더욱이 기막힌 것은 왼쪽 눈이 완전히 감겨져버린 것이다. 열 때문에 눈동자가 곯아버렸다고 했다. 말도 제대로 못하고 혀 말려 들어가는 소리를 낼 뿐이었다. 마을에서 다른 두 아이도 죽어갔다. 시국이 험해서 여름 홍역이 퍼지고 애들까지 잡아간 것이라고 동네 사람들은 입을 모았다.

그네는 시름시름 앓다가 몸져눕고 말았다. 눈만 붙이면

사나운 꿈에 시달렸다. 꿈에 나타나는 남편은 언제나 눈을 부릅뜬 무서운 얼굴이었다. 어느 때는 아래를 찢기는 꿈을 꾸다 가까스로 깨어나기도 했다. "이년 내 자석 내라, 내 자석 내." 머리채를 끌려 담벼락에 짓찧여 피투성이가 되기도 했다. 그런 꿈에 시달리고 나면 머리는 방구석에 처박혀 있고 온몸에는 식은땀이 쭉 흘러 있곤 했다.

보름이 지나서 겨우 기동을 할 수 있었다. 몸이 반쪽이 되어버린 그네는 흡사 얼빠진 사람이었다. 전보다 기운도 줄어들었다. 전에는 한나절에 해치울 일을 하루 해가 다 가도록 해야 했다. 그래도 힘은 더 들었다. 이런 날이 계속되자 주인 아주머니의 간섭과 꾸중이 시작되었다. 그네는 안간힘을 다했다. 마음과 달리 몸은 말을 듣지 않았다. 주인의 꾸중은 폭언으로 변해갔다. 밥을 제대로 넘기지 못하는, 회복되지 않은 몸은 휘청이는 나뭇가지였다. 잎이 지기 시작하는 10월 중순, 그네는 쫓겨나야 했다. 그네는 손바닥이 닳도록 빌었다. 허 주사 부인은 독살스럽고 차가웠다.

"일도 못험서 두 입을 살리라고? 가당찮은 소리 허지도 마라. 나가그라. 썩 나가."

"애아부지 올 때꺼지만 살게 혀줏씨요. 삼동인디 워디서 살 것이오."

"시끄럽다. 살았는지 죽었는지 누가 알 것이냐."

"고것이 무신 소리다요?"

"아 얼렁 나가뿌러."

그네는 등을 밀려 허 주사 집에서 쫓겨났다.

남편이 떠날 때만큼이나 서럽고 기가 막혔다. 당장 저녁부터 잠잘 곳이 없었다. 이모 집, 말도 안 된다. 자식까지 데리고 무슨 면목으로 거길 갈 수가 있을까. 아무리 생각해도 갈 만한 곳이 없었다. 남의집살이. 그러나 홀몸도 아니고 자식까지 딸려 있다. 그것도 성하지도 못한 자식이 아닌가.

그네는 무작정 읍내 쪽으로 걸었다. 그러면서 주인 아주머니의 말을 생각하고 있었다. 정말 남편이 죽어버렸다면. 죽어서 영영 안 돌아온다면. 남편을 따라 죽으리라 생각했다. 오히려 마음이 편안해지는 것 같았다. 그러나 남편의 소식을 알 때까지 살아야 될 일이 꿈만 같았다. 언뜻 쌀 일곱 가마니가 떠올랐다. 그러나 주인 아주머니의 시퍼런 서슬 앞에서 그네는 말도 꺼내보지 못하고 쫓겨난 것이다.

그네는 땅거미가 짙어오는 속에 남편이 떠난 산굽이를 바라보며 넋 빠진 사람처럼 언제까지나 서 있었다.

역 대합실에서 밤을 새웠다. 어제 점심때부터 곡기라곤 입에 대지 못한 아들은 밤새도록 보채다가 날이 밝자 기진해서 울지도 못했다. 아들을 서둘러 업고 대합실을 나섰다. 밥을 얻어먹여야 된다는 생각이었다.

이 집 대문 앞에서 서성이다 발길을 옮기고, 저 집 대문 고리를 잡고 망설이다가 그네는 돌아서곤 했다. 도무지 말이 나오질 않았다. "밥 한 술 보태줏씨요." 이 말은 목구멍에서 맴돌이질만 할 뿐 죽어라고 말이 되어지질 않았다. 그네가 읍내를 한바퀴 다 돌고 났을 때는 해가 중천에 걸려 있었다.

"지랄허고 자석 새끼 굶겨 죽이고 말랑갑다."

자신에게 욕을 하며 다음 집으로 발길을 돌리면서 마음을 다지는 것이었지만 막상 대문 앞에 서고 나면 허사였다.

저녁때 퀭한 눈으로 그네는 어느 식당 앞에 섰다. 고기 굽는 냄새가 이틀을 굶은 속을 뒤집고 있었다.

"여보시요, 밥 한 술 줏씨요."

안에서는 아무 기척이 없었다. 그네의 목소리가 너무 작았던 것이다.

"아, 저리 비켜나그라."

서너 사람이 식당으로 들어서며 그네를 밀쳤다. 그네는 비척비척 물러섰다. 안에서 무슨 거지가 어쩌고 하는 소리가 나더니 한 사내가 불쑥 얼굴을 내밀었다.

"밥 한술 보태줏씨요. 내 새끼가 다 죽어가요."

한달음에 쏟아놓은 그네의 또렷한 말이었다.

"워쩌? 재수대가리 읎이, 저리 안 가?"

사내가 휙 밀쳐버렸다. 그네는 그대로 나동그라졌다. 정신이 아찔했다. 그네는 울컥 솟는 울음을 씹었다.

밤이 어둡기를 기다려 그네는 논으로 들어섰다. 잡히는 대로 벼이삭을 훑어 보자기에 넣었다. 그네의 머릿속에는 자식을 이대로 굶겨 죽일 수는 없다는 생각뿐이었다. 얼마를 그렇게 했는지 모른다. '누구냐' 하는 고함소리와 함께 누가 그네의 뒷덜미를 거칠게 휘어잡았다.

그네는 허 주사네 아들과 머슴에게 끌려가면서 얼마를 빌었는지 모른다. 제발 살려달라고, 죽지 못해 한 짓이었다고. 그러나 소용이 없었다.

"우리 조상 앞에도 안 올린 농새를 니 년이 먼첨 처묵어? 요런 잡것이……."

허 주사 부인이 그네의 머리채를 잡아 흔들었다. 그네는 연신 잘못했다고, 한 번만 살려달라고 빌었다. 그러다가 아들을 업은 채 까무러치고 말았다.

눈을 떴을 때는 이틀 전까지 그네가 거처하던 방에 누워 있었다. 그네는 일어나려고 했지만 꼼짝할 수가 없었다.

"뉘 계시씨요. 참말로 면목 읎구만이라. 내 맘 같았음사 워디 집에꺼정 끌고 왔을랍디여. 잘사는 사람들이 워찌 배고픈 사람 속 알 것이요. 상심 마씨요. 봉구 아부지만 옴사 요런 설움받고 살랍디여. 즈그덜 잘사는 것도 다 우리 같은 사람 피 뽈아묵어서 그런 것 아니겠소. 허나 10년 세도 없고 3대 부자 없다는 말도 있으니께, 즈그덜이 가면 을매나 가겄소. 내 봉구 아부지 올 때꺼정 목구녕에 풀칠이라도 헐 자리를 구해볼 팅께 너무 상심 마씨요."

머슴이 나간 다음에 그네는 흐느껴 울기만 했다.

다음날 늦어서 그네는 머슴의 눈치에 따라 허 주사 집을 빠져나왔다. 그래서 머슴의 먼 친척이 하는 읍내 어느 식당의 부엌 물일을 맡게 되었다.

진종일 손을 물 속에 담그고 있어야 하는 일이었다. 그러나 두 입이 배가 고픈 걸 모르고 살게 된 것이 그네로선 더없는 다행이었다. 새벽같이 일어나서 온 하루를 잠시 앉을 짬도 없이 종종걸음을 치다가 자정이 가까워서야 잠자리에 들면 몸은 삶은 파나물이었다.

해가 바뀌고 8월이 되었다. 세상은 벌집을 쑤셔놓은 듯 난장판이 되었다. 해방이라 했다. 자유라고 했다. 식당에서도 싸움이 잦았다. 밥을 먹고 돈을 안 내고 갔다. 돈을 내라면 자유라고 했다. 그래서 싸움이 터지고 그릇이 깨졌다. 그네는 자유라는 것이 밥을 먹고도 돈을 안 내는 것이려니 했다.

누구는 일본 사람이 하던 정미소를 물려받아 떼부자가 됐고, 술배달꾼 누구는 양조장을 빼앗아 벼락부자가 되고, 망치잡이 아무개는 철공소를 다른 사람에게 팔아넘기려 하자 일본 주인에게 칼부림을 해선 제 것으로 만들었다는 갖가지 풍문이 나돌았다. 그러나 그네의 귀를 번쩍 띄게 한 것은 군인이나 노무자로 끌려간 사람들이 돌아오고 있다는 소문이었다. 그네는 잠을 이루지 못했다. 얼핏 잠이 들면 으레 남편이 보이곤 했다.

9월 중순이 넘어도 남편은 소식이 없었다. 여태까지 못 온 사람은 다 죽은 것이라는 풍문이 일기 시작했다. 그네는 애가 타서 견딜 수가 없었다. 일을 하면서도 식당의 손님들 말에 귀를 기울이는 버릇이 붙었다. 허 주사가 친일파로 몰려 학생들에게 두들겨맞았다는 말도 있었다. 논을 빼앗겼다는 이야기가 들리기도 했다. 우리 쌀 일곱 가마니는? 그네는 그만 왈칵 울어버리고 싶도록 조바심이 나고 가슴에는 숯이 탔다. 그러던 10월 초순 어느 날이었다.

"봉구야, 봉구야."

그릇을 닦던 손을 멈춘 그네는 설마 했다.

"봉구야, 워딨냐. 나다 나."

틀림없었다. 남편이었다.

"웨메!"

그네는 그릇을 내동댕이치며 부엌문을 박차고 나섰다.

식당 가운데 떡 버티고 선 사내. 틀림없는 남편이었다. 그네는 그 자리에 선 채 움직이질 못했다.

"을매나 고상을 혔냐."

와락 쓸어안는 남편의 품에 안기며 그네는 정신을 잃어버렸다.

그네는 눈을 떴다. 남편의 얼굴이 바로 눈앞에 있었다. 그때서야 그네는 울음을 터뜨렸다.

"그만 울어라, 그만. 을매나 고상을 혔냐."

남편은 그네의 등을 쓸고 쓸었다.

"금메 봉구가 말이요."

그네는 말끝을 맺지 못하고 겨우 잡은 울음을 다시 터뜨렸다.

"다 들어서 알었네. 다 지 팔자 소관이제 워디 자네 잘못인가. 자석이사 또 나면 되는 거니께 너무 걱정 마소."

이게 무슨 말인가. 그네는 자신의 귀를 의심했다.

"그 말 참말이요?"

"금메 자석이사 또 나면 된다니께. 인자 눈물 거두소."

남편은 웃고 있었다. 다시 울음이 복받쳐올랐다. 병신이 된 자식을 대할 때마다 가슴을 저미던 아픔이었다. 남편에 대한 그리움이 클수록 마음을 짓누르던 견딜 수 없는 죄책감이었다.

"그란디 허 주사 놈이 자넬 쫓아냈담서? 그놈 여펜네가 머리끄댕일 끌고 댕김서 뚜들겨팼담서? 가세, 연놈을 당장 패

청산댁 269

죽이고 말 팅께."

남편의 얼굴은 무섭게 일그러져 있었다.

"그런 걸 워찌 다 아시오?"

"역전 앞에서 다 듣고 왔네. 싸게 채비혀."

그네가 데려온 아들을 남편은 물끄러미 내려다보고 있더니 번쩍 안아올렸다.

"다 지 팔자 소관이니께."

병신인 아들을 안고 식당을 나서며 흘리듯 하는 남편의 말이었다.

허 주사 집으로 가면서 남편은 허 주사 내외를 죽이고 말겠다는 말을 되풀이했다.

"존 말로 헛씨요. 욱대기다가 무담씨 욕이나 보면 워쩔 것이요."

그네는 종종걸음을 치고 따라가며 이런 말을 했다.

"허 주사 지 놈이 뭔디 날 욕보여? 가당찮다. 왜놈이 있을 때나 허 주사제 지끔도 허 주사여? 고 후레아들놈이 내가 죽어뿔기를 바랬겠지만 요롷게 뻐젓이 살아왔다. 지 놈이 내가 온단 말을 들었으면 역전 앞까징언 마중을 나와야제, 요 자석 워디 보자."

예전에 한 번도 들어본 일이 없던 남편의 거친 말투였다. 그네는 불안하면서도 밥값을 내지 않고 나가버리는 자유라는 것이 남편에게도 있는 모양이구나 생각하며 마음을 달랬다.

  남편은 허 주사네 대문을 발길로 걷어차고 들어갔다.

  그네는 그만 가슴이 덜컥했다.

"어떤 놈이냐!"

  마루에 앉아 있던 허 주사가 소리를 질렀다.

"나다!"

  남편이 맞대고 소리를 질렀다. 그리고 남편은 아들을 그네에게 넘겨주고 나서 마당을 가로질러 뚜벅뚜벅 걸어갔다.

"이게 뉘기여? 복길이 아니라고?"

"워쩌? 복길이? 나가 니 놈 새낀 줄 알어? 아가리 찢어놓기 전에 조심혀."

  허 주사 앞에 버티고 선 남편의 호령이었다.

"웨메 니 놈꺼정, 니 놈꺼정……."

  허 주사는 눈을 휘둥그레 뜨고 말을 잇지 못했다.

"니 놈이라니, 요 쌔를 빼놀 자석아. 나가 지금도 느그 머슴인 줄 아냐? 지금이 워쩐 세상인지 알기나 혀?"

  남편은 허 주사의 멱살을 틀어잡고 있는 것이 아닌가. 그네는 발을 동동 굴렀다. 무슨 날벼락을 맞으려고 허 주사에게 저런 짓을 하는지 정신이 하나도 없었다. 아무리 자유도 좋지만 너무 무섭게 변해버린 남편이었다.

"내 마누래가 무슨 죄가 있드냐. 뼈빠지게 부려묵고, 그 여독으로 앓고 일어나 예전맹키로 기운 못쓴다고 쫓아내 뿌러? 요런 개자석 같으니, 고런 심뽀로 나가 칵 꼬드라져 죽길 바랬지야? 요렇크름 두 눈 뻔허게 뜨고 살아왔다. 워떡 헐래, 워떡혀?"

남편은 멱살을 잡아 추켜올리고 있던 허 주사를 사정없이 떠다밀어 버렸다.

"웨메 사람 잡네."

대문 쪽에서 울린 여자의 목소리였다. 허 주사 부인이 질린 얼굴로 엉거주춤 서 있었다.

"오냐, 니 잘 만났다."

남편은 눈을 부릅뜨고 마당으로 뛰어내렸다. 허 주사 부인이 외마디소리를 지르며 마당에 나동그라진 것은 눈 깜짝할 사이였다.

"나가 요렇크름 살아왔다. 워디 또 내 마누래 머리끄댕이 끌고 댕김서 패봐라. 내 눈앞에서 워디 또 혀보랑께."

머리채를 이리 끌고 저리 끌고, 발길로 마구 걷어차며 소리소리 지르는 남편은 흡사 성난 황소였다. 그네는 손바닥을 자꾸 말아쥐며 바들바들 떨기만 했다. 이런 모든 일을 입바르게 알려준 사람이 원망스럽기도 했다.

허 주사 부인이 게거품을 물고 네 활개를 뻗어버려서야

남편은 머리채를 놓았다.

"순사헌테 끌려가먼 워쩔라고 이러요 금메."

"순사? 하, 날 끌어갈 놈이 워딨어. 내 자유고 내 궐리여, 궐리."

궐리(권리)? 그네로선 모를 말이었다. 그네는 앙갚음하는 것이 신식말로 궐리라고 하는 것이려니 했다.

"찬물 한 바가지 뒤집어씌워."

남편은 허 주사 부인을 턱으로 가리켰다. 그네는 부엌으로 내달았다.

"얼렁 논문서 내놔. 인자 닷 마지기는 내 것잉께."

그네는 허 주사 부인의 얼굴에 냉수를 뿌리면서도 남편의 말에 귀를 기울이고 있었다.

"아, 얼렁 못 내놓겄어?"

남편은 마루청을 치며 소리를 질렀다.

"미안허네만 논이 다 날아가뿌렀네."

"뭐여? 요런 개자석이 인자 와서……, 에라 잡것."

남편은 윗저고리를 벗어젖혔다. 얼굴은 시뻘겋게 핏발이 돋아 있었다. 남편은 사방을 두리번거리더니 곧 뒤란으로 달려갔다.

정신을 돌린 허 주사 부인을 부축해서 막 마루에 앉힐 때였다. 시퍼렇게 날이 선 낫을 든 남편이 나타났다.

청산댁

"요런 개자석, 니 죽고 나 죽자."

남편은 허 주사의 멱살을 잡고 낫을 치켜들었다.

그네는 남편을 막아섰다.

"워째 이러시오. 정신 채리씨요."

"기집년이 방정떨지 말어."

그네를 사정없이 밀쳐버렸다. 남편은 눈이 뒤집혀 있었다.

"느그 동상 모가지만 귀허고 내 목심은 똥 친 작대기드냐? 느그 동상 대신 전장터에 나가 죽을 고비를 골백번 넘김스롱 살아왔다. 근디 인자 와서 워째? 논을 못 주겠다고?"

"줌세, 준다니께."

허 주사는 손바닥을 싹싹 비벼댔다.

청산댁은 손자를 추슬러 업으며 몸을 으스스 떨었다. 그때 남편이 허 주사를 낫으로 죽여버렸다면 지금 생각해도 아슬아슬한 일이었다.

저수지 수문 밑 다섯 마지기 대신 철길 옆 세 마지기 논과 미륵골밭 세 마지기를 받았다.

그리고 그동안 아홉 가마니로 불어난 새경 쌀로는 지금의 집을 장만했다.

"허 주사놈 모가질 비틀어뿌렀어야 허는디. 워쩔 것인가?

젊은 나가 참아야제. 허 주사는 그믐달이고 우린 초승달 아닌가. 안 그런가?"

"하먼이라. 우리도 인자 부자 아니요."

넓은 마당에 헛간이며 돼지우리까지 딸린 집으로 이사를 하던 날, 저녁 밥상머리에서 그네는 마냥 행복하기만 했다.

"한 사발 더 헛씨요."

막걸리를 남편에게 건네며 그네는 또 가슴이 섬뜩해졌다. 그 생각을 안 하려고 해도 이처럼 상상도 못했던 부자가 된 사실을 의식할 때마다 등골이 서늘해지는 것이다. 허 주사 동생 대신 징용을 나가다니. 살아 돌아왔으니 망정이지 죽어버리기라도 했으믄. 논은 고사하고 뼈가 휘게 일을 해서 모은 새경 쌀도 찾지 못하고…… 그리고 병신 자식을 데리고 식당 부엌에서…… 생각이 여기에 이르면 정신이 아찔해지고 자신을 속인 남편이 더없이 원망스럽기도 했다.

그래서 남편이 돌아온 그날 밤 그네는 따지고 들었다.

"워째서 간다고 말이나 혔어야 것 아니요."

"멋할라고. 그랬음사 갈 수나 있었간디?"

맞는 말이었다. 그네는 결코 보내지 않았을 것이다.

"금메 죽어뿌렀으믄 워쩔 뻔혔습디여?"

"아무나 다 죽간디? 죽고 사는 건 다 운수 소관이여."

너무 당당한 남편의 말이었다.

어찌됐건 믿음직스럽고 장한 남편이었다. 잘살아 보려고 그렇게까지 한 남편의 넓은 뜻이 고맙고, 싸움터에서 또 고생은 얼마나 했을까 생각하면 자신이 겪은 고생은 하찮은 것이 되고, 남편이 하늘처럼 높아 보이기만 했다.

"워딜 그리 부산나케 가시요, 청산댁?"

"순돌이 아범 아니라고? 나 읍내 가요."

"또 만득이 편지가 왔습디여?"

"라지요를 보낸다고 안 했소, 라지요."

"라지요는 무신 라지요?"

"상을 받은 건디 이 에미헌테 선사헌답디다."

"허, 상은 워쩐 상인디요?"

"금메 베트꽁을 둘이나 산 채로 잡어부렀다요. 긍께 상을 안 받을 수가 있었소?"

"만득이가 장사여. 그라고 그 효심이 또 상 받겄소."

"그까진 건 시답잖소. 제대를 허먼 서울로 이 에밀 모신답디다. 그때넌 이 지긋지긋헌 농새일 안 해도 쌀밥 묵고 신간 편케 살 것잉마."

"아니, 만득이 지가 무신 수로 서울서 살아?"

"워메 우리 만득이가 집 아들 순돌이 같을랍디여. 자동차 모는 기술이 있는디도 안 된답디여?"

청산댁은 그만 눈을 부라렸다.

"그라먼 또 몰라도. 하여튼지 청산댁은 아들 농새는 잘 지었응께……."

순돌이 아범은 허리춤에서 짧은 담뱃대를 꺼내며 풀이 죽은 목소리였다.

"워쨌거나 청산댁이 원망시런 사람이여."

"고것이 무신 소리다요?"

"아, 그때 눈 딱 감고 나랑 살아뿌렀으먼 그간 청산댁도 고상 안 허고 나도 요꼴이 안 되얐을 것인디, 안 그러요?"

순간 청산댁의 입술이 푸르르 떨렸다.

"고 베락맞을 주둥아리 그만 나불댓씨요. 팍 잉끄레뿔기 전에."

청산댁은 이렇게 쏟아놓고 부리나케 돌아섰다. 가슴에서 불화로가 이글거렸다.

읍내로 들어서면서도 청산댁의 가슴은 좀체로 가라앉질 않았다.

한사코 잊어버리려고 애쓰던 기억이었다. 한때는 순돌이 아범을 대할 때마다 가슴이 울렁이고 아랫다리가 후들거리기 일쑤였다. 반면에 죽은 남편에게는 죄를 지었다는 생각에 속입술을 깨물었다. 그러면서 세월이 가고, 어느 때부턴가 까맣게 잊어버렸던 일을 순돌이 아범이 들춰낸 것이다.

만득이가 두 살 나던 해 9월 남편은 논에서 일을 하다 말고 전쟁터로 끌려나갔다. 남편은 흙이 묻은 손으로 화물 열차에 떠밀려 들어가며 소리 지르고 있었다.

"소 잘 간수허고, 만득이 병 안 들게 혀!"

남편은 문단속 잘하고 자라는 말은 하지 않았지만 징용을 끌려갈 때처럼 기차는 산굽이를 돌아갔고, 그네는 그때와 마찬가지로 넋 잃은 사람처럼 언제까지나 그 자리에 서 있었다.

해질 무렵에야 논둑에서 눈만 껌벅이고 섰는 소를 끌고 오면서 그네는 중얼거리고 있었다.

"아무나 다 죽간디? 죽고 사는 것이야 다 운수 소관이여."

이장 어른의 말은 남편이 노무자로 나갔다고 했다. 이북 사람들이 쳐내려와 싸움이 한창이라는 것이었다.

찬바람이 일기 시작하자 낯 모를 객지 사람들이 몰려들기 시작했다. 피난민이라고 했다. 동네 사람들은 싸움터에서 멀리 떨어져서 피난을 가지 않는 것만도 다행이라고들 했다.

어수선한 인심, 힘쓸 남자들이 없는 농촌. 궁색한 속에 해가 바뀌고, 그네가 남편을 한줌의 재로 맞은 것은 그해 겨울이었다. 남편은 집을 떠난 지 1년 반이 가까워 재로 변해 온 것이었다. 그네 나이 스물일곱이었다.

전쟁은 다음해에 끝났고, 남편의 3년상이 지나기 전에 누구의 입에선지 모르게 동네 사람들은 그네를 청산댁이라고 부르기 시작했다.

 청산댁은 이를 앙다물었다. 울어서 돌아올 남편이 아니었고 전답을 두고 두 자식을 굶겨 죽일 수는 없었다.

 남편이 남겨놓고 간 전답을 더 늘리지는 못할망정 묵혀둘 수는 없었다. 그렇다면 남편이 저승에서도 눈을 고이 감지 못하리라는 생각이 들었다.

 청산댁은 등짐부터 익혔다. 키에 맞게 지겟다리를 잘라내고 작은 물건부터 지기 시작했다. 등받이가 등에 겉돌고 누가 뒤에서 잡아 당기기라도 하듯 한사코 뒤로만 넘어가려고 했다. 그래서 뒤뚱뒤뚱 오리걸음이 될 수밖에 없었다. 무슨 짐이든 머리에 올려놓기만 하면 그걸 이고 진흙길이든 자갈길이든 활개를 칠 수 있었던 때와는 너무 달랐다. 그러나 더 많은 짐을 옮기려면 천상 지게를 당해낼 게 없었다. 가을걷이 때 나락을 옮기는 데도 그렇고, 더구나 똥장군을 머리에 이고 거름을 낼 수는 없는 노릇이었다. 걸음걸이가 어지간히 잡히자 많은 짐을 지고 일어서는 연습을 해야 했다. 우선 많은 짐을 올려 새끼로 틀어맨 다음 지게를 버티고 있는 지겟작대기를 얼른 빼면서 오른쪽 어깨로 받친다. 그리고 등을 등받이에 붙이면서 오른쪽 팔과 왼쪽 팔을 번갈아 빨리 꿰야 한다. 이때 지겟작대기도 따라서 양손으로 옮겨져야 하고 두 다리는 무릎이 반으로 꺾이면서 앞으로 밀리는 지게의 무게를 지탱해야 한다. 양쪽 어깨에 멜끈이 얹히기 무섭게 오른쪽 무릎은 땅에 닿아야 하고 왼쪽 다리는 ㄱ자로 꺾여 있어야 되며 동시에 왼쪽 손은 지겟막대기 윗부분을, 오른손은 그 아랫부분을 잡고 버텨야 한다. 그런 다음에 앞으로 밀리는 힘을 두 팔로 지겟막대기에 의지하며 일어서야 하는 것이다. 어느 정도 몸에 익을 때까지 몇 번을 뒤로 벌렁 나가넘어졌는지 모르며, 얼마나 지게 밑에 깔려서 버둥댔는지 모른다. 어쩌면 일어서기보다 더 힘들고 어려운 게 지게를 받칠 때인지도 모른다. 자칫하다가는 지겟다리가 땅에 닿기도 전에 벌렁 뒤로 넘어가거나 앞으로 쑤셔박히기 일쑤였다.

어느 날 청산댁은 똥을 가득 채운 장군에다 비료 포대까지 얹고 좁은 논길을 뒤뚱이고 있었다. 아직 다 자라지 않은 풀포기가 연초록 윤기를 햇빛에 반짝이고 있었다. 그 풀색도 참 곱다 생각하는 순간 발이 미끄러지며 몸이 공중에 붕 떴다. 걷잡을 새 없이 물이 괸 아랫논으로 곤두박이고 말았다. 정신을 가다듬은 청산댁은 일어서려고 버둥거렸다. 그러나 꼼짝도 할 수가 없었다. 그도 그럴 것이 똥장군을 남자들처럼 그냥 올렸다면 아무데로나 굴러가버렸겠지만 청산댁은 짐이 무거울 때면 아직도 걸음이 서툴러 뒤뚱거리다 보면 장군 속의 똥이 따라서 출렁이고, 그러면 걸음은 더 뒤뚱거려 넘어지기가 십상이어서 아예 새끼로 친친 동여매 버렸던 것이다.

한참을 버둥대던 청산댁은 그만 몸을 부려버렸다. 4월 초순의 화창한 날씨, 시린 기운이 아직도 남아 있는 물 속에 온몸을 빠뜨린 채, 전신을 젖어드는 찬 기운 속에서 그네는 차라리 시원하고 느긋하고 푸근한 기분을 느끼고 있었다. 눈이 부시도록 맑고 푸른 하늘이었다. 오랜만에, 참으로 오랜만에 대하는 하늘이었다. 불현듯 떠오르는 얼굴이 있었다. 남편이었다. 그리고 시집가던 해 겨울, 엉덩이가 뜨거워도 말을 못하고 하체만 뒤틀던 일과 그럴수록 거칠어지던 남편의 세찬 숨소리와 남편의 억센 품안과……. 그네는 눈을 지그시 감고 일어날 염은 내지도 않고 있었다. 그러고보니 남편이 죽은 지도 2년이 넘었다. 그동안 한 번도 해보지 않은 엉뚱한 생각이었다.

"요게 뉘란가? 청산댁 아닌가벼."

때아닌 남자 목소리에 눈을 번쩍 떴다. 이장 집 머슴 성칠이었다. 청산댁은 다시 몸을 버둥대기 시작했다.

"허어 참, 고래 갖고 일어나질 성싶으요? 워디 봅시다."

성칠은 텀벙 물 속으로 뛰어들었다.

"내빌라둣씨요. 나 혼자 헐랑께!"

청산댁은 연신 버둥대며 다급하게 소리 질렀다.

"와따 참말로……, 이 팔을 요리 허씨요, 요리 쪼끔만 꼬부리씨요."

성칠은·어느새 청산댁 어깨를 잡고, 한 손으로는 지게를 빼내고 있었다. 한쪽 팔이 지게에서 마저 빠지자 성칠은 청산댁의 가슴께를 안아 번쩍 일으켜세웠다. 청산댁은 빠져나오려 했다. 그러나 성칠의 자라등 같은 두 손이 젖가슴을 억세게 누르고 있었다.

"웨메 잡것, 팅팅 불었네."

성칠의 이런 말을 들으며 청산댁은 그의 손등을 죽어라고 물어뜯었다. 성칠은 비명을 지르며 서너 걸음 물러났고 청산댁은 물 위에 떠 있는 지겟작대기를 재빨리 집어들었다.

"장개도 안 간 놈이 싸가지 읎이."

청산댁은 입술을 깨물며 부르르 떨었다. 물에 흠뻑 젖은 그네의 옷은 몸에 찰싹 달라붙어 아직도 젊은 몸매를 드러내고 있었다.

"장개만 가면 상수여? 참새가 작아도 알을 낳고 제비가 작아도 강남을 가는디. 남정네 나이 스물야닯이면 모지랜 건 뭐여. 고 팅팅 불은 젖통을 내빌라뒀다가 큰 병 날 것잉께, 풀어야 써, 풀어야."

성칠은 지게를 들어 논둑에 올려놓으며 능청을 떨고 있었다.

"아 얼렁 가뿌러, 오살허고."

청산댁은 지겟막대기를 휘둘렀다.

"피차 존 일인디. 워디 보드라고, 서른 과부가 혼자 살아지나. 청산댁, 오늘만 날이 아니니께 두고 보드라고."

무엇보다 어려운 게 쟁기질이었다. 종일 하고 나면 얼굴이 부어오르는 논갈이보다도, 삼베 속곳을 헤집고 드는 후끈후끈한 땅김과 줄기차게 퍼붓는 불볕 속에서 무명밭을 매는 것도 쟁기질에 비하면 시장스러운 일이었다. 쟁기질도 물기가 약간 도는 논에서는 그렇게 어려운 일만이 아니었다. 그러나 무논을 갈거나 돌덩이 같은 밭을 갈 때는 농사 중에서 이보다 어려운 일이 또 있을까 싶었다. 더욱이 소를 제대로 부릴 줄을 모르던 처음에는 그렇게도 애가 타고 힘이 들었다. 특히 기운이 센 수놈은 미처 쟁기에 힘을 주기도 전에 걷기를 시작해 버리는 것이다. 그러면 돌덩이 같은 밭에는 쟁기 지나간 자국만 날 뿐 파이지를 않는 것이다.

수놈이 암놈보다 기운이 센 것은 당연한 일이겠지만 묘하게도 잔꾀를 부렸고 말도 잘 듣지를 않았다. 쟁기가 땅에 먹히지 않을 때면 고삐줄을 세차게 낚아채며 '와아, 와아' 외쳐대지만 소는 아랑곳하지 않고 뚜벅뚜벅 걷기만 했다. 그래서는 건너편 밭둑에 다다라 풀을 뜯는 것이다. 그만 청산댁은 쟁기를 팽개치고 쫓아가며 소리를 질렀다.

"저 잡놈에 소새끼가 워째 요리 애간장을 태운당가!"

소는 여전히 풀만 뜯고 있었다. 청산댁은 약이 받쳐 고삐를 사정없이 낚아챘다.

"아 요 잡것아, 느그 쥔 아니라고 이러기여?"

소는 그 큰 눈만 껌벅이며 뜯은 풀만 우물거리고 있었다.

"정녕 요것도 숫놈이라고 날 시퍼 보는갑구만? 환장허겠네웨."

청산댁은 그만 밭둑에 털썩 주저앉아버렸다.

장딴지가 푹푹 빠지는 무논을 한 마지기 갈고 나면 다리는 숨뭉치였다. 더욱이 무논에서 한 골을 갈고 나서 줄을 바꾸는 일이 수월해지기까지는 상당한 시일이 걸려야 했다.

모내기에도 밭갈이에도 가을걷이에도 따로 놉을 사는 일이 없었다. 청산댁의 모내기에 사람들이 왔다면 그네가 그들의 모내기를 해줬거나 앞으로 해주기로 한 사람들이었다.

청산댁이 처음 지게를 졌을 때 동네 사람들은 혹시 미친 게 아니냐고 뒷소리를 했고, 쟁기를 무논에 넣었을 때 이 세상 남자 다 죽어야 되겠다고 입을 모았고, 옥수수목을 꺾던 아이를 잡아서 때려 큰 싸움이 벌어진 뒤로는 앉은 자리에 풀도 안 날 땅벌 같은 여자라고 혀를 내둘렀다. 그러나 청산댁만은 보릿고개를 모르고 지낸다는 소문이 퍼지면서 그네가 어느 때 한번 귀 기울인 적이 없는 말들은 꼬리를 감추기 시작했다.

 남편의 3년상을 치르고 난 다음해 여름에는 그네의 생전에 당해 본 기억이 없는 가뭄이 밀어닥쳤다. 구름 한 조각 없는 하늘에 해가 이글거리는 나날이었다. 논에 물이 말랐다. 저수지 수문이 열렸다. 시루에 물 붓기였다. 밤마다 새벽마다 물싸움이 벌어졌다. 기우제를 지냈다. 애꿎은 돼지만 죽어갔다. 논바닥이 갈라지기 시작했다. 청산댁은 보고만 있을 수는 없었다. 옆논 주인과 합해 펌프 우물을 파기로 했다. 읍내에서 기술자가 들어왔다. 외상이면 소도 잡는 세상에 1년 농사를 눈뜨고 망칠 수는 없었다. 돈은 가을걷이하고 주기로 했다. 이틀 만에 펌프가 완성되고 흙탕물이 솟구쳤다. 그네는 벌렁벌렁 춤을 췄다. 하룻밤 하룻낮씩 번갈아 가며 물을 대기로 했다.

 물 담은 대야 위에 판자쪽을 걸치고 그 위에 호롱불을 밝혔다. 무서워서라기보다는 모기를 쫓기 위함이었다. 갖가지 하루살이가 호롱불빛이 흐릴 지경으로 모여들어 뺑뺑이를 돌았다. 그리고 쉴 새 없이 대야물에 떨어졌다.

 청산댁은 벌써 몇 시간째 펌프질을 쉬지 않고 있었다.

 "들어가네 들어가네 우리 논에 물 들어가네. 많이 묵고 많이 묵고 얼렁얼렁 커야 쓴다. 우리 봉구 우리 만득이 배곯으면 워쩔 거냐."

그네는 언제부턴가 이런 말을 펌프질에 맞춰 흥얼거리고 있었다.

"워어메—."

그네는 질겁을 하며 소릴 질렀다. 억센 팔이 허리를 끌어안았던 것이다.

"놀라지 말어, 청산댁. 나요 나."

"누구다요, 누구?"

그네의 다급한 목소리는 떨리고 있었다.

"나요 나. 성칠이랑께요."

"워메 잡것, 왜 이려?"

그네는 힘껏 몸을 내둘렀다. 그러나 꼼짝할 수가 없었다. 두어 번 버둥대다가 그네는 땅바닥에 쓰러지고, 소리를 지르려 했지만 입이 틀어막혀 있었다. 사생결단, 다리를 내뻗고 팔을 휘저었다. 그러나 마음속에서뿐이었다. 그네의 허벅지 위에 올라탄 성칠은 한 손으로 입을 틀어막고 다른 손으론 두 손목을 몰아잡고는 숨 가쁜 소리를 토했다.

"청산댁, 내 말 딱 한 번만 들어줏씨요, 한 번만. 사는 것이 뭔디 이래 쌓소."

성칠은 그네 손목을 잡았던 손을 풀었다. 그리고 그네의 아래를 더듬기 시작했다. 그네는 성칠의 더벅머리를 거머쥐었다. 그러고는 마구 잡아흔들며 울먹이고 있었다.

"혼자 산다고 시퍼 보고…… 니까짓 것까지 날 시퍼 보고……."

성칠의 손이 치마를 헤집고 불두덩에 닿자 그네는 이를 악물고 하체를 내뻗었다. 성칠은 장사였다. 어쩌면 펌프질에 그네가 너무 지쳐버렸는지도 몰랐다. 그네는 남편을, 허 주사를 한 주먹에 해치우던 남편을 떠올리고, 그때 그 낫으로 성칠이 이놈 등줄기를 찍어야 된다고 생각했고, 다음 순간 혼자라는 생각에 그네는 성칠의 머리칼을 다시 낚아채며 부르르 떨었다.

"와따 자그만치 뻗대랑께."

성칠의 거친 이 말과 동시에 그네의 낡은 삼베 속곳이 북 찢겼다. 그네는 사지에 맥이 탁 풀렸다.

흐린 호롱불빛이 머무는 그 언저리의 어둠 속에서 두 몸이 뒤치락거렸다. 그리고 그네의 몸이 크게 꿈틀했다. 눈에서는 번갯불이 번쩍했고 성칠의 머리칼을 틀어잡았던 손은 풀어져 있었다.

"아들이고 딸이고 하나만 낳는 거여. 그라면 청산댁은 내 것잉께."

성칠은 그네의 귓가에 뜨거운 바람을 일으키며 연신 이런 말을 쏟아놓고 있었다. 가뭄 머금은 하늘에 빈틈없이 박힌 수천만 개의 별이 한꺼번에 그네에게로 쏟아져내리고 있었다.

성칠은 담배에 불을 붙였다.

"청산댁, 생각해 봇씨요. 한번 죽어뿐 사람이 살아온답디여. 요렇크름 쌔 빠지게 고상허고 살아봤자 무신 소양이 있소. 이래도 한세상 저래도 한세상인디."

그네는 풀을 잡히는 대로 뜯으며 저편 어둠을 응시하고 있었다. 거기에 흙 묻은 손으로 노무자로 떠나던 남편의 모습이 있었다.

"청산댁도 항시 젊은 것이 아니고, 더 늙어불먼 그만이니께……"

성칠은 펌프질을 두어 번 해보고는 돌아섰다.

그 후로도 성칠은 틈만 있으면 징그러운 웃음을 지으며 달려들 기세였다. 그럴 때마다 그네는 잽싸게 낫을 빼들었다. 그 일이 있은 다음부터 그네는 들에 나오거나 밭에 갈 때는 항시 낫을 지니고 다녔다. 밤에도 머리맡에 낫을 놓고서야 잠이 들었다.

"호강시켜 준다니께로. 청산대액, 깊이 생각해 보드라고."

성칠은 뒷걸음질을 치며 능글맞게 웃었고, 그네는 아무 대꾸도 없이 낫자루에 힘만 주었다.

성칠의 말대로 이래도 한세상 저래도 한세상이라면 남편이 물려 준 전답을 일구고 남편이 남겨놓고 간 두 자식을 뒷바라지하며 살리라 했다. 그것이 더, 이래도 한세상 저래도 한세상을 살다 가는 보람이 있으리라 싶었다.

지붕에 새 옷을 입힐 때나 고구마를 캘 때나 기회만 있으면 성칠은 선심을 쓰려 들었다. 장터에서 만나면 순댓국밥을 먹고 가라며 소매를 잡고 늘어지기도 했다. 그때마다 그네는 독 오른 뱀눈을 하며 몸을 사렸다. 그러던 성칠은 지쳤는지 이듬해 초겨울 장가를 들었다. 그날 뒷집 갈산댁이 서너 번 부르러 왔지만 그네는 몸이 아프다는 핑계로 끝내 가지 않고 말았다. 동네 대소 잔치에 빠진 일이 없는 그네였다. 그런데 거기는 갈 수가 없었다. 마음이 허전한 것도 서운한 것도 아니었다. 그렇다고 시원한 것은 더구나 아니었다. 종잡을 수 없는 마음으로 종일 서성이며 보냈다. 밤에는 베갯머리가 젖도록 남편 생각을 했다.

장가를 든 성칠은 점잔을 부렸고, 순돌이 아범이 된 그 후 언제부턴가 청산댁은 그와의 일을 까맣게 잊어버리고 있었던 것이다.

청산댁은 우체국으로 들어섰다.

"월남 갈 편지 우표 한 장 줏씨요."

청산댁은 기세 좋게 돈을 내밀었다.

"아, 안녕하세요? 또 편지가 왔던가요?"

"하먼이라. 근디 말이요, 라지요가 월남서 올라면 을매나 걸린다요?"

"라디오 말이지요? 비행기로 오면 아마 대엿새 걸리고 배로 오면 한 보름 걸릴 겁니다."

"비향기로 띠웠으면 하매 당도헐 때가 되얐는디. 근디, 그런 귀헌 물건을 중도에서 도둑맞어 불면 워쩔께라우?"

"그럴 리가 있나요, 라디오를 보낸다던가요?"

"금메 만득이가, 우리 만득이가 베트꽁을 둘이나 산 채로 잡아부러서 상을 탔드라요. 고 라지요를 이 에미 들으라고 보낸다잖컸소."

"그래요? 참 효자군요."

"금메 잘 키우지도 못헌 에미헌테 그렇크름 알뜰살뜰하게 해싼다요."

청산댁은 금세 콧날이 시큰해지는 것을 감추기라도 하듯 혀를 있는 대로 빼 우표에 침을 발라 봉투에 몇 번이고 눌러 붙였다.

"라지요 오면 잘 간수혔다 보내줏씨요이?"

당부를 하고 우체국을 나섰다.

청산댁은 극장으로 발길을 서둘렀다. 큰아들 봉구를 만나기 위해서였다.

봉구는 왼쪽 팔다리가 부자연스럽고 한쪽 눈마저 감겨버린 불구로 나이가 들자부터 한사코 밖으로 나가려고만 들었다. 나가서는 며칠씩 소식이 없어 애를 태운 적도 한두 번이 아니었다. 자꾸 왼쪽으로 돌아가기만 하는 입에서는 항시 침이 질질 흐르고, 말도 제대로 못하는 병신이기에 청산댁의 가슴은 더 아프고 마음은 안쓰러운 것인지도 몰랐다. 그래서, 안 될 줄 번연히 알면서도 행여 하는 마음으로 학교를 넣었고 1주일이 못 되어 그만 보내라고 통고를 받고 얼마나 섧게 울었던가. 그리고 봉구를 놀려대는 아이들만 있으면 청산댁 눈에는 불이 켜졌고 잡히기만 하면 요절이 났다. 그러나 봉구를 데리고 사이 좋게 노는 아이들은 감자나 고구마 옥수수 등을 심심찮게 얻어먹었고, 때로는 그 달고 맛있는 왕눈깔사탕도 입에서 굴릴 수가 있었다.

봉구가 읍내 역전 극장 선전원이 된 지도 6년이 넘었다. 선전원이래야 보수가 있는 것도 아니었다. 제 입을 먹고 철따라 옷을 받아입는 것이 고작이었다. 청산댁이 힘겨워 내보낸 게 아니었다. 봉구가 그렇게 영화를 좋아한다고 했다. 극장 주인의 말로는 천연색 영화를 좋아하고 특히 엄앵란인가 누군가가 나오는 영화는 사족을 못쓴다고 했다. 한번은 제가 좋아하는 배우가 두들겨맞는 장면이 나오자 소리를 지르며 무대로 뛰어 올라가는 소동을 피우기도 했다는 것이다.

홀몸으로도 제대로 걷지를 못하는 불구에 앞뒤로 광고판

을 메고, 한쪽으로 비틀려 돌아가는 침 흐르는 입과 눈마저 하나가 감겨진 그 얼굴로, 머리에는 색색으로 된 고깔 모자를 쓰고 꽹과리를 치며 비척비척 걸어가는 아들의 모습을 청산댁은 기를 쓰며 막으려 했다. 그러나 아들은 막무가내였다. 생각이 부족하기에 제가 좋아하는 일을 막으려면 목숨을 내거는지도 모를 일이었다.

새 영화가 들어올 때마다 봉구는 동네까지 왔다 갔고, 그때마다 집에 들러 청산댁에게 입장권 하나를 내밀곤 했다. 그때 봉구의 얼굴은 헤벌레 웃고 있었고 집을 나설 때는 더욱 기세 좋게 꽹과리를 두들겼다. 처음 얼마 동안은 멀어지는 꽹과리 소리를 들으며 청산댁의 가슴에는 비가 쏟아져내렸다. 동생 만득이가 장가를 들고부터는 입장권을 두 장씩 가지고 오는 것이었다.

청산댁은 오늘도 버릇처럼 극장엘 들렀다. 봉구는 매표구 앞에 기대서서 담배를 빨고 있다가 청산댁을 보자 헤벌레 웃었다.

"별일 읎냐?"

"어엄니넌 무딘 일로……"

봉구는 혀 군은 소리로 어떻게 왔느냐고 묻고 있었다. 청산댁은 지치지도 않고 만득이 얘길, 라디오가 뭔지 아느냐고 반문까지 해가며 자세히 들려주었다. 봉구는 얘길 들으며 헤벌레 웃고 있다가 어떤 대목에서는 손뼉을 치기도 했다.

봉구가 생각난 듯이 서둘러 들어갔다가 나와서 내미는 입장권 두 장을 받아쥐고 청산댁은 돌아섰다.

"어엄니 꼭 보랑게. 대대미 조게로."

재미가 좋으니 꼭 보라는 당부를 귓가로 흘리며, 저것도 짝을 맞춰줘야 할 텐데…… 생각하는 청산댁의 마음엔 그만 먹구름이 끼고 마는 것이다.

만득이가 국민학교를 들어가던 날 청산댁은 운동화를 사신겼다. 운동화를 신은 건 동네에서 만득이뿐이었다. 큰아들 봉구에게서 못다 한 서러움을 만득이에게 풀리라 했다. 소풍 때도 계란이고 사탕이고 푸지게 싸서 보냈다. 그리고 선생에겐 담배 한 갑이라도 보내고서야 마음이 풀렸다. 운동회 날은 청산댁이 더없이 기쁜 날이기도 했다. 흰 줄을 넣은 검정 팬스에 흰 셔츠를 입은 만득이가 운동 모자를 챙이 뒤로 가게 돌려쓰고 내달리는 것을 보노라면 청산댁은 정신이 하나도 없었다. 그렇게 야무지게 달리던 만득이가 두 팔을 번쩍 들고 1등이 되면 청산댁은 벌렁벌렁 춤을 췄다. 3학년 땐가는 1등으로 달리던 만득이가 그만 넘어지면서 또르르 굴러버리는 게 아닌가. 외마디소리를 지른 청산댁은 운동장으로 뛰어나가고 있었다. 그런데 이게 웬일인가. 만득이는 어느새 일어나서 뛰고 있었다. 청산댁은 그 자리에 굳어진 채 손을 모아잡고, 워메 워메 내 새끼야, 워메 내 새끼야, 조바심을 치다가 맨 앞에서 두 팔을 번쩍 드는 게 만득인 것을 알자 땅에 털퍽 주저앉고 말았다. 청산댁이 밑이 촉촉이 젖은 것을 알기는 무릎이 깨진 만득이가 공책 세 권을 타가지고 온 다음이었다.

만득이 공부는 중간 정도였다. 등수가 어찌됐건 글씨를 쓰고 간판도 거침없이 읽어내는 것이 청산댁으로서는 그저 흐뭇하고 뿌듯했다.

만득이가 학년이 높아감에 따라 돈 쓰임새도 많아졌다. 청산댁은 더 부지런히 논밭을 뒤졌고 무엇이든 악착스레 아꼈다. 짚 한 올이라도, 조 한 톨이라도 소홀히 하지 않았다.

만득이가 5학년이던 겨울, 갈산댁네에 모여 길쌈을 하고 있었다. 청산댁은 오래전부터 참고 있던 오줌이 못 견딜 지경이 되어 일어섰다.

"워디 가시오."

"칙간에."

청산댁은 문을 박차고 나섰다. 마루를 내려서는데 곧 쏟아질 것 같았다. 신발을 찾아 신을 여유가 없었다. 아무거나 발에 걸리는 대로 신고 내달았다.

"존 일 헌다고 문이나 닫고 갈 것이제. 엔간히 급했구먼 그랴."

 이런 말이 청산댁에겐 들리지 않았다. 한달음에 갈산댁 사립을 나섰다. 오줌이 찔끔하며 눈앞이 아찔했다. 청산댁은 멈칫 서며 아랫배를 움켜잡고 이빨을 뿌드득 갈았다. 그리고 내처 달렸다. 그러나 서너 걸음을 못 가 청산댁은 자기 집 담벼락을 붙든 채 몸을 부르르 떨었다.

 오줌은 걷잡을 수 없이 쏟아지고 있었다. 오줌은 속옷을 적시며 다리를 타고 내려 버선에 번져서는 고무신을 넘치고 있었다. 찬바람이 몰아치는 속에서 청산댁은 알아들을 수 없는 신음을 하고 있었다.

 만득이에게도 단단히 이르고 있었다. 오줌은 몰라도 똥만은 꼭 집에서 누도록 했다. 아까운 거름을 아무데나 버릴 수 없는 일이었다. 밭이나 논 귀퉁이에 귀 떨어져나간 항아리를 주워다가 묻어둔 것도 이 때문이었다. 일을 하다 오줌이 마려우면 집에까지 올 수가 없었다. 그렇다고 밭고랑에 눌 수도 없었다. 오줌이 삭지를 않아서 거름이 안 될 뿐만 아니라 생오줌이 닿고 나면 오히려 곡식이 타들어갔다. 청산댁 집에 와서 누구나 마음대로 할 수 있는 일은 대소변을 보는 일뿐이었다.

 만득이가 중학교에 당당히 합격하고, 그리도 멋지고 멋진 교복을 찾아 입던 날 청산댁은 생전 처음으로 사진이란 것을 찍었다. 사진을 찾던 날까지 청산댁은 마음을 졸였다. 필경 장님이 되었으리라는 걱정 때문이었다. 사진을 찍을 때 사진사가 하나, 두울, 셋 하는 순간 펑 소리와 함께 불이 번쩍했고, 청산댁은 깜짝 놀라 눈을 껌뻑했고 입까지 벌려버렸던 것이다. 사진사는 의사 사촌인지 말을 들어보지도 않고 무작정 괜찮다고만 했다. 끝에 '사' 자가 붙은 직업을 가진 사람들은 모두 제멋대로 하는 성싶었다. 그러고 보니 틀림없는 일이었다. 말도 함께 나오는 신식 영화가 있기 전에 꼭 한 번 본 일이 있는 활동 사진을 설명하던 변사인가 변호사인가도 제멋대로였다. 배가 멀리 떠가는 장면인데, 옥희야 원수를 갚아주마, 고이 잠들어라. 엉뚱한 말을 주워섬기고 있었던 것이다. 그러나 청산댁이 받아든 사진은 눈이 감겨 있지도 않았고 입이 벌어져 있지도 않았다. 알다가도 모를 일이었다.

끝에 '사' 자가 붙은 직업을 가진 사람들은 예삿사람들은 아니로구나. 처음에 몇 마디 묻고 더는 말을 걸지도 못하게 원망스레 굴던 의사도 머리가 펄펄 끓던 아이를 밤새 낫게 했고, 실성한 것 같던 변사였지만 활동 사진은 오지게 재미가 있었고, 콧방귀를 뀌며 시건방지게 나대던 사진사도 사진을 이렇게 말끔하게 빼놓지 않았느냐. 청산댁은 사진이 든 봉투를 가슴께에 받쳐들고 걸으면서 우리 만득이도

'사' 자가 붙은 직업을 가졌으면 하는 생각을 하며 가슴이 울렁거렸다.

그런데, 그런데 오늘 온 편지에 우리 만득이가 운전사가 되어 이 에미를 서울로 모셔 호강시킨다 하지 않았던가. 우리 만득이도 예삿인물은 아니지. 아니고말고. 칠성님이 점지한 자식인데 어련하려고. 우리 만득이가 운전사가 되어 뻐스고 도라꾸고 달구지고 닥치는 대로 몰며 사방팔방 서울 길을 제멋대로 휘젓고 다닐 텐데. 그때 만득이 옆자리에 앉아 있으면 호시가 얼마나 좋을까. 청산댁은 신바람이 나서 손자를 덩기덩기 어르며 동구로 들어서고 있었다.

만득이는 고등학교 진학을 그만두기로 했다. 형편의 탓도 있었지만 해가 바뀔 때마다 청산댁 혼자서 농사짓기가 힘에 부쳤고 더욱이 이만큼 가르쳤으면 못 배운 남편의 한도 풀렸겠지 싶었던 것이다. 만득이도 굳이 고등학교를 가려고 하지는 않았다. 어느 집 자식보다 착하게 농사에 마음을 쏟았다. 배냇송아지를 길러 3년 만에 소를 장만하기도 했다. 남편이 노무자로 나가며 간수 잘하라던 소를 난리 통에 잃어버리고 여태껏 마련하지 못한 청산댁이었다. 그저 그런 아들이 믿음직스럽고 대견하기만 했다.

만득이가 스무 살 차던 해 장가를 서둘렀다. 아들은 너무 이르다고 반대였지만 청산댁의 마음은 그런 게 아니었다.

어서 손자를 보고 싶었다. 그래야 고생하며 살아온 보람이 있을 것 같았다.

만득이가 장가가던 날 청산댁은 술을 마셨고 아리 아리랑 쓰리 쓰리랑 노래를 부르고 거기에 맞춰 춤이라는 것도 추었다. 그러다가 울었다. 남편 생각에 서러워 울었다. 혼자 살아온 게 기가 막혀 울었다. 자식을 장가보내는 행복에 울었다. 미리 작정하고 키웠던 돼지를 세 마리나 잡았다. 술도 음식도 모자람이 없이 마련했다.

만득이가 군대에 나가고 8개월이 지나 며느리는 몸을 풀었다. 아들 손자였다. 청산댁은 며느리를 한 달이나 누워 있게 했다. 만득이가 휴가를 나오기는 두 달 후였다. 휴가를 마치고 부대로 들어가서 이내 월남으로 떠난 것이다.

청산댁은 사립을 들어섰다.

"엄니, 워디 갔다 인자 오시요."

며느리가 부엌에서 나오며 맞았다.

"핀지 부치고 안 오냐."

"핀지 왔습디요?"

며느리는 애기를 받아 안으며 반색을 했다.

"아까 왔드라. 여깄다."

며느리는 편지를 받으며 금세 눈자위가 붉어졌다.

"엄니, 시장허실 틴디 진지 잡숫씨요."

시어머니 저녁밥상을 봐드리고 며느리는 아들에게 젖꼭지부터 물렸다. 그런 다음 시어머니 앞으로 온 남편의 편지를 꺼내들었다.

연신 저고리 끝을 눈으로 가져가는 며느리를 건너다보며 청산댁은 쯧쯧 혀를 찼다. 나이도 어린것이 시집이라고 와서 남편도 없이 고생을 한다 생각하면서.

닷새가 지나 라디오가 도착했다. 목침만 한 그것을 얼싸안고 청산댁은 윗마을 박 선생에게로 달려갔다. 며느리가 틀 줄 안다고 했지만 청산댁은 도시 미덥지가 않았다.

"아서라 아서, 고장내킬라."

손자도 업지 않고 집을 나섰다. 며느리가 입을 삐죽이며 눈을 흘기는 것을 알 리 없는 청산댁이었다.

박 선생은 집에 없었다. 학교에서 아직 안 왔다고 했다.

"금방 올 것잉께 여기서 기둘리씨요."

"와따 태평시럽기도 허요. 나 핵교로 가볼라요."

청산댁은 학교로 줄달음질을 쳤다.

박 선생님이 나사(청산댁은 다이얼을 이렇게 불렀다)를 이리저리 틀자 삐삐 소리가 나더니 이어 노래가 흘러나왔다.

"참말로 요허요이. 요런 목침댕이만 헌 디서 워찌 사람 소리가 날께라우."

"세상이 좋아서 그렇지요."

박 선생의 대꾸였다. 오른쪽 나사를 틀면 다른 소리가 나오고, 왼쪽 나사를 틀면 소리가 크고 작아지고, 왼쪽 나사 밑에 있는 구멍은 혼자 들을 때 쓰는 것이고, 왼쪽 나사를 앞으로 돌려서 딱 소리가 나면 라디오가 꺼지고. 청산댁은 박 선생이 가르쳐준 대로 조심스럽게 해보고 나서도 집으로 돌아오며 몇 번이고 외었다.

 동네 사람들에게 라디오 구경을 시키는 데만 꼬박 사흘이 걸렸다. 보는 사람마다 부러워했고 하나같이 입을 모아 만득이의 효성을 칭찬하며 청산댁을 복인이라 받들었다. 그러면 청산댁은 왼쪽 나사를 돌리며 소리를 크게 작게 만드는가 하면, 의사 청진기 꼭지(리시버)를 둘러앉은 사람들의 귀에 잠깐씩 꽂아주기도 했다.

 물론 며느리는 그 트랜지스터를 맘대로 만질 수 없었다.

 청산댁은 며느리를 데리고 올벼 논으로 나갔다. 얼마 남지 않은 손자 돌떡 할 쌀을 마련하기 위해서였다. 쌀이 있긴 했지만 손자 돌잔치를 묵은 쌀로 차리고 싶지는 않았다.

 서너 군데의 볏모가지를 훑어 깨물어보고 잘 여문 데를 골라 먼저 며느리에게 낫을 건넸다. 그리고 청산댁도 며느리 맞은편으로 들어섰다. 떡은 적어도 두 말은 해야 할 거다. 술은 소주보다 막걸리가 낫고. 술을 집에서 담그면 더 당할 게 없는데 밀주 단속이 심해서 틀렸지. 콩나물이야 한

항아리 집에서 길러서 쓰고. 스무 날 남았으니 자주 물을 주면 쓰기에 마침 좋을 테고. 아범이 있었으면 좀 좋으랴. 이런 생각을 하며 청산댁은 능숙한 솜씨로 벼 포기를 쳐나갔다.

청산댁은 며칠 남지 않은 손자 돌 채비에 일손이 바빴다. 콩나물도 통통하게 살이 오른 게 손가락 두 마디 정도 자라 있었다. 고사리며 취나물 등 산나물도 물에 담가두었고 삶아서 두 번 물을 갈았다. 돌떡은 종류가 많을수록 좋다니까 인절미며 백설기 절편은 물론 수수떡도 하고 약과도 만들 작정이었다.

청산댁은 마루에서 수수를 고르고 있었다. 옆에 놓인 트랜지스터에서는 재방송 연속극이 흘러나오고 있었다.

"청산댁 기시요?"

"누구다요?"

청산댁은 연속극에 귀를 기울인 채 고개를 돌렸다. 반장이 낯 모를 사내를 데리고 마당을 가로질러 오고 있었다.

"마침 기셨구만이라."

"워쩐 일이요. 일로 앉으씨요."

청산댁은 마루를 대충 치웠다.

"괜찮으요. 근디, 읍사무소서 나온 양반이요."

반장은 낯선 사내를 가리켰다.

"저 실례합니다. 읍사무소에서 나왔습니다."

"세금 다 냈는디 읍사무소는 무신……."

"그게 아니고요, 저 천만득이 모친이 틀림없지요?"

"야, 그런디요?"

"저 다름이 아니라……."

사내는 서류를 넘기며 말을 주저하고 있었다.

"무신 일이다요? 아, 앉기나 허씨요."

"저 다름이 아니라…… 이걸 전하려고……."

사내는 한 발짝 다가서며 종이를 내밀었고, 반장은 굳은 얼굴로 외면을 하고 있었다.

"까막눈인디 뭔지 알겠소?"

"저 다름이 아니라…… 천만득이 전사 통지섭니다."

"……."

남편의 얼굴이 확 다가들었다. 만득이 얼굴이 뒤범벅이 되었다. 남편을 한줌의 재로 맞던 날, 싸우다 죽은 소식을 알리는 것이라는 설명을 듣고서야 정신을 잃었던 그 무시무시한 말, 전사 통지서.

"워쩌? 전사 통지서?"

청산댁은 벌떡 일어서는가 했더니 나무 둥치처럼 그대로 나가넘어졌다. 눈알이 허옇게 뒤집혀 있었다.

반장과 읍사무소 직원이 찬물을 끼얹고 수족을 주무르고

해서 한참 만에 정신이 들었다. 청산댁은 소스라치게 놀라며 눈을 떴다. 그리고 벌떡 일어났다. 잠시 주춤하더니 곧 읍사무소 직원에게로 달려들었다.

"내 자석으을, 내 자석으을, 안 된다니께 안 되여. 워째 내 자석을……."

청산댁은 소리소리 지르며 읍사무소 직원에게 매달렸다. 그런 청산댁의 눈에는 파란 불이 켜져 있었다.

청산댁은 이빨을 뿌드득 갈더니 직원의 양복 깃을 틀어잡은 채 또 까무러쳤다.

청산댁 손에서 풀려나온 직원은 뺑소니를 쳤다.

다시 정신을 차린 청산댁은 소리를 지르며 읍내로 뻗은 길을 내달리고 있었다. 맨발인 채 뛰고 있는 청산댁의 낭자머리는 헤풀어졌고 손에는 낫이 들려 있었다.

청산댁은 그 길로 실성을 해버렸다는 말이 삽시간에 동네에 퍼졌다.

청산댁은 돌아오지 않았고 밤새도록 며느리의 곡소리만 어둠에 번지고 있었다.

청산댁은 사흘 후에 차에 실려 돌아왔다. 그날 청산댁은 읍사무소에서 또 까무러쳤고, 그 길로 병원으로 옮겨졌던 것이다.

청산댁은 사색이 깃들여 있었다. 눈은 멍하니 허공을 더 듣고 있었다.

 청산댁을 보자 며느리는 다시 울음을 터뜨렸다. 청산댁은 표정 없는 얼굴로 며느리 품에서 손자를 옮겨 안았다.

 "울지 말아라. 무신 소양이 있냐. 자석 땀새 이빨 앙물고 살어사 쓴다. 방앳간에 가서 쌀 찧어오니라. 나는 솔잎 뜯으로 갈란다. 니 남편은 송편을 억씨게 좋아했니라."

 청산댁의 목소리는 착 가라앉아 있었다.

 그날 밤 늦도록 청산댁은 송편을 빚었다. 손자 돌잔치에 쓰려고 장만했던 쌀로 아들 장례에 쓸 송편을 온 정성을 다해 빚고 있었다. 모레 국군 묘지에서 장례식을 올리기 때문에 내일 떠나야 된다고 읍사무소에서 병원으로 알려왔던 것이다.

 "전생에 무신 악헌 죄를 짓고 나서 요리 복 쪼가리도 읎는 고. 한평생 살기가 요리도 험허고 기구헐 수가 있당가. 이 새끼 땀새 죽어뿔지도 못허고……."

 잠이 든 손자의 볼을 쓰다듬는 청산댁의 두 볼에 눈물이 골을 파고 흘러내리고 있었다.

〈1972년〉

거부반응

형태로선 자못 가슴 설레는 외출이었다. 월급쟁이가 토요일 오후면 으레 느끼는 그런 비굴한 해방감 때문이 아니었다. 그럼 속칭 가정의 날에 아내와 외출을 하기에? 그건 더구나 아니었다. 가정의 날. 어떤 시러배 아들놈이 만들어낸 말인지 모른다. 이 땅 남편이며 아버지들을 몽땅 방탕아가 아니면 가정경원증 환자로 취급해 버린 문구. 실히 몇백만 원은 낭비했을 곳곳마다 흩어진 가정의 날 푯말을 대할 때마다 뒤틀려오르던 메스꺼움이었다.
 따지고 보니 결혼을 한 지도 3년. 오늘이 결혼 3주년 기념일인 것이다. 그동안 아내에게 원피스는 고사하고 스웨터

한 벌 사주지 못했다. 여자라면 다 입는, 그리고 편하고 따뜻하다는 홈 웨어라는 약간은 망측하게 생긴 옷을 해줄 수도 없었다. 그렇다고 외식을 한다거나 정서 생활을 위해 영화 감상 따위를 해본 기억마저 찾을 수가 없는 것이다. 복잡하고 바빠서 소변보고 그것 한번 내려다볼 여유가 없어 문화 생활이 불가능하다고 투덜대는 족속들의 호사스런 비명과는 형태는 너무 인연이 멀었다. 언제나 소변을 보고 그것이 피곤을 느낄 지경으로 흔들 만큼 시간은 남았고, 휴일이면 늘어지게 낮잠을 자고서도 해를 서쪽으로 떠밀어야 했다. 형태에겐 그 마력적인 돈이 없었다. 그래서 아내는 결혼 3년 동안 장에 갇힌 새새끼가 되는 숙명을 생활로 익혀야 했다. 아내는 용케도 그 갑갑증을 참아냈고 오히려 그런 무한정한 평면의 생활을 익숙하게 소화시켜 나가주었던 것이다. 결혼 생활이 시작되고 나서, 필경 아내가 뚱뚱보가 아니면 말라깽이가 되리라고 예측했었다. 매일 세 끼 밥을 먹고 무신경하게 집에 처박혀 있으면 뚱뚱보가 될 것이고, 그 지루와 권태를 못 견뎌 신경질을 부리다가 급기야 발작을 하기 시작하면 말라깽이가 되리라는 생각이었다. 뚱뚱보가 되었을 때 시각의 피곤은 말할 것도 없고 밤이면 닥쳐올 그 공포를……, 그 철렁거리는 뱃가죽 앞에서……. 형태는 그만 침을 꿀꺽 삼켰다. 말라깽이가 되어 사흘거리 몸살을 치르고 그러다가……, 아니 뼈마디 앙상한 여체에서 풍기는 비린내 구역질을 참아내려면……. 형태는 머리를 설레설레 저었다. 그러나 해가 바뀌어도 아내는 그 어느 것도 되지 않고 형태가 사랑하는 몸무게를 그대로 보존하고 있었다. 아내는 갇힌 장 안에서 부지런히, 그리고 열심히 생활을 살아가고 있었던 것이다. 그래서 좁은 장은 언제나 호화롭진 않았지만 말끔했고, 풍부하진 않았지만 오밀조밀했던 것이다. 그건 형태를 사랑하는 아내의 싱싱한 호흡이었고 결혼하게 된 것을 눈물로 기뻐하던 아내의 바람이 조금도 시들지 않았다는 증거였다. 그리하여 아내를 더 사랑할 수밖에 없었고, 돈 없는 일요일이 아내에게 죄로 미안하고 그렇기에 아내가 만든 도넛이나 만두가 그리도 맛이 좋았던 것이리라.

쥐꼬리가 아니라 쥐수염만 한 월급을 받으며 말단 사원 자리에서 견디다 보니 세월이 갔고, 그 세월은 우습게도 사람 가치를 높여주었다. 지난해부터 담뱃값 정도가 포켓에서 구르기 시작한 것이다. 처음엔 감각 없이 커피잔에 입술을 축였다. 그러다 보니 혓바닥은 간사하게도 커피잔에 아부를 하기 시작했고 목구멍은 무슨 대단한 발견이나 한 것처럼 뒤늦게 바람기를 풍기기 시작했던 것이다. 그래서 변소 가는 시간만큼 정확하게 혓바닥과 목구멍은 동의를 표해 왔고, 그에 이의 없이 다방 흔들이문을 밀치다 보니 속허벅지까지 드러낸 미니스커트의 레지 엉덩이를 철썩 갈겨도 무방한 단골이 되기에 이르렀다.

그러던 어느 날 퇴근길이었다. 골목을 접어들어 구멍가게를 지나치는데 귀에 익은 목소리가 발길을 끌어잡았다. 돌아섰다. 틀림없는 아내였다.

"글쎄 이게 10원 어치냔 말예요, 이게."

"아 10원 어친 팔지도 않는 건데 주는 대로 받아갈 것이지 뭐 그리 말이 많소."

"뭐라구요? 10원은 돈이 아니요, 돈이."

아내는 악착스레 덤비고 있었다.

형태는 그만 돌아설까 하다가 가게로 다가갔다.

"여보!"

"……아니, 당신……."

눈이 마주치자 아내는 소스라치게 놀라더니 얼굴에는 필요 이상의 무안한 빛이 덮였다. 흡사 무슨 잘못을 저지르다가 들킨 사람 같았다.

아내는 재빨리 가게를 나서더니 앞서 걷기 시작했다. 형태도 걸음을 서둘러 아내와 발길을 같이했다.

"무슨 일이야?"

아내는 숙인 고개를 두어 번 저을 뿐 말이 없었다. 아내가 두 팔을 꼭 붙여 받쳐들고 가는 조그만 플라스틱 그릇. 거기

가장자리에 콩나물 대가리 하나가 바람 좀 쏘이겠다는 듯 고개를 내밀고 있었다. 하아 그랬었구나! 순간, 커다란 멍울이 가슴을 치받쳐오르고 콧날이 시큰해졌다. 아내의 어깨를 덥석 끌어안았다. 그러지 않고는 견딜 수가 없었다.

"이제 완연히 겨울인데, 조석으론 추워."

이런 뚱딴지 같은 소리는 왜 하는 거야. 자신을 나무라면서도 형태는 막상 다른 할말이 없었던 것이다. 눈앞에서는 수십 개의 찻잔이 부딪쳐 깨어지고 있었다.

저녁상에 오른 한 움큼의 콩나물. 거기에는 억센 가시가 돋쳐 있었다. 그 가시는 입 안과 목을 사정없이 찔러대고 있었다. 그 아픔을 참아내며 형태는 미안하오, 미안해, 소리 없는 말을 무수히 뇌었다.

다음날부터 형태는 금욕의 인내를 키우느라 적잖이 애를 먹어야 했다. 예의 그 시간이 되면 혓바닥은 빈 입맛을 다시고 목구멍은 헛김을 들이마셨다. 코끝에는 그 감미로운 커피 향이 바람결처럼 언뜻 스치기도 했다. 자신도 모르게 큼큼 코를 벌름거려 보면 그 달차근한 커피 향 대신 콧속에는 사무실의 메마른 냄새만 가득 찼다. 담배를 태워물었다. 그러나 소주 안주에는 오징어지, 땅콩이나 비스킷이 당할 수 없는 것. 급기야 가슴이 갑갑해 오고 속이 메스껍기까지 했다. 그때였다.

거부 반응 311

"박형, 가십시다."

"어디 말입니까?"

"허어 또 저러시네. 술값 아껴 3년 만에 황소 한 마리 샀더니 그날 밤에 호랑이가 물어가더래요."

형태는 그만 가슴이 찔끔해진다. 저 친구가 속을 빤히 들여다보고 있는 게 아닌가. 이때 정색을 하지 않으면 어쩌리.

"거 무슨 망발이오. 심장이 나빠 남들처럼 마시지 못해 한인 사람 앞에서, 불난 집에 부채질이군요."

"글쎄 박형, 심장에 커피만 나쁘고 담배는 치료젠가요? 더 나쁜 담배는 이리 피워대면서. 자, 갑시다."

아차, 형태는 담배를 비벼끄며 얼버무렸다.

"우선 끊기 쉬운 것부터 끊어야 할 것 아니오."

"하여튼 박형은 장수하리다. 자, 그럼 우린 한잔하러 갑시다."

패거리가 나가버리자 언뜻 또 코끝을 스치는 그 향기로운 커피 내음. 형태는 신경질적으로 담배에 성냥을 득 그어댔다. 담배 연기를 아무리 깊이 들이마셔도 가슴의 갑갑증은 풀리지 않았다. 겨드랑이 가려운가 하면 등줄기가 스멀거리고 손끝 발끝이 아릿아릿하기도 했다. 이건 발광 직전에 다다른 것이 아니면 병에 걸려도 몹쓸 병에 걸린 것이었다. 그러나 따지고 보면 시간적으로나 횟수로나 이렇게 심한 중독이 될 이유가 하등 없었다. 하루에 한잔씩을 거르지 않고 마시기 시작한 것이 약 3개월 정도, 그것도 이윤이 계산된 다방 커피를 마시고 이 지경이 되다니. 그러나 똑같은 삼학대왕표 초특급 정종이요 오히려 얼큰한 찌개는 더 푸짐해도 역시 술맛은 술집에서라야 격에 어울리는 식이었다.

금욕의 인내를 며칠째 계속한 어느 날 형태는 남들이 다방으로 가는 시간에 몇 집을 건너서 자리 잡은 은행의 흔들이문을 밀쳤다. 그리하여 생전 처음으로 손수 일금 1만 원정의 적금 제1회분을 불입하기에 이른 것이다. 그 후 꼬박 1년, 열두 달 동안 같은 날짜에 불입금을 치르고 13개월째에 만 원과 보너스라는 이름의 이자까지 받은 것이 나흘 전 일이었다.

그날, 여자 행원이 내미는 5백 원권 만 원을 받아든 형태는 돌아서다가 주춤했다. 13개월짜리 1년 동안 은근과 끈기에 넘치던 노력의 대가치고는 손아귀에 잡히는 지폐의 부피에 뭔가 아쉬움이 남았다. 다소 불쾌하기까지 했다. 그래서 형태는 다시 돌아섰던 것이다.

"여보세요. 이거 백 원짜리로 바꿔주시오."

"……?"

여자 행원은 돈은 받지 않고 빤히 건너다보고만 있었다.

"백 원짜리로 바꿔달란 말이오."

"왜요? 위조 지폐도 아닌데."

돈을 낚아채듯 받아 돌아서며 쏟아놓은 여행원의 말이었다. 그녀가 돌아서는 짧은 순간 형태의 눈에 들어온 건 그녀의 이마와 온 얼굴에서 기름지게 썩고 있는 여드름과 4시 반을 넘어서고 있는 벽시계였다. 피곤하실 거라, 하루 종일. 암 피곤코말고. 미스 여드름의 불친절에 형태는 부담 없는 관대를 베풀고 있었다.

"여깄어요."

잠시 후에 돌아온 미스 여드름은 역시 신경질적으로 돈 뭉치를 던지듯 했다. 형태는 돈 뭉치를 그러잡았다. 손아귀에 꽈악 차오는, 더없는 부드러운 촉감. 언제 어느 때나 어떤 돈이건 손아귀에 가득 잡힌 촉감이 뿌듯하고 부드럽지 않은 때가 있었던가. 돈을 만든 종이는 분명 모조지인데도 갱지는 말할 것도 없고 습자지를 몰아잡았을 때보다 더 부드러운 감촉을 지닌 까닭은 무엇일까.

형태는 돈 뭉치를 속주머니에 넣고 단추까지 채웠다. 그리고 돌아서며 미스 여드름을 훔쳐보았다. 흡사 무슨 종기처럼 여드름이 풍성하게 썩고 있는 얼굴에 4시 반의 짜증과 신경질이 매일 돈을 만지는 여자의 시건방과 함께 느적이고 있었다. 가시는 장미에 제격이지 호박꽃에도 가시가 필요하던? 년 천상 곰보한테나 시집을 갈 팔자다. 그래야 그 여드름 은신처가 마련될 게 아니냐. 형태는 백 원권 만 원 뭉치가 심장이 뛸 때마다 만드는 느긋한 압력에 취해 은행문을 나서며 이렇게 신명이 났다.

오늘 어느 토요일보다 서둘러 집에 돌아온 형태는 방에 뛰어들자마자 책꽂이 뒤를 더듬었다. 만 원 뭉치는 거기에 안녕하시고 있었다. 돈 뭉치를 들고 돌아서며 엉거주춤 서 있는 아내를 와락 끌어안았다. 그리고 우악스레 입술을 덮었다. 어느 때 없이 길고 뜨거운 입맞춤이었다.

"여보 이거, 결혼 3주년 선물야."

어리둥절해 있는 아내의 가슴에 돈 뭉치를 안겼다.

아내는 돈을 안고 선 채 눈을 휘둥그렇게 뜨고 있었다.

"그게 만 원이니까 당신 갖고 싶은 걸 사."

"……보너스가 나왔어요?"

아내의 목소리는 잘게 흔들리고 있었다.

"아냐, 내가 적금을 들었어. 오늘을 위해 적금을 들었어."

"당신이 무슨 돈으로……"

아내의 눈은 알 수 없다는 말을 하고 있었다.

"간단히 말해서 말야, 어쩌다 생기는 커피값을 모았어."

"여보오……"

아내의 목소리에는 금세 물기가 올랐다. 그리고 죄 없는 눈에는 이슬이 맺혔다.

"울긴, 바보같이."

형태의 손이 어깨에 닿자 아내는 쓰러지듯 안겨왔다.

"난 몰라요, 난 몰라요."

흐느낌 같은 아내의 음성은 그의 가슴속을 후벼들고 있었다. 무더운 여름 낮의 소나기마냥.

아내는 못내 송구스런 몸짓으로 솟는 기쁨을 억제하지 못하는 표정이 되어 그 돈을 저금하겠다고 우겼고, 끝내 형태가 이마에 화를 올렸을 때 행복해 못 견디겠다는 미소를 짓고는 미장원을 향해 토끼새끼처럼 뛰어간 것이다.

낯을 씻고 들어온 형태는 화장대 위에 빨간 카네이션 세 송이가 맥주컵에 꽂혀 있는 것을 보았다. 이 한겨울에 어디서 카네이션을……, 맥주컵에다…… 먹먹해 오는 가슴 저 밑에서 싱싱한 내음이 샘솟고 있었다. 정작 보링은 자동차에보다는 생활에 필요한 것이리라. 이렇게 생각하니 커피를 안 마신 일이 얼마나 잘한 일인지 새삼스레 느껴져오고, 여드름 행원은 어쩔 수 없이 곰보딱지 사내에게 시집을 가야 한다는 엉뚱한 생각이 잇달아 떠오르고, 그래서 헉헉대며 형태는 부리나케 얼굴을 닦고 나서 로션까지 듬뿍 짜내 맥질을 하다 말고 거울에 비친 자신을 맞바라보며 또 크게 웃어젖혔다.

큰길로 나오자 형태는 기세 좋게 팔을 들었다. 그때 아내가 그의 옷깃을 잡아 흔들었다.

"여보오."

아내의 턱은 지나가는 버스를 가리키고 있었다.

"요런 바보, 오늘은 글쎄 이러지 말래두."

택시가 멎었다. 형태는 구멍가게에서 싸우던 아내의 모습을 떼치기라도 하듯 아내를 택시 속으로 떠밀다시피 하며 큰소리로 외치고 있었다.

"살면 얼마나 사는 인생이라고, 안 그래 여보?"

택시가 움직이기 시작하고, 아내는 말이 없었다. 형태는 아내의 손을 가만히 잡았다. 약간 거칠어지긴 했지만 지난날의 온기를 그대로 지니고 있었다.

저녁 먹기가 일러 빵집엘 들렀다. 영하의 바깥 날씨는 아랑곳없이 실내는 보일러 장치의 위력을 과시하고 있었다. 자리를 잡고 둘러보니 아이스크림을 먹는 사람들이 상당히 많았다.

"여보, 우리도 아이스크림 먹을까?"

"아이스크림요? 겨울에 무슨……."

"아이스크림은 정작 겨울에 먹는 거래."

"괜히 비싸기만 하고……, 빵이나 한 개씩 먹도록 하죠 뭐."

"또 값을 따진다. 빵 말구 뭐 먹고 싶은 거 있잖아."

아내는 굳이 빵이 좋다고 했고 형태는 우격다짐으로 단팥

죽을 시켰다. 아내는 무척 달게 단팥죽을 먹었다.

빵집을 나서기 전에 형태가 회사에서 미리 알아온 영화 프로 중에서 하나를 골랐다. 아내는 한참을 망설이더니 애정물을 고른 것이다.

영화관 앞에서 아내는 크게 놀랐다. 관람료가 어쩌면 저리도 비싸냐는 것이었다. 영화가 제아무리 좋더라도 어디 6백 원의 가치가 있겠느냐고 했다. 텔레비전으로도 얼마든지 재미를 볼 수가 있는데 무엇 때문에 그 큰돈을 버리겠느냐는 것이었다. 아내의 정색을 한 태도는 제법 완강했고, 빵집에서와 같은 우격다짐으로 통할 것 같지가 않았다. 그도 그럴 것이 3년 동안 관람료는 두 배로 뛰어올라 있었고, 2년 전에 친구를 통해서 마련한 텔레비전은 비록 중고였을망정 아내의 유일한 오락물로써 더할 수 없는 만족을 주고 있었던 것이다. 가격을 에누리한 데다가 6개월 월부로 돈을 지불한 것은 순전히 친구의 희생적인 호의에서였고, 그 돈도 지불이 힘겨워 헉헉대면서 그래도 아내가 즐거워하는 양을 보노라면 그저 마음이 흐뭇했던 것이다.

"여보, 이대로 가다간 내 눈에 곰팡이가 슬 거야. 거 시원한 천연색 화면 한번 보게 해줘."

아내는 형태의 눈을 빤히 들여다보다가,

"당신 정말이세요?"

역시 정색한 긴장을 풀지 않고 있었다.

"그렇다니까. 이거 봐, 눈 가장자리가 이상하잖아?"

형태는 아내에게 얼굴을 디밀었다. 아내는 그만 웃음을 머금고 말았다.

"피, 거짓말쟁이. 안약은 한 병에 2백 원이면 돼요. 알겠어요."

아내는 곱게 눈을 흘기고 매표구로 갔다.

"아, 지독한 또순이."

아내의 등에다 대고 토해낸 형태의 말이었다. 그러나 가슴에선 날씨와는 반대로 훈훈한 바람이 일고 있었다.

"산다는 게 그렇게 허망해 버리면 살았달 게 없잖아."

영화관을 나오면서 중얼거리듯 한 아내의 말이었다. 그런 아내의 눈시울은 불그레하게 젖어 있었다.

연애 결혼을 한 젊은 부부가 가난과 싸우며 허덕이다가 어느 만큼 생활이 잡히게 되자 여자가 불치의 병을 얻어 죽어버리는 줄거리였다. 어쩌면 너무 평범하고 유치하기까지 한 이야기였다. 그러나 감독의 능란한 솜씨로 영화가 실감 있게 성공을 거두고 있다는 진부한 평은 그만두더라도 아내는 결혼 후 지금까지의 자신의 생활을 그 속에서 더듬고 있는 게 분명했다. 그래서 여주인공의 죽음은, 〈무기여 잘 있거라〉를 본 다음 헤밍웨이를 둘도 없는 잔인한 냉혈 동물로 일축해 버린 아내의 나약한 감상주의 속에서 동정과 연민의 정을 듬뿍 받을 수밖에 없는 것이리라.

"여보, 시장하지? 선물 사기 전에 저녁부터 먹기로 하지. 그 영화배운 지금 또다른 영화에 출연 중이니 염려 그만 하구."

형태는 아내의 팔을 감으며 지어낸 목소리로 쾌활하게 말했다.

"몰라요, 그런 나무토막 같은 소리."

아내는 눈을 흘기며 가만히 웃었다. 콩나물 10원 어치로 시비를 벌이는 아내에게 카네이션을 꽂게 하는 이런 감상이 있다는 이중성은 형태를 무척 기쁘게 해주는 활력이기도 했다.

저녁으로는 로스구이를 5인분이나 먹었다. 그래서 밥은 한 그릇을 둘이서 딱 반씩 나눠 먹는 것으로 충분했다. 그리고 맥주를 마셨다. 첫 잔을 마시기 전에 건배하며 형태는, 백년해로하고 부디 마음 변치 마시라 했고 아내는 입을 가리고 킥킥 웃었다.

서너 잔의 맥주를 마신 아내의 눈자위는 추할 수 없는 젊은 색정을 발산하고 있었다. 해묵은 아내에게서 어느 기회든 시들지 않은 색감이나 발랄한 피의 호흡을 느꼈을 때 행복하지 않은 사내가 있을까. 그건 지루한 장마 끝에 푸른 하늘을 보는 순간 솟구치는 청신함이며 싱그러운 생명력 같은 것인지도 모른다.

식당을 나왔을 때는 이른 겨울의 땅거미가 깔리고 있었다.

"여보, 나 취한다, 어떡해."

아내는 비틀하며 그에게 몸을 기대왔다. 아내의 허리에 팔을 감는 형태에게 존칭이 없어진 아내의 말투는 더없이 정겹게 들려왔다.

"자, 지금부터 결혼 3주년 기념일의 클라이맥스를 장식하는 선물사기야. 뭘로 할까. 여보, 당신 맘대로 정해. 옷도 좋고 화장품도 좋고, 아참, 당신 털구두가 없구나. 털구두도 좋고 반지도 좋아. 아냐, 아냐, 반지만은 취소. 다이아 반지는 값이 얼만데……. 가만있자, 당신 원피스가 없지? 그걸 한 벌 하는 게 어때? 됐어, 가자."

"가만있어 봐요. 원피스는……, 원피스는……, 저어 그건 당장 필요 없는걸요."

"뭐는 당장 필요한가? 이런 때 해두고 때에 따라 입는 거지."

"글쎄 원피스는 저어……, 유행도 바뀌고……, 어쨌든 원피스는 싫어요."

"망설이지 말래니까. 유행이 바뀌면 또 해줄 테니까."

아내는 양장점으로 들어서면서도 표정이 밝지 못했다.

형태는 양장점을 나서며 쓴 입맛을 다셨다. 아내가 망설이던 이유가 자신에게 미안해서 그런 줄만 알았던 것이 어처구니없는 오해였다. 아내는 확실한 여자였고, 그리고 더없이 착한 아내였다. 겨울용 원피스는 자그마치 2만 원이 있어야 했다. 아내는 영화 관람료가 두 배로 뛴 것은 모르고 있었지만 원피스값은 알고 있는 여자였고, 남은 돈으로 원피스를 맞추기엔 어림도 없는 터라 아예 양장점엘 가지 않으려 했던 것이 아닌가. 그러면서도 자신이 우겼을 때 차마 그 말을 하지 못하고 끌리듯 양장점엘 들어간 것이 아닌가.

"여보, 나 원피스를 맞추고 나면 언제나 사기당한 기분예요. 손바닥만 한 천을 몸에 감고 그만한 돈을 내기는 억울하거든요."

아내의 이 말만 아니었어도 형태는 남편으로서의 자신이 그렇게 초라해 보이지는 않았을 것이다. 그리고 아내의 명랑한 목소리가 더 가슴을 파고드는 이유는 무엇 때문이었을까.

"여보, 나 예쁜 스웨터 하나 사줘요. 스웨터가 얼마나 입고 싶었다구."

아내는 그의 팔에 매달리듯 하며 응석조였다. 입고 싶긴, 스웨터는 살 수 있으니까 괜히 그러는 거지. 이 영리한 강아지야. 약간 느껴지던 술기운이 말끔히 가신 지는 이미 오래였다.

"그래, 아주 예쁜 걸로 하나 사자."

"고마워요. 여보, 우리 노래불러요."

"노래?"

"거 있잖아요. 옛날에 부르던 거."

"그렇지, 〈즐거운 나의 집〉 말이지?"

외투 주머니 속에서 아내의 손을 꼭 잡고 콧소리로 노래를 불렀다.

결혼 1년이 되던 날 아내는 통닭을 삶아 기념했고, 두 번째에는 요리책을 보고 익혔다는 전골 냄비를 푸짐하게 차렸던 것이다.

노래가 끝났을 즈음 다다른 곳이 연쇄 상가였다.

가운데를 복도로 하고 양옆으로 빈틈없이 들어선 상점마다에 또 빈틈없이 찬 물건. 소비가 미덕이라는 말을 철저하게 실행하는 한국의 모습이 거기에도 있었다.

모든 여자가 광채 찬란한 보석과 색깔 고운 옷감 앞에서 그렇듯 아내의 쇼윈도를 살피는 눈도 야릇한 빛을 담고 있었다. 형태는 아내의 한 발짝 뒤를 따라가며 담배만 빨아댔다. 아내는 백 미터가 훨씬 넘을지도 모르는 복도를 다 걸어가서는 돌아섰다. 그때 형태와 눈이 마주치자 아내는 생긋 웃어 보였다. 형태도 덩달아 웃음을 지었다. 제1차 예비 관람이 끝난 것이리라. 아내는 다시 정문을 향해 걷기 시작했다. 이번엔 처음보다 사뭇 느린 걸음이었다. 제2단계 정밀 관람이 시작된 것이다. 아내는 어느 상점 앞에서 걸음을 멈추기도 했고, 어떤 쇼윈도 앞에서는 고개를 갸우뚱거리는가 하면, 어느 때는 검지손가락 끝을 입에 물고 구두 뒤축으로 바닥을 툭툭 두드리기도 했다. 형태는 그런 아내의 한 발짝 뒤에서 배달 자손다운 끈기로 남편의 체통을 지키고 있고는 했다. 아내는 어느 상점에도 들어가지 않고 정문에 이르렀다 되돌아서며 생각났다는 듯 빠르게 말했다.

"당신 지루하시죠? 미안해요."

"아아니, 괜찮아."

형태도 빠르게 대꾸하며 새 담배에 불을 붙였다.

아내는 복도 중간쯤에서 한 상점의 문을 밀쳤다.

아내는 스웨터를 이것저것 매만지고 있었다. 그때마다 친절과 민첩이 지나친 듯싶은 여점원은 이건 스마트하죠, 아 그건 심플하네요, 저건 노블해서 어울려요, 다양한 언어 구사가 거침없었다. 형태는 담배만 뻐끔대며 입맛이 떫었다. 허, 영어 한번 잘한다. 영문학과 수석 졸업생인지도 모르는데 어찌 잘못 풀려 고작 점원 노릇일까. 거참 아깝다. 형태는 쩝쩝 입맛을 다셨다.

"이거 얼마죠?"

아내의 목소리였다. 형태는 얼른 아내 쪽으로 돌아섰다.

아내가 들고 있는 스웨터는 오렌지빛 바탕에 자디잔 꽃이 수놓아진 것이었다. 그 꽃은 가슴팍에서 빨간색으로 시작되어 차츰 아래로 내려갈수록 바탕색과 같아지고 있었다.

"아, 그걸로 하시게요? 참 그 데자인 특수하죠? 이건 진짜 잘 어울려요. 손님 물건이에요."

점원은 아내에게서 스웨터를 빼앗아 아내의 턱밑에 갖다 대고 호들갑을 떨었다.

"값이 얼마예요?"

아내의 미간은 약간 찌푸려진 듯했다.

"굿쎄 얼마나 멋있수 굿쎄. 이 데자인이 얼마나 특수한데. 손님은 얼굴이 희니까 이 데자인이 얼마나 잘 어울려 굿쎄."

형태는 넋 없이 점원을 바라보고 있었다. 값이 얼마냐는 말을 못 듣진 않았을 텐데……, 가만있자, 데자인이냐 디자인이냐. 형태는 자꾸 아리송해지고 있었다.

"이거 값이 얼마냐구요."

"아이참 손님두 성급하셔라. 근데 굿쎄, 이게 손님두 아시겠지만 우리나라 게 아냐. 미이제야, 미이제."

'미이제'에다 힘을 넣어 말할 때 점원의 양쪽 입 꼬리는 아래로 처지면서 아랫입술이 앞으로 쑥 나왔다간 제자리로 돌아갔다. 형태는 꽁초를 뒤꿈치로 잉끄리며 언성을 높였다.

거부 반응 325

"여보시오, 얼마냐고 값을 묻잖소. 아메리카제고 양키제고……."

"어머 깜짝이야. 원 성미도 급하시네."

점원은 팔까지 훌쩍 들어 무척 놀라는 시늉을 해보이더니 이내 웃음이 넘치는 얼굴로 아내에게 말을 건넸다.

"이게 굿쎄 미이제라서 값이……, 아니……."

아내는 이미 돌아서서 문을 밀치고 나가는 중이었다. 아내는 남편이 언성을 높인 이유가 가격을 빨리 대지 않아서 그런 게 아니라는 걸 잘 알고 있었다.

"아니 여보세요, 여보세요. 흥정이나 해보고 가얄 게 아녜요."

급한 목소리와 함께 슬리퍼 끄는 소리가 쫓아오는가 했더니,

"쌍, 뭐 저런 것들이 다 있어."

이런 앙칼진 목소리가 뒷덜미를 후려쳤다.

"빌어먹을……."

형태는 담배에 불을 붙이고 나서 중얼거렸고,

"여보, 미안해요."

아내는 힘없이 빙긋 웃었고,

"당신이 무슨 잘못인가."

형태는 담배 연기를 내뿜으며 심드렁하게 대꾸했다.

두 번째 상점에서 아내가 골라든 스웨터는 보랏빛이었다. 양쪽 칼라 끝에서 계속 짜내려간 옷고름 같은 게 눈을 끌었다. 그걸 매면 목과 가슴 사이에 나비 모양의 커다란 리본이 만들어지는 것이다. 형태는 아내에게 썩 어울릴 수 있는 옷이라 생각하고 있었다.

서른두셋이 되어 보이는 여인은 손님의 주머니 사정이나 신분을 식별해서 물건값을 조절하는 전형적인 장사의 눈초리를 굴리고 있었지만 역겨울 지경으로 호들갑을 떨거나 과잉 친절은 베풀지 않고 있었다. 어쩌면 그런 것이 더 숙련된 장사의 솜씨인지도 모를 일이었다.

"맘에 드세요? 색깔은 어울리는군요."

"이게 너무 크지 않을까 몰라요."

아내는 리본이 될 것을 만지작거렸다.

"딴것은 몰라도 겨울 스웨터니까 큰 게 오히려 조화가 잘될 거예요."

"얼만데요?"

"글쎄, 순모(純毛)라서 값이 좀 비싸요. 실이 미제거든요."

아내는 아무 말도 없이 돌아섰다. 잠시 어리둥절해 하던 여인은 아내의 코트 자락을 잡았다.

"아니 왜 그러세요, 갑자기. 뭐가 맘에 안 드세요? 그럼 다른 걸로 골라보도록 해요."

거부 반응

"아, 죄송합니다. 담에 다시 들르죠."

형태의 무뚝뚝한 말이었다.

"원 별꼴이야."

여인의 작별 인사였다.

"화났어요?"

아내의 물음이었고,

"더럽군."

형태의 답변이었다.

 한국전쟁은 형태가 아홉 살 되던 해에 일어났다. 유엔군의 인천 상륙에 따라 피난에서 고향 ㅁ시로 돌아온 것은 10월 말이었다. 집은 잿더미로 변해 있었다. 고모 집에서 살 수밖에 없었다. 어른들은 밤낮 시국 이야기에 정신을 팔고 있었고, 형태는 다른 조무래기들과 부서진 탱크 속에 기어들어 화약을 꺼내다가 불을 붙이는 재미로 나날을 보냈다.

 그러던 11월 초순 어느 날 저녁이었다. 어머니가 변소를 간다고 나간 얼마 후였다.

 "사람 살려어어!"

 비명이 찢어졌다. 전신에 소름이 쪽 끼치는 싸늘한 비명이었다. 아버지와 고모부가 벌떡 일어섰고, 문을 박차고 들어선 건 낭자 머리를 풀어헤친 어머니였다. 파랗게 질린 어머니는 방 가운데 서 있는 누나의 손목을 거머잡고 뒷문으로 내달으며 소리치고 있었다.

"도망가, 깜둥이가 쫓아와!"

이 말에 고모도 튕기듯 일어나서 순식간에 뒷문을 빠져나갔다. 뒤이어 방으로 뛰어든 건 키가 천장에 닿는 무지막지하게 생긴 군인 셋이었다. 둘은 깜둥이였고 하나는 흰둥이였다. 그들은 모두 군화를 신은 채였다. 깜둥이 하나가 눈을 부라리며 아버지에게 뭐라고 소리를 질렀다. 아버지는 '노, 노'를 연발했다. 그러자 권총을 쑥 빼들어 아버지 가슴을 겨누었다. 그러면서 또 뭐라고 소릴 질렀다. 아버지는 손바닥을 모아잡고 싹싹 빌며 연상 '노, 노'만을 연발했다. 그사이 나머지 두 명은 군홧발로 저벅저벅 걸어다니며 벽장문을 열어젖히고, 뒷문으로 나가 플래시를 비추는가 하면, 부엌으로 뛰어내리다가 그릇을 들바수기도 했다. 그러면서 그들은 알아들을 수 없는 말을 큰소리로 주고받았다. 한참을 설치고 다니던 두 명이 '쉐엣, 쉐엣' 소리를 내며 방으로 들어섰다.

"갓뎀, 썬 오브 비취."

깜둥이는 이런 소리를 지르며 군홧발로 아버지의 배를 걷어찼다. 아버지는 휘청하더니 사정없이 방바닥에 곤두박이고 말았다. 그때까지 바들바들 떨고만 있던 형태와 형, 그리고 고모 아들 셋은 죽을 힘을 다해 울기 시작했다.

"갓뎀, 썬 오브 비취."

이런 소리를 남기고 셋은 차례로 방을 나갔다. 그런데 마지막 녀석이 뭔가 조그만 것을 방 가운데 던졌다. 모두는 질겁을 해서 머리를 감싸안고 방바닥에 엎드렸다. 한참이 지나도 폭탄 터지는 소리는 나지 않았다.

형태는 고개를 살며시 들었다. 아버지는 곤두박인 그대로 모로 쓰러져 있었고, 고모부는 그때까지 방구석에 머리를 처박은 채 엉덩이를 높이 치켜세운 흉측한 꼴을 하고 있었다.

"아빠, 아빠, 정신 차려."

형태는 아버지를 흔들었다. 입을 헤 벌리고 눈에 흰 창뿐인 아버지는 꼼짝도 안 했다. 형태는 그만 앙 울음을 터뜨렸다. 형이 따라 울고 그때서야 고모부는 "응? 뭐냐 뭐냐" 하며 다가들었다.

"이 녀석들아, 울지 말고 빨리 물 떠와, 냉수. 아버지 죽어."

냉수를 끼얹고 팔다리를 주무르고 해서 아버지는 정신을 차렸다.

"여보, 여보."

아버지는 팔로 허공을 휘저으며 중얼거렸다.

"형님, 정신 차리세요. 다 무사할 겁니다."

고모부는 아버지를 부축해 일으켰다. 배를 움켜잡은 아버지의 얼굴이 일그러졌다. 뿌드득 이빨까지 가는 것이었다.

"몹쓸 놈들, 몹쓸 놈들……."

벽에 기대앉아 한숨에 섞어 이런 말을 하고 있는 아버지의 눈에는 눈물이 고여 있었다.

"방이나 좀 닦게. 저기 저건 뭔가."

흙 묻은 군화 발자국이 어지럽게 찍힌 방바닥, 거기 중앙에는 손가락 두 개를 합해놓은 것만 한 직육면체의 물건이 버젓이 누워 있었다. 고모부는 기듯 해서 다가갔다.

"껌이군요. 껌. 이걸 가지고 괜히……."

"껌은 웬 껌이야."

"그놈들이 던지고 가잖았습니까."

"허어, 예의치고는 참 잘 배운 예의다. 그러게 철없이 왜들 싸워. 남의 집 불 꺼주는데 오죽하려고."

아버지는 천장을 멍하니 바라보며 중얼거리고 있었다.

어머니가 돌아온 것은 마루 밑에 숨었던 고모가 고모부의 부축을 받아가며 낑낑대고 나온 다음에도 오랜 시간이 흐른 뒤였다. 어머니는 누나와 함께 장독대를 타고 판자 울을 넘어 뒷집으로 피했다고 했다.

어머니가 소변을 마치고 대문 옆을 지나치는데 인기척이 났다. 누가 찾아왔나 싶어 대문 가까이 가니 덥석 머리칼을 몰아잡는 커다란 손이 있었다. 질겁을 하고 보니 장대 같은 시커먼 놈이 히히 웃고 있었다. 순간 죽어라고 몸을 낚아채며 소릴 질렀다. 눈에서 불이 번쩍 했다. 잡힌 머리칼이 듬뿍 빠진 것이었다. 정신을 차려보니 뒷집 안마당이었다.

그날 밤부터 아버지와 고모부는 꼬박 밤을 새우고 잠을 낮에 잤다. 어머니와 누나, 그리고 고모는 옷을 입은 채로 모두 한 방에서 자야 했다. 형태는 잠을 자다가도 소스라치게 놀라 깨기를 자주 했다. 시커먼 얼굴에서 무섭게 빛나던 그 눈, 뒤집어까진 그 두껍고 징그럽던 입술과 커다랗던 입, 그 속에서 유난히 희게 빛나던 이빨, 그날의 그 깜둥이에게 목을 졸리거나, 숨이 잠기도록 쫓기다가 덜컥 덜미를 잡히는 순간 형태는 소스라쳐 잠을 깬 것이었다. 그러고 나면 아래는 흠뻑 젖어 있게 마련이었다. 오줌을 싼 것이었다.

해가 바뀌고, 연 이틀이나 계속해 내리던 눈이 멎은 피난길에서 아버지, 누나, 형은 비행기 폭격에 맞아 죽고 말았다. 눈에 번지던 새빨간 피가 검붉게 얼어붙을 때까지 어머니는 몸부림치며 울었고, 형태는 싸늘한 아버지의 시체를 내려다보며 '노, 노'를 연발하다 곤두박이던 모습을 떠올리며 눈물을 삼켰다.

피난지의 아이들은 잠자는 시간 외에는 거의 미군 부대 주변을 맴돌면서 살았다. 그러다가 미군을 보면 깜둥이고 흰둥이고를 가리지 않고 '할로, 할로' 소리를 질렀다. 그래서 누구는 껌을 얻어 질겅질겅 씹기도 했고 어떤 아이는 깡통을 얻어서 신바람이 나기도 했다.

그러나 형태는 미군 부대 가까이 가본 일도 없고, 누구처럼 지나가는 미군을 할로라고 거침없이 불러보지도 못했으며, 어느 아이처럼 외삼촌에게 매달리듯 그리도 스스럼없이 매달리는 일은 상상할 수도 없었다. 어쩌다 길에서라도 미군과 마주치면 형태는 혼비백산 도망을 갔다. 간혹 누가 껌을 반쪽 주기라도 하면 형태는 두 손을 주머니에 꾹 찔러넣고 사정없이 고개를 저었다.

"임마, 씹어봐. 맛이 최고야, 쫄깃쫄깃한 게."

"싫어, 난 횟배 땜에 껌을 씹으면 비위가 상해."

국민학교 4학년 때였다. 부반장인 형태는 교육 시찰단이 시찰오는 날 자연 과목의 나팔꽃 관찰 기록을 설명하게 되어 있었다. 나팔꽃을 심은 화분을 교탁 위에 올려놓고 칠판 앞에 괘도를 마련한 다음 그 괘도를 넘겨가며 나팔꽃의 싹이 나와서부터 어떻게 변해가는가를 그림으로 설명하는 것이었다. 매일 방과후 늦도록 1주일 이상 연습을 해서 눈을 감고도 척척 막히는 데가 없게 되었다. 시찰단이 오는 날 형태는 옷도 깨끗이 빨아입고 머리도 깎았다. 셋째 시간 시작종이 울리고 형태는 교단으로 올라가서 나팔꽃 관찰 기록을 또렷또렷한 목소리로 설명하기 시작했다. 5분쯤 지났을까. 교장 선생님을 앞세우고 시찰단이 교실로 들어섰다. 모두 여섯 명이었다. 그런데……, 형태의 눈길이 한곳에 머물더니 그렇게 또렷또렷하던 목소리가 떨리고 안색이 창백해지기 시작했다.

형태의 눈이 박힌 곳에는 몸집이 비대한 대머리의 코 큰 사람이 서 있었다. 형태의 눈앞에는 그날 밤의 시커먼 얼굴에서 무섭게 빛나던 눈과 뒤집어까진 두껍고 징그럽던 입술과 희게 빛나던 이빨과 저벅거리던 구둣발 소리와 플래시의 어지럽던 불빛과 어머니의 비명 소리와 아버지의 '노, 노' 소리와, 그런 것들이 뒤범벅되어 돌아가고 있었다. 형태는 입술을 깨물어 정신을 차리려고 애를 썼다. 그런데 이게 어찌된 일인가. 그 대머리가 섰던 자리에 그날 밤의 깜둥이가 서서 소리를 질렀다.

"갓뎀, 썬 오브 비취!"

형태는 책상들이 한쪽으로 휩쓸린다고 느꼈다. 그리고 눈앞이 캄캄해졌다.

눈을 떠보니 숙직실이었다.

뒤에 안 일이지만, 형태가 쓰러지기 직전에 그 대머리는 "저애가 어디 아픈 것 아니오? 왜 무리한 일을 시키는 거요" 했다는 것이었다.

형태는 학기가 바뀌어도, 그리고 6학년 초에 선생님이 다른 학교로 전근을 갈 때까지도 그때 왜 그랬는지를 끝내 말씀드리지 못하고 말았다.

　형태가 중학교 1학년이던 해에 아이젠 뭔가 하는 대통령이 보냈다는 통조림이 집집마다 배급된 일이 있었다. 통조림을 까먹다 말고 불현듯 그것이 그날 밤 방 가운데 떨어졌던 껌처럼 여겨졌던 이유는 무엇일까. 아버지의 지시에 따라 변소 똥 속에 처박혀야 했던 껌처럼 통조림의 신세가 기구해지지는 않았지만 형태는 더 이상 입에 대지 않았다.

　형태는 어른이 되어서도 가끔 어린 때와 똑같은 꿈에 시달렸고, 몹시 피곤한 때는 오줌까지 싸는 실례를 범하기도 했다.

　결혼을 해서 얼마 안 되어서였다. 그날 밤에도 목을 졸려 버둥거리다가 잠을 깼다.

　"여보, 왜 그리 소릴 지르세요?"

　아내가 놀란 눈으로 앉아 있었다.

　"어? 응, 꿈을 꾼 모양이군."

　형태는 대답을 얼버무리며 아차 했다. 팬티가 축축하지 않은가.

　"어쩜 애기 같이 꿈을 꾸면서 소릴 지르세요. 자, 안아드릴게요."

피할 겨를도 없이 아내가 달려들었다.

"어머, 당신……."

아내가 튕기듯 일어나고, 형태의 얼굴은 일그러져 있었다.

"알겠어요, 알겠어요."

아내는 좋아 죽겠다는 듯 배를 움켜잡고 이불 위를 때굴때굴 구르며 숨이 간드러지고 있었다.

"참, 당신은……."

형태는 어물거리며 담배에 불을 붙였다. 아내는 한참 만에 가까스로 웃음을 잡았다. 그리고 외면을 하고 있는 형태에게 달려들어 굳이 얼굴을 가까이 갖다 대더니 눈이 마주치자 또 킥킥킥 웃음을 터뜨렸다.

"당신 술이 취해 전봇대에 대고 실례한 거죠, 그렇죠?"

"그게 아냐. 실은……."

"괜찮아요, 변명 안 해두요. 엄마가 그러는데 아빠두 가끔 그랬다잖아요."

아내는 눈물까지 글썽여가며 웃음을 걷잡지 못했다.

"오줌싸개 도련니임 어서 옷 갈아입으시구요오, 날이 밝으면 옆집으로 소금 얻으러 가세요오."

아내는 팬티를 내놓으며 정말 엄마 같은 목소리를 흉내냈다. 아내는 간혹 남편을 대하는 데 어머니의 입장에 놓이는 때가 있다고 한다. 어쩌면 지금 아내의 심정이 그럴는지도 모른다고 형태는 생각했다.

  그날 밤 아내는 시종 침울한 표정으로 힘들게 말을 이어 가는 남편의 이야기를 들었고, 그러고 나서 자신의 웃음이 얼마나 주책스러웠던 것인지를 뒤늦게 깨달았다. 그리고 외국 제품이면 무엇이든 싫어하던 생활 속에서의 남편을 애국자인 척한다고 약간은 위선적으로, 약간은 촌스럽게, 약간은 젊은 혈기로 취급했던 경솔을 수정하지 않을 수 없었다.

  결혼하고 나서 식성까지 남편의 것으로 변하고 있는 터에 남편의 생각을 부정하거나 못마땅하게 여길 하등의 이유가 없었다. 그래서 남편의 생각대로 따르다 보니 철저한 국산품 애호가가 되었고 결론적으론 고독한 애국자가 되어버린 셈이었다.

  세 번째 상점에서 고른 스웨터도 보랏빛이었다. 먼저 것보다 약간 밝은 색인데 모양이 특이했다. 목이 소매가 아닌가 착각할 지경으로 긴 스웨터였다. 밝은 보랏빛 스웨터의 가운데, 가슴 부분은 반 뼘 넓이의 흰색 바탕이었다. 그건 다행히 양쪽 팔까지는 번져가지 않고 있었다. 만약 양쪽 팔에까지 흰 바탕이 연결되었더라면 지나치게 행동적으로 보여 여자다움이 깨지거나 자칫 운동 선수 유니폼으로 격하될 위험을 다행히 모면하고 있었다. 그런데 더욱 재미있는 것은 그 흰 부분에 파랑·빨강·초록 등의 색으로 남녀가 수놓 아진 것이었다. 밝은 보랏빛 바탕에 헤드라이트 불빛처럼 선명한 흰색, 그 위에 선 원색의 남녀가 어쩌면 그렇게 상쾌한 조화를 이룰 수 있을까. 형태는 그 스웨터를 아내에게 입혀주고 싶었다.

"이거 입어봐도 돼요?"

아내는 값을 묻는 게 아니었다.

"그러믄요, 손님, 어서 입어보셔요."

역시 영문과 출신인 듯싶은 점원은 어지러운 손짓까지 겸하고 있었다. 아마 부전공은 발레인지도 모를 일이었다.

세 번이나 접어서 아내의 희고 긴 목에 맞은 스웨터의 긴 목은 아내의 흰 얼굴과 시원한 조화를 이루었고, 가슴 부분의 원색 무늬는 아내를 한결 싱싱하게 돋아올리고 있었다.

"여보, 이거 어때요?"

"응, 아주 근사해."

형태는 새삼스레 아내가 예쁘다고 느끼고 있었다. 그러면서 이런 이야기를 생각했다. 언제나 아이들과 살림살이에 찌들려 부인은 머리 한번 제대로 빗는 일 없이 꾀죄죄했다. 밖에서 보는 여자들은 모두 깨끗하고 멋이 있는데……. 견디다 못해 사내는 부인을 친정으로 가라고 호령했다. 부인은 울다가 분을 바르고 머리를 빗고 시집올 때 해온 치마저

고리를 입고 보퉁이를 들었다. 그런데 이게 웬일인가. 부인은 딴판이었다. 밖에서 보아온 눈길을 끌던 여자들 못지않았다. 남편은 부인의 치맛자락을 붙들고 놓지 않았다.

"근데 스웨터가 목이 너무 길고 번잡스럽지 않아요?"

스웨터를 벗고 난 아내는 흥정 전에 물건의 흠점부터 꼬집는 제법 세련된 솜씨까지 보이고 있었다.

"아이구 참 무슨 말씀이세요, 손님. 긴 목이 을마나 매력적이에요. 이런 독특한 데자인은 맞춰도 이렇게 빠지긴 힘들어요. 보라와 흰색의 앙상블이 을마나 멋들어져요. 그리고 이런 옷을 아무나 입는 줄 알아요? 손님처럼 목이 기일고 살결이 흰 사람들이나 임자지. 서양 아가씨들한테나 어울리는 거예요."

점원은 여전히 팔을 분주하게 내저으며 빠르게 쏟아놓고 있었다.

"얼만데요?"

아내의 물음에 뒤이어,

"다른 말 필요 없이 값만 대시오, 값만."

형태의 왠지 불안한 듯한 음성이었다.

"왜요, 값도 중요하지만 물건의 가치가 더 문제죠. 얼마나 받으면 될까……, 파장이고 또 딱 어울리는 주인을 만났으니 싸게 드리지 뭐. 근데 이게 실은 시중에 판매 금지된 보세 가공품이거든요. 그래서 글쎄……."

아내는 상점을 나서면서 짜증을 부렸다.

"쓸 만한 건 하나같이 저꼴이야."

"자알들 논다."

형태의 허탈에 빠진 목소리였다.

아내가 형태의 팔을 붙들었다.

"여보 미안해요. 나 스웨터 사는 것 그만두겠어요."

"그만두다니, 딴 곳은 없나 왜?"

"다 그 꼴이 그 꼴일걸요 뭐. 오늘이 어떤 날이라고 스웨터 하나 살래다가 괜히 기분만 잡치겠어요."

둘은 연쇄 상가를 나왔다. 잠시 걸음을 멈추었다.

"여보, 이 돈 내 맘대로 해도 괜찮댔죠?"

아내의 물음에 형태는 시원스레 대답했다.

"그럼, 누구 땜에 모은 건데."

얼마를 걸어서 백화점에 이르렀다. 아내는 여자 옷가게는 거들떠보지도 않고 2층으로 올라갔다. 2층은 남자용만 취급하는 양품부가 거의 전부였다. 아내는 어느 가게 앞에서 발을 멈추었다. 그리고 넥타이를 골라들더니 형태의 목에 대고 이리저리 살폈다.

"넥타이는 뭘 하려고 사."

"……"

"선생님한테 어울리는군요."

비로소 점원이 입을 열었다. 점원의 가라앉은 목소리가 형태에게 오히려 생경하게 들렸다.

"그렇죠?"

형태의 말에는 대꾸를 하지 않은 아내는 점원에게 밝은 얼굴을 주며 동의를 표하고 있었다.

"싸주세요."

아내는 정찰 가격대로 돈을 지불했다. 형태는 아내의 너무 기민한 동작에 그저 어리벙벙했다.

아래층으로 내려온 아내는 화장품상에서 루즈를 골랐다.

"두바리는 필요 없으신가요? 예쁜 색이 많은데요."

아내는 점원의 속삭이듯 하는 말을 못 들은 것 같았다. 그러나 연신 루즈를 매만지는 빠른 손과는 반대로 입술에는 비웃음이 엷게 드러나더니 사라졌다.

아내는 여러 개의 루즈를 손등에 조금씩 문지르곤 하더니 그중 하나를 골랐다. 아내가 그러는 동안 점원은 새침한 얼굴로 한눈을 팔고 있었다. 점원의 그 새침한 표정의 무관심을 가장한 얼굴에서 형태는 언뜻 여드름 행원을 생각했다. 여드름 행원에게 많은 돈을 만지는 가소로운 오만이 있었다면, 이 점원은 국산 화장품을 쓰는 여자를 무조건 무시할 수 있는 얄미운 경멸을 지니고 있었다.

아내는 돈을 던지듯 했고, 점원은 그걸 거칠게 쓸어잡았다. 거기에는 여자 그들만이 특유하게 지니는 같은 질량의 무시와 같은 농도의 경멸과 같은 무게의 거만이 교차하고 있었다.

형태는 백화점 문을 밀치고 나가는 아내를 붙들어세웠다.

"여긴 정찰제고 물건도 많으니 스웨털 다시 골라보지 그래."

아내는 인도로 나설 때까지 아무런 대꾸가 없었다.

"여보, 나 남은 돈으로 스웨터 대신 금반질 사고 싶어요. 두 돈짜리는 너끈히 살 수 있을 거예요."

아내가 불쑥 내놓는 말이었다.

"그건 또 왜."

"끼고 싶으니까 그러죠."

"요런 얌체, 그건 안 돼."

형태는 아내의 심중을 빤히 알고 있었다.

"그런 법이 어딨어요, 시시하게. 맘대루 하라고 해놓구선. 그럼 도루 가져가세요."

아내는 핸드백을 열려고 했다.

"알았어, 알았어. 당신 맘대로 해."

형태는 팔까지 내저었다.

지하도로 들어섰다. 겨울 지하도는 썰렁한 냉기가 가득

차 바깥보다 더 추위를 품고 있는 듯싶었다.

지하도 계단을 거의 다 올라서다가 형태는 멈칫했다.

"여보, 당신 핸드백이 열렸잖아?"

"예?"

아내는 황급히 핸드백을 추켜올렸다.

그리고 아내의 손은 더 이상 빠를 수 없이 핸드백 속으로 들어갔다.

"여보, 쓰리예요!"

예전에 한 번도 들어본 일이 없는 아내의 그 원시적인 목소리. 그 짧은 음성은 뭉텅이진 절규였다.

"뭐, 뭐라고?"

이렇게 소리 지르면서 형태는 어처구니없게도 그 감미로운 커피 내음이 코끝에 스치는 착각을 일으키고 있었다.

"쓰리예요, 쓰릴 당했다니까요."

아내는 울음을 터뜨렸다. 그 자리에서 뱅글뱅글 돌았다. 열린 핸드백을 추켜든 채였다. 그러다가 팔딱팔딱 뛰기 시작했다. 그런 아내를 멍하니 바라보고 섰던 형태의 입에서는 이런 소리가 터져나왔다.

"허참, 기막힌 보복이구먼."

〈1973년〉

상실의 풍경

제3한강교를 벗어나면서부터 고속 버스는 속력을 내기 시작했다.

도로변의 전신주가 차츰 빨리 차창으로 다가들어선 물러가곤 하다가 얼마가 지나면서부터는 아예 간격이 없이 잇따라 획획 스쳐가기 시작했다. 50미터 간격으로 서 있는 전신주를 셀 수가 없을 정도로 차가 달릴 때 그 속도는 얼마나 될까를 따질 필요는 없었다. 지겨운 일이었다. 따지고 계산을 한다는 것은 진절머리가 나는 일이었다.

계산과 타산이 거미줄처럼 엉켜서 이루어진 도시. 계산과 타산이 시멘트 역할을 해서 이루어진 거대한 건물인 서울.

거기에서 정확한 계산과 분명한 타산으로 이루어진 규격에 맞는 합격품의 벽돌이 되기 위해서 잠시도 긴장을 풀지 못한 채 바쳐진 노력. 그건 노력이라기보다는 몸부림이며 발버둥이라고 해야 옳았다. 합격품의 벽돌이 되었다 해도 벽돌의 종류는 가지가지였다. 시멘트에 덮이거나 타일이 앉을 자리나 마련해 주는 운명을 벗어나지 못하는 시멘트 벽돌. 겉으로 드러나서 제 모습을 제대로 나타내고 있는 가마에서 나온 벽돌. 그것도 채색이 다르고 윤기와 치장의 차이에 따라 놓이는 위치가 사뭇 달라지는 것이다. 속보다 겉이 좋고 겉에서도 음지보다는 양지가 나은 것을 굳이 말할 필요는 없다. 문제는 다갈색의 몸매에 반지르르한 윤기까지 자랑하는 우아한 치장으로 양지에 자리 잡은 군벽돌이다가도 자칫 방심하거나 한눈을 팔아 계산에 착오를 일으키거나 타산에 허점이 생기면 그때는 여지없이 음지의 신세가 되거나 심하면 시멘트 벽돌의 신세가 되고 마는 것이다. 이것까지는 그래도 괜찮은 편이지만 어느 경우에는 분명 음지에 머물러야 함에도 불구하고 시멘트 벽돌의 신세는 고사하고 아예 산산조각이 나서 형체도 없는 돌멩이거나 흙이 되어버리는 것이었다.

  그런데 그 건물에 있는 모래는 자갈이, 자갈은 돌멩이가, 돌멩이는 벽돌이, 벽돌은 또다른 벽돌이 되려고 부심하는 것이다. 그렇다면 그 건물은 언제나 깨끗하고 생기 있고 밝아 보여야 할 텐데 그렇지를 못했다. 항시 음산하고 어둠침침하고 시끌덤벙한 채로 난장판의 연속이었다. 그래서 정신을 팔기가 십상인가 하면 이런 틈에 얼렁뚱땅하면⋯⋯ 하는 계산 착오를 일으키기가 예사였다. 그러면 기다리는 것은 뻔한 것이었다. 다만 그런 가혹한 결과가 오는 것은 시기 문제일 뿐이었다. 이것이 곧 그 난장판의 거대한 건물을 지탱해 가는 힘이었는데 그 힘의 원천은 결국 제 나름대로 완성된 정확한 계산과 분명한 타산에 있었다. 그러므로 결국 그 건물은 언제나 음산하고 어둠침침하고 시끌덤벙할 수밖에 없는 난장판이 되는 것이었다.

그 정확한 계산과 분명한 타산에 열중하다 보면, 아무리 한눈을 팔아도 다갈색 몸매에 번지르르한 윤기를 내는 우아한 치장으로 양지를 지킬 수 있게 되기 전까지는 벽돌의 종류에 비례해서 머리가 썩고 몸이 상하게 마련이었다.

그는 그렇게 해서 상한 몸뚱어리를 이끌고 계산과 타산을 떨쳐둔 채 떠나는 참이었다.

그는 차의 속도를 차창에 지나치는 전신주의 빠르기로 헤아릴 수밖에 없다는 사실이 싫었다. 섭씨 32도를 오르내리는 7월 말의 더위인데도 차창은 꼭꼭 닫혀 있었다. 그렇다고 고속 버스 터미널에서 감당할 수 없이 훅훅 끼쳐오던 열기 같은 것은 느낄 수조차 없었다. 앞뒤 창에 나붙어, 버스 속에서는 뒤집혀 보이는 '완전 냉방'이란 파란 네 글자가 그 이유를 충분히 설명해 주고 있었다.

그는 차의 속도를 차창으로 몰려 들어오는 바람의 강도로 느끼고 싶었던 것이다. 숨을 쉴 수 없을 지경으로 거세게 몰려드는 바람을 얼굴에 맞받으며 느끼는, 간이 붕붕 뜨는 것 같은 시원함과 전신으로 퍼져흐르는 스피드의 짜릿짜릿한 맛이 아쉬웠다.

고속 버스의 속력이 얼마인데 차창을 연다는 말이냐. 비행기에 달린 창문이 열기 위해서 만들어진 줄 아느냐. 비행기만큼은 아닐지라도 이것도 엄연히 고속 버스다. 냉방 장치는 누가 돈 싫어서 만들어놓은 줄 아느냐.

이런 상대방을 깔보기 위한 시비조의 유식한 말은 지금의 그에겐 필요가 없었다.

마음이 느긋하도록 장시간 차를 타본 것은 국민학교 6학년의 수학여행 때였다. 두 반뿐인 6학년의 수학 여행이 실시된 것은 그해가 처음이라서 학교 안팎은 떠들썩했었다. 더욱 재미있고 기가 막혔던 것은 수학 여행비의 마련이었다. 여행을 가긴 가야 하겠는데 두 반 백여 명 중에서 여행비를 낼 수 있는 학생이 고작 20여 명에 불과했다. 그것도 전원이 다 가는 경우의 1인당 경비를 부담할 수 있는 숫자가 그랬다. 그러니 20명만 간다고 했을 경우에는 경비 부담이 다섯 배로 늘어나게 마련이었고 그렇게 되면 수학 여행은 수포로 돌아갈 수밖에 없었다. 사범학교를 나온 지 얼마 안 되는 젊은 두 담임은 전원이 갈 수 있는 수학 여행의 경비 조달을 위해 여러 가지 궁리를 짜냈다. 그래서 열흘간 벼 베기 운동이 시작된 것이다. 그건 전교를 통틀어 농사를 많이 짓는 학부형을 고른 다음, 그들의 벼를 학생들이 베어주고 노임(勞賃)을 받는 것이었다. 우선 사친회의 간부로부터 시작해서 여러 학부형들의 이름이 뽑혀졌다. 그리고 할아버지 교장 선생님과 학생회장의 이름으로 취지 및 협조 의뢰서라는 어려운 제목이 붙은 편지가 마련되었다. 그 편지는 각 학년에 흩어져 있는 학생들에게 전달되었다. 편지를 띄운 사흘째 되는 날부터 오전 수업을 마친 두 반 백여 명의 학생은 허리에 책보를 두르고 손에는 낫을 들고 학교를 나섰던 것이다. 학생들은 두 패로 갈려 일을 했다. 평소에 쇠꼴이라도 베서 낫질이 익숙한 학생은 벼 베기를 했고 나머지는 벼 나르기를 맡았다. 고구마를 푸지게 삶아 내오는 집이 있는가 하면 어느 집에서는 아예 벼 베기를 안 해도 좋다고 했다. 감이고 떡이고 내놓고는 씨름판이나 벌이라는 것이었다. 이렇게 해서 열흘로 잡았던 벼 베기는 1주일 만에 끝났고 그리도 조바심나게 기다려지던 1박 2일의 수학 여행은 사흘을 앞당겨 실시하게 되었던 것이다. 두 반 학생들 중에 한 명도 빠짐없이 떠나게 된 수학 여행. 한 대의 트럭에 백여 명이 쪼그리고 웅크리고 앉아서 꼼짝을 할 수 없게 비좁았지만 마냥 들뜨고 즐겁기만 했다. 할아버지 교장 선생님은 트럭 양 옆과 뒤로 말뚝을 묶어 두 줄로 쳐놓은 굵은 새끼줄을 두 번 세 번 흔들어보면서 "너희들 일어나서는 안 돼. 놀아도 앉아서 놀아야 해. 알겠니?" 다시 다짐을 했고, 학생들은 다 같이 입을 모아 "예에!" 신바람 나게 대답을 했다. "도라꾸 수학 여행이 뭐냐. 도라꾸로라도 넓게나 앉아 갔으면 좋을걸." 교장 선생님의 나직한 이 말을 들은 학생은 몇 명이 안 됐고, 차가 움직이기 시작하자 손을 흔드는 교장 선생님의 눈물이 고인 성싶었던 눈을 또다시 본 것은 그 후 졸업식장에서였다.

  갈대숲이 무성한 울퉁불퉁한 산길을 트럭은 잘도 달렸고 학생들은 지치지도 않고 고래고래 소리를 질러가며 1학년 때부터 6년 동안 배운 노래를 샅샅이 불러댔다. 눈을 부라린 사천왕과 대웅전의 무지무지하게 큰 부처님이나, 밑이 까마득하게 보이는 변소 등도 신나는 구경거리였지만 역시 신명나는 것은 차 타는 재미였다. 엉덩방아를 찧어가며 목이 터져라 노래를 불러대도 거세게 몰려드는 가을 바람은 그 소리를 흔적도 없이 쓸어가 버리고 바람에 질세라 숨을 몰아쉬면서 악착스레 노래를 하면 차도 지지 않겠다는 듯 잘도 달려서 거센 바람을 휘몰아오곤 했었다.

 어느 도로보다도 포장이 잘된 고속 도로인 데다 차마저 최신형 설비를 갖춘 덕택으로 지루하리만큼 아무런 흔들림도 느낄 수가 없는 것이다. 거기다가 창문까지 꼭꼭 닫혀 있어서 옛날의 그런 기분은 맛보려야 맛볼 수가 없다. 눈만 감아버리면 안락한 소파에 앉아 있는 거나 다름이 없어서 잠을 청하는 데 제격이었다. 그러나 잠을 잘 수도, 자서도 안 될 일이었다.

 17년 만의 귀향. 귀향을 겸한 휴양을 떠나는 길인 것이다. 엄밀하게 말해서 이번 길은 신경 안정을 위한 휴양처를 찾아가는 것이었다. 신경과민으로 인한 신경쇠약으로 유발되기 시작한 여러 가지 병증을 막기 위해 휴양지를 물색해야 했다. 17년에 이르는 서울 생활 동안 비원 구경을 해보지 못한 그로서는 여행이 아닌 치료를 목적으로 하는 마땅한 곳을 찾아내기란 쉬운 일이 아니었다. 세속화되어 버린 명승지나 휴양처는 많았다. 그러나 그 어느 한곳도 가본 경험이 없는 그로서는 역시 타향일밖에 없었다. 더구나 눈에 설익은 그런 곳에서 마음을 붙일 때까지 생리적으로 작용되는 신경 소모를 해야 한다는 것은 신경 안정을 위한 휴양이라는 근본 목적을 그르치는 결과밖에는 안 되는 일이었다. 집에서부터 회사까지 택시로는 몇 분이 걸리고 좌석 버스나 시내 버스의 차이는 몇 분이며 차편은 몇 가지고 신호 대기는 몇 군데에 있고 어느 길에서는 좌회전 금지라는 것 등이 머리에 환했다. 그러나 어쩌다 영등포나 불광동 등 말만 듣던 동네에 가는 경우에는 머리가 어릿어릿해지면서 어느 길이 어느 길인지 구별이 안 된 채로 서울에 처음 올라왔을 때의 그런 촌놈이 되고 마는 자신을 잘 알고 있었다. 단골 요정의 방 개수, 마담의 과거·취미·기호에서부터 접대부 한 사람 한 사람의 특기·성격·학벌·교양 정도, 심지어 몸매 무새와 그 테크닉 정도까지 파악하고 있었다. 그것은 굴지의 무역 회사 엘리트 영업부장으로서 280여 개의 국내외 거래처 주소와 전화 번호, 대표의 이름을 달달 외우는 것처럼 중요하지 않을지는 몰라도 결코 불필요한 것일 수는 없었다. 그러면서도 어느 업체의 초대를 받아 계집을 옆에 끼게 되는 경우에는 영 묘안이 서지 않아 당황을 하곤 하는 것이었다.

17년 전 ㅁ읍을 떠나 ㅎ시에서 야간 열차를 바꿔타고 서울로 향할 때 그의 가슴은 뜨겁게 달아오르고 있었다. 왜 그렇게 뜨거웠던지 딱히 이유는 알 수 없었다. 서울로 유학을 간다는 것만으로 충분했을 것이고, 초행인 서울에 대한 두려움과 넉넉지 못한 학비 걱정에다 무난히 합격이 될 수 있을 것인가 하는 불안, 이런 것들이 뒤범벅되었을 것이다. 1월의 밤을 달리는 3등 열차는 꽁꽁 얼어 있었지만 그는 추위를 느낄 수가 없었다. 사람들은 추위를 막기 위해 잔뜩 웅크려박고 꼼짝을 하지 않았다. 그러나 그는 자리를 지키고 있을 수가 없어서 문 난간에 매달려 매섭고 거친 겨울의 밤바람에 매질을 당하고 있었다. 냉랭한 하늘에 차갑게 반짝이는 별빛과 겹겹으로 쌓인 어둠이 휘몰아쳐 오는 바람에 실려 뭉텅이로 끼얹어지는 것 같은 밤을 기차는 질주했고, 그는 막힌 숨을 추슬러 쉬어가며 바퀴가 철로 이음자리에 부딪히는 소리를 귀에 새기고 있었다. 저 헤아릴 수 없이 많은 냉랭한 빛의 별들은 서울에 사는 사람들이고, 저 겹으로 쌓인 짙은 어둠은 서울이며, 살을 찢는 이 매섭고 차가운 바람은 서울에 발을 붙이고 사는 동안 겪어야 하는 시련이지만, 레일처럼 곧게 뻗은 내 길을 마련해 두고 목적을 향해서는 이 억세게 달리는 기차처럼 앞으로 앞으로만 나아가리라. 그는 난간을 움켜잡은 두 주먹에 더 힘을 주었다.

"될 수 있으면 사모님은 동행 안 하시는 게 좋을지도 모릅니다. 사모님이 짐이 되신다면 오히려 신경 자극이 될 우려가 있거든요."

의사의 말이었다. 그때 아내는 왜 그리 얼굴을 붉혔는지 모른다.

지금 생각하면 그 의사의 표정이 유죄였다. 의사는 말을 마치고 나서도 의미심장한 눈초리로 아내를 지그시 더듬듯 했던 것이다.

"괜히 따라가셔서 성가시게 굴면 안 됩니다. 신경쇠약증에 부인이 보채는 것은 금물이니까요."

필경 아내는 의사의 눈길에서 이런 말을 읽어냈을 것이 분명했다.

그는 피식 웃으며 담배에 불을 붙였다.

사실 지금 생각해도 의사의 짐이 된다는 말의 진의가 무엇이었는지 분명하지가 않았다. 아내가 느낀 그런 뜻일 수도 있었다. 그러나 그 반대일 수도 있었다. 그는 이미 진찰을 받으면서 표나게 성욕 감퇴 현상이 일어나고 있음을 실토했던 것이다. 그러니까 부인의 감시망에서 완전히 벗어나 자유롭게 다른 여자와 관계를 맺어보는 것도 치료 방법의 하나라는 뜻일 수도 있었다. 그것도 아니라면, 남자는 언제 어느 곳에서든 보호 의식을 갖게 마련이라는 평범한 뜻으로 받아들일 수밖에 없었다.

어쩌면 의사의 말이 아니었어도 아내는 동행을 꺼려 했을지도 모른다. 난리 통에도 서울을 떠나지 않은 순 토박이인 아내에게서 자연과 어우러진 정서를 기대하는 것은 큰 넌센

스였다. 초가 지붕에 핀 박꽃의 여름 밤이라거나, 자지러지는 매미의 울음 소리에 삭아드는 더위라거나, 봇물을 막고 미꾸라지를 잡는 재미라거나, 소쩍새가 목이 타는 보릿고개의 우울 같은 것이 이해될 리가 없었다. 아내는 반딧불을 본 일이 없고, 올챙이도 생물 도감에서 본 것이 고작이라 했다. 그가 서울에 대해서 그러했던 것처럼 아내는 시골이라는 곳에 대해서 두려움을 지니고 있었다. 그가 느낀 서울의 깡패에 대한 공포는 아내에겐 풀섶에서 갑자기 나타나는 뱀에 대한 공포와 일치하는 것이었고, 5원이 모자라서 20리가 넘는 서울의 길을 터덕거릴 수밖에 없는 반질반질한 인심에 그가 혐오를 느끼는 데 반해 아내는 잔칫날이면 온 동네 사람이 한자리에 모이는 것이 얼마나 번잡하고 수선스러운 일이냐는 견해를 보이는 것이었다.

  그런 아내를 돈 쓰는 재미까지 곁들이는 피서가 아닌 치료를 위한 휴양지에 동행시키고 싶지 않았다. 혹시 휴양지라고 택한 곳에 관광을 위한 시설이라도 얼마만큼 갖추어져 있다면 또 모른다. 자신에게는 소년기의 알뜰한 추억이 머물러 있는 곳이라 하더라도 아내에겐 생소하고 보잘것없는 시골구석에 지나지 않을 것이었다. 시골 출신이 소박하고 진실하다는 점은 장인이 인정한 무시하지 못할 결혼 조건 중의 하나로, 결혼 생활을 통해서 아내는 자기 아버지의 선

견지명에 만족해 하는 터이니까 그로서는 어느 친구처럼 촌놈 열등감에 시달리지 않아도 되었다. 그러나 걸어서 한 시간이면 일주가 족할 촌구석 ㅁ읍에다 아내를 처박아두고 무료와 권태에 못 견디는 꼴을 도저히 무감각하게 보아넘길 자신이 없었다. 텔레비전 주말 프로에서도 방영하지 않는 3류 영화를 보게 하는 일도 하루 이틀이지 보름이라는 날을 어떻게 보낼 것인가. 아내에게 신경을 쓰다 보면 병은 더 악화가 되고 말 것이었다. 의사의 짐이 된다는 말은 바로 이 경우에 해당하는 말이라고 그는 해석했다.

"의사의 말대로 전 짐이 되고 싶지 않아요. 당신 생각은 어떠세요?"

아내는 동행의 의사가 없음을 어디까지나 환자를 위한 의사의 명령에 따르는 것으로 표현하고 있었다. 그는 이때 말이란 참으로 묘하고 편리한 도구라는 것을 재인식한 것이다. 그러면서 한편으로는 불쾌하기 짝이 없었다.

"나 혼자 다녀올 테니까 그동안 당신은 집에서 휴양하구려."

그의 목소리는 퉁명스러웠다. 그럴 수밖에 없는 것이 자신은 아내에게 남자인 남편으로서 무시당하고 있었기 때문이다. 의사의 말에 아내는 분명히 얼굴을 붉혔었다. 짐이 되지 말라는 말을 그렇게 받아들였기 때문에 얼굴을 붉힌 것이 틀림없는 일인데, 다음 순간 아내는 뭐라고 속말을 뇌까

렸을 것인가.

"염려 마세요. 그이는 그게 형편없이 약해요. 아예 기대도 안 하기 때문에 짐이 될 필요도 없답니다."

아내가 속으로 했을 말이었다. 그렇지 않고서야 어떻게 15일간이나 떨어져 있어야 하는데 아내는 그리도 태연하게 동행을 하지 않기로 결정을 내릴 수 있을 것인가. 이것이 공무 출장도 아닌데 말이다. 그렇다고 아내가 초연한 군자의 도를 지닌 것도 아니다. 모든 여자가 자기들의 남편에 대해서는 그렇듯 아내도 가장 정상적인 여자였다. 만약 결혼 생활 8년을 통해서 보여준 단 한 번의 탈선도 없었던 자신의 단정한 품행을 믿어서였다고 하자. 그러나 그 어느 여자고 그 문제를 통해서 남편을 보는 한 제아무리 단정한 품행이나 모범적인 과거를 가졌다 하더라도 인정을 받을 수 없기는 마찬가지였다. 그 점이 바로 신께서 여자에게 내린 몰염치하고 몰지각하고 지칠 줄 모르는 힘이었다.

결국 그는 여지없이 무시당한 것이었다. 남자가 여자에게 생김새나 돈 때문이 아니라 그것으로 하여 무시를 당할 때 느끼는 치욕감. 그건, 간신히 안아올린 신부를 침대에까지 안아다 눕히지 못하고 중간에서 쓰러져버린 첫날밤의 신랑이 맛봐야 하는 패배감보다 더 쓰고 아픈 것일 수도 있었다.

그 증상이 나타나기는 대략 6개월 전부터였다. 영업부장의 자리에 앉고 나서 발생한 두 번째 이변이었다. 첫 번째 달려든 것이 불면증이었다. 따지고 보면 그 얼마 전부터 위험 신호는 다가들고 있었던 것이다. 의사의 진단이 그 점을 지적했었다. 그전에는 의식하지도 못했던 자동차의 소음 때문에 사무를 보다가 벌컥벌컥 화를 내기 시작했는가 하면 엘리베이터를 타고 내려가다가 그것이 무한정 떨어져내리는 착각에 머리를 감싸잡기도 했다. 바윗돌에 짓눌리는 꿈을 꾸다가 소스라쳐 깨고, 쉴 새 없이 울려대는 전화 벨 소리에 그만 숨이 막히는 울화가 치밀기도 했다. 이때 손을 썼더라면 그리 심한 성욕 감퇴 현상까지는 막을 수 있었을 것이라며 의사는 혀를 찼던 것이다.

기계를 무리하게 쓰면 고장이 난다는 너무 평범한 말을 실감했을 때는 이미 늦어 있었다. 하긴 잠시도 쉴 사이가 없이 돌려댄 기계였다. 레일을 달리는 기차처럼 그렇게 앞만을 향해서 굳세고 줄기차게 뛰었던 것이다. 정확한 계산과 분명한 타산에 의해 답을 내놓은 다음에는 그것만을 향하여 기차처럼 내달았다. 헤픈 술을 마실 여유가 어디 있으며 외도할 시간이 어디 있었던가. 하루 24시간 중에 깨어 있는 시간은 말할 것 없고 자면서까지 뛰고 있었다. 한 가지 일이 시작되고 나면 그 일이 공인된 흡족한 결과로 끝날 때까지 거의 밤마다 꿈을 꾸었으니 말이다. 단 한때, 아내와의 그 일이 있을 때만은 이 세상 모든 것을 말끔하게 잊어버릴 수가 있었다. 그런데 동년배 중에서 그 누구보다도 빨리 부장의 자리에 올라서 보니 계산과 타산이 범할 수 없었던 유일한 시간, 그가 가장 아끼고 소중하게 여기던 아내와의 시간마저 부장이라는 직함을 얻는 데 박탈당해 버렸음을 깨닫지 않을 수 없었다.

"아 시끄러워."

그는 담배를 신경질적으로 비벼끄다가 멈칫 놀랐다. 이래서는 안 된다고 자신을 타일렀다.

차장은 천안이 가까워지고 있음을 승객에게 알리는 동시에 명소 소개를 하고 있는 중이었다. 밉지 않은 목소리로 소곤거리듯 하는 차장의 목소리는 오히려 여행의 즐거움을 더하거나 기분 전환을 위해서 다른 승객들에게는 필요한 것일 수도 있었다. 그런데 자신은 짜증을 내는 것이다. 그는 이 사실에 또 짜증이 나는 것이다. 왜 이따위로 병신스러워졌는지 도무지 기분이 나빠 견딜 수가 없었다.

신경성 노이로제, 신경과민에 의한 신경쇠약. 도대체 어처구니가 없는 것이다. 그놈의 병명부터가 구역질이 났다. 딱 잘라서 맹장이면 맹장이고 그 흔해빠진 고혈압이면 고혈압이지 노이로제는 뭐고 신경쇠약은 또 뭐 말라빠진 것이냐. 맹장이면 찢어내면 그만이고 고혈압이면 정구를 치든

상실의 풍경 361

등산을 하든 딱딱 규정이 날 게 아닌가. 이건 도무지 어떻게 된 병이 약도 신통한 것이 없는 데다 무작정 안정이다 휴양이다 해대니 이 무슨 벼락맞을 놈의 병이 이런 병이 있을 것인가. 일은 산더미로 쌓이고 이사(理事)까지는 우선 미뤄두더라도 해외 지점장 자리가 1~2년 내에 떨어질 판인데 어느 세월에 글쎄 안정을 하고 휴양을 다녀. 빌어먹을 놈의 병이 걸리려면 한 5년만 있다가 걸려도 좋잖은가 말이다. 그때쯤이면 휴양 아니라 평생 놀아도 될 만큼은 벌 텐데. 그때는 의사 말대로 문화병답게 대접도 해주고 인텔리병으로 어련히 잘 모셔드릴까 봐서 방정맞게 이렇게 일찍 찾아드느냔 말이다.

그는 또 열이 오르고 있는 자신을 발견하는 것이다. 그리고 이렇게 병에 매달리는 것부터가 노이로제고 신경쇠약이 아니냐고 다시 자신을 타일렀다.

그는 의식적으로 고향 생각을 하며 옛 기억을 더듬기 위해 눈을 감았다.

기철이 그 녀석은 지금쯤 어떻게 살고 있을까. 항시 숙제를 안 해와 종아리를 맞던, 시오리가 넘는 학골에서 다니던 기철이. 손가락 마디가 다른 애들보다 두 배는 굵고 흉터가 많던 손. 꼭 솔가지처럼 뻣뻣한 그 손으로 어쩌면 그리도 글씨를 못 쓰던고. 소수점이 찍히는 나눗셈을 못해 그렇게 쥐어박히면서도 녀석은 울지도 않고 연상 연필에 침을 묻혀가며 낑낑대기만 했었다. 그런데 기철이 녀석이 광을 낼 때가 있었잖나. 수학 여행 때문에 벼 베기를 할 때였다. 녀석은 낫자루를 잡은 손에 퉤퉤 침을 두어 번 뱉고 나서 허리를 굽히면 논 한 마지기 벼를 다 베고 나서야 허리를 폈었지. 낫을 든 녀석의 오른손은 어찌나 빨리 움직이던지 벼 포기 사이에서 잘 보이지 않을 지경이었고 베어진 벼는 무슨 살아 있는 물건처럼 곧추섰다간 녀석의 왼팔에 눕고 눕고 하지 않았던가. 낫질을 잘한다는 아이들 서너 명이 기철이 하나를 당하지 못했으니까. 선생님은 처음으로 기철이의 머리를 쓰다듬으며 칭찬을 거듭했고 이상하게도 기철이는 손등으로 눈물을 쓱쓱 문지르며 울었던 것이다. 그 후부터 아이들은 기철이에게 머슴이란 별명을 붙여 부르기 시작했다. 그럴 때마다 기철이는 기를 쓰며 그런 아이들을 붙들어 학급에서 누구도 당해내지 못하는 그 뛰어난 씨름 솜씨로 사정없이 메다꽂는 것이었다. 머슴이란 별명이 붙은 것은 벼 베기를 유별나게 잘한 때문도 있었지만 수학 여행에서 끼니때마다 다른 아이들보다 두 배 이상, 그릇 위로 솟는 양이 더 많은 일꾼들의 밥그릇 모양을 해가지고도 게눈 감추듯 해버리면서부터였다. 그 녀석이 머슴이란 별명을 그리도 싫어했던 이유를 알게 된 것은 졸업이 가까울 무렵이었다. 숙제도

곧잘 해주고 산수 문제 풀이도 거들어주곤 했던 그에게 녀석이 제 집에 놀러 가기를 졸랐던 것이다. 4월은 신학기고 졸업식은 대개 3월 중순에 했던 그때 녀석의 집을 찾아간 것이 3월 초순이었다. 기철이가 내놓은 점심은 고구마 세 개였다. 농사짓는 집이 다 그렇듯 기철이네 방 윗목에도 고구마를 넣어둔 싸리발이 둘러쳐져 있었다. 그 싸리발 속에는 겨울 내내 먹고 남은 못생긴 고구마들이 바닥을 드러내고 있었다.

"뭐, 촌이라서 먹을 만한 게 있어야지. 농사철도 아니고."

기철이는 이런 말을 하며 고구마를 권했다. 이런 기철이의 말에서 그는 어른을 느꼈고, 수학 여행에서 그리도 많은 밥을 먹던 기철이를 떠올렸다.

고구마는 단물이 지르르 흐르는 게 입 안에서 저절로 녹아들었다. 그렇게 맛있는 고구마는 처음이었다. 몹시 신기해 하는 그에게 온돌에서 삼동을 지낸 고구마는 다 그리 맛있다며 기철이는 예사롭게 말을 받아넘겼다.

헤어지면서 중학교는 안 가느냐고 묻자, 머슴 아들이 중학교는 무슨 중학교냐고 아버지를 따라 머슴살이를 해야 된다며 기철이는 고개를 돌려버렸다.

이것이 기철이와 마지막이었다. 기철이는 졸업식 날 학교에 나오지 않고 말았다.

그는 서울 생활에서도 노상에 펼쳐놓은 고구마를 볼 때는 기철이를 생각했고 으레 그의 마지막 모습이 선하게 떠오르곤 했던 것이다.

이번 길에 그는 학골의 기철이를 꼭 만나보리라 다짐을 했다.

정분이는 애를 몇이나 낳았을까. 지금쯤 많이 늙었으리라. 한 반에 다섯 개의 분단이 있었고 한 분단에 계집애들은 둘씩이었지. 분단장부터 뽑고 애들을 나눌 때 얼마나 몸이 달았던가. 2분단장인 자신의 분단으로 정분이가 오게 되기를 애타게 바라면서도 애들 눈이 무서워 표를 낼 수가 없었다. 한 아이씩 차례로 자리를 잡아갈 때마다 책상 속에 넣은 두 주먹을 자꾸만 틀어쥐다가 끝내는 떨리기 시작했다. 드디어 정분이가 선생님 명령대로 2분단에 오게 되고, 자신도 모르게 휴우 한숨을 내쉬며 이마를 훔치고 나서 손바닥을 보니 핏기가 가신 두 손바닥에는 각기 네 개의 손톱자국이 파였고 끈끈하게 땀까지 배어 있었다. 정분이는 예쁜 얼굴이었다. 언제나 말이 없었다. 이마를 반쯤 덮고 귓불이 보일락말락하는 단발머리는 한번도 흐트러지는 때가 없었다. 그런 정분이가 좋았다. 몹시 더운 날 사회 시간이었다. 아이들에게 연대를 외우게 한 선생님은 꾸벅꾸벅 졸고 있었다. 책상은 분단별로 놓여 있었는데 한 분단에는 2인용 책상이 다섯 개였다. 그중 네 개는 두 개씩 옆구리를 맞붙여서 다시 등을 맞대도록 놓여 있었다. 그러니 네 개의 책상은 등과 옆구리가 맞붙어 큰 상 모양이 되었고 여덟 명은 서로 맞바라보고 앉게 되어 있었다. 그리고 분단장의 책상은 그 끝에 붙어 있어서 한 분단의 앉음새는 마치 ㄷ자형의 회의장 좌석 배치와 같았다. 분단장의 옆에는 그 분단에서 성적이 제일 나쁜 아이가 앉고 부분단장의 옆에는 그 다음의 아이, 이렇게 해서 한 분단의 분단장 자리로부터 맨 끝에 놓인 두 책상의 네 명은 거의 비슷한 성적의 아이들이 앉게 되어 있었다. 정분이의 자리는 분단장인 자신의 오른쪽으로, 2분단에서 3등이라는 표시였다. 그는 연대를 외우다가 싫증이 나서 한눈을 팔았다. 정분이를 물끄러미 바라보고 있었던 것이다. 정분이는 눈을 꼭 감고 열심히 입을 달싹거리고 있었다. 슬슬 눈길을 놀리던 그는, 하아 저게 뭐야, 눈을 크게 떴다. 배꼽이었다. 검은 물을 들인 정분이의 풀기 잘 선 삼베 치마의 앞 터진 부분이 들린 사이로 배꼽이 들여다보이고 있었다. 야 저것 봐라, 신난다. 그는 고개까지 쑥 빼가지고 배꼽 구경에 정신을 놓고 있었다. 그러다가 정분이를 훔쳐보았다. 여전히 연대 외우기에 열심이었다. 퍼뜩, 정분이의 맞은편에 앉은 부분단장 경철이놈이 보면 어쩌나 하는 생각이 들었다. 그건 싫었다. 그래서 책상 밑으로 정분이의 다리를 톡톡 건드렸다. 정분이가 번쩍 눈을 떴다. 그는 낮게 그러나 빠르게 속삭였다. "배꼽 보여." 말이 떨어지기가 무섭게 정분이는 후닥닥 앞을 거머잡더니만 책상에 얼굴을 묻어버렸다. 팔에 가려서 얼굴은 보이지 않았지만 머리칼에 가려 보일 듯 말 듯한 귓불은 평소와는 달리 새빨갛게 물이 들어 있었다. 그 후로 정분이는 표나게 쌀쌀해졌다. 공부 시간에 아무것도 묻지 않는 것은 말할 것도 없고 청소 시간이나 복도 같은 데서 마주치면 싹 얼굴을 돌려버리는 것이었다. 그는 얼마나 후회를 했는지 모른다. 모르는 체해 버리지 못한 것을. 그리고 그런 정분이가 야속하기만 했다. 그러다가 가을 운동회가 되었다. 달리기에 1등을 한 그는 상으로 받은 공책 세 권을 모두 정분이에게 내밀었다. 그러나 정분이는 쌀쌀하게 획 돌아서 버렸다. 그는 그 공책을 모두 갈기갈기 찢어 변소에 처넣어버렸다. 그리고 졸업을 해버렸고, 그가 고등학교 2학년 때 정분이가 시집을 갔다는 말을 들었다. 고등학교를 졸업하고 ㅁ읍에 잠깐 들렀을 때 정분이는 애엄마가 되어 있었다. 애를 업고 가는 낭자 머리의 정분이를 먼발치에서 본 그는 공책을 갈기갈기 찢었던 자신을 생각하며 자꾸만 쿡쿡대고 웃었던 것이다.

큰아들놈을 국민학교에 넣어놓고 며칠이 지나 제 짝이라며 계집아이를 집에 데려왔을 때 그는 정분이를 떠올리고 나서 웃었던 것이다.

용천골에 있던 그 넓은 저수지. 여름이면 개헤엄을 치다 지치면 발가벗은 채로 밭둑에 몸을 찰싹 붙이며 기어서 습격하던 참외밭. 그 딸기코 할아버지는 정말 놀랄 만큼 귀가 밝았었다. 드르렁드르렁 코를 골다가도 자기네들이 가까이만 가면 벌떡 일어나 소리를 질러댔던 것이다. 딸기코 할아버지는 진즉 세상을 떠났으리라.

그는 스르르 잠이 들다가 눈을 떴다.

차장은 5분 후면 종착역에 도착할 것을 예고하고 있었다.

그는 시계를 들여다보았다. 두 시간 남짓한 시간이 지나 있었다. 옛날 같았으면 다섯 시간이 걸리고 완행 열차의 경우 연착이라도 하면 여섯 시간이 넘게 걸리기도 했던 거리였다. 17년이란 세월을 새삼스럽게 실감하지 않을 수 없었다.

그는 ㅎ시에서부터 ㅁ읍까지의 백여 리는 택시를 타기로 했다.

택시는 고속 버스 터미널에서 쉽게 탈 수 있었다.

"ㅁ읍으로 갑시다."

말을 일러놓고 한참이 지나도 차는 움직일 기색이 보이지 않았다. 고속 버스의 냉방 시설 덕택에 그는 두 배 이상의 더위를 마셔대고 있는 참이었다.

"이 차 고장이오?"

그의 목소리에는 짜증이 묻어났다.

"잠깐만 봐주십쇼. 이 앞자리에 같은 방향 손님을 곧 모시고 올 겁니다."

운전사는 뒤는 돌아보지도 않고 연상 앞만 살피며 이렇게 내갈겼다.

"……!"

그는 택시에서 내렸다. 건방진 자식 같으니라구.

"손님, 손님 왜 그러십니까. 떠납니다."

운전사는 황급히 쫓아와서 곧 소매를 붙들 기세였다. 그는 운전사의 눈을 똑바로 쏘아봤다.

"이런 꼴 당하려고 여기까지 온 게 아니란 말이오!"

"예?"

그는 옆 택시로 오르며 외치듯 했다.

"ㅁ읍으로 갑시다."

발동을 걸고 있던 택시는 그가 자리를 바로잡기도 전에 움직였다.

자리를 비워서 가느니보다 합승을 시키는 것이 나쁠 것은 없었다. 그런데 합승이 운전사 자기네들의 당연한 권리처럼 승객의 의사는 아예 묵살해 버리고 설치는 데는 질색이었다. 그것도 바쁜 출근 시간에 손님을 실을 때까지 서너 번씩

상실의 풍경

정거를 해대는 무례를 당하면서까지 태연하기란 여간한 수양을 쌓지 않고서는 어려운 일이었다.

 방금의 일만 해도 그렇다. 미리 양해를 구했으면 또 모른다. 당연히 합승을 해야 되는 것처럼 건방지게 구는 꼴도 꼴이었지만 다른 사람은 손님을 태우지도 못하고 있는데 제 놈만 돈을 곱으로 벌겠다는 그 시커먼 속이 도대체 얄미운 것이다. 이 모든 것을 다 접어두고 여기까지 서울의 그 악습이 전염되어 있다는 사실에 딱 정이 떨어지는 것이었다.

 그는 몇 번이고 심호흡을 했다. 흰구름을 머리에 가볍게 이고 있는 산이며 짙푸른 벼가 들어선 논이 오래 눈에 익은 풍경으로 느껴지고 차창으로 몰려드는 바람에서 싱싱한 흙내음을 역력히 맡을 수 있었다. 그는 곧 기분이 개운해졌다.

 "아스팔트가 깔렸군요?"

 그는 안 해도 그만인 말을 운전사에게 던지기도 했다. 그러면서 휴양지를 여기로 정한 것은 십분 잘했다는 생각이 들었다.

 택시는 40여 분 만에 ㅁ읍에 도착했다.

 택시가 먼지를 일으키며 떠나버린 다음에도 사방을 두리번거리며 햇볕 아래 그대로 서 있었다. 분명 ㅁ읍 역전이었다. 그때도 이랬던가. 그는 굳이 ㅅ읍에 있었던 이모 집을 가고 올 때 드나들던 예전의 역전을 생각해 내려 하고 있었다. 아무리 기억을 더듬어봐도 일본식 건물인 역사(驛舍)와 양철 지붕인 왼편의 창고와 역전 광장 등 옛모습 그대로였다. 역사나 창고는 훨씬 더 헐어 보였고, 역전 광장은 이런 데서 어떻게 변사 영화를 상영할 수 있었나 싶도록 좁아 보였다.

그는 고향 ㅁ읍에 첫발을 디디면서 뭔가 허전한 실망을 하고 있었다. 너무 허술해 보이고 너무 초라해 보이고 너무 가난해 보이는 모습. 세월의 흐름에는 아랑곳없이 너무 변하지 않은 모습에서 친근감을 느끼기보다 적막감이나 쓸쓸함이 엄습하는 것은 무슨 까닭일까. 너무 갑작스러운 변화 앞에서 당황하거나 거리감을 느끼는 것과는 또다른 감정. 옛 동산을 찾아갔을 때 어린 날 매달렸던 나무가 아름드리로 커 있고, 그때 냈던 생채기도 늙은 등걸에서 커져 있음을 발견할 수 있기를 바랐던 것이다.

그는 그 길로 옛 국민학교를 들러볼까 하다가 머무를 곳부터 정하기로 했다.

시간은 오후 1시에 가까워지고 있었다.

그는 읍사무소나 경찰서 등이 자리잡은, 그래도 읍내 중심가라는 곳에서 여관을 잡을 것인지 아니면 예전에 살던 동네로 갈 것인지 결정을 내리지 못하고 있었다. 이런 것은 진즉 차 속에서 정해 둘걸 잘못했다는 생각이 들었다. 그는 우선 햇볕을 피할 곳을 찾아야 했다. 그리고 목도 축여야 했다.

그는 두리번거리다가 제과점을 찾아냈다. 제과점으로 들어서며 그는 빙그레 웃었다. 참 어색한 글씨로 쓴 제과점의 이름은 '서울 뉴욕 제과점'이었던 것이다.

"어서 오세요. 이리 앉으세요."

졸다가 깬 듯한 아가씨가 흘러내린 머리칼을 쓸어올리며 헤프게 웃고 있었다. 홈이 파인 거친 시멘트 바닥에 놓인 서너 개의 헐어빠진 탁자와 비닐 커버가 찢어진 의자가 흩어진 듯 놓여 있는 실내는 무척 무더웠다.

"더운데 어서 앉으세요."

아가씨의 두 번째의 권유에도 선뜻 자리를 잡고 앉을 마음이 내키지 않았다.

"뭐 시원한 거 있겠나?"

그는 말을 해놓고 언짢은 기분이 되었다. '있나'가 아니라 '있겠나'로 자신은 분명 부정의문문을 사용했던 것이다. 그 다음의 말이나 그 속에 숨겨진 뜻은 뻔한 것이었다. 그는 자신의 그런 어처구니없는 오만이 싫었다.

"그럼요. 사이다, 빙수, 아이스케키, 얼마든지 있어요."

아가씨는 한달음에 말을 하고는 저쪽으로 갔다. 그는 자신에게서 느낀 언짢은 기분을 떼치기라도 하듯 가방을 탁자에 소리 나게 놓고 의자를 끌어당겼다.

"여깄어요, 부채. 뭘 드시겠어요?"

"부채?"

그는 눈에 익은 여배우가 웃고 있는 타원형 부채를 집어 들며 반문했다. 부채—? 그 생소한 기분과 거리감, 새삼스럽게 느껴지는 더위, 정말 시골에 와 있다는 실감, 이런 것들이 부채를 보는 순간 밀려들었다.

"선풍기라도 없나?"

그는 부채를 서너 번 흔들어보다가 물었다.

"그 비싼 선풍기 사놓고 장사하다가 밥 굶게요? 빨리 찬 걸 드세요."

"그래?"

그는 또 기분이 언짢아졌다. "선풍기라도 없나?" 이런 말을 아무렇게나 해대는 자신이 싫었다. 에어컨은 아니더라도 하는 뜻이 숨겨진 말. 아가씨의 그런 대꾸만 아니었어도 그는 자신의 말을 굳이 되씹어보지 않았을 것이다. 사실 여름에 부채를 잊어버리고 살게 된 것이 언제부터인지 기억조차 없다. 그 기억조차 없는 세월 동안에 잊어버린 흙 내음 실은 바람. 그 바람을 잊어버리면서 불면증의 잠자리는 마련된 것인지도 모르고 그래서 찾은 땅에서 정작 그걸 수용할 수 없어 다시 병인(病因)에 끌려가는 것인가.

"뭐가 있댔지?"

"사이다, 빙수, 아이스케키요."

"아이스케키? 어디, 그걸 먹어보자."

"몇 개나 디려요?"

"한 두서너 개 줘보렴."

아이스케키? 얼음과자―. 그의 속에서는 아이스케키라는 말에 곡이 붙은 얼음과자라는 말이 잇따랐다. 나무통을 걸머지고 다니면서 아이스케키, 얼음과자를 번갈아 가며 외쳐대던 장사들. 장사마다 그 곡조는 다 달랐고, 한참 듣다 보면 아새끼, 어른과자가 되기도 했다. 장터에 서커스단이 들어왔던 어느 해 여름 밤. 하루 종일 졸라대서 받아낸 돈을 주먹에 꽁꽁 말아쥐고 몇 놈이 장터로 내달았다. 서커스단의 나팔 소리는 왜 그리 신명이 나는지 모른다. 장터에 다다라보니 너무 일찍 와서 표를 팔지 않았다. 기다릴 수밖에 없었다. 날은 덥고 목은 마른데 아이스케키, 얼음과자를 외치는 소리가 더 목을 타게 했다. 몇 번을 망설이다가 아이들 모두가 딱 한 개씩만 사먹기로 의견을 모았다. 막대기에 낀 긴 아이스케이크. 달고 시원하고 가끔 팥알이 씹히기도 하는 그것은 먹어도 먹어도 한이 없었다. 딱 하나가 세 번 되풀이되고 나니 돈은 반으로 줄어 있었다. 야단이었다. 그 신바람 나고 아슬아슬한 외줄타기, 공중 그네뛰기, 외발 자전거타기 같은 구경을 못하게 되고 만 것이다. 이때 누군가가 희한한 꾀를 생각해 냈다. 표 받는 뒤쪽으로 돌아가면 경비가 허술하니까 천막을 들추고 슬쩍 들어갈 수 있다는 것이었다. 들키면 어찌느냐, 서커스단 사람들은 무지막지해서 잡히기만 하면 다리가 부러진다더라는 둥 반대 의견도 나왔지만 실리(實利)를 위해서는 으레 그러는 것처럼 그때도 그런 의견은 재고의 여지도 없이 묵살되었고, 그런 말을 꺼낸 아이는 병신 취급을 당해 야코가 팩 죽어버렸던 것이다. 그래서 모두는 의기양양하게 나머지 돈으로 그 맛있는 아이스케이크를 다 사먹어 버렸다. 마지막 아이스케이크의 막대기까지 쪽쪽 빨다가 그럼 누가 제일 먼저 천막을 들추고 들어갈 것이냐 하는 문제가 입에 올랐다. 그 말을 꺼낸 아이에게 모두의 시선은 쏠렸고 그 아이는 발뺌을 했다. 서로 먼저 들어가라고 미루면서 시간이 갔고 드높은 서커스단의 천막 속에서는 나팔 소리, 북소리와 함께 박수 소리가 터져나왔다. 시작을 하는 모양이었다. 결국 가위바위보로 결정을 하기로 했다. 제일 먼저 진 아이가 맨 앞에 서고 끝까지 이긴 아이가 맨 뒤에 서기로 차례를 정했다. 그의 차례는 끝에서 두 번짼가 그랬다. 결국 한군데를 골라 천막을 들췄다. 생각보다 쉽게 천막은 들춰졌고 맨 앞에 선 아이가 쑥 들어갔다. 아무렇지도 않았다. 그 다음 아이가 또 들어갔다. 가슴에서 방망이질은 여전했지만 한결 마음이 놓였다. 그도 쑥 몸을 디밀어 고개를 드는 순간 덥석 뒷덜미를 틀어잡는 우악스러운 손이 있었다. 먼저 들어간 아이들도 붙들려 있었다. 어깨가 떡 벌어진 사내에게 불이 번쩍번쩍 튀는 알밤을 사정없이 얻어먹고 볼기짝을 차이고 해서 쫓겨났다. 그런데 모두는 그렇게 맞으면서 훔쳐본 공중 그네타기에 대해서 서로 우김질을 하며 볼기짝과 머리들을 문질렀던 것이다.

"요즘도 곡마단 들어오나?"

아이스케이크가 담긴 접시를 놓고 돌아서는 아가씨에게 물었다.

"싸카쓰요? 가끔 들어와요. 저어, 아저씨 서울서 오셨지요?"

그는 여전히 헤프게 웃고 있는 아가씨를 올려다봤다.

"왜?"

"서울 좋지요?"

그는 눈길을 탁자로 옮겼다. 예상했던 물음에 기대하고 있는 만큼의 답변을 해줘야 하는 그런 도식적인 권태를 여기서까지 겪고 싶지 않았다. 그런 권태에는 너무 익숙해지다 못해 넌덜머리가 난 다음이었다. 계장이 새 양복을 입고 와서 어떠냐고 물을 때부터 시작해서 과장의 와이셔츠, 차장과 부장의 구두며 헤어스타일을 거쳐 이제 전무 이상 사장의 넥타이며 늘어처진 배에 대한 예찬론을 펴야 하는 단계에 이르러 있었다. "배가 자꾸 나와서 큰일이란 말야. 혈압은 자꾸 높아가는데." 이때, "그것 참 큰일났군요. 조심하셔야 합니다." 이렇게 대꾸를 했다간 볼장 다 본다. "아 얼마나 품위가 있고 믿음직스러워 보입니까. 사장님께서는 골프를 하시기 때문에 더 이상 살이 찌시지도 않겠지만 더구나 고혈압의 염려는 아예 없습니다. 운동을 하면서 오른 살은 고혈압과는 아무 상관이 없으니까요." 저게 멧돼지지 어디 품위가 있고 믿음이 있어 보이느냐. 골프도 운동이라더냐. 굳이 이렇게 자신을 힐난할 것까지는 없었다. 그렇게 되면 권태에다가 초라하고 비굴한 자신의 꼴까지 봐야 하는 고통이 따르기 때문이다. 그저 기대하는 대답을 기대 이상으로 해주기 위한 만반의 태세를 갖추면 되고, 그러기에 급급하다 보면 사실 그런 힐난의 여유는 있을 수가 없었다. 영업 실적 현황을 차트에 나타난 이상으로 파악하는 것은 물론 그런 데까지 신경을 곤두세우다 보니까 오늘처럼 휴양을 전제한 귀향을 하지 않을 수 없게 되었는지도 모른다. 그런데 이제 와서 제발 이 아가씨까지 부담스럽게 느끼고 싶지가 않았다.

  그는 아이스케이크를 들다 말고 도로 놓아버렸다. 아이스케이크에 끼워진 막대기에 푸릇푸릇한 물이 들어 있었던 것이다. 그건 자세히 보지 않아도 물기 묻은 나무에 곰팡이가 피었던 자리였다. 입에 대기도 전에 비위가 상했다.

"아이스크림 없나? 해태라든가……."

"아이스크림요? 해태요?"

아가씨는 무슨 소리냐는 표정을 짓고 있었다.

그는 자꾸 더워지고 있었다.

"아이스케키 싫으세요? 빙수 드시겠어요?"

"빙수? 그래, 그걸 먹어볼까?"

"이건 어떡하구요. 녹기 시작하는데……."

아가씨는 걱정스러운 얼굴로 우그러진 양은 접시에 놓인 세 개의 아이스케이크를 내려다보고 있었다.

"염려 말어, 돈은 내지. 더 녹기 전에 아가씨라도 먹겠어?"

"미안해서 어떻게……."

이러면서 아가씨의 손은 벌써 접시를 들고 있었다.

그는 뜨거운 햇볕을 내다보며 심한 갈증을 느꼈다. 시원한 물에 목욕을 하고 푹 자고 싶다는 생각을 하다가 소리가 나는 쪽으로 고개를 돌렸다. 그러면서 소리쳤다.

"아가씨 그만둬, 그만둬!"

그는 서울역 염천교 근방에서 언젠가 본 기억이 있는 리어카 빙수 장수가 떠올랐다. 그 빙수 장수는 채칼 같은 것에 젖은 수건으로 덮은 얼음 덩이를 열심히 문질러댔다. 그러고는 병에 담긴 빨간색 노란색 물감을 찍찍 뿌려댔던 것이다. 그 빙수 장수처럼 아가씨는 노란 수건으로 덮은 얼음 덩이를 열심히 문질러대고 있는 참이었다.

"왜 그러세요?"

"저어, 다른 시원한 게 없을까?"

"사이다가 있어요. 그렇지만 얼음을 다 갈았는데요?"

"돈은 낼 테니까 염려 말어. 사이다 차갑지?"

그는 웬일인지 이번에는 아가씨가 먹으라는 말을 할 수가 없었다.

"염려 마세요. 꽁꽁 얼었어요."

아가씨가 쟁반에 받쳐들고 온 사이다병과 컵을 탁자에 놓았고 그는 난색이 된 얼굴로 그걸 물끄러미 내려다보고 있었다.

"오복사이다? 칠성사이다는 없나 보지?"

그는 중얼거리듯 하고 있었다.

"아, 거 라디오에서 선전하는 사이다 말이죠? 비싸서 못 갖다 놔요. 사먹는 사람이 없어요. 이 오복사이다도 얼마나 맛있는데요. 한 컵 마셔보세요."

아가씨는 컵에 사이다를 따랐다.

"비싸?"

"네에, 운반비가 있대나 봐요. 이것보다 배가 비싸요. 더운데 어서 드세요."

 사뭇 친절해진 듯싶은 아가씨의 말을 들으며 그는 그랬던가 생각하고 떫게 웃었다. 영업부장의 체면이 우습게 됐다는 느낌에서였다.

 그는 사이다를 한 모금 마시다 말고 캑캑거렸다. 사이다는 목을 넘어가면서 지독스럽게 코를 쏘아대며 이상한 냄새를 뿜었던 것이다.

 "이 사이다까지 전부 얼마냐?"

 "괜히 미안하게 시키기만 해놓고……."

 이렇게 중얼거리며 머뭇거리는 아가씨는 정말 미안한 표정을 짓고 있었다. 그는 언뜻 그 얼굴에서 뭔가 마음이 환해지는 듯싶은 반가움을 찾았다. 그건 얼마 전 역전 광장에서 느꼈던 허전한 실망을 메워주는 것 같았다.

 "나 바쁜데, 전부 얼마지?"

 "전부 배액……삼십 원요."

 아가씨는 고개를 숙인 채 들릴락말락한 목소리였다.

 그는 백 원짜리 한 장과 50원짜리 한 장을 탁자에 놓고 돌아섰다.

 "이런 시골에 와서 서울 것만 찾으면 어떻게 해요. 괜히 미안해 죽겠는데."

 뒤에서 들려오는 아가씨의 원망스러워하는 목소리였다.

그는 멈칫 그 자리에 섰다. 그렇구나, 아가씨 네 말이 맞다.

그는 우울한 마음으로 뜨겁게 내리쬐는 햇볕 속을 망연히 바라보다가 걸음을 옮기기 시작했다.

그는 불볕 속을 터벅이고 걸으며 아직 거처를 정하지도 못하고 목도 축이지 못한 것을 새삼스럽게 떠올렸다.

그는 중국 무협영화의 포스터가 붙은 새로 생긴 극장 앞을 지나면서 거처를 예전에 살던 동네로 정하기로 했다. 여관에 들면 번잡스러워 안정이 안 될 것 같았고 또 오랜만에 고향엘 찾아온 의의도 없는 일이라 싶었다.

그가 문중(門中)의 아저씨뻘이 되는 집에 여장을 푼 것은 오후 2시가 넘어서였다. 갓 퍼올린 샘물에 목욕을 하고, 쌀과 함께 과서 만든 닭죽을 땀을 뻘뻘 흘려가며 그릇 반이나 먹은 다음 대청마루에 돗자리를 깔고 잠이 들면서 거처를 여기로 정한 것은 참 잘한 일이었다고 생각했다. 그러나 그 생각이 잘못된 것임을 깨달은 것은 두어 시간 자고 난 다음부터였다.

잠을 깨고 보니 문중의 아저씨뻘 되는 사람들에서부터 형제뻘이 된다는 사람들이 20여 명이나 모여앉아 있었다. 그는 미처 정신을 차릴 겨를도 없이 소개를 받아야 했고 그때마다 넙죽넙죽 큰절을 하지 않을 수 없었다. 한 사람을 소개하는 데는 자신의 선친과의 연고로부터 장황하게 펼쳐졌다.

그리고 으레 그들은 절 받을 자세를 취하고 있었기 때문에 같은 동작을 되풀이하지 않을 수 없었다. 젊은 축들도 그렇지, 형뻘이든 아우뻘이든 악수나 하고 말 일이지 소개가 끝나면 '보십시다' 하면서 큰절을 하고 덤비니 어쩔 도리가 없었다. 그 20여 명 중에 대여섯 사람을 빼놓고는 도무지 기억에 없는 사람들이었다. 이마에 땀이 내배도록 큰절을 한 것까지는 좋았는데 그 사람들이 영 자리를 뜰 생각을 하지 않는 것이었다. 그는 알지도 못하는 선친의 옛날이야기가 나오고 곁들여 문중의 이야기가 펼쳐지기도 하며 종잡을 수 없이 되어가고 있었다. 그는 그저 건성으로 '예, 예' 대답을 할 뿐 재미도 흥미도 느낄 수가 없었다. 자세를 흩뜨리지도 못하고 그렇다고 이야기를 막을 수도 없고, 그는 바작바작 땀을 흘렸다. 이런 경우를 좀 수월하게 넘기라고 있을지도 모를 담배까지 피울 수 없고 보니 그의 고통은 이만저만이 아니었다. 이야기는 그 자신에게로 옮겨져 아이들의 성별, 나이, 학교, 성적 등 세세한 가족 상황에서부터, 크게 출세했다는 소문은 진즉 듣고 있었는데, 어디서 무엇을 하느냐는 전제로 시작된 직장 형편까지, 그것도 무역 회사가 하는 일이며 회사의 규모, 자신의 직책 순위까지 설명을 하지 않을 수 없었다. 묻는 말에 일일이 대답을 해야 되는 고역을 치르다가 뜻하지 않은 곤경에 빠져들기 시작했다. 젊은 축에서 "그 형님의 회사에 취직 좀 시켜달라"는 말이 느닷없이 튀어나왔다. 그러자 너도나도 하며 덤벼들었고 어른들은 "암, 서로 돕고 살아야지." "그렇고말고. 잘된 사람이 끌어줘야 하는 법이지." "그렇지, 그래야 문중이 번창하고 선영에 떳떳하지." "보게나, 거 최씨네 문중. 서로 이끌어주고 받쳐주고 하니까 눈 깜짝할 사이에 어떻게 됐나 말야." 이런 식으로 공격의 화살이 그에게로 돌려지는가 했더니 "문중 돕는 게 제 돕는 게지." "문중 외면해 잘되는 놈 보았나." 이렇게 막다른 골목으로 몰아쳤던 것이다. 그는 좀더 생각해보자고 어물거릴 수밖에 없었다.

그들은 어둠살이 퍼지기 시작해서야 자리를 떴다. 그러면서 저녁을 먹고 다시 오겠다는 말들을 남겼던 것이다.

그는 샘물을 퍼올려서 두레박째로 좍좍 물을 끼얹었다.

목욕을 마친 그는 곧 집을 나섰다. 저녁 준비가 다 됐는데 어딜 가느냐고 아저씨가 팔을 붙들었다. 급한 회사 일 때문에 나가봐야 되겠다고 얼버무렸다. 그러면서 그는 불쑥 돈을 내밀었다.

"아까 너무 더운 김에 회사 일도 잊어버렸고 아저씨께 드릴 선물 사는 것도 잊어버렸군요. 담배라도 사 피우세요."

"아, 뭐 이리 많은 돈을 글쎄. 관두라니까."

"그럼 다녀오겠습니다."

"늦기 전에 일찍 들어와야 해. 밤길이 서툴 테니까."

그는 건성으로 대답하며 바삐 대문을 나섰다.

큰길로 나서고 보니 막상 갈 곳이 없었다. 시계를 보았다. 8시 반이 조금 넘어 있었다.

귓가에서 앵 하는 소리가 났다. 그는 반사적으로 몸을 움찔했다. 모기였다.

그는 읍내 쪽으로 걸음을 옮겼다. 예전에 살던 집이나 돌아볼까 하다가 그만두기로 했다. 보나마나 더 헐어 있겠지 하는 생각이 사뭇 강하게 작용했다.

정분이를 만나볼까. 집을 모른다. 또 만난다고 한들 무슨 말을 할 것인가. 싱겁다. 그 배꼽 — 그는 가만히 웃었다. 이제 와서 만나도 그렇게 쌀쌀할까. 궁금하다.

그는 황급히 길가로 비켜섰다. 헐어빠진 택시가 급하게 옆을 스쳐 지나갔다. 흙먼지가 뿌옇게 일었다.

"아 여태 아스팔트도 안 돼 있어."

그는 투덜대며 팔을 두어 번 휘젓다가 코를 막았다. 그렇게 한참을 걸었다.

읍사무소 앞에서 걸음을 멈추었다. 시계를 보았다. 아직 9시도 안 되어 있었다. 아무리 생각해도 갈 곳이 없었다. 골똘히 생각하던 끝에 국민학교가 떠올랐다. 그는 될 수 있는 대로 천천히 걷기로 했다. 학교로 가는 길은 자연스럽게 발길이 닿았다. 중국 사람이 하던 단팥죽집도, 펑 화약을 터뜨리던 사진관도 예전 그대로였다. 학교는 정문의 위치가 변해 있었다. 어둠 속에서도 한눈에 많이 달라진 것을 알 수 있었다. 인구 팽창의 증거였다. 단층 목조뿐이던 것이 콘크리트 3층 건물을 우측으로 거느린 대신 그만큼 좁아진 운동장에는 열댓 명의 아이들이 뛰어놀고 있었다. 그는 목조 건물로 걸음을 옮겼다. 자신이 배웠던 교실 안을 들여다보았다. 어두워서 특별히 눈에 띄는 것이 없었다. 그는 되돌아서서 운동장에서 노는 아이들에게로 발길을 돌렸다. 운동장 가로 둘러선 플라타너스는 어둠 속에서도 여전히 큰 모습을 보이고 있었다.

"얘들아, 너희들 이 학교에 다니니?"

"예, 왜 그래요?"

두어 아이가 그를 쳐다보았다.

"너희들 혹시 김…… 김……."

이럴 수가 있나. 6학년 때 담임 선생 이름이 까맣게 생각이 나지 않았다.

"누굴 찾는데요?"

아이들 몇몇이 가까이 왔다.

"가만있거라. 김……, 김 뭐더라. 그래, 김성범이다. 김성범 선생님 이 학교에 계시냐?"

그는 정말 기분이 좋았다.

"김성범? 아뇨."

한 아이의 대답은 너무 간단했다. 그는 그만 맥이 풀렸다. 그럼 혹시나 해서 2반 담임 선생의 이름을 생각해 내려 했지만 허사였다. 얼굴은 선하게 떠오르는데 이름은 성(姓)부터 생각이 나지 않았다. 아이들이 노는 것을 바라보면서 옛 기억을 더듬다가 그는 돌아섰다.

이런 때 국민학교 동창이라도 만났으면 싶었다. 집 아는 아이들을 더듬어보았다. 서너 명이 되었다. 다시 학교에서 가까운 집을 꼽아 보았다. 포목상을 하던, 곧잘 쇠고기 장조림을 싸오던 병수? 이름이 확실하지 않다. 찾아가 보니 포목상은 그대로인데 주인이 바뀌어 있었다. 두 집을 더 들러 보았지만 헛수고였다. 하나는 ㅎ시에서 사업을 한다고 했고 하나는 부재중이었다. 어디서 왔느냐고 물었지만 다시 들르겠다고 하고는 돌아섰다. 지금 당장이라면 몰라도 내일 다시 만난다는 것은 마음이 내키질 않았다. 왠지 자꾸 귀찮고 번거롭다는 생각이 앞서기만 했다.

다시 읍사무소 앞에 돌아와서 시계를 보니 9시 40분쯤이 되어 있었다. 앞으로 11시까지, 답답하고 미칠 일이었다. 원 이렇게도 시간 보낼 곳이 없단 말인가. 그만 짜증이 났다. 여관에 들어가 잠이나 잘까 생각했지만 곧 머리를 저었다. 이 후텁지근한 날씨에 보나마나 손바닥만 한 방에 누워서……, 겁부터 났다.

그는 가게를 향해 후적후적 걸어갔다. 부채를 샀다. 그것도 서너 가지 종류를 다 한 번씩 부쳐보고 그중 모양도 예쁘고 바람이 잘 나는 것으로 골랐다. 어떤 일에든 정신을 팔아 시간을 쉽게 보내야 했다.

부채를 흔들며 학교 쪽의 반대편 길로 발길을 옮겼다. 얼마를 걸어가다가 그는 멈춰섰다. 술집이 눈에 띄었다.

"제기랄……"

그는 간판을 보며 중얼거렸다. 뭔가 병이 들어도 단단히 들었다 싶었다. 라스베가스, 꼴사나운 일이었다.

어느 신문에선가 외래어 범람 상태를 통계 조사하면서 존슨 대통령이 방한하는 때를 계기로 어느 시골 한약방에서 '존슨 한약방'이라 개칭했다며 통탄해 마지않고 있었다. 그가 그 기사를 읽다 말고 "삿갓 쓰고 자전거 타는군" 했더니, "아냐 아빠, 두루마기에 맘보 바지라는 거야." 느닷없는 큰 녀석의 정정 항의를 받았던 것이다. 그는 어이가 없어 웃고 말았지만 큰 녀석의 말도 맞는 말이고, 하여튼 구미 떨어지는 짓들이었다. 큰 녀석, 겁 없이 따라나서다가 제 어머니에게 호되게 쥐어박히고 후퇴를 했었지. 그 녀석을 데려왔더라면 한결 나았을 텐데.

술집으로 들어섰다. 어둠침침한 불빛에 더운 기운이 확 끼쳐왔다. 그 속을 남 뭔가 하는 청년의 저 푸른 초원 어쩌고 하는 노래와 커다란 선풍기가 덜덜거리며 돌아가고 있었다.

그는 그 우악스러운 선풍기 바람을 피해 자리를 잡았다. 곧 한 아가씨가 맥주 두 병과 컵을 받쳐들고 와서 옆자리에 앉았다.

"이건 오복맥주 아닌가?"

"맞아요. 오비맥주예요. 우린 크라운은 안 써요."

아가씨는 동문서답을 하고 있었다.

"아저씨 서울서 오셨지요?"

"그걸 어떻게 아나?"

이거 맹랑하다 하며 그는 되물었다.

"냄새가 그래요. 직업인걸요."

"직업? 남 행선지 알아내는 직업인가?"

"어서 술이나 드세요. 담배가 은하수 아녜요오."

왜 그리 둔하냐는 말투였다. 그는 맥주를 들이켜며 차라리 이걸 데리고 하룻밤 자볼까 하는 엉뚱한 생각을 하고 있었다.

"허긴 그렇군. 아가씬 집이 여긴가?"

"미쳤어요? 이런 촌구석. 이래뵈도 수도꼭지 빨고 컸단 말이에요."

"허, 아가씨도 화장실 위치가 뒤바뀌었군."

"예? 무슨 말예요, 그건."

"입이 너무 거칠단 말야."

"어머 별꼴. 남이야?"

"좀 순진하게 굴어봐. 시골 술집답게 말야."

"여기 색시감 구하러 오셨어요? 별걸 다 트집이셔. 빨리 드시고 나 한잔 주세요."

아가씨는 담배를 쑥 빼가더니 칙 성냥을 그어댔다.

"여봐요, 지배인. 이 아가씨 끌어가!"

그는 소리를 질러놓고 술잔을 들이켰다.

아가씨가 콧방귀를 뀌고 일어선 것과 한 사내가 달려온 것과는 거의 동시에 일어난 일이었다.

"왜 그러십니까, 손님."

"아마 그 아가씨가 더위를 먹은 모양이야."

그는 11시가 다 되어 술집에서 나왔다. 술기운으로 속까지 더워져 갑절의 더위를 느끼는 그는 휴양 한번 잘한다고 투덜대며 비틀거렸다.

"왜 이리 늦었나. 서울 얘기 듣겠다고들 몰려와선 기다리다 못해 돌아들 갔구먼."

그런데도 모깃불 옆의 멍석에는 대여섯 사람이 앉아 있었다. 그대로 누웠으면 꼭 좋겠는데 그는 멍석에 앉아야 했고 또 정좌한 낯선 두 노인네 앞에서 솟구치는 트림을 눌러가며 큰절을 올려야 했다.

바가지에 담아 내온 옥수수를 서너 알 빼서 질겅거리다가 뱉어내고 말았다. 술 때문이겠지, 술 때문일 거야. 그는 자꾸 늘어지는 어깨에 힘을 주며 건성 대답을 하다가는 신경질적으로 팔을 내둘러 목덜미며 손등을 후려때렸다. 그렇다고 모기가 잡힐 리가 없었다.

그는 변소를 가는 체하고 일어나 뒤란으로 돌아갔다. 또 두레박째로 물을 끼얹었다. 그리고 되는대로 쪽마루에 나가 누웠다. 그는 숨을 씩씩거리며 여보, 여보를 되풀이하다가 잠이 들어버렸다.

얼마를 잤는지 모른다. 눈을 떠보니 아저씨가 서 있었다.

"여기서 자면 어떻게 하나. 안으로 들어가세."

방에 잠자리를 잡았으나 턱없이 무더운 데다 얼굴이고 팔다리가 따끔거리고 가려워서 도무지 잠이 오지 않았다. 쪽마루에서 자다가 모기에게 물려도 많이 물린 모양이었다. 벅벅 긁어대고 부채질을 하고 하면서 뒤척이다가 마루로 나오고 말았다. 불면증, 미치는 병이었다. 모깃불도 다 사위어지고 은하가 기울어 흐르고 있었다. 대청마루에 누웠다가 모기에 쫓겨 방으로 들어왔다. 더위에 못 견디어 또 마루로 나갔다. 몇 차례 이러다 보니 날이 밝아오는 기미였고, 그는 어떻게 해서 마루에 쓰러져 잠이 들었다.

　그는 배가 아파 잠이 깼다. 아직도 이른 아침이었다. 변소로 내달았다. 내려붓는 설사였다. 급한 김에 앉긴 했는데 한숨을 돌리고 나니 변소는 말이 아니었다. 뒤틀린 판자 사이로 밖이 내다보이고, 어어…… 엉덩이에 곧 닿을 것처럼 차오른 똥하며, 허연 구더기가 똥에는 말할 것도 없고 발을 딛고 있는 판자에까지 꾸물거리며 기어다니고 있지 않은가. 맙소사, 배는 쥐어뜯는 것처럼 아픈데 아무리 힘을 줘도 항문은 오그라들기만 하고 구더기는 곧 발로 기어오르고, 그는 배를 움켜잡은 채 변소를 나올 수밖에 없었다. 술을 마신데다 찬물을 끼얹은 탓이라 싶었다.

　아침밥은 한 숟가락을 뜨다가 그만두었다. 아저씨는 시골솜씨라서 찬이 마땅찮아서 그러느냐고 진정으로 염려를 해주었다. 그는 술 때문이라고 변명을 하며 자리를 떴다.

　옷을 입고 나오다가 조카뻘 되는 애들이 자신이 받았던 상에 매달려 있는 것을 보았다. 내팽개쳐진 듯 애들의 발치에 놓여 있는 밥그릇에는 쌀알이 눈에 띄지 않는 보리밥이 담겨 있었다. 보리가 드문드문하던 자신의 밥그릇을 생각하며 자신이 큰 부담이 되고 있다는 것을 느꼈고, 그러자 배가 더 아파지는 것 같아서 뛰듯이 대문을 나섰다.

　약을 사먹은 다음 그는 곧 택시를 잡았다. 수학 여행을 갔었던 절에 가려는 참이었다. 가봐서 마음에 들면 거처를 옮길 심산이었다.

그는 얼마를 가다가 차를 세우게 했다. 도저히 더 견딜 수가 없었다.

밭으로 뛰어들어 바지를 내리고 앉자마자 좌악 설사였다. 그는 한참을 끙끙대다가 자신이 목화밭 속에 앉아 있는 것을 깨달았다. 좀 늦긴 했지만 아직도 따먹을 만한 송이는 얼마든지 있었다. 밀이나 보리 서리에는 비할 수 없지만 목화송이 맛도 또다른 별미였던 것이다. 그는 껍질이 진초록인 조그만 송이를 골라 따서 껍질을 벗겼다. 입에 넣고 몇 번 씹다가 퉤퉤 뱉어버렸다. 픽픽 물이 터져나오는 게 무슨 맛이랄까. 그는 고개를 갸우뚱거리며 다른 송이를 따서 씹었다. 마찬가지였다. 담배를 피워물고 끙끙 힘주기에 정신을 쏟았다.

그는 창문을 붙들고 견디다가 못해 운전사를 불렀다.

"여보시오, 좀 천천히 달립시다. 이거 원 엉덩이가 아파서 살겠소?"

"손님 참 속 편하십니다. 대변까지 보시고 60마일밖에 안 논 차를 더 천천히 몰으라면 우린 풀 먹고 살란 말입니까?"

맞는 말이었다. 그는 할말이 없었다.

그는 한참 있다가 입을 열었다.

"트럭은 이렇게 뛰지 않지요? 같은 속도라도 말이오."

"뭐라구요? 아마 서울서는 그럴지도 모르죠. 서울은 워낙 유행이 잘 바뀌니까 트럭에 사람을 태우게 만들고 택시에 짐을 싣도록 만드는 모양이죠?"

운전사는 말을 해놓고 오래도록 킬킬거리며 웃었다. 저런 망할 자식 같으니라구. 그는 또 대변이 급해지는 것을 느끼며 분명 차 요동이 심해졌음을 깨닫고 있었다.

절 입구의 무성한 녹음은 성하(盛夏)의 나래를 정적을 들러리 삼아 드리우고 있었다. 숲은 언제나 제 색깔을 닮은 바람을 거느리고 있었다. 그는 팔을 내뻗으며 몇 번이고 심호흡을 했다. 잘 왔다 싶었다. 절에 들어서기 전에 개울가에서 신발을 벗었다. 그 시원함이 전신을 저리게 했다. 그는 더없이 상쾌한 기분으로 절로 들어섰다. 주지승을 만나 얼마간 묵게 해달라는 부탁을 하기로 했다.

대웅전의 큰 부처도 사천왕도 예전 그대로였다. 사진을 찍었던 탑에는 이끼가 더 낀 듯싶었고 백여 명이 한꺼번에 자고도 남았던 큰방은 문이 열린 채 아무도 없었다. 경내(境內)를 다 둘러보고 나서 홈대에서 흘러내리는 물을 받고 있는데 인기척이 들렸다.

"어서 오십시오, 나무관세음보살……."

스님이 합장을 했다. 그도 고개를 숙였다. 나이로 보나 승복에서 느껴지는 것으로 보나 주지승임을 알 수 있었다.

"주지 스님이십니까?"

"그렇습니다."

"마침 뵈오려던 참이었는데…… 혹시 며칠 머무를 수 있을는지요?"

"글쎄올시다. 방이야 많지만 산중 음식이 입에 맞을는지요. 자, 그늘로 드십시다."

스님은 점심을 먹어보라고 했다. 그는 들깨를 갈아서 만든 도라지나물이 있느냐 물었고, 스님은 도라지나물은 우리 중들의 상식(常食)이 아니냐고 했다. 이런 말을 하고 나자 시장기가 몰렸다. 그러고 보니 어제 저녁부터 두 끼를 설친 것이었다.

점심은 보리밥에 열무김치와 고사리나물 외에 또 한 가지 나물이 간장 종지를 가운데로 하고 놓여 있었다. 고사리나물은 향긋한 들깨 국물에 어우러져 입맛을 돋우었다. 그는 밥 한 그릇을 거의 다 먹어치웠다.

그는 개울에서 발가숭이로 목욕을 했다. 무릎을 조금 넘는 깊이밖에 안 되는 물에 그는 머리를 마구 텀벙거리며 물장구를 치기까지 했다. 그 시원함이 몸에 쌓인 찌꺼기를 싹싹 쓸어가는 것처럼 상쾌한 기분이었다. 그는 서너 번을 더 머리를 박고 텀벙거리다가 으스스 떨었다. 아래를 내려다보니 그게 바짝 오그라들어 있었다. 그는 빙그레 웃으며 옷을 벗어둔 바위로 뛰어올랐다.

"아 추위!"

자신도 모르게 외친 소리였다.

그는 종각 아래 그늘에 누웠다가 그대로 잠이 들었다. 눈을 떴을 때는 산사의 고요 속에 사양(斜陽)이 비치고 있었다.

그는 주지승과 이런저런 이야기를 나누다가 11시쯤 잠자리에 들었다.

어둠으로 가득한 적막 속에 풀벌레 울음 소리만 끊길 듯 이어지고 이어지고 했다. 그는 벌써 서너 차례 돌아눕기를 되풀이하고 있었다. 천천히 숫자를 세었다. 백이 되었다. 다시 거꾸로 세기 시작했다. 처음보다는 더 천천히 숨을 한번 들이마시고 내뿜을 때 한 단위의 숫자를 세었다. 숨쉬기만 거북해진 채 마지막 '하아나'로 더 이상 셀 숫자가 없게 되었다. 아내를 생각해 본다. 이마, 입술, 귀…… 차츰 더듬어 내려간다. 배꼽, 애 셋을 낳고 나서 완연해져 버린 아랫배의 터진 살갗, 불두덩…… 발톱. 더 이상 더듬을 게 없다. 이렇게 한 가지가 끝나버릴 때마다 돌아눕기를 되풀이한 그는 언제부턴가 벌레 소리에 매달리고 있었다. 신음 소리, 병실 복도, 누렇게 뜬 얼굴들, 굴러가는 침대, 붕대를 친친 감은 환자, 거기 매달려 흔들리는 링거병, 시체실 송장, 제트기,

폭음, 피, 아우성, 공동 묘지, 이슬비, 도깨비…… 그는 눈을 번쩍 떴다. 어둠뿐이었다. 등에 식은땀이 났다. 그는 일어나 앉았다. 라이터를 찾아 담배에 불을 붙였다. 서너 모금을 빨다가 시계를 집어들었다. 연기를 빨아들이며 그 불빛에 시계를 가져다 댔다. 1시 45분.

"저놈의 것들은 잠도 안 자나, 원."

그는 짜증스럽게 시계를 던지듯 해버렸다.

그는 다시 자리에 누웠으나 소용이 없었다. 불면증, 미치는 병이다. 잠을 자야 할 시간에 잠을 못 자는 병. 그는 낮에 잔 것을 몇 번이나 후회하며 뒤척였다.

다시 숫자를 세고, 아내와 아이들을 차례로 생각하고, 자신의 앞으로 전망을 점쳐보고 그러다가 벌레 소리에 짜증이 나고……, 그는 마구 소리를 지르며 버둥거렸다. 눈을 떴다. 아무것도 없었다. 가위에 눌린 것이었다. 무엇인지 모른다. 짐승도 사람도 아닌 무지무지하게 큰 것이 목을 조르며 짓눌렀던 것이다. 시커먼 색이었다. 귀를 모았다. 아무데서도 벌레 소리는 들리지 않았다. 이상하다. 무엇이었을까. 시커먼 색이었다. 무지무지하게 큰 시커먼 색이었다.

그는 얼마를 더 뒤척이고 또 두 번인가 가위에 눌려서 버둥거리다가 눈을 떴다. 역시 시커먼 색의 무지무지하게 큰, 짐승도 사람도 아닌 것이 목을 조여왔다.

전신이 식은땀으로 젖었다. 몸이 으슬으슬 추워지며 무섬증이 몰려들었다. 그건 흡사 연기처럼 퍼져서 어둠을 타고 전신을 휘감아왔다. 분명 눈은 뜨고 있는데도 가위에 눌리는 것처럼 그렇게 무서워지면서 숨이 답답해 오는 것이다. 그는 몸을 바짝 웅크렸다. 마음과는 달리 담배로 손을 뻗칠 수가 없었다.

목탁 소리가 울린 것은 이때였다. 그 목탁 소리를 듣자 살았다는 기분이 퍼뜩 들며 무섬증이 싹 가시었다. 동시에 짓눌리는 압박감도 없어졌다. 가슴이 확 터지면서 숨결이 가벼워졌다.

어찌된 일인가. 순간 그의 머리를 때리는 것이 있었다. 고요, 깊이나 넓이를 헤아릴 수 없는 그것. 겹겹으로 쌓인 산중의 어둠 속에 웅크린 고요, 그것이었다.

그는 4시 12분인 것을 확인했다. 그리고 축 늘어진 몸을 누인 채 목탁 소리를 들으며 가물가물 잠에 빠져 들어가고 있었다.

그는 7시쯤 눈을 떴다. 머리가 띵하며 눈은 모래라도 한줌 넣은 것처럼 꺼칠거렸다.

숭늉을 한 대접 마신 것으로 아침을 때웠다.

그는 밥값과 숙박료를 어떻게 지불하나 고심했다. 한참 끙끙대다가 묘안이 떠올랐다. 법당에 시주를 하는 것이다.

그는 이 생각을 해내고는 무슨 희한한 사실이나 발견한 것처럼 고개를 끄덕였다. 시주라는 것은 이런 난처한 경우까지를 고려한 참으로 혜안적 방법이었던 것이다.

그는 시주함에 5백 원짜리 네 장을 넣었다. 그리고 스님과 작별을 하고는 쫓기듯 절을 나섰다.

"될 수 있는 대로 조용한 곳이 좋습니다. 소음은 노이로제엔 금물입니다. 발병 원인 중의 하나니까요. 신경 자극을 가중시켜요."

모르는 말이다. 아무리 의사라도 이런 병을 앓아보지 않았으면 무슨 소용인가. 뜨거운 물에 들어앉았다가 갑자기 얼음물 속으로 들어가 보지. 이열치열(以熱治熱)이란 말은 괜히 있나.

그는 이런 생각을 하며 괜히 화가 치밀고 있었다.

그는 아저씨 집에 도착해서 곧 짐을 챙겼다.

"허허, 무슨 소리야. 얼마 만에 한 걸음인데 밥 한 끼 제대로 못 먹고 가다니 될 법한 소린가."

아저씨는 하루만이라도 더 묵으라고 만류를 했다. 그는 회사 일이 바쁘다는 핑계를 댔다.

그는 역전에서 택시를 타기 전에 '서울 뉴욕 제과점'으로 들어섰다.

"어머, 아저씨 어서 오세요."

그날 그 아가씨가 반색을 했다.

"나 아이스케키 다섯 개만 줘."

"예? 다섯 개나요? 또 돈만 버리실려구요?"

"걱정 마라, 다 먹고 말 테니까."

아가씨는 고개를 갸우뚱거리며 돌아섰다.

그는 다섯 개의 아이스케이크를 차례로 우적우적 씹어서 다 먹어치웠다. 그리고 돈 백 원을 놓고 황급히 그곳을 나왔다. 뒤에서 "아저씨이 50원 받아가세요" 하는 아가씨의 목소리가 들리고 있었지만 그는 어지러움으로 미간을 잔뜩 찌푸린 채 앞에 보이는 택시를 향해 전진하듯 걸어갔다.

ㅎ시에서 고속 버스를 타고 나서 그는 비로소 안정감을 느꼈다. 의자를 뒤로 눕혀 몸을 부린 그는 몸이 푹 잠기는 것 같은 아늑한 기분이 아내와 한창 깨가 쏟아지던 때에 그 일을 마친 다음 전신에 퍼져오던 그 노골노골한 아늑함에 싸이는 것 같았다.

배가 뒤틀리는 아픔에 그가 잠을 깬 것은 고속 버스가 수원에 가까워지고 있을 때였다. 배는 부글부글 끓으면서 쥐어짜는가 하면 아래로는 곧 쏟아질 것만 같이 급했다. 그놈의 아이스케키, 그놈의 아이스케키……, 그는 이를 바득바득 갈고 있었다. 콧등이며 이마에 땀이 맺혔다.

"승객 여러분께서는 잠시 후에 경부고속도로의 마지막 톨

게이트를 통과하시겠습니다. 이 지점으로부터 목적지 서울 터미널까지는 약 20분이 소요될 예정입니다."

차장의 이런 안내말을 들으며 그의 머리는 급회전을 하고 있었다. 와르르 무너져내리던 23층 빌딩, 물결처럼 흔들리던 육교, 전화 벨 소리, 9시에 멈춰진 광화문의 전자 시계, 사장의 씩씩거리는 숨소리, 긴급 간부 회의, 무중력 상태의 분위기, 희번덕거리는 눈동자, 알몸뚱이 아내의 애처로워하는 표정과 그 눈길, 수출 상품 불합격 반송 통보, 예순두 번째 돌아온 정종잔, 그럴수록 맑아지는 정신, 술자리가 끝나기 전까지 받아내야 하는 계약 확답, 드높아지는 웃음 소리, 서울, 서울, 서울……. 그는 머리를 감싸잡았다. 아무리 설사가 급해도 차라리 차가 멈춰주기를 그는 바라고 있었다.

번쩍 고개를 들었다. 눈을 창 밖으로 옮겼다. 전신주가 빠르게 스쳐가고 있었다. 결국 고속 버스는 그렇게 맹렬한 속력으로 서울을 향하여 돌진하고 있었던 것이다.

〈1973년〉

타이거 메이저

우리는 가끔 생시에 이루지 못하던 일을 꿈에서 이룬다.

쉴 새 없이 쏟아지는 타자기 소리만 조용한 사무실에 퍼지고 있었다. 그 정연한 소리는 사무실의 분위기를 더 무겁게 만들고 있는 듯했다.
"여기가 인사과요?"
모두의 눈길이 문 쪽으로 쏠렸다. 동시에 영문과 한글 타자기의 그 방정맞은 수다가 뚝 그쳤다.
문 앞에는 작달막한 키의 사내가 몸집만 한 더블백을 어깨에 떠받쳐올리고 서 있었다.

"……?"

사무실에는 멀뚱한 고요가 가득 밀려들었다.

"인사과가 틀림없군."

사내는 혼잣말을 하며 사무실로 들어섰다. 그러고는 퍽 소리가 나게 더블백을 시멘트 바닥에 내동댕이치듯 했다.

"벌써 뭐 이리 덥나."

군대의 인사과가 지니는 살벌하고 위압적인 분위기 속에서 사내는 용케도 떨떠름하게 웃으며 손등으로 땀을 쓱쓱 문지르고 있었다.

"너어ㅡ, 뭐야?"

이윽고 김 병장의 목소리가 터졌다. 어쩌면 저리도 김 병장은 '병장(兵長)' 계급이 잘 어울리는지 몰랐다. 방금도 '너어'는 길고 느린 발음이다가 '뭐야?'는 그렇게도 갑자기 짧고 박력 있게 터져나온 것이다. 김 병장의 그런 탄력 있는 호령 앞에서 인사과에 드나드는 사병은 누구 하나 오금을 펴지 못했다. 그런데 사내는 김 병장의 목소리를 들었는지 못 들었는지 더블백에 걸터앉아 성냥을 득 그어 담배에 불을 붙이고 있었다.

어어, 저게 골이 우당탕한 게지. 인사과에 들어오면서 신고도 없이. 저건 갈 데 없이 타작감이로군. 따분하던 참에 잘됐어. 인사과 졸병 네 명은 각기 이런 생각을 하며, 이미 일손을 놓고 김 병장을 힐끔거렸다.

김 병장은 이런 경우의 그다운 체모를 잘 살리고 있었다. 무표정한 얼굴로 느리게 걸어가서 사내 앞에 멈춰섰다.

"야 임마, 일어서!"

김 병장의 낮으나 힘이 있는 말과 함께 구둣발이 사내의 발등을 내리찍었다.

그런데 이게 어찌된 일인가.

사내는 담배 연기를 푸우 내뿜으며 천천히 고개를 들었다. 그러고는 김 병장을 빤히 올려다보는 것이 아닌가. 그런 사내의 커피빛으로 검은 얼굴에 비웃음이 스치고 지나갔다. 사내는 "허 내참" 하며 귀찮다는 듯 다시 고개를 떨구어버렸다.

놀란 것은 졸병 넷이었다. 이렇게 되면 여지없는 김 병장의 참패가 아닌가. 더군다나 김 병장의 그 '발등 찍기'는 한번 당하기만 하면 눈물이 쑥 빠지는 위력을 지닌 것으로 정평이 나 있었다. 네 명은 얼떨떨해서 서로를 건너다보다가 이내 호기심에 찬 눈길을 김 병장의 등뒤로 보냈다.

"요런 병신이……."

김 병장의 무릎이 사내의 볼로 향하는가 했더니 후닥닥하는 순간에 김 병장이 뒤로 나동그라졌다. 사내가 김 병장의 다리를 낚아챈 것이다.

사내는 꽁초를 발끝으로 잉끄리며 김 병장을 가소롭다는

듯 내려다보고 서 있었다.

"개애새끼!"

아니나다를까. 벌떡 일어선 김 병장은 책상 위의 재떨이를 집어들었다.

졸병 넷은 얼결에 일어섰다. 이제 판은 구경거리가 아니었다. 김 병장의 불 같은 성질과, 아직 정체를 알 수 없는 사내의 너무 당돌할 수밖에 없는 행동. 그렇다고 말릴 수도 없어 그들 넷은 엉거주춤 서 있는 참이었다.

그런데 사내는 어느새 재떨이가 들린 김 병장의 손목을 비틀어잡은 것이다.

"이 새끼, 여기 못 놔? 정말 죽고 싶어?"

김 병장은 팔을 비틀린 채 소리를 질러댔다. 그런 그의 얼굴은 아파서인지 분해서인지 잔뜩 일그러져 있었다.

"왜들 이리 소란한가?"

파견대장실 문이 열렸다. 사내는 김 병장을 밀치고 한 발 앞으로 나서더니 부동 자세를 취하며 거수 경례를 붙였다.

"대장님께 신고합니다. ××대대 B중대 수송부 상병 강철은 사령부 인사과의 호출 명령을 받고 출두했음을 이에 신고합니다."

사내는 컬컬한 목소리로 한달음에 주워섬긴 것이다. 몇 분 동안에 일어난 그의 행동은 아주 기민하면서도 빈틈이 없었다.

"멀리서 오느라 수고 많았군."

파견대장 박 소령도 거수 경례로 답을 하면서도 너무 갑작스런 신고에 어리둥절한 모양이었다.

"그런데……?"

박 소령은 김 병장을 건너다봤다. 왜 소란했느냐는 것이리라.

"건방지게 신고도 없이……."

김 병장은 얼버무리며 돌아섰다.

오, 네가 바로 강철이구나……. 인사과 요원 모두의 끄덕임이었다.

××대대의 강철이라면 인사과 내에는 이미 알려진 이름이었다. 미군 대대장이 파견대장 앞으로 상신한 사고 보고서에 '상습적인 폭력배'라고 이름 붙인 바로 그 장본인이었던 것이다. 인사과 사병 모두가 강철의 이름을 기억하고 있는 것은 결코 우연한 일이 아니었다. 첫째 사고 보고서가 자그마치 18장이었던 것이다. 대개의 경우 많아야 세 장 안팎이 고작이었다. 다음, 사고 내용이 걸작이었다. 태반이 파렴치 도난 사고였는데 이건 의외로 주먹을 휘두른 것이었다. 그리고 미군 대대장이 직접 상신서를 작성한 사실이었다. 그것도, 대대장은 자신이 미합중국의 육군 중령이라는 권위

를 손상할 만큼 한국군 사병 하나 때문에 흥분되어 있었다. '미친개처럼', '정글의 고릴라처럼' 이런 표현을 삼가지 않았고, 엄중 처벌을 강경히 요구하고 있었던 것이다. 대대장의 보고서 뒤에는 강철의 주먹 세례를 받은 바 있는 미군 사병들의 증언서가 첨부되어 있었다. 이 보고서를 받고 김 병장은 무슨 경사나 난 것처럼 큰소리로 한 구절씩을 읽고는 유창하게 번역을 하며 낄낄거렸고, 졸병들도 따라서 히히덕거렸다. 그리고 김 병장의 번역이 다 끝나자 두 패로 갈려 입씨름이 벌어졌다. 처벌을 해야 된다, 무슨 병신 같은 소리냐, 그럼 표창을 하란 말이냐, 아무튼 두들길 만한 이유가 있었을 게 아니냐. 이런 식으로 다투다가 시들해졌고 이내 잊어버렸던 이름이다.

"누구랬지?"

박 소령은 김 병장에게 물었다.

"예, 며칠 전에 ××대대장이 상신한 강철이라고……."

"오옳아, 자네가 바로 강철이구면."

김 병장에게 사고 보고서를 받아드는 박 소령의 눈길은 부동 자세를 취하고 서 있는 강철이란 사내의 전신을 훑고 있었다.

"이리 들어오게."

"옛!"

강철은 절도 있는 걸음걸이로 박 소령의 뒤를 바짝 따라 파견대장실로 들어갔다.

모두의 신경은 대장실로 쏠렸다. 미군 대대장이 '상습적 폭력배'라고 이름 붙여서 엄중 처벌할 것을 강조한 강철의 문제를 어떻게 처리할 것인가 하는 호기심 때문이었다. 더욱이 이번 사고는 전에 한 번도 없었던 종류가 아닌가. 박 소령이 설탕이나 작업복 드라이버 등을 훔쳐 팔아먹었다는 파렴치범들을 가차없이 국편 조치(한국 군대로 돌려보내는 것)해 버리는 것은 다 아는 사실이었다. 어떤 종류의 사고 보고서를 받든 본인을 소환해서 사실을 확인한 다음 징계위원회를 개최하여 처벌하게 되어 있었다. 그러나 박 소령은 징계위원회를 소집하지 않았다. 본인에게 보고서의 사실을 확인만 하면 그 자리에서 '국편'을 외쳐버리는 것이다. 그따위 파렴치범들 때문에 장교 셋이 동원될 필요가 없다는 것이었다. 언젠가는 인사계 허 상사의 먼 친척 된다는 녀석이 담요를 훔쳐내다가 걸려온 일이 있었다. 허 상사의 친척인데 설마 했더니 예외 없이 '국편'을 외쳤다. 오히려 그때의 목소리는 더 크게 우람했다. 허 상사는 몇 번이고 사정을 하다가 그만 노골적인 불만을 털어놓았다. "뭐 그까짓 걸 가지고 그러십니까. 제 체면이 뭐가 되겠습니까." "허 상사, 그게 무슨 소리요. 그까짓 거니까 더 문제요. 고작 그따위 걸

훔쳐먹고 도둑놈이 된 게 더 괘씸하단 말이오. 빠다 기름이 뱃가죽에 쩔어서 정신을 못 차리는 자식들은 진짜 군대 맛을 뵈줘야 돼." 이것으로 끝이었다. 또 신품 GMC를 게눈 감추듯 해버린 사건이 벌어졌을 때만 해도 그랬다. 사령부가 발칵 뒤집혔지만 박 소령만은 그야말로 유유자적이었다. 여단장 스미스까지 책상을 치고 흥분하며 엄벌하라고 압력을 가했다는 뒷소문이 떠돌기도 했다. 그도 그럴 것이 수령한 지 1주일도 못 된 신품 GMC를 감쪽같이 팔아먹어 버린 것이다. 박 소령이 징계위원회를 소집한 것은 그때뿐이었다. 그러나 징계위원회는 3분 만에 끝났다. 박 소령은 그때도 그 커다란 목소리로 '국편'을 외쳤던 것이다. "국편만으로 될까요? 사령관에게 보고해야 게 아닙니까?" 허 상사의 겁먹은 목소리에 "염려 말아요. 사령관도 자기가 문책을 당할까 봐 수사 기관에 알리지도 못하고 쉬쉬하는 판이니까." 박 소령은 시원스럽게 웃어젖혔다. 그리고 고개를 빠뜨리고 서 있는 사병을 향해 "너 차 팔아먹은 돈으로 뭘 했댔지?" 사병은 깜짝 놀라며, "옛, 논을 샀습니다." "몇 마지기?" "일곱 마지깁니다." "짜식, 논을 장만하고 나니 속이 후련해?" "……" 사병은 푹 고개를 떨어뜨렸다. "김 병장, 빨리 국편 특명 찍어. 출발은 내일 아침." 다시 사병을 향해, "너 한국군에 가서도 불가사리 노릇 할 거냐?" "옛?" 사병은 어리둥절했다. "국편 후에도 자동찰 훔치겠느냔 말야." "아뇨, 절대로……." 사병은 고개까지 저었다. "한국군에서 그따위 짓하면 당장 총살이다, 알겠나?" "예!" "오늘 저녁 쉬고 내일 아침 일찍 출발한다. 그만 막사로 돌아가." 거수 경례를 붙이는 사병의 얼굴에는 눈물이 흘러내리고 있었다. 불가사리 사병이 몇 번이고 대장님만을 뇌며 울고 떠난 그날 오후에 사령관 앞으로 된 영문 보고서와 예하 부대 전체 사병에게 배부될 파견대장 이름으로 된 5백 부의 훈시문에는 본 사건을 징계위원회는 3년 징역으로 결정했다고 명시되어 있었다. 그리고 인사과 요원에게 함구령이 내린 것은 징계위원회가 끝난 그날부터였다. 그리고, 동성 연애 사건 때의 일이다. 상기한 사병 한 상병은 샤워장에서 수음을 하다가 발각되었는데 그 행위를 중단하지 아니하고 끝까지 마쳤음. 더구나 증언에 의하면 평소에도 다른 병사와 팬티만 입은 알몸으로 침대가 삐걱이는 소음이 일어날 정도의 페팅을 하였을 뿐만 아니라 언제나 샤워장에서는 등을 밀어주는 행위를 누차 자행했다고 함. 이는 동성 연애로 확신할 수밖에 없으며, 한국군에서는 어떤지 모르지만 미군에서는 자위 행위나 동성 연애는 철저히 금하고 있기에 상기 사병은 그 어떤 미군 부대에도 근무시킬 수 없다고 사료되어 본 상신서를 작성함. 중대장 대위 에드워드. "배가 부르니까 별짓들을 다 하는군." 박 소령은 상신서를 내던졌다. 며칠 후 인사과에 나타난 동성 연애자에게 박 소령은, "정말 그 짓을 했나?" 물었고, "예." 벌겋게 달아오른 얼굴을 푹 수그린 사병의 들릴 듯 말 듯한 대답이었다. "이 녀석아, 그 짓으로 어디 몸이 풀리겠냐." 박 소령은 사병의 머리를 쿡 쥐어박고는 사무실을 나갔다. 이틀 후에 동성 연애자는 국편은커녕 고향에 가까운 다른 대대로 옮겨가고 말았다.

"이 보고서 내용은 사실인가?"

"그 개새끼들, 도대체 뭐라고 썼습니까?"

파견대장실에서 흘러나온 이 첫 대화에 모두는 아연할 수밖에 없었다. 박 소령 앞에서 그런 식으로 말을 할 수 있다니. 어쨌든 놀라운 녀석이었다.

"자주 사람을 때렸다는데?"

"맞습니다. 트릿한 새끼들은 싸그리 조져내렸습니다."

사무실의 사병들은 서로 마주 보며 혀를 내둘렀다.

"가만있자, 자네 학벌은?"

"예, 고등학교 2학년에서 그만뒀습니다."

"고등학교 중퇴라—. 그래 카투사 임무가 뭔지 아나?"

"예, 국가 유사시에 미군을 위시한 유엔군과 합동 작전을 전개하여 승전함을 그 목적으로 하며, 평상시에는 유사시의 효과적인 목적 달성을 위해 훈련을 통하여 만전을 기하고 항시 상호 친목하여 전우애를 기르는 것입니다."

거침없이 쏟아져나온 강철의 탄력 있는 목소리가 아닌가. 그건 파견대장의 지시에 따라 매주 교육 시간마다 암송하도록 되어 있는 카투사 임무였다.

"호, 그렇게 잘 알면서 왜 주먹을 휘두르지?"

"밸이 꼴려서 견딜 수가 없습니다."

"밸이 꼴려?"

"예, 우리가 아무리 상호 친목을 해도 그놈들이 안 하면 파입니다."

"무슨 소리야, 구타 이율 분명히 대봐."

"정당 방위입니다."

"정당 방위? 무슨 말야, 그건."

"대장님, 들어보십시오. 그 자식들은 우릴 무조건 무시합니다. 무시하는 건 얼마든지 좋습니다. 가난하니까 무시당하는 것쯤 당연하다 치더라도, 대장님 이것 보십쇼. 미군 싸아진은 보초를 안 서는데 우리 병장은 보출 섭니다. 양코 싸아진이나 카투사 병장이 뭐가 다릅니까. 우리 병장이 분대장 노릇 못하는 건 아예 불평도 안 합니다. 근데 이것 보죠, 미군 상병은 보초를 한 달에 한 번 서는데 카투사 병장은 두번, 아니 어느 땐 세 번씩 돌아옵니다. 이것뿐입니까, 저희들 일병은 놀리고 우리 병장에게 청소를 시킵니다. 이럴 수가 있습니까? 하, 이런 건 약괍니다. 뭘 잃어버리기만 하면 전 카투사는 도둑놈 취급을 당합니다. 근데 환장할 일은 그 다음입니다. 보초 순서를 따지면 뭐라는지 압니까? 반미 사상을 가진 공산당이랍니다. 이게 무슨 복통해 죽을 거적입니까. 그러나 또 미칠 일은, 부당한 일을 시켜놓고 안 들으면 뭐라는지 압니까? 보리밥 먹고 훈련 고된 한국군으로 쫓겠다고 공갈입니다. 어차피 한국놈이니까 깍두기에 보리밥 먹고 군대 생활하는 게 뭐가 그리 무섭습니까. 나도 왕년엔 국군에서 깃발 날렸습니다. 난 그 병신들 으스대는 꼬라지가 밸이 꼴린단 말입니다. 근데 국편을 보내고 안 보내곤 대장님 권한이죠, 그렇죠? (박 소령은 고개를 끄덕였다.) 이것 보라니까. (강철은 분해 죽겠다는 듯 주먹으로 왼쪽 손바닥을 갈겼다.) 참는 것도 한도가 있지, 우리 애들이 당하는 꼴을 보고 어찌 참습니까. 힘없는 우리 애들을 대신해서 싸그리 조졌습니다. 저희 놈들이 선수를 썼으니 정당 방위 아닙니까? 뭐가 나쁩니까, 대장님. 또 이것뿐인 줄 아십니까."

박 소령은 눈을 지그시 내려감은 채 말을 막았다.

"그래, 몇 명이나 때렸나?"

"기억이 잘 안 납니다."

"왜, 너무 많아서?"

"그렇습니다."

박 소령은 눈을 뜨고 앞에 선 사내를 물끄러미 올려다봤다. 그러면서 "당돌한 녀석, 그 용기가 좋다." 속말을 하고 있었다.

"자넨 그자들이 자네에게 맞고 나서 버릇을 고쳤다고 생각하나?"

"물론이죠. 내가 있는 동안만은 다시 그따위 짓은 못했으니까요."

"카투사 생활이 얼마나 됐지?"

"1년 4개월입니다."

"언제부터 그런 짓을 시작했었나?"

"3개월쯤 지나서부텁니다."

"아니 그럼, 왜 여태 무사했었나?"

박 소령은 상체를 일으켰다.

"말도 마십쇼. 그래서 1년 4개월 동안 대대의 4개 중대를 안 돌아다닌 곳이 없습니다. 저희들끼리 적당히 해서 내쫓은 것이죠. 그리고 큰 문제가 안 일어난 건, 그 자식들을 후릴 때마다 삼삼하게 구랄 쳤죠. 여긴 한국이다, 만약에 한 번만 더 까불면 귀신도 모르게 잡아죽인다, 오늘 일도 입 밖에 내면 그날로 죽여버린다, 이런 식으로 해두니까 겁이 많은 그 자식들은 꼼짝을 못했거든요."

"자네가 그런 말을 다 했어?"

"아 참 대장님, 서무겐 어디다 씁니까."

강철은 피식 웃었다. 그러니까, 어느 중대건 서무계는 있고, 으레 서무계를 맡은 사병은 영어를 잘하니 통역을 시켰다는 말이리라.

"그럼 이번 일은 어찌된 거야?"

"어쩔 수 없었죠. 밤에 해치워야 하는 건데 어찌나 열이 받치던지 당장 깔아뭉개버린 거죠. 주정뱅이 딕슨놈이 자기가 토한 것을 김 일병이 토했다고 덮어씌웠거든요. 색시 같은 김 일병은 중대장 앞에서 꼼짝도 못하고 그 더러운 찌꺼기를 다 치웠습니다. 근데 이런 미칠 일이 있습니까. 1주일간 페인트 사역에 한 달간 패스 정질 당하쟎았습니까. 딕슨을 끌어내서 한 방 스트레이트를 갈겼죠. (이때 강철은 정말 갈기는 시늉을 했다.) 치고 보니 참을 수가 있나요? 떡을 만들었죠. 둘러싼 사람들을 헤치고 누가 뛰어들쟎아요. 중대장예요. 그 새낄 보자 눈에 불이 붙데요. 나도 모르게 돌을 들어 딕슨 골통을 까버렸습니다."

강철의 말을 들으며 박 소령은 뭔가 뜨거운 것이 가슴에 번지는 것을 느끼고 있었다.

"그래, 자네 눈엔 때려줄 미군이 그렇게 많던가?"

"대장님은 모릅니다. 직접 당하지 않으니까 사병들의 서러움을 모릅니다. 대장님은 계급이 높고 상대하는 미군도 모두 장교니까 사병들의 애로 사항을 모릅니다. 딱 따지고 보면 표가 안 나고 틀림없이 차별은 하는 것이고, 그런 문제가 얼마나 많은지 대장님은 모릅니다. 대장님께서 예하 부댈 시찰할 땐 표나게 달라집니다. 그러니 대장님이 어떻게 아십니까."

박 소령은 속으로 강철의 '모릅니다'의 말마다에 '나도 안다, 나도 다 안다니까'를 붙여대고 있었다.

박 소령은 자리를 고쳐앉았다.

"무슨 운동했나?"

"예. 뽁싱, 권투했습니다 권투."

강철은 기다리기라도 했다는 듯 재빨리 말을 받으며 더없이 환하게 웃었다.

박 소령은 목소리를 가다듬었다.

"자네 행동은 결과적으로 폭력이고, 자넨 폭력범이야. 그래서 나 파견대장은 상병 강철에게 국편을 명령한다."

대장실에서 흘러나온 커다란 목소리에 여태껏 귀를 기울이고 있던 사무실의 사병들은 눈을 휘둥그레 떴다. 예상하지 못했던 결과였다. 그런데……

"못 갑니다, 국편은 죽어도 못 갑니다. 차라리 날 죽이십쇼. 난 억울해서 이대론 절대 못 갑니다. 빠다가 더 먹고 싶어서가 절대 아닙니다. 왜 내가 폭력범입니까. 대장님까지…… 억울합니다. 억울해서 죽어도 못 갑니다."

다듬어지지 않은 강철의 거친 목소리였다.

잠시 대장실에 침묵이 머물렀다.

"이봐, 김 병장!"

김 병장이 급히 대장실로 뛰어들어갔다.

"권투 시합이 언제지?"

"저어……, 28일 오후 7시부텁니다."

"알았어. 강철, 아마추언가 프론가?"

"옛, 아마추업니다."

"급은?"

"주니어 웰터급입니다."

"좋아, 28일에 실시되는 권투 시합에서 이겨야만 국편 취소다. 앞으로 8일, 알겠나!"

"예엣."

거수 경례를 붙이고 있는 강철의 손가락 끝이 파르르 떨리고 있었다.

박 소령이 이 여단의 카투사 파견대장으로 온 것은 9개월 전이었다. 파견대장의 취임 인사를 겸한 훈시를 듣기 위해 사령부 본부 중대의 40여 명 사병이 집합한 것은 수요일 오후 2시의 교육 시간이었다.

허 상사의 안내를 받으며 교육장에 들어선 소령. 사병들은 자신들도 모르게 자리를 고쳐앉았다. 그 큰 키, 그러면서도 균형 잡힌 커다란 체구와 부리부리한 눈. 풀기 빳빳한 작업복 깃에 달린 소령 계급장이 오히려 초라해 보인 까닭은 무엇 때문일까.

"이 짜식들, 눈동자에까지 빠다 냄새가 쩔었구나. 상의와 군화 벗고 2분 내로 집합!"

집합 보고를 받고 나서 쏘아댄 소령의 첫마디였다.

사령부 건물로부터 사방 20리라는 기지내(基地內)를 맨발로 두 바퀴나 뛰어야 했다. 점심을 먹고 한 시간도 채 못되어서 그런지 서너 명이 거꾸러지고 토하고 했지만 소령은 막무가내였다. 군홧발로 마구 내지르는 바람에 눈을 까뒤집고 꺽꺽 토해내면서도 한사코 대열에서 이탈하지 말아야 했다. 소령은 끝까지 함께 뛰면서 구령을 붙여댔다.

"너희는 군인이다. 군인은 곧 죽임이요 승리다. 그리고 너희들은 어디까지나 한국 군인이다. 너희들이 한국 군인이라는 사실을 잠시라도 망각하는 것을 나는 절대 용납하지 않는다. 이상."

새로 온 파견대장의 취임사 겸 훈시의 전부였다.

소령이 사라지고 나서도 모두는 한참을 그대로 서 있었다.

"씨팔, 용코로 걸렸구나. 제대 말년에 이게 워쩐 팔자드랑가. 까는 거여, 좆 대가리로 밤송이 까라면 까야지 워쩐당가."

타이거 메이저

어느 병장의 이런 말과 동시에 모두는 무너지듯 풀밭에 주저앉고 말았다. 발바닥이 말이 아니었다. 터지고 찢어지고 멍이 들고 피가 맺히고…… 여태껏 의식 못했던 아픔이 속살을 파헤집고 들기 시작했다.

한 시간쯤 남은 교육 시간에 모여앉아 말들도 많았다. 제까짓 게 괜히 저래 보는 거라느니, 지도 배창자에 빠다가 차면 시들해질 거라느니. 누구는, 육사를 나온 게 틀림없다고 했다. 왜 육사를 나왔으면 파견대장으로 왔느냐고 대질렀다. 그리고 육사를 나왔으면 손가락에 빨간 반지가 있어야 되는데 어디 반지가 있더냐고 따지면, 이런 병신아 서울대 학생이 1학년 때나 교복을 입고 다니지 4학년 때까지 입는 쪼다도 봤느냐고 삿대질이었다. 하여튼 육사 출신이라면 하바리 중에 왕초 하바리가 틀림없다고 어물거리기도 했다. 그러면서도 모두의 마음에는 공포에 가까운 불안이 자리 잡았고, 그의 균형 잡힌 큰 체구와 우람한 목소리가 머리에 가득 차 있었다.

"어찌됐건 최 소령보다 훨씬 낫다."

"야, 그치가 군인이던?"

"맞어, 그 대머리꼴하구. 그건 천상 훈장질이나 해먹어야 돼."

"훈장 중에서도 한문이나 도덕을 가르쳐야 제격이야."

"훈장질은 아무나 하는 줄 아니? 고건 뻔디기 장사가 꼭 알맞어. 미군이야 하면 사죽을 못쓰고 빌빌대던 꼬락서니라니."

최 소령이란 전 파견대장이었다. 나약한 체구에 대머리인 그는 군인다운 티는 찾기가 어려웠다. 특히 미군들에게는 지나치리만큼 저자세였고. 무슨 일이고 무사 적당주의였다. 그래서 부하 사병들은 멋대로였지만 반면에 불평도 한두 가지가 아니었다.

사흘째 되던 날, 소령은 다시 전원 집합 명령을 내렸다.

"너희들의 애로 사항을 기탄없이 말하도록. 즉 카투사 규정에 명시된 사항대로 대우를 못 받고 있다든가 하는 것이다. 뒤에서 불평하는 것은 정당한 권리 주장이 아니며 오늘 이후에 불평 불만하는 자는 용납하지 않는다."

그리하여 사병들은 전 파견대장을 병신이니 쪼다니 하며 욕을 퍼부어댔던 그 원인을 애로 사항으로 토로한 것이다. 오락 시설 이용을 전혀 못한다. 왈 극장은 말할 것도 없고 서비스 클럽에도 들어갈 수 없다. 더욱이 체육관 출입도 제한을 받는다. 그런 건 아무래도 좋지만 병원 이용의 불편이 제일 먼저 해결돼야 한다. 그런 것들은 인사과의 김 병장에 의해 하나씩 기록되었다.

"내일 아침부턴 기상 시간을 5시 반으로 변경한다. 점호장에 40분까지 집결하여 6시 50분까지 태권을 실시한다.

그만."

 소령의 폭탄 선언이었다. 기상을 한 시간이나 앞당겨버린 것이다.

 다음날 아침부터 중대 본부 앞의 주차장 겸 점호장으로 쓰이는 백여 평의 아스팔트 위에서 태권이 시작되었다. 러닝 셔츠 바람에 작업복 바지를 무릎 위까지 말아올린 사병들은 맨발이었다. 제대 예정인 병장도 예외일 수 없었다. 사범을 구할 때까지만이라는 단서를 붙인 소령은 태권복을 입고 나와 구령을 외쳐댔다. 소령의 허리를 감고 있는 검은 띠는 어쩌면 그리 위압적이며, 그 끝에 박힌 박준혁이란 글자는 왜 또 그다지 샛노랗게 돋아 보이는 것일까.

 소령이 카투사 규정이며 보충 재료를 겨드랑에 가득 끼고 분주하게 뛰어다닌 지 보름 가까이 되어 사병들이 건의한 애로 사항이 모두 해결되었다. 미공군과 합동 근무를 하고, 부대 내의 모든 시설은 공군의 것이기 때문에 미육군 소속인 카투사가 제한과 통제를 받는 것은 어쩔 수 없는 일이라며, 전 파견대장은 엄두도 못 냈던 일을 박 소령은 보름 만에 해치운 것이다. 극장은 신분증만 제시하면 언제나 입장할 수 있고, 서비스 클럽이나 체육관은 일과 후 아무때나 이용하며, 운동 기구를 빌릴 때는 신분증만 맡기면 되고, 종류의 제한은 없다는 것이었다. 병원에는 1주일 이내에 '건강

기록 카드'가 비치될 것이며, 전염병이나 유전병이 아닌 모든 병은 치료받을 수 있고, 충치는 빼낸 다음 완치될 때까지 치료를 하나 의치는 해주지 않는다고까지 밝혔다. 건의 사항에도 들어 있지 않은 도서관 이용, 아울러 미군과 동행이거나 초대시에는 사병 클럽이나 하사관 클럽을 출입할 수 있게 만들어놓은 것이다.

태권도 실시 때문에 잡다한 불평을 털어놓던 사병들은 그저 어리벙벙할 뿐이었다. 더욱이 애로 사항을 조사해 간 다음에, 괜히 주가를 올리느라고 설친다느니, 제까짓 게 헛물을 켜고 꺼꾸러져서야 양코 '빠다 맛'을 진짜 알게 될 거라고 그들은 하나같이 빈정대고 비웃고 했던 것이다.

전화 벨이 요란히 울렸다. 김 병장은 송수화기를 들었다. 본부 중대장 스미스 대위였다.

"대장님 전홥니다. 중대장 스미스 대윕니다."

김 병장이 대장실을 물러나오고, 몇 마디 주고받는가 했더니 갑자기 박 소령이 소리를 질렀다.

"도대체 무슨 말이오? 당신 계급이 뭐요? 뭐라고? 대위? 잘 아는구먼. 그래, 미군은 대위가 소령에게 명령하는 군댄가? 뭐 바빠서? 아니, 뭐 뭐라고? 전례에 따른 거라고? 닥쳐! 당장 올라와, 5분 내로 출두하란 말야. 명령이다!"

전화기가 바숴지는 듯한 소리가 나고 곧 박 소령이 대장실을 나왔다. 숨을 씩씩거리는 그의 시뻘겋게 달아오른 얼굴에는 노기가 똑똑 떨어져내리고 있었다.

"이 쌍놈에 새끼들, 뵈는 게 없어. 건방진 새끼 같으니라구."

이런 욕설을 내뱉으며 사무실 중앙을 왔다갔다하는 거구의 박 소령은 흡사 성난 야수였다.

보나마나 뻔한 일이다. 중대장 스미스는 버릇대로 박 소령을 중대본부로 불러내린 것이다. 전 파견대장 최 소령은 그저 "예쓰, 예쓰" 다부지게 대답을 하고는 전화를 끊기가 무섭게 쫓아가곤 했었으니까. 박 소령은 그 유창한 영어로 "샤라 마우스!"를 외친 것이다. 그리고 5분 내로 인사과 출두 명령을 내리지 않았는가.

5분이 채 못 되었을 성싶은데 중대장 스미스가 들어섰다.

"당신 뭐야!"

박 소령의 천둥 같은 고함이었다. 스미스의 파란 눈동자를 곧 파내버릴 듯이 그의 쭉 뻗친 오른팔 끝에 엄지손가락은 무슨 쇠붙이처럼 고정되어 있었다.

스미스는 질린 얼굴로 엉성한 부동 자세를 취하고 서 있었다.

"이리 들어오시오."

스미스는 박 소령의 뒤를 따라 대장실로 들어갔다.

"미군은 계급도 몰라보는 군대요?"

"아엠 베리 쏘리 써(대단히 죄송하게 됐습니다)."

박 소령의 목소리에 비해 너무 작은 중대장의 목소리. 그러나 스미스는 '쏘리'와 '써'에 강한 악센트를 넣고 있었다.

"잘된 처사라고 생각하오? 난 미군에게 실망했소."

"용서하십쇼. 대단히 죄송합니다."

"분명히 들어두시오. 파견대장이란 본부 중대장과 중대의 일을 협의하러 파견된 게 아니오. 전 부대 카투사의 일을 보는 게 파견대장의 임무요. 중대의 일은 선임하사와 협의하시오. 그래도 해결이 안 될 때 서면으로 파견대장에게 보고하는 것이 순서요. 일을 신속 정확히 처리하되 계통을 밟는 것이 군대의 업무 절차요. 알겠소?"

"알겠습니다."

스미스가 돌아간 다음 몇 시간이 못 되어 이 소문은 사령부에 쫙 퍼졌다. 그리고 며칠 후에는 누구의 입에선지 모르게, 박 소령은 박모 장성의 동생인데 미국에 갈 준비차 파견대장으로 온 것이라는 풍문이 나돌았다. 이건 중·고등학교 시절에 새로 선생이 들어오고 며칠이 못 가 학교 성적에서부터 가족 상황까지, 심지어 공처가와 애처가의 여부를 놓고 왈가왈부하던 그런 식이었는지도 모른다. 하여튼 무슨 일에나 뒷공론이 많은 불평과 불만 투성이인 사병들 사이에서 박 소령에 대한 그런 풍문은 웬일인지 당연한 것처럼 받아들여지고 있었다.

 태권을 시작하고 한 달이 조금 지나 체육관에서 승급 시험을 겸한 시범 경기가 개최되었다. 이 자리에는 당일 외출 금지를 당한 사령부 본부 중대의 미군 사병 170여 명과 장교, 그리고 상당수의 공군이 스탠드를 메웠다. 박 소령은 시범 경기를 위해 기지촌의 태권도장에서 유단자 넷을 불러들이기까지 했다. 보충대에서 특별히 발탁되어 온 2단의 사범 천 일병과 3단의 실력을 과시하는 박 소령을 위시한 유단자들의 묘기는 그야말로 기막힌 것이었다. 미군들은 그들의 주특기처럼 되어 있는 함성 지르는 일과 손뼉 치는 일을 잊어버린 채 그저 입을 헤 벌리고 앉아 있었다. 송판 두 장을 손가락 끝으로 깨버리는 박 소령의 묘기는 모두를 기가 질리게 했다. 더욱이 "이런 식의 수련을 거쳐 돼지 창자를 끌어낼 수 있게 됩니다. 그러면 상대방의 눈은 말할 것도 없고 창자를 어느 때나 끌어낼 수 있는 공격법을 익힌 셈이 됩니다." 이런 박 소령의 설명에 미군들은 하나같이 혀를 널름거리며 자신들의 배를 내려다보고 만져보고 하는 것이었다. 그리고 천 일병이 이마로 통나무에 한 뼘 가량의 대못을 반쯤 박아 가까이에 있는 미군에게 건네주며 못을 빼보라고 했다. 그 미군은 통나무를 받아들면서도 천 일병의 이마에서 눈을 떼지 못하고 있었다. 미군은 한참을 낑낑거리다가 고개를 갸우뚱거리며 통나무를 슬그머니 내밀었다. 그때까지 빙긋이 웃고 서 있던 박 소령은 "이 정도면 단 한 번으로 상대방을 뇌진탕으로 죽일 수 있는 무기를 갖춘 셈입니다. 이걸 한국말로는 박치기라고 합니다. 박, 치, 기" 하며 유창한 영어로 설명을 붙였다.

시범이 다 끝나고 체육관을 나가는 미군들은 그들답지 않게 조용하고 가라앉은 분위기를 유지하고 있었다.

"너희들 체력으로 멸공 통일은 공염불이다."

그건 태권 실시를 선언하던 날 박 소령이 한 말이었다. 그런데 멸공 통일의 필승을 이루기 위한 체력 단련으로 시작된 태권은 시범 경기가 있은 후부터 의외의 방향에서 묘한 반응을 일으키기 시작했다. 며칠 전까지만 해도 새벽마다 그들보다 한 시간 일찍 기상하는 카투사들에게 불을 끄라고 악을 쓰거나 신경질을 부리던 녀석들이 끽소리도 안 하게 된 것이다. 소리 지르는 바람에(기합 소리) 잠을 잘 수가 없다고 투덜대는 녀석도 찾을 수가 없고, 허수아비춤을 배워 외화 획득할 거냐고 빈정대던 녀석들도 간 곳이 없었다. 특히 수송부에 근무하는 사범 천 일병이 신참이라는 이유로 진종일 기름걸레로 부속을 닦아내던 고된 일을 벗고 하루아침에 펜대만 놀리는 배차계로 일약 특진된 사건은 가장 큰 이변이었다. 이 이야기를 전해들은 박 소령은 그저 빙그레 웃기만 했다.

"어텐샷(차렷)!"

너무나 갑자기 터진 고함소리에 인사과 사병들은 얼떨결에 일어섬과 동시에 부동 자세가 되었다.

문앞에 떡 버티고 선 미군 소령. 배가 약간 나온 커다란 체구에 홀랑 대머리가 벗어진 소령은 아무래도 생소한 얼굴이었다. 버터 기름기가 배어나와서 그런지 유독 번질번질하게 윤이 나는 대머리는 곧 웃음이 터질 듯한 유머를 지니고 있었지만 그 미끈거릴 것 같은 대머리를 주르륵 타고 내려오면 아차, 끝이 치올라간 숱이 많은 붉은 색의 눈썹, 삼각형의 눈, 그리고 다부지게 닫힌 쪽 찢어진 입이 대머리가 손상한 권위를 잘 회복시켜 주고 있었다.

"한국군의 군기가 엄하단 말은 거짓이었군. 한국군은 영관급에게 경의를 표하지 않아도 되나? 되는가 말야?"

그때 대장실 문이 열렸다. 그 소령은 곧 환하게 웃으며 박소령 앞으로 뚜벅뚜벅 걸어가며 악수를 청했다. 그리고 부드럽고 유쾌한 목소리로 자기 소개를 늘어놓았다. 사병들은 멍하니 선 채 어이가 없었다. 과연 물자도 돈도 그래서 그런지 표정도 풍부하고 다양하다는 생각들이었다.

자기 소개에 의하면, 그는 이틀 전에 새로 부임한 작전참모 심슨이었다. 그들 특유의 번잡스런 제스처와 여자도 무색할 지경의 수다가 한참이나 계속되었다. 앞으로 많은 협조를 부탁한다는 말을 끝으로 소령 심슨은 돌아섰다. 그런데 아, 어느새 그의 얼굴의 모든 부분품들은 무서운 권위로 충만되어 있고, 이런 경우에 그의 매끈한 대머리는 그 무서운 권위를 드높이는 조명의 역할을 하고 있음을 뒤늦게야 깨달을 수 있었다.

"노우 패스 포우 윅스(4주간 패스 정지)."

심슨은 이렇게 외치고 재빨리 파견대장 쪽으로 돌아섰다.

"이 일을 어떻게 생각하십니까?"

"잘못했으면 당연히 벌을 받아야죠."

멋쩍은 웃음에 싸인 박 소령의 대꾸였다.

"댕큐, 메이저 팍(감사합니다, 박 소령)."

심슨은 악수를 하고 당당하게 걸어서 사무실을 나갔다.

"허, 대단한 녀석인데."

박 소령의 혼잣말이었다.

"한 달간 외출 금지라, 이 녀석들 피를 봤구나."

박 소령은 이렇게 놀리며 돌아섰다.

설마 해서 점심 시간에 중대 본부에 들러보니 이미 패스는 함에서 자취를 감추고 없었다. 어쩔 수 없는 일이었다.

지겹도록 긴 외출 금지의 한 달이 지나고 보름쯤 되었을까. 작전과 미군 아홉 명이 2주간 외출 금지와 48킬로미터

뜀뛰기 처벌을 받은 소동이 벌어졌다. 그건 작전참모 심슨에게처럼 박 소령에게 결례를 했기 때문이다.

작전과 미군 아홉 명은 매일 저녁 식사 한 시간 후에 집합하여 박 소령의 구령에 맞춰 2킬로미터씩을 뛰어야 했다.

이 사건이 있은 다음부터 사령부 본부 중대 소속의 모든 미군은 박 소령을 타이거 메이저(호랑이 소령)라 부르기 시작했다.

그러나 박 소령은 인사과 요원들의 눈에는 결코 타이거 메이저만은 아니었다. 특히 김 병장의 경우에는 더욱 그랬다.

그날 초저녁 급성 맹장염 환자가 생겨 발바닥에 불이 붙도록 장교 숙소로 뛰었다. 문을 밀치고 들어선 김 병장은 그만 입을 딱 벌리고 통나무가 되고 말았다. 바로 눈앞의 소파에 박 소령이 여자를 껴안고 난리가 나고 있지 않은가. 김 병장은 돌아서지도 못하고 그렇다고 부르지도 못하고 얼어붙어 있었다. 그런데 천만다행하게도 박 소령이 키스에 취한 눈을 뜨지 않았는가. 눈이 마주치는 순간 박 소령은 당황하는 빛도 없이 눈만 빠르게 찡긋거렸다. 그때서야 비로소 김 병장은 살았다 싶어 뒷걸음질을 쳤다. 그때까지도 박 소령의 품에 안긴 여자는 아무것도 모르고 있었다. 제길, 문이 소리나 나든지. 근데 그 여자가 누구더라? 그렇지, 숙소 당번이 틀림없지. 생김이 좀 반반하다 했더니. 이런 생각에 빠져 걷다가 아차 싶어 막사로 죽어라 뛰어와 보니 이미 환자는 헬리콥터에 실려 부평 병원으로 떠난 뒤였다.

"알고 보니 너 참 무식하더구나. 거 노크 몰라, 노크? 똑똑 두드리는 거 말이다."

다음날 아침에 만난 박 소령의 말이었다.

"……"

오히려 김 병장 쪽에서 계면쩍고 미안한 마음 때문에 아무 말도 못하고 말았다. 그리고 그 일은 오늘까지도 입 밖에 내지 못하고 있었다.

그날로 강철은 체육관에 시합 참가 신청서를 냈다. 그리고 그야말로 맹렬한 연습에 돌입한 것이다. 아침 5시 기상과 동시에 구보 겸 연습이 두 시간. 아침 식사를 마치고 잠시 휴식을 취한 다음 오전 세 시간의 체육관 연습. 점심을 먹고 두 시간 가량 낮잠. 저녁 식사 전까지 세 시간의 오후 연습. 저녁 식사 후에는 자유 시간이었지만 9시가 취침 시간이었다. 박 소령이 짠 계획대로 강철은 빈틈없이 시행했다. 박 소령이 감독을 게을리 하지도 않았지만 강철의 열성 또한 대단한 것이었다.

박 소령은 매일 직접 체중을 재보는가 하면 자신의 손바닥에 미치는 강철의 스트레이트 펀치력을 시험해 보기도 했다. 그리고 인사과 졸병들은 윤번제로 강철이 잠들 때까지

타이거 메이저 431

안마사가 되는 고역을 치러야 했다.

 시합이 있기 전 이틀 동안 강철은 부대 밖의 권투 도장에서 네 번이나 접전을 가졌다. 그것도 박 소령의 주선이었다.

 시합 당일에는 연습을 하지 않았다.

부대 안의 누구에게나 지대한 관심거리였고 화제의 대상이었던 권투 시합은 예정대로 체육관에서 6시 정각에 막을 올렸다. 기지사령관 명령으로 당일 외출 금지가 되고, 시합이 끝나는 시간까지 클럽이나 영화관, 심지어 도서관까지 문을 닫아버렸기 때문에 체육관은 설 자리조차 없이 초만원을 이루고 있었다. 사령관의 간단한 개회 인사에 뒤이어 시합이 벌어졌다. 모든 체급의 시합은 이미 예선을 거친 결승전이었다. 강철의 주니어 웰터급은 등록된 선수가 단 둘뿐이어서 바로 결승전을 갖게 되어 있었다.

 수십 개 백열등의 강렬한 불빛이 쏟아지는 사각의 정글, 사령관 앞에 빛나고 있는 금빛의 트로피, 대만원을 이룬 관람객. 권투 시합의 무게 있는 분위기는 잘 익어 천장 높은 체육관에 가득 차고 있었다.

 첫 번째 대전은 밴텀급이었다. 두 백인 선수는 아마추어다운 속도와 박력으로 서로에게 펀치를 터뜨려서 관중의 열렬한 인기를 모으는 게임을 벌였다. 그러다가 3회에 접어들어 한 선수가 코피를 심하게 흘려 의사의 지시에 따라 게임이 중단되었다. TKO승이었다.

두 번째 경기는 페더급이었다. 백인과 흑인의 대결이었다. 키가 큰 흑인의 라이트 스트레이트는 상대편 백인 선수의 얼굴에서 당연한 것처럼 부서지곤 했다. 백인 선수는 시종 피하고 몰리고 하다간 기회가 있으면 홀딩을 해대는 맥 빠지는 시합이었다. 휘파람 소리와 야유가 빗발치는 속에서 경기가 끝나고 말았다. 보나마나 흑인의 판정승이었다.

세 번째가 강철의 주니어 웰터급 경기였다. 강철이 링 위로 뛰어오르자 "와—" 함성이 어느 때보다 크게 체육관을 떠받들었다. 그도 그럴 것이 강철은 오늘 시합의 유일한 한국군이었고, 미공군과 합동 근무하는 미육군 소속으로 출전되었기 때문에 공군 선수와 대전하는 강철의 응원단은 필요 이상으로 흥분되어 있었고, 누가 시킨 것도 아닌데 한 덩어리가 되어 있었다. 어쩌면 합동 근무를 하는 동안 모든 면에서 셋방살이를 하는 것 같은 평소의 격리감이 이런 때 뭉쳐지는 것인지도 몰랐다. 공군 선수의 응원단이 흑백이라면 강철의 응원단은 흑백황이었다. 인종 삼원색으로 구성된 범세계적 응원단인 셈이었다. 그래서 그런지 그 함성 또한 수적으로 우세한 공군을 유감없이 압도하고 있었다.

강철은 분홍색 큰 타월을 어깨에 걸치고 있었다. 장내 아나운서가 길고 느린 목소리와 독특한 악센트에 숙련된 제스처를 써가며 강철부터 소개했다. 강철은 잽싸게 어깨의 타월을 링 로프에 걸더니 획 돌아서 기민한 동작으로 대시를 시도하며 앞으로 뛰어나갔다. "와—" 함성이 다시 터졌다. 강철의 그 기민하고 빈틈없는 폼은 가위 일품이었다. 링 중앙에 선 강철은 오른팔을 번쩍 들더니 반으로 꺾으며 "충성" 외쳤던 것이다. 글러브가 끼워진 강철의 주먹은 옆 이마에서 거수 경례를 하고 있었다. 웅성이던 장내는 갑자기 조용해졌다. 강철의 정면, 링 앞에 마련된 장교석에서 벌떡 일어서는 거구의 사내가 있었다. 풀기 빳빳한 작업복을 입은 박 소령이었다. "이겨라 강철." 거수 경례로 답하는 박 소령의 목소리는 우람했다. 이어 "와—" 카투사들의 함성이 터지고, 무슨 영문인지 알기나 하는지 미육군의 함성이 뒤따랐다.

강철은 흰 러닝 셔츠에 흰 팬티를 입고 있었다. 러닝 셔츠의 가슴팍에는 ROKA라는 검은색 알파벳이 반원으로 박혔고, 그 바로 아래 태극기가 위치하고 있었다. 팬티의 양 옆에는 손가락 세 개 정도 넓이의 빨간 줄이 쳐져 있었다. 그리고 부대 마크는 팬티의 오른쪽 가랑이 끝부분에 자리 잡고 있었다. 흰 러닝 셔츠에 고딕의 검은색 글씨와 태극기, 그리고 흰 팬티의 넓은 빨간 줄과 부대 마크의 조화는 흑갈색 피부의 강철과 한 덩어리가 되어 상쾌하기까지 했다.

강철과 싸울 공군 선수는 백인이었다. 그는 강철보다 목이 두 개나 더 있지 않나 싶을 정도로 키가 컸다. 그 대신 깡말라 있었다. 깡마른 체구 외에 또다른 특징은 붉은 콧수염을 기른 것이었다.

선수 소개가 끝나고 심판이 주의 사항을 알리고 있었다.

"야, 키가 너무 차이나잖아."

"글쎄, 강철이 어렵겠는데."

"무슨 소리야. 저 녀석 빼빼 마른 다리를 봐. 한 방이면 케오다, 케오."

"쟤 손은 저당잡혔다던? 저게 저래봬도 통뼐거야, 통뼈."

"사실 저 긴 팔로 짹짹만 얻어맞아도 강철은 곤란하겠는데."

"곤란하긴 임마. 한두 대 맞고 파고 들어가는 거야, 파고 들어가. 들어가서 왕창 조져버리는 거야."

그런 말들이 분분한 사이에 땡, 1회전이 시작되었다. "와—" 함성이 진동했다.

코너에서 종이 울리기를 기다리는 그 길지 않은 시간 동안 강철은 착각을 일으키고 있었다. 건너편 코너의 상대가 영락없이 주정뱅이 딕슨놈이었다. 저 깡마른 체구와 짱구대가리가 혼돈을 일으키게 하고 있었다. 좋아, 널 딕슨놈을 후리듯이 꺾어주지. 오너라 어서. 강철은 벌떡 일어섰다.

튕기듯 코너를 떠난 강철은 링 중앙에서 맞서자마자 오른

팔로 스윙 펀치를 날렸다. 그건 콧수염의 얼굴에서 폭발했다. 강철의 주먹은 콧수염의 얼굴 어느 한 부분에 명중한 것이 아니라 얼굴 전체를 긁어버렸다는 표현이 적절했다. 본능적으로 콧수염의 방어가 위로 집중되는 순간 강철의 레프트 스트레이트는 콧수염의 가슴팍에 작렬했고 이어 약간 위로 뻗친 라이트 스트레이트가 턱에서 부서졌다. 콧수염이 강철을 끌어안았다. 강철의 머리는 콧수염의 턱에 겨우 미치고 있었다. 심판이 브레이크를 선언하고 떨어지는 순간 강철의 라이트 스윙은 다시 콧수염의 얼굴을 후렸다. 동시에 콧수염의 라이트 스트레이트가 강철의 머리를 갈겼다. 강철은 고개를 잔뜩 웅크려넣고 두 팔은 거의 맞붙어 얼굴을 가렸는데 글러브는 이마 위로 솟다시피 한 폼이었다. 그에 비해 콧수염은 왼팔을 가슴 높이로, 오른팔은 안면 가까이에 두고 있었다. 강철이 다부지게 보인다면 콧수염은 엉성해 보였고 콧수염이 복서다운 폼이라면 강철은 흡사 고슴도치였다. 강철은 그런 모습으로 쉴 새 없이 뛰면서 언뜻 하는 순간에 무모하리만큼 저돌적으로 공격을 감행하곤 했다. 그때마다 콧수염은 긴 팔을 내뻗어 강철의 머리를 갈기며 공격을 견제했다. 강철의 공격은 콧수염의 안면에 집중되고 있었고, 콧수염은 무작정 파고드는 강철에게 어퍼컷으로 응수하고 있었다. 관중석에서는 보디가 비었다고 외치고 있었지만 강철은 한사코 콧수염의 안면에다 스트레이트 펀치를 먹이려고 짧은 팔로 부심하고 있었다. 그만큼 콧수염의 두 손은 안면 방어에 쏠려 있었고, 키 작은 강철의 저돌적인 돌격을 막기 위해서는 아래로 처지는 잽이나 스트레이트를 구사하는 수밖에 없었다. 강철의 라이트 훅이 빗나가고 콧수염의 잽이 머리에 히트되면서 1회전이 끝났다.

콧수염은 코너로 돌아가며 "갓뎀"을 외쳤고, 강철은 한곳에 집결된 부대원들을 향해 팔을 흔드는 여유를 보이고 있었다. 콧수염은 강철의 찰거머리 전법에 신경질을 부리는 게 분명했다.

2회전 시작 종이 울렸다. 강철은 역시 고슴도치 폼으로 뛰어나갔다. 콧수염의 폼은 1회전과는 사뭇 달라져 있었다. 약간 허리를 구부리고 두 주먹은 얼굴 앞에 모아져 있었다. 콧수염의 잽 강철 머리에 히트. 강철의 잽 콧수염 주먹에 히트. 강철 파고들면서 원 투 스트레이트 콧수염 안면 강타. 콧수염의 어퍼컷 미스 블로. 강철 라이트 훅 콧수염 턱에 명중. 콧수염의 레프트 스트레이트 강철 안면에 히트. 콧수염 라이트 훅 강철의 옆구리 명중. 강철 스윙 미스 블로. 공격이 멎었다. 강철 가벼운 풋워크하다가 공격 시도. 콧수염의 저돌적 반격. 콧수염의 원 투 스트레이트 강철의 머리를 강타. 강철 물러나면서 약간 비틀. 콧수염 계속 스트레이트 공격. 슬쩍 피하며 강철 무릎을 약간 꺾는 자세로 쭉 뻗친 라이트 스트레이트 콧수염의 보디에 작렬. 콧수염 허리가 휘청하느냐, 강철 레프트 훅 콧수염의 머리에 히트, 강철의 라이트 어퍼컷 콧수염 보디에 크게 히트. 콧수염 홀딩을 시도. 심판의 브레이크 선언으로 떨어지며 콧수염의 라이트 스트레이트를 커트한 강철 다시 스윙 시도, 헛쳤다. 콧수염 잽잽 강철의 안면 히트. 강철 물러섰다. 콧수염 계속 공격. 잽 강철의 안면 히트, 라이트 스트레이트 안면 강타, 계속 밀리는 강철. 코너에 몰렸다. 콧수염 라이트 스트레이트 쭉 뻗었다. 빗나가며 잽싸게 빠져나오는 강철, 폭이 큰 라이트 스트레이트 콧수염 보디에 크게 히트. 콧수염 허리가 꺾어졌다. 강철 레프트 잽에 이어 라이트 어퍼컷 콧수염의 보디에 작렬. 콧수염은 그 자리에 푹 꼬꾸라지며 무릎을 꿇었다. "와—" 함성이 체육관을 진동했다. 강철은 기민하게 중립 코너로 뛰었다. 카운트가 다 끝날 때까지 콧수염은 끝내 일어서지 못하고 말았다. "와— 와—" 체육관을 흔드는 함성 속에서 강철의 팔이 높이 치켜들렸다.

　강철이 코너로 돌아오는 것을 같이하여 링으로 뛰어오르는 군인이 있었다. 박 소령이었다. 강철은 거수 경례를 붙였다. 박 소령은 답을 했다. "와—" 다시 함성이 터져올랐다.

　박 소령은 강철의 등을 쓸었다.

"강철, 잘 싸웠다. 아주 훌륭한 작전이었어."

"대장님은 아셨습니까?"

땀이 흠뻑 밴 얼굴의 강철은 아직 숨을 씩씩거렸다.

"그럼, 알고말고. 아주 통쾌한 승리다."

"감사합니다, 대장님!"

강철은 다시 거수 경례를 붙였다. 박 소령은 답을 했다.

두 사람의 모습을 바라보고 있던 사람들은 다시 함성을 올렸고, 미군들의 이런 외침이 터져나왔다.

"부라보 코풀 캉(강 상병 최고)!"

"원더풀 타이거 메이저(호랑이 소령 만세)!"

사흘째 되는 날 인사과 김 병장은 강철의 국편 특명을 찍었다. 그리고 다음날 강철은 처음 인사과에 나타났을 때와 똑같은 작업복 차림에 몸집만 한 더블백을 어깨에 메고 인사과를 나갔다. 달라진 것이 있다면 인사과 사병들과 일일이 악수를 나눈 것이었고, 사병들의 눈에는 하나같이 불안한 의문이 담긴 것이었다.

사령부 건물 앞에서 오래전부터 지프 한 대가 서 있었다. 현관을 나선 강철은 지프 앞에 이르러 거수 경례를 했고, 더블백이 실려지고 강철이 오르자 지프는 곧 움직이기 시작했다.

〈1973년〉

| 작가 연보 |

1943년   전남 승주군 선암사에서 아버지 조종현과 어머니 박성순 사이의 4남 4녀 중 넷째(아들로는 차남)로 태어남. 아버지는 일제시대 종교의 황국화 정책에 의해 만들어진 시범적인 대처승이었음.
1948년   '여순반란사건'을 순천에서 겪음.
1949년   순천 남국민학교 입학.
1950년   충남 논산에서 6·25를 맞음.
1953년   작은아버지들이 살고 있던 벌교로 이사. 최초의 자작 문집을 만들었고, 글짓기에서 전교 1등상을 받음.
1956년   광주 서중학교 입학.
1958년   아버지가 서울 보성고등학교로 전근.
1959년   서울로 이사. 광주 서중학교 제34회 졸업. 보성고등학교 입학.
1962년   보성고등학교 제52회 졸업. 동국대학교 국문학과 입학.
1966년   대학 졸업과 동시에 육군 사병 입대.
1967년   시인 김초혜와 결혼.
1969년   육군 병장 제대.
1970년   《현대문학》 6월호에 「누명」이 첫회 추천됨. 12월호에 「선생님 기행」으로 추천 완료. 동구여상에서 교직 근무 시작.
1971년   중편 「20년을 비가 내리는 땅」《현대문학》, 단편 「빙판」《신동아》, 「어떤 전설」《현대문학》 발표. 「선생님 기행」이 일본어로 번역됨.

1972년 　중편 「청산댁」《현대문학》, 단편 「이런 식이디이다」《월간문학》 발표. 부부 작품집 『어떤 전설』(범우사) 출간. 중경고등학교로 전근. 아들 도현을 낳음.

1973년 　중편 「비탈진 음지」《현대문학》, 단편 「거부 반응」《현대문학》, 「타이거 메이저」《일본 한양》, 「상실기」를 「상실의 풍경」으로 개제 《월간문학》에 발표. 10월 유신으로 교직을 떠나게 됨. 《월간문학》 편집일을 시작. 「청산댁」이 일본에서 간행된 『한국전후대표작선집』에 번역 수록.

1974년 　중편 「황토」 작품집 『황토』에 수록. 단편 「술 거절하는 사회」《월간문학》, 「빙하기」《현대문학》, 「동맥」《월간문학》 발표. 작품집 『황토』(현대문학사) 출간.

1975년 　단편 「인형극」《현대문학》, 「이방 지대」《문학사상》, 「전염병」을 「살풀이굿」으로 개제 《신동아》에 발표. 「발아설」을 「삶의 흠집」으로 개제 《월간문학》에 발표. 「황토」가 영화화됨. 월간문학사 그만둠.

1976년 　단편 「허깨비춤」《현대문학》, 「방황하는 얼굴」《한국문학》, 「검은 뿌리」《소설문예》, 「비틀거리는 혼」《월간문학》 발표. 장편 『대장경』을 민족문학 대계의 일환으로 집필 완성. 월간문예지 《소설문예》 인수, 10월호부터 발간.

1977년 　중편 「진화론」《현대문학》, 「비둘기」《소설문예》, 단편 「한, 그 그늘의 자리」《문학사상》, 「신문을 사절함」《소설문예》, 「어떤 술거의 죽음」《창작과비평》, 「변신의 굴레」《신동아》, 「우리들의 흔적」《소설문예》 발표. 작품집 『20년을 비가 내리는 땅』(범우사) 출간. 10월호를 끝으로 《소설문예》의 경영권을 넘김.

1978년 　중편 「미운 오리 새끼」《소설문예》, 단편 「마술의 손」《현대문학》, 「외면하는 벽」《주간조선》, 「살 만한 세상」《월간중앙》 발표. 작품집 『한, 그 그늘의 자리』(태창문화사) 출간. 도서출판 민예사 설립.

1979년　단편 「두 개의 얼굴」《문예중앙》, 「사약」《주간조선》, 「장님 외줄타기」《정경문화》 발표. 중편 「청산댁」이 KBS 〈TV문학관〉에 극화 방영.

1980년　단편 「모래탑」《현대문학》, 「자연 공부」《주간조선》 발표. 도서출판 민예사의 경영권을 넘기고 주간의 일을 봄. 문고본 『허망한 세상 이야기』(삼중당) 출간.

1981년　중편 「유형의 땅」《현대문학》, 「길이 다른 강」《월간조선》, 「사랑의 벼랑」《여성동아》, 단편 「껍질의 삶」《한국문학》 발표. 장편 『대장경』(민예사) 출간. 중편 「청산댁」이 프랑스어로 번역 출간. 중편 「유형의 땅」으로 현대문학상 수상.

1982년　중편 「인간 연습」《한국문학》, 「인간의 문」《현대문학》, 「인간의 계단」《소설문학》, 「인간의 탑」《현대문학》, 단편 「회색의 땅」《문학사상》, 「그림자 접목」《소설문학》 발표. 작품집 『유형의 땅』(문예출판사) 출간. 중편 「인간의 문」으로 대한민국문학상 수상. 중편 「유형의 땅」이 MBC TV 6·25 특집극으로 방영.

1983년　중편 「박토의 혼」《한국문학》, 단편 「움직이는 고향」《소설문학》 발표. 대하소설 『태백산맥』을 원고지 1만 5천 매 예정으로 《현대문학》 9월호부터 연재 시작. 연작 장편 『불놀이』(문예출판사) 출간. 『불놀이』가 MBC TV 6·25 특집극으로 방영.

1984년　중편 「운명의 빛」을 「길」로 개제 《한국문학》에 발표. 단편 「메아리 메아리」《소설문학》 발표. 장편 『불놀이』 영어로 번역. 중편 「박토의 혼」 독일어로 번역. 작품 「메아리 메아리」로 소설문학작품상 수상. 도서출판 민예사에서 《한국문학》을 인수하고, 주간을 맡아 12월호부터 발간.

1985년	중편 「시간의 그늘」《한국문학》 발표. 대하소설 『태백산맥』 연재 집필을 위해 매달 안양의 라자로마을에 10여 일씩 칩거.
1986년	『태백산맥』 제1부 4천 8백 매 완결(《현대문학》 9월호). 제1부를 3권의 단행본으로 출간(한길사).
1987년	『태백산맥』 제2부를 《한국문학》 1월호부터 연재 시작하여 12월호까지 3천 2백 매 완결. 제2부를 2권의 단행본으로 출간.
1988년	『태백산맥』 제3부를 《한국문학》 3월호부터 연재 시작하여 12월호까지 3천 2백 매 완결. 제3부를 2권의 단행본으로 출간. 작품집 『어머니의 넋』(한국문학사) 출간. 신문사 문학 담당 기자와 문학평론가 39인이 뽑은 '80년대 최고의 작품' 1위 『태백산맥』(《문예중앙》, 1988년 여름호). 성옥문화상 수상.
1989년	『태백산맥』 제4부를 《한국문학》 1월호부터 연재 시작하여 11월호까지 4천 5백 매 완결. 제4부를 3권의 단행본으로 출간(전 10권 완간). 『태백산맥』 완결을 고대하며 투병하시던 아버지의 별세를 소설을 쓰다가 전화로 연락받음. 소설의 완결까지 연재 1회분 반을 남겨놓은 상태에서 아버지의 장례를 치름. 문학평론가 48인이 뽑은 '80년대 최대의 문제작' 1위 『태백산맥』(『80년대 대표소설선』, 1989년, 현암사). 80년대의 '금단'을 깬 대표 소설 『태백산맥』(《한겨레신문》, 1989. 12. 28). 동국문학상 수상.
1990년	새 대하소설 『아리랑』의 집필을 위해 중국 만주, 동남아 일대, 미국 하와이, 일본, 러시아 연해주 등지를 취재 여행. 12월 11일부터 《한국일보》에 2만 매로 예정된 『아리랑』 연재를 시작. 출판인 34인이 뽑은 '이 한 권의 책' 1위 『태백산맥』(《경향신문》, 1990. 8. 11). 현역 작가와 평론가 50인이 뽑은 '한국의 최고 소설' 『태백산맥』(《시사저널》, 1990. 11. 22).

1991년　『아리랑』 연재 계속. 작품 『태백산맥』으로 단재문학상 수상. 『태백산맥』으로 유주현문학상 수여가 결정되었지만 수상을 거부함. 이를 계기로 그 상이 폐지되었음. 『태백산맥』 연구서 『문학과 역사와 인간』(한길사) 출간. 전국 대학생 1,650명이 뽑은 '가장 감명 깊은 책' 1위 『태백산맥』, '대학생 필독 도서' 1위 『태백산맥』(《중앙일보》, 1991. 11. 26).

1992년　『아리랑』 연재 계속. 대검찰청에서 『태백산맥』이 국가보안법상의 이적 표현물과 적에 대한 고무 찬양에 저촉되는지를 내사한 결과 작가에 대한 의법 조치나 책의 판금을 문제 삼지 않기로 했다고 발표. '학생이나 노동자들이 읽으면 불온 서적 소지·탐독으로 의법 조치할 것이며, 일반 독자들이 교양으로 읽는 경우에는 무관하다'는 내용의 대검 발표는 모든 언론들의 비판과 조롱거리가 됨. 대검의 그런 공식적 태도는 『태백산맥』 1부가 단행본으로 발간되면서부터 작가에게 몇 년 동안에 걸쳐 줄기차게 가해져 온 모든 수사 기관들의 음성적 압력과 억압 그리고 협박이 대표적으로 표출된 것에 지나지 않음. 일본의 출판사 집영사와 『태백산맥』 전 10권 완역 출판 계약 체결, 일본에서 대하소설을 완역 계약한 것은 최초. 한국의 지성 49인이 뽑은 '미래를 위한 오늘의 고전 60선'에 『태백산맥』 선정(《출판저널》, 1992. 2. 20). 서울 리서치 조사 독자 5백 명이 뽑은 '가장 기억에 남는 작품' 1위 『태백산맥』 (《조선일보》, 1992. 8. 25).

1993년　『아리랑』 연재 계속. 외아들 도현이 육군 사병 입대. 중편 「유형의 땅」이 영어로 번역되어 현대한국소설집(제목 『유형의 땅』, 샤프 출판사) 출간.

1994년　6월 『아리랑』 제1부 「아, 한반도」를 3권의 단행본으로 출간

(도서출판 해냄). 8월 제2부 「민족혼」을 3권의 단행본으로 출간. 10월 제3부 「어둠의 산하」 중 일부가 제7권으로 출간. 12월 제8권 출간. 신문 연재로는 원고량을 다 소화할 수가 없어서 《한국일보》 연재를 중단하고 후반부 집필에 전념. 4월에 8개의 반공 우익 단체들이 작품 『태백산맥』과 작가를, 역사를 왜곡하여 국가보안법을 위반한 불온 서적 및 사상 불온자로 몰아 검찰에 고발함. 거기에다 이승만의 양자에 의해 이승만의 명예훼손죄 고발도 첨가됨. 6월에 치안본부 대공수사실(속칭 남영동)에서 수사를 받았고, 그 후 몇 개월에 걸쳐 출두 요구와 거부를 반복하는 동안에 『아리랑』 집필에 치명적인 피해를 받음. 『태백산맥』 영화화(태흥영화사), 영화 개봉을 앞두고 작가를 고발했던 반공 우익 단체들이 영화를 상영하면 극장과 영화사를 폭파하고 불 지르겠다고 공공연한 공갈 협박을 자행하여 대대적인 사회의 물의를 일으킴. 전국 애장가 720명이 뽑은 '가장 아끼는 책' 1위 『태백산맥』(《한겨레신문》, 1994. 10. 5).

1995년 2월 『아리랑』 제3부 「어둠의 산하」 중 일부인 제9권 출간. 5월 제4부 「동트는 광야」 중 일부인 제10권 출간. 7월 25일 총 2만 매의 『아리랑』 집필 완료, 4년 8개월 만의 결실. 7월 제11권 출간. 8월 해방 50주년을 맞이하며 제12권 출간(전 12권). 『태백산맥』을 출판사를 옮겨서 출간(도서출판 해냄). 「조정래 특집」(《작가세계》 가을호). 서울대학교 신입생 218명이 뽑은 '가장 감명 깊게 읽은 책' 1위 『태백산맥』, '가장 읽고 싶은 책' 1위 『태백산맥』(《한겨레신문》, 1995. 3. 15). '우리 사회에 가장 영향력이 큰 책' 《시사저널》 조사 2위 『태백산맥』, 3위 『아리랑』(《시사저널》, 1995. 10. 26). 20대 남녀 독자 294명이 뽑은

'가장 읽고 싶은 책' 1위 『아리랑』(《도서신문》, 1995. 12. 30).《한겨레21》의 독자들이 뽑은 '1995년의 좋은 인물'에 선정(《한겨레21》, 1995. 12. 28). 사회 각 분야 전문가 47인이 뽑은 '올해의 좋은 책' 1위 『아리랑』(《출판문화》, 1995, 송년 특집호). 1천만 명 서명을 목표로 하는 '태백산맥·아리랑 작가 조정래 노벨문학상 추천 서명인 발대식'이 1995년 11월 28일 종로 탑골공원에서 시민 단체 자발로 이루어짐(《중앙일보》, 1995. 11. 30).

1996년 단일 주제 비평서인 『태백산맥』 연구서 『태백산맥 다시 읽기』 권영민 집필로 출간(도서출판 해냄). 『아리랑』 연구서 『아리랑 연구』 조남현 외 11인의 집필로 출간(도서출판 해냄). 세 번째 대하소설을 위해 독일, 프랑스, 미국 등 취재 여행. 중편 「유형의 땅」 이탈리아어로 번역. 프랑스 아르마땅 출판사와 『아리랑』 전 12권 완역 출판 계약 체결. 일본에서 『태백산맥』 완역과 마찬가지로 프랑스에서 한국의 대하소설을 완역 계약한 것은 최초의 일. 미혼 직장 여성 502명이 뽑은 '친구에게 가장 권하고 싶은 책' 1위 『태백산맥』, 3위 『아리랑』, '가장 감명 깊게 읽은 책' 1위 『태백산맥』, 4위 『아리랑』(《동아일보》《조선일보》, 1996. 1. 18). 전국 20세 이상 독자 1천 2백 명이 뽑은 '가장 기억에 남는 소설' 1위 『태백산맥』(《동아일보》, 1996. 4. 29). '우리 사회에 가장 영향력이 큰 책' 《시사저널》 조사 1위 『태백산맥』, 5위 『아리랑』(《시사저널》, 1996. 10. 24).

1997년 새 대하소설을 위해 베트남, 사우디아라비아 등 취재 여행. '『태백산맥』 1백 쇄 출간 기념연'을 3월 6일 프라자호텔에서 개최(도서출판 해냄 주최), 증정본 겸 기념본으로 『태백산맥』 양장본 1백 질을 제작. 대하소설로 1백 쇄 발간은 최초의 일이며, 450만 부 돌파는 한국 소설사 1백 년 동안의 최고 부수라고 각 언론이 보도. 3월부터 동국대학교 첫 번째 만해석 좌교수가 됨. 장편 『불놀이』 영역판(전경자 교수 번역)이 미국 코넬대학교 출판부에서 출간. 프랑스 유네스코에서 『불놀이』 번역 시작. 각 대학 수석 합격자 40명이 뽑은 '후배들에게 가장 권하고 싶은 소설' 1위 『태백산맥』, 5위 『아리랑』(《중앙일보》, 1997. 2. 25). 전국 국문과 대학생 150명이 뽑은 '가장 좋은 소설' 1위 『태백산맥』, 4위 『아리랑』(《조선일보》, 1997. 5. 15). 서울대학생 1천 명이 뽑은 '가장 감명 깊게 읽은 소설' 1위 『태백산맥』, 4위 『아리랑』(《조선일보》, 1997. 7. 23). 1997년 서울 6개 대학 도서관의 문학 작품 대출 1위 『태백산맥』(《동아일보》, 1997. 12. 28). 전남 보성군청에서 추진하던 '태백산맥 문학공원' 사업이 자유총연맹과 안기부의 개입·방해로 전면 좌초(《시사저널》, 1997. 9. 18).

1998년 『아리랑』 프랑스어판 제1부 3권이 4월 말에 출간(아르마땅 출판사). 문예진흥원 번역 지원으로 작품집 『유형의 땅』 프랑스어로 번역 시작. 세 번째 대하소설 『한강』을 《한겨레신문》 창간 10주년을 기념하여 5월 15일부터 연재 시작. 『태백산맥』 사건은 이때까지도 미해결인 채 국가보안법 위반 혐의자로 검찰에 걸려 있었음. 20·30대 사무직 남·여 6백 명이 뽑은 '지금까지 살아오면서 가장 기억에 남는 책'(전 세계의 작품을 대상) 한국출판연구소 조사 남자 국내 1위 『태백산맥』, 여자 국내 1위 『태백산맥』(《동아일보》, 1998. 4. 21). 서울대학 도서관 대출 1위 『아리랑』(《조선일보》, 1998. 7. 23). 제1회 노신(魯迅)문학상 수상.

1999년 《한국일보》 조사, 문인 1백 명이 뽑은 지난 1백 년 동안의 소설 중에서 '21세기에 남을 10대 작품'에 『태백산맥』 선정(《한국일보》, 1999. 1. 5).《출판저널》특별 기획, 각 분야 지식인 1백인이 선정한 '21세기에도 빛날 20세기 책들(국내 모든 저작물 대상)' 36종에『태백산맥』선정됨(《출판저널》1999년 신년 특집 증면호).《한겨레21》창간 5돌 특집, 전국 인문·사회 계열 교수 129명이 뽑은 '20세기 한국의 지성 150인'에 선정됨(《한겨레21》, 1999. 3. 25). MBC TV〈성공시대〉70분 특집방영 '소설가 조정래'.『조정래문학전집』전 9권(도서출판 해냄) 출간.『태백산맥』일어판 1·2권(집영사) 출간. 장편『불놀이』프랑스 유네스코에서 프랑스어판(아르마땅 출판사) 출간. 소설집『유형의 땅』이 문예진흥원 선정으로 프랑스어판(아르마땅 출판사) 출간. 출판인 50인이 뽑은 20세기 최고 작가 2위(《세계일보》, 1999. 12. 18).《중앙일보》선정 '20세기 명저 국내 20선(국내 모든 분야 망라)'에『태백산맥』선정됨(《중앙일보》, 1999. 12. 23).《중앙일보》선정 '20세기 한국의 베스트셀러'에『태백산맥』『아리랑』이 동시에 선정. 30개 중에서 한 작가의 두 작품이 동시에 선정된 것은 유일함(《중앙일보》, 1999. 12. 23).

2000년 『태백산맥』일어판 10권 완간(집영사). 9월 29일,『아리랑』의 발원지인 전북 김제시에서 시민의 이름으로 '조정래 대하소설 아리랑 문학비'를 벽골제 광장에 세우고, 제1호 명예시민증 수여. 그날 10시 29분에 첫손자 재면(在勉)이가 태어나 희한한 겹경사를 이룸.

2001년 「어떤 솔거의 죽음」이 그림을 곁들인 청소년 도서로 출간(다림출판사). 광주시 문화예술상 수상. 자랑스러운 보성(普成)인 상 수상. 11월『한강』제1부「격랑시대」를 3권의 단행본으로 출간(도서출판 해냄). 12월 제2부「유형시대」를 3권의 단행본으로 출간.

2002년   1월 3일 총 1만 5천 매의 『한강』 집필 완료. 3년 8개월 만의 결실. 1월 『한강』 제3부 「불신시대」의 일부를 2권의 단행본으로 출간. 2월 「불신시대」의 나머지를 2권의 단행본으로 출간. 『한강』 전 10권 완간. 1월 17일 작품 집필 때문에 6개월 동안 미루어왔던 탈장 수술 받음. 12월 등단 33년 만에 첫 번째 산문집 『누구나 홀로 선 나무』 출간(문학동네).

2003년   중편 「안개의 열쇠」 《실천문학》, 단편 「수수께끼의 길」 《문학사상》 발표. 2월 'Yes24 회원 선정 2002년의 책'에서 『한강』이 남자 1위, 여자 2위. 3월 만해대상 수상. 4월 제1회 동리문학상 수상. 5월 프랑스 아르마땅 출판사에서 『아리랑』 전 12권 완역 출간. 유럽 지역에서 한국의 대하소설이 완간된 것은 최초의 일. 5월 16일 전북 김제시에서 건립한 '조정래 아리랑 문학관' 개관식 개최. 생존 작가의 문학관이 세워진 것은 처음 있는 일. 둘째 손자 재서(在緒) 태어남.

2004년   4월 30일 프랑스의 시인이며 극작가인 테르지앙(Terzian)이 『아리랑』을 희곡화하여, 『분노의 나날』로 출간(아르마땅 출판사). 7월 1일 희곡집 『분노의 나날』을 『분노의 세월』로 시인 성귀수 씨가 번역 출간(도서출판 해냄). 8월 20일 『태백산맥』 프랑스어판 제1권 출간(아르마땅 출판사). 9월 1일 중편 「유형의 땅」이 독어판으로 출간(독일 페페르코른 출판사). 12월 15일 만화 『태백산맥』 1권이 박산하 씨 그림으로 출간(더북컴퍼니 출판사). 12월 20일 『태백산맥』 일어판 문고본 계약(일본 집영사).

2005년   단편 「미로 더듬기」 《현대문학》. 1월 1일 《문화일보》 2005년 신년 특집으로 〈광복 60돌 '한국을 빛낸 30인'〉에 선정. 5월 26일 순천시에서 '조정래 길'을 지정하고 표지석 개막식 개최(낙안 구기-승주 죽림 사이). 4월 1일 서울지방검찰청에서

『태백산맥』 고소 고발 사건에 대해 만 11년 만에 무혐의 결정 내림. 5월 20일 MBC TV에서 〈조정래〉 3부작 제작(『태백산맥』 고소 고발 사건의 발단과 수사 경과, 무혐의 결정이 내려지기까지의 전 과정). 6월 23일 인터넷 서점 Yes24와 포털 사이트 네이버가 진행한 '네티즌 추천 한국 대표 작가-노벨문학상 후보를 추천해 주세요'에서 네티즌 6만 명이 참여해 조정래를 1위로 선정. 또, '한국인에게 큰 감동을 준 작품'으로 『태백산맥』을 1위로 선정. 8월 10일 장편 『불놀이』 독어판 이기향 씨 번역으로 출간(페페르코른 출판사). 8월 15일 『태백산맥』 프랑스어판 3권 출간. 8월 13~21일 인천시립극단에서 광복 60주년 기념 특별 공연으로 연극 〈아리랑〉을 인천종합문화예술회관에서 공연. 10월 5일 MBC TV와 『태백산맥』 드라마 계약.

2006년　장편 『인간 연습』 분재 1회 《실천문학》. 3월 15일 『태백산맥』 프랑스어판 4권 출간. 4월 10일 〈한국소설 베스트〉 시리즈로 『유형의 땅』 포켓북 출간(일송포켓북). 4월 15일 「미로 더듬기」로 현대불교문학상 수상. 6월 28일 장편 『인간 연습』 출간(실천문학사). 장편 『오 하느님』 분재 1회 《문학동네》, 10월 15일 『태백산맥』 프랑스어판 5권 출간.

2007년　1월 5일 한국 문학 대표작 선집 27 『황토』 출간(문학사상사). 1월 29일 『아리랑』 100쇄 돌파 기념연 개최(도서출판 해냄). 3월 21일 장편 『오 하느님』 단행본 출간(문학동네). 4월 20일 『태백산맥』 프랑스어판 6권 출간. 8월 10일 조정래 소설집 『어떤 전설』 출간(책세상). 10월 25일 '큰 작가 조정래의 인물 이야기(위인전 시리즈)' 첫 다섯 권(신채호, 안중근, 한용운, 김구, 박태준) 출간(문학동네). 11월 30일 『태백산맥』 프랑스어판 7, 8, 9권 출간.

	12월 27일 『태백산맥』 프랑스어판 전 10권 완간.
2008년	4월 7일 KYN과 『아리랑』 TV 드라마 계약. 4월 10일 『교과서 한국문학』 시리즈 조정래편 5권 출간(휴이넘 출판사). 2007년 출간한 장편소설 『오 하느님』을 『사람의 탈』로 제목을 바꿔 개정 출간. 5월 1일 『죽기 전에 꼭 읽어야 할 책 1001』에 『태백산맥』이 선정됨. 서기 850년경에 씌어진 『아라비안나이트(천일야화)』에서부터 최근에 이르기까지 1200여 년 동안 발표된 전 세계의 소설을 대상으로 평론가·학자·작가·언론인 등으로 구성된 국제적인 전문가 집단이 참여하여 1001편을 가려 뽑은 책으로 우리나라 작품으로는 『태백산맥』과 『토지』가 뽑혀 수록됨(영국 카셀 출판사, 번역서 마로니에북스). 11월 20일 '큰 작가 조정래의 인물 이야기' 제6권 『세종대왕』, 제7권 『이순신』 출간(문학동네). 11월 21일 '조정래 태백산맥 문학관' 개관식(전남 보성군 벌교읍 회정리 『태백산맥』이 시작되는 지점). 12월 11일 '자랑스러운 동국인상' 수상. 12월 23일 '사회 각 분야 가장 존경받는 인물'-문학 분야 1위로 선정됨(《시사저널》 제1000호 기념 특대호 특집).
2009년	3월 2일 『태백산맥』 200쇄 돌파 기념연 개최(도서출판 해냄). 대하소설로 200쇄 돌파는 최초. 자전 에세이 『황홀한 글감옥』 출간(시사IN북). 11월 18일 장애문화예술인들을 위한 'Art 멘토 100인 위원회 1호' 위원으로 위촉됨(한국장애인문화진흥회).
2010년	장편소설 『허수아비춤』을 계간지 《문학의 문학》 여름호에 600매 분재함과 동시에, 인터넷서점 인터파크에도 2개월간 60회로 연재한 후 10월 1일 단행본으로 출간(도서출판 문학의문학). 11월 10일 장편 『불놀이』, 12월 1일 장편 『대장경』

개정판 출간(도서출판 해냄). 12월 2일 경남 창원에서 '고려 대장경 팔각 불사 1000년 기념'으로 장편 『대장경』을 오페라로 공연(경남음악협회). 12월 22일 장편 『허수아비춤』이 독자들이 뽑은 '2010 최고의 책'으로 시상식 거행(인터파크 도서). 12월 26일 장편 『허수아비춤』이 '2010 네티즌 선정 올해의 책'이 됨(Yes24).

2011년 4월 대하소설 『태백산맥』 『아리랑』 『한강』 전자책 출시, 이와 동시에 장편소설 및 중단편소설집도 개정 출간과 동시에 전자책 출시 결정. 4월 25일 초기 단편 모음집 『상실의 풍경』 개정판 출간, 5월 30일 중편 「황토」와 7월 25일 중편 「비탈진 음지」를 장편으로 전면 개작해 단행본 『황토』 『비탈진 음지』로 출간, 10월 10일 『어떤 솔거의 죽음』 개정판 출간(이상 모두 도서출판 해냄).

2012년 2월 유비유필름과 『태백산맥』 드라마판권 계약. 4월 영국 놀리지펜 출판사와 『태백산맥』의 영어·러시아어 번역출간 계약. 4월 30일 『외면하는 벽』 개정판 출간(도서출판 해냄). 7월 중편 「유형의 땅」이 전경자의 영어번역으로 영한대역 『유형의 땅』으로 출간(도서출판 아시아). 9월 30일 『유형의 땅』 개정판 출간(도서출판 해냄), 11월에는 《출판저널》이 뽑은 '이달의 책'으로 선정됨. 10월 5일 『사람의 탈』 영어판 출간(Merwin Asia). 『금서의 재탄생』(장동석 저, 북바이북)과 『금서, 시대를 읽다』(백승종 저, 산처럼)에서 금서로서의 『태백산맥』을 집중 조명함.

2013년 2월 23일 참여연대로부터 공로패 받음. 2월 25일 단편집 『그림자 접목』 개정판 출간(도서출판 해냄). 3월 대하소설 『아리랑』의 뮤지컬 제작을 위해 신시컴퍼니(대표 박명성)와 판권계약 체결. 3월 25일부터 인터넷 포털 사이트 네이버에 『정글만리』일일연재를 시작, 7월 10일 108회를 끝으로 연재 종료와 동시에 7월 12일 단행본 전 3권으로 출간(도서출판 해냄). 10월 7일 『정글만리』 중국어판 출판계약 체결. 『정글만리』에 대해; 10월 7일 문화계 인사 60인이 선정한 '2013 출판부문 1위.' 10월 24일 《중앙일보》·교보문고가 공동 선정한 '2013년 올해의 좋은 책 10.' 11월 26일 제23회 한국가톨릭 매스컴상 수상(출판부문). 12월 9일 출간 5개월 만에 100만 부 돌파 최단 기록. 12월 11일 한국예술평론가협의회 선정 제33회 '올해의 최우수 예술가상' 수상(문학부문). 12월 14일 《동아일보》가 선정한 '2013 올해의 책.' 12월 20일 Yes24 네티즌 선정 '2013년 올해의 책' 1위. 12월 21일 《조선일보》가 선정한 '2013년 올해의 책.' 12월 26일 인터파크도서 '제8회 인터파크 독자 선정 2013 골든북 어워즈'에서 골든북 1위, 골든북 작가부문 1위. 12월 30일 알라딘 독자 선정 '2013년 올해의 책' 1위.

2014년   1월 8일 《매일경제》·교보문고 공동 선정 '2014년을 여는 책 50'. 1월 10일 국립중앙도서관 통계, '2013년 도서관에서 가장 많이 이용한 도서' 1위. 3월 15일 『정글만리』 100쇄 돌파(『태백산맥』 2번, 『아리랑』 1번에 이어 네 번째 100쇄 돌파가 됨). 6월 12일 벌교읍 부용산 아래, 복원된 보성여관(소설 속의 남도여관)으로 이어진 '태백산맥길' 첫머리에 조성된 '태백산맥 문학공원 기념조형물 제막식'이 열림. 높이 3미터, 길이 23미터의 조형물에는 작가의 약력, 『태백산맥』에 대한 평가, 『태백산맥』의 줄거리, 그리고 작가의 흉상이 조각되어 있다. 그런데 그 조각은 모두를 놀라게 할 만큼 특이하고도 독창적이다. 조각가인 서울대학교 이용덕 교수는 세계 최초의 기법인 '역상(逆像)

조각'으로 그 창조성을 감동적으로 보여주고 있다. 9월 20일 제1회 심훈문학대상 수상. 12월 15일 인터뷰집 『조정래의 시선』 출간(도서출판 해냄).

2015년　6월 15일 『아리랑 청소년판』 출간(조호상 엮음, 백남원 그림, 도서출판 해냄). 7월 11일 뮤지컬 〈아리랑〉 개막, 9월 6일까지 공연(신시컴퍼니). 8월 5일 장편소설 『허수아비춤』 개정판과 함께, 문학 인생 45년을 담은 『조정래 사진 여행: 길』 출간(도서출판 해냄). 10월 3일 제2회 이승휴문화상 문학상 수상.

2016년　7월 12일 장편소설 『풀꽃도 꽃이다』(전 2권) 출간(도서출판 해냄). 10월 4일 『정글만리』를 영어로 옮긴 『*The Human Jungle*』이 브루스 풀턴 교수와 윤주찬 씨의 번역으로 미국 현지에서 출간(Chin Music Press Inc). 11월 8일 『태백산맥』 출간 30주년 기념본』(전 10권) 및 『태백산맥 청소년판』(전 10권) 출간(조호상 엮음, 김재홍 그림, 도서출판 해냄).

2017년　7월 25일~9월 3일 뮤지컬 〈아리랑〉 공연(신시컴퍼니). 11월 21일 은관문화훈장 수훈. 11월 30일 시조시인 조종현, 소설가 조정래, 시인 김초혜의 문학적 성과를 기념하고 그 정신을 이어 나가고자 전라남도 고흥군에 설립된 '조종현 조정래 김초혜 가족문학관' 개관.

2018년　2월 9일 〈2018 평창 동계올림픽대회〉 성화 봉송(오대산 월정사 천년의 숲길). 4월 20일 맏손자 조재면과 함께 집필한 『할아버지와 손자의 대화』 출간(도서출판 해냄).

2019년　장편소설 『천년의 질문』을 네이버 오디오클립에 오디오북 형태로 30회 연재한 후 6월 11일 단행본 전 3권으로 출간(도서출판 해냄). 11월 2일 조정래 작가의 문학적 성취를 기리고 국내 문학을 대표하는 중견 작가의 작품 활동을 지원하기 위

	해 제정된 '조정래문학상' 제1회 개최(전남 보성군 벌교읍민회). 11월 11일 '서점인이 뽑은 올해의 작가'로 선정됨(한국서점조합연합회). 12월 12일 『천년의 질문』이 '2019년 올해의 책'으로 선정됨(Yes24).
2020년	3월 1일 서울 종로구 배화여고에서 열린 〈3·1절 101주년 기념식〉에서 묵념사 집필·낭독. 6월 25일 강원도 철원군 백마고지 전적지에서 6·25전쟁 70주년 기념 '한반도 종전기원문' 집필·낭독, 이 기원문은 김정은 북한 국무위원장, 도널드 트럼프 미국 대통령, 안토니우 구테흐스 유엔 사무총장 등에게 전달됨. 7월 2~4일 뮤지컬 〈아리랑〉 공연(전주시립예술단). 8월 1일 등단 50주년을 기념하며 자전 에세이 『황홀한 글감옥』 개정판 출간(도서출판 시사IN북). 10월 15일 대하소설 『태백산맥』 『아리랑』, 11월 30일 『한강』의 등단 50주년 개정판 출간(도서출판 해냄). 『한강』 100쇄 돌파(『태백산맥』 2번, 『아리랑』 1번, 『정글만리』 1번에 이어 다섯 번째 100쇄 돌파가 됨). 10월 15일 반세기 문학 인생 및 남녀노소 독자들의 질문 100여 개에 대한 작가의 답을 담은 산문집 『홀로 쓰고, 함께 살다』 출간(도서출판 해냄).
2021년	장편소설 『인간 연습』 개정판 출간(도서출판 해냄). KBS와 한국문학평론가협회가 공동으로 진행한 연중기획 〈우리 시대의 소설〉에 『태백산맥』 선정 및 방영됨(제26화).

조정래 소설
상실의 풍경

제1판 1쇄 / 1999년 4월 20일
제2판 1쇄 / 2011년 2월 25일
제2판 7쇄 / 2022년 4월 10일

저자 / 조정래
발행인 / 송영석
발행처 / (株)해냄출판사

등록번호 / 제10-229호
등록일자 / 1988년 5월 11일(설립연도 | 1983년 6월 24일)

121-210 서울시 마포구 서교동 368-4 해냄빌딩 5·6층
대표전화 / 326-1600 팩스 / 326-1624
홈페이지 / www.hainaim.com

ⓒ 조정래, 2011

ISBN 978-89-6574-002-5

파본은 본사나 구입하신 서점에서 교환하여 드립니다.